Diogenes Taschenbuch 21110

de
te
be

D1869596

B. Traven
Werkausgabe
Band 13

B. Traven

Die Geschichte vom unbegrabenen Leichnam

Erzählungen I

Eine Edition der
Büchergilde Gutenberg
im Diogenes Verlag

Werkausgabe B. Traven in Einzelbänden
Herausgegeben von Edgar Päßler
Copyright © 1980 by
R. E. Luján Traven, Mexico D. F.
Einzig berechtigte deutschsprachige Lizenzausgabe
mit freundlicher Genehmigung der
Büchergilde Gutenberg, Frankfurt am Main

Veröffentlicht als Diogenes Taschenbuch, 1983
Alle Rechte vorbehalten
Büchergilde Gutenberg, Frankfurt am Main
80/83/36/1
ISBN 3 257 21110 4

Inhaltsverzeichnis

Der Idiot

Frau Bernhardine Leisetritt besaß eine große Kohlenhandlung, viel Geld, einen Sohn, eine Tochter und eine Katze.
Die Kohlenhandlung ging gut, das Geld lag fest (und mehrte sich), der Sohn war ein Idiot, die Tochter war hübsch (und musikalisch), und die Katze bekam zweimal im Jahr Junge.
Frau Leisetritt war vornehm und tat vornehm, das Geld war echt, der Idiotismus des Jungen war erwiesen, um die Hand der Tochter bewarb sich ein adeliger Regierungsassessor, und die Katze fing nie Mäuse und nährte sich nur von Milch.
Frau Bernhardine war stolz, baldigst adlige Schwiegermutter zu werden, das Geld wartete mit Sehnsucht, an die bestimmte Adresse (des Assessors) zu gelangen, der Idiot arbeitete wie ein Pferd, die Tochter las Bücher über die Pflichten der Gattin und Mutter, und die Katze hielt sich für den Mittelpunkt des Universums.
So war in dieser Familie alles harmonisch ineinandergefügt, alles stimmte; nur der Idiotismus des Jungen wollte sich nicht recht in das Gesamtbild eingliedern.
Als Alfred noch zur Schule ging, nannten ihn alle seine Kameraden ›Idiot‹. So lange, bis er sich mal zwei herauslangte und ihnen das Fell mörderisch gerbte. Jetzt hießen sie ihn nur noch ›Idiot‹, wenn er es unter keinen Umständen hören konnte. Auch der Lehrer sagte zu ihm täglich unzählige Male ›Idiot‹, weil er immer auf der letzten Bank saß und nie etwas wußte. Deshalb bekam er auch nicht das Einjährige, denn als solcher mußte er wenigstens etwas wissen. Und nun konnte er nie Reserveoffizier werden. Aber er wurde nicht Soldat. Das war sehr gut. So wurde die Schmach nicht offenbar.
Von seinem zwölften Jahre an war er in der freien Zeit im Kohlengeschäft seiner Mutter tätig, und vom vierzehnten ab leitete er es

selbständig und allein. Und er verstand was vom Geschäft. Sobald sich die Mutter nicht hineinmischte, kam nie eine Beschwerde seitens der Kundschaft vor. Mit den Kutschern, Arbeitern, Trägern und Pferden verstand er sich großartig, und die Kundschaft hatte ihn gern.

Und da seine Mutter und sein Schwesterlein von seinem Idiotismus überzeugt waren, schadete es nicht, wenn er von morgens halb fünf bis abends neun Uhr arbeitete. In die eleganten Wohnräume der Mutter durfte er selten; wenn Besuch da war, überhaupt nicht. Denn von der Arbeit waren seine Hände hart geworden, sein Gesicht gewöhnlich und seine Bewegungen plump. Er wirkte stillos und störend.

Er schlief in der Dachkammer und aß in der Küche. Seine einzige Vertraute war das Dienstmädchen Franziska Koll, die ihm in der Küche die besten Bissen zuschob, mit ihm plauderte und sonntags nachmittags mit zu ihren Eltern nahm. Deren Vater war ein Eisenformer und ein äußerst gemütlicher Charakter. Die Mutter war eine echte, ehrliche, herb zupackende Arbeiterfrau. Hier fühlte sich Alfred unsäglich wohl. Mit diesen Leuten konnte er sprechen, und hier konnte er sich benehmen, wie es ihm paßte, und niemand sagte zu ihm ›Idiot‹ wie seine Mutter und seine Schwester daheim.

Jetzt war er einundzwanzig Jahre alt. Als er siebzehn war, kam sein Onkel Paul mal zu Besuch. Onkel Paul gewann den Jungen ob seines Fleißes und seiner Ehrlichkeit und Zurückhaltung sehr lieb. Und als er sah, wie man ihn daheim behandelte, als sei er ein wildfremder Mensch, sagte er seiner Schwester ganz unverhohlen die Wahrheit. Doch sie verbat sich das, indem sie erklärte, das sei ihre Sache, wie sie den Jungen behandle, es sei *ihr* Kind und nicht seins. Zudem habe der Junge in der Schule nichts gelernt und sei so ungebildet, daß er die ganze Familie an den Pranger stelle. Er wüßte sich überhaupt gar nicht zu benehmen. Der Onkel erwiderte, das sei doch egal, alle können wir keine ›Gentlemans‹ sein, und wenn jemand tüchtig arbeite, dann könne er nicht aussehen und sich bewegen wie ein Fürst. Hierauf kam ein Streit, und Alfred fuhr Onkel Paul zur Bahn. Da Onkel Paul stets gut zu Alfred in den vierzehn Tagen seines Besuches gewesen war und mit ihm gesprochen hatte wie noch nie ein Mensch, weinte Alfred beim Abschied.

Darauf schüttelte Onkel Paul Alfred die Hand und sagte: »Laß nur gut sein, mein Junge, bleib so fleißig, brav und gut, wie du heute bist, das ist mehr wert als der ganze Bildungskram. Der Wert des Menschen steckt nicht in seinen eleganten Bewegungen, sondern im Herzen. Laß dir's gut gehen, mein Junge!«

Und fort war Onkel Paul. Und nun war er plötzlich gestorben. Frau Leisetritt reiste zum Begräbnis. Dann ging sie zum Notar, der das Testament vollstreckte.

»Ah, guten Tag, gnädige Frau! Na, wo ist der lachende Erbe?«

»Sie sehen ihn doch vor sich, Herr Justizrat.«

»Sie? O nein! Aber Ihr Sohn Alfred hat das ganze Vermögen geerbt. Zwei ertragreiche Grundstücke und 54 000 Mark in bar. Das kann Ihnen, gnädige Frau, doch gleich sein. Das Geld bleibt doch in der Familie, der Erbe ist doch Ihr leiblicher Sohn.«

»Aber ich bin des Verstorbenen leibliche Schwester. Der Kerl muß ja verrückt gewesen sein. Das Testament fechte ich an, wegen Unzurechnungsfähigkeit des Testators.«

»Das wird Ihnen absolut nichts nützen, gnädige Frau. Ihr Bruder ist bis zu seinem letzten Augenblick bei vollem Bewußtsein gewesen. Übrigens hat er das Testament bereits vor einem Jahr gemacht. Ihr Sohn ist seit einigen Tagen volljährig. Wenn er es beantragt, kann es ihm morgen ausgezahlt werden. – Ja, wie gesagt, gnädige Frau, da ist nichts zu machen.«

Frau Leisetritt reiste heim.

›Jetzt muß der Geschichte aber ein Ende gemacht werden. Das geht nicht mehr. Der Herr Assessor wartet nur deshalb mit seinem Antrag, weil er doch unmöglich einen Idioten als Schwager haben kann, der ihm womöglich eines Tages in die gute Stube platzt und die Hand entgegenhält mit »Guten Tag, Schwager«.‹

Alfred hatte bereits von dem Anwalt eine Abschrift des Testaments erhalten. Aber er versah seine Arbeit, als hätte er nichts gelesen oder nichts davon verstanden. Auch aß er noch in der Küche und schlief in der Bodenkammer.

Frau Leisetritt hatte jetzt aber viele Gänge zum Bürgermeister, zur Polizei, zum Vormundschaftsgericht und zu manchen anderen.

Eines Morgens, Alfred hatte bereits die erste Bestellungsfahrt gemacht, kam er gerade die Treppe herunter, als der Schutzmann Bär aus der Etage seiner Mutter kam.

»Alfred, fahren Sie mich gleich nach Braschnitz, ich habe eine Dienstsache in der Idiotenanstalt dort zu erledigen.«

»Der alte Kleber kann Sie fahren, Herr Bär, ich habe jetzt keine Zeit. Wir haben heute viel zu tun.«

»Nö, der alte Kleber fährt mich bei dem Regenwetter noch in den Graben. Fahren *Sie* nur. Ihre Mutter hat es ausdrücklich angeordnet.«

»Meine Mutter? Ja, das ist etwas anderes.«

Er ging trotzdem hinein, um sie selbst zu fragen. Sie lag noch im Bett und trank Schokolade.

»Ja, *du* fährst! Mach schon, daß du fortkommst.«

Alfred fuhr, nachdem er den Kutschern die nötigen Weisungen erteilt hatte.

Es waren vier Stunden bis Braschnitz zu fahren, und infolge des Regens ging es noch langsamer. Alfred dachte nach, ob er Frau Koll, die am Sonntag Geburtstag hatte, eine blaue oder eine schwarze Schürze kaufen sollte. Er bekam wöchentlich drei Mark Taschengeld, und da er fast nichts ausgab, konnte die Schürze schon etwas mehr kosten. Schutzmann Bär rechnete im Innern der geschlossenen Droschke, wie er die dreihundert Mark am besten verwenden könne, die ihm Frau Leisetritt versprochen hatte, wenn er seine dienstliche Obliegenheit in Braschnitz zu aller Zufriedenheit erfüllte.

Sie kamen vor dem Tore der Anstalt an. Bär stieg aus und hieß Alfred warten. Alfred stieg vom Bock herunter, setzte sich in den Wagen, nahm sein Taschenmesser heraus und begann zu früh-

stücken. Als er das erste Stück Brot in den Mund geschoben hatte und eben ein Stück Blutwurst abschneiden wollte, öffneten zwei Anstaltswärter die Wagentür.
»Ach bitte, Herr Leisetritt, Herr Bär möchte Sie sprechen. Kommen Sie einen Augenblick.«
Alfred strängte die Pferde ab und folgte den Wärtern.
»Sie möchten zu Herrn Doktor Stern kommen«, empfing ihn Bär.
Da trat der Chefarzt Dr. Stern herein, faßte Alfred scharf ins Auge, und –: »Kommen Sie bitte in mein Sprechzimmer, Herr –« . . .
»Leisetritt, bittschön!«
»Ja, Herr Leisetritt. Und Sie, Schutzmann, warten einen Augenblick. Nein, nein, nicht mit hinein. Warten Sie nur hier. Wird nicht lange dauern.« Nach einer halben Stunde kam Dr. Stern aus seinem Zimmer und mit ihm Alfred.
»So, mein junger Freund, nun fahren Sie heim und grüßen Sie Ihre liebe Mutter von mir und sagen Sie ihr, sie möge sich ja vorsehen, ich verstände keinen Spaß.«
Er schüttelte Alfred die Hand: »Und wenn Sie einen väterlichen Freund brauchen, denken Sie an mich. So, nun leben Sie wohl!«
»Ja, bleibt denn der Junge nicht hier?« fragte Schutzmann Bär ganz erstaunt.
»Seien Sie froh, daß wir *Sie* nicht hier behalten. Und bestellen Sie mal Ihrem Bürgermeister eine Empfehlung, und ich ließe ihm sagen –, nein, warten Sie, das werde ich ihm lieber schreiben, damit ich auch eine vergnügliche Stunde habe. Na und nun –?!«
»Aber Herr Doktor, der Junge ist doch ein Idiot.«
»Jedenfalls kein so großer wie Sie! Und was ich noch sagen wollte, ja – Schmidt, zeigen Sie doch dem Schutzmann mal die Tür, er findet sie wahrscheinlich nicht allein.«
Als Bär vor das Tor kam, regnete es wie mit Gießkannen. Alfred saß bereits auf dem Bock und ließ die Pferde anziehen.
»Herr Alfred, warten Sie doch, ich will doch mit.«
»Sie können ja hierbleiben, der Herr Doktor hat es Ihnen doch deutlich genug zu verstehen gegeben.«

»Na, machen Sie keine Geschichten, ich werde ja pitschnaß.«
»Sollen Sie auch. Dann habe ich Sie doch nicht mitfahren heißen. Gehen Sie ruhig zu Fuß. Tut Ihnen gut. Hü!«
»Aber ich bitte Sie, lieber, guter Herr Alfred.«
Bär bemächtigte sich der Wagentür.
»Lassen Sie die Tür los, oder Sie kriegen eins mit der Peitsche, daß Ihnen Hören und Sehen vergeht. Das ist *mein* Wagen, verstehen Sie. Und nun, guten Weg.«
Ab fuhr er, und Bär stand unschlüssig. Als er aber die lachenden Gesichter der Ärzte und Wärter an den Fenstern des Anstaltsgebäudes erblickte, trottete er fluchend und schimpfend heimwärts. ›Und die drei blauen Lappen sind nun auch noch futsch!‹ Darüber ärgerte er sich am meisten.
Alfred übergab einem Kutscher den Wagen zum Ausspannen. Dann ging er ins Kontor und ordnete die Rechnungen, Quittungen, Lieferscheine und Bestellzettel, kleidete sich in seinen Sonntagsanzug und ging zu seiner Mutter.
Der Herr Regierungsassessor saß da mit Tochter und Mutter. Sie saßen an reichbesetzter Tafel und lachten.
»Nanu, bist du denn verrückt geworden – was platzt du denn hier herein? Hast du denn nichts im Hofe zu tun?«
»Nein, Mutter, jetzt nichts mehr. Aber hier sind die Kontorpapiere, hier die erledigten, hier die unerledigten, hier ist die Kasse, und hier sind die Schlüssel. Bis übermorgen mittag um zwölf Uhr verlange ich mein Geld, das ich vom Vater habe. Du schickst es mir zu Kolls, da bin ich die zwei Tage. Ja und dann – na also – adieu!«
Raus war er.
Im Korridor stand er einen Augenblick. Es traten ihm die Tränen in die Augen. Es war doch seine Mutter, seine Schwester. Hier war doch seine Heimat. Er wollte wieder zur Tür und um Verzeihung bitten. Aber er biß die Zähne zusammen. Ging die Treppe hinunter. In den Stall. Streichelte die Pferde. Gab den Kutschern und Arbeitern die Hand. Sah sich noch mal langsam im Hofe um. Und dann verließ er sein Vaterhaus.

Geschäft ist Geschäft

I.

John Sturgeon hatte sich durch die Fabrikation sensationeller Filme ein Millionenvermögen erworben. Jetzt wohnte er in einem luxuriösen Landhause in der Nähe von New York. Während der heißen Sommermonate besuchte er die europäischen Bäder oder kreuzte mit seiner Privatjacht im Ozean.

Aber selbst in dieser Zeit ruhte sein Geschäft nicht einen Tag. Seine Agenten und Regisseure waren mit den Aufnahmeoperateuren immer unterwegs und lieferten die neuen Filme an die mit Sturgeon im Vertragsverhältnis stehenden Abnehmer in der bestimmten Reihenfolge.

So wunderte sich der Hausmeister der Villa nicht im geringsten, als eines Nachmittags ein junger, elegant gekleideter Herr sich bei ihm als Sturgeons Agent auswies und ihm erklärte, daß eine Einbruchskomödie aufgenommen werden solle, wobei das Landhaus als Szenerie bestimmt war. Das leuchtete dem Hausmeister um so mehr ein, als die Unkosten bei Verwendung dieses Landhauses geringer sein mußten, als wenn man ein fremdes hätte mieten und ausmöblieren oder gar kaufen müssen. Zudem war die Herrschaft ja verreist, und bis sie zurückkam, war alles wieder geordnet.

Es rückten denn auch sofort zwei Wagen mit den Apparaten und den Brechwerkzeugen an, und einige stark gebaute, zerlumpte Individuen bildeten das Personal.

Der Agent, der sich als Mr. Hemp legitimiert hatte, ließ sich die Räumlichkeiten aufschließen, betrachtete sich im Beisein des Hausmeisters mit den vier robusten Gesellen die Zimmer und die darin befindlichen Gegenstände aufs genaueste und ließ sich vom Verwalter außerdem noch alle Schränke, Kommoden und sonstigen Behälter nennen, in denen Schmuck und andere Wertgegenstände vermutet werden konnten. Dann setzte er sich ins Arbeitszimmer des Mr. Sturgeon und arbeitete in kurzer Zeit den

Regieplan aus. Darauf instruierte er die Leute, und nun ging's an die Arbeit. Mr. Hemp blieb neben dem Operateur am Aufnahmeapparat stehen und kommandierte von hier aus den Leuten. Diese kletterten zu den Fenstern des Hochparterres empor, erbrachen die herabgelassenen Jalousien und verschwanden in den Zimmern. Hemp beorderte nun den Operateur in die Innenräume, wo die weiteren Aufnahmen erfolgten. Der Hausmeister hatte seine helle Freude daran, einer kinematographischen Aufnahme beiwohnen zu können. Er stand immer dabei, zeigte dem Agenten, welche Behälter zu erbrechen am lohnendsten sein könnte, und rauchte dabei seine kurze Pfeife. Plötzlich kamen zwei Policemen hereingestürmt, und mit vorgehaltenem Browning packten sie die mit ihren Brechwerkzeugen im Schweiße ihres Angesichts arbeitenden Gehilfen am Kragen und zwangen sie in die Knie.
»Goddam!« fluchte Mr. Hemp über die unwillkommene Störung. Er machte die beiden eifrigen Schutzleute, die, als sie draußen vorbeigekommen waren, die zerbrochenen Fensterladen sahen und nichts Gutes ahnend hereinplatzten, darauf aufmerksam, daß sie später hätten kommen können. Dann hätte man ihre Mitwirkung gern angenommen, aber jetzt sei es zu früh. Die Policemen begriffen nun den eigentlichen Vorgang. Sie blieben ebenfalls im Hause und folgten dem Agenten mit seinem Apparate in mehrere Räume.
Mr. Hemp, immer noch etwas verstimmt, entfernte den durch die Schutzleute verdorbenen Film und setzte eine neue Spule ein.
Als es dunkel wurde, holte der Hausmeister auf Ersuchen Mr. Hemps den Scheinwerfer vom Dache des Hauses, schaltete ihn ein, und der Agent setzte eine mitgebrachte blaue Glasscheibe ein, um die weiteren Aufnahmen bei ›Mondlicht‹ zu machen.
Der Geldschrank war erbrochen und seines Inhalts beraubt. Alle Schmucksachen, Gold und Silberbestecke und Geschirre wurden, in Säcke gesteckt, auf einen der unten stehenden Wagen geladen. Dann endlich, gegen Mitternacht, war die Arbeit beendet. Mr. Hemp lud die aufgenommenen Filmspulen gleichfalls auf den Wa-

gen, dann nahm er einen alten Mantel um, setzte sich auf den Kutscherbock, bereit, mit seinen Gehilfen abzufahren. Der Operateur stellte sich mit dem Apparat auf die Straße, um die Abfahrt ebenfalls auf dem Film festzuhalten. Dann fuhr der Wagen los. Alles geschah im Licht des künstlichen Mondes. Ein großes Publikum hatte sich angesammelt, das der Abfahrt des Wagens, wie überhaupt der ganzen Aufnahme, interessiert zuschaute. Die Policemen unterhielten sich mit den Leuten über die so eigenartigen Erfindungen unserer modernen Zeit.

Als das Publikum sich noch unterhielt und auf die Fortsetzung der Diebeskomödie wartete, kamen die vier Gehilfen mit dem Wagen zurück und ersuchten den Operateur, mit dem Apparat den Wagen zu besteigen und zu Mr. Hemp zu fahren. Auch die beiden Policemen, denen eine reichliche Nebeneinnahme zugesagt wurde, sollten nun mitkommen und ein wenig statieren. Alles folgte dem Wagen. Aber als man an die Stelle kam, wo Mr. Hemp warten wollte und den Wagen abgeladen hatte, um angeblich die Beute im Felde zu vergraben, war weder von der Beute noch von Mr. Hemp etwas zu sehen. Wie ein Anwohner der Straße bemerkt haben wollte, hatte Mr. Hemp ein vorbeifahrendes Auto angehalten, es mit den in Säcke verpackten Gegenständen befrachtet und war damit abgezogen.

Die Policemen schöpften nun Verdacht. Ohne weiteres schleppten sie die vier Gehilfen und den Operateur auf die nächste Wache. Hier stellte sich heraus, daß der Operateur durch ein Zeitungsinserat von Mr. Hemp zur Bedienung eines Aufnahmeapparates, der Mr. Hemp gehörte, vor zwei Tagen engagiert worden war. Und die vier Gehilfen waren ehrsame Hafenarbeiter, die ohne Stellung waren und von dem Agenten frühmorgens für einen Tag angestellt wurden. Die Leute waren im voraus und sehr gut bezahlt. Sie hatten nur den Weisungen ihres Auftraggebers gefolgt und waren der festen Überzeugung, es handele sich um eine ehrliche, einwandfreie Arbeit. Die Fuhrwerke waren ausgeliehen und wurden den Besitzern wieder zugestellt.

Von dem genialen Verbrecher, der persönlich keinen Finger gerührt hatte, um sich ein Vermögen zu erwerben, war keine Spur zu entdecken. Noch weniger von der Beute. Die Policemen dagegen, die so hilfreich Beistand bei dem Verbrechen geleistet hatten, lachte man gründlich aus.

II.

John Sturgeon wurde durch ein Telegramm seines Hausmeisters zurückgerufen. Als er den Schaden besah und sich die Begleitumstände erzählen ließ, lachte er laut auf. Dann wurde er nachdenklich und sagte zu seinem Sekretär: »Der Kerl ist smart, den muß ich sehen.«

Da Mr. Sturgeon auf Reisen nur Imitationen trug, so waren Mr. Hemp außer etwa 30000 Dollar in bar noch Juwelen im Werte von etwa 50000 Dollar, die sich teils im Geldschrank, teils in anderen Behältern befanden, in die Hände gefallen. Der Hauptjuwelenschatz und eine noch größere Summe Geldes waren in einem Geheimschrank aufbewahrt, der nicht entdeckt worden war.

Von Wertgegenständen, deren Verlust Mr. Sturgeon nicht angenehm war, fehlten ein goldener Ehrenpokal und ein mit Smaragden besetzter osmanischer Krummdolch, die er mit vielen anderen Dingen in Europa für teures Geld erworben hatte und die neben dem Materialwert einen hohen Kunst- und Altertumswert repräsentierten. Aber alles das berührte ihn verhältnismäßig wenig. Er hatte einen anderen Plan.

Am nächsten Tage erschien in allen New Yorker Tagesblättern ein Inserat, der Agent der Filmaufnahmen vor dem Sturgeonschen Landhause möge sich bei Mr. Sturgeon persönlich vorstellen. Mr. Sturgeon kalkulierte: Ist der Mr. Hemp der Mann, wie ich ihn mir denke, dann kommt er.

Und Mr. Hemp kam. Diesmal nannte er sich aber Mr. Linnet. Mr. Sturgeon empfing ihn in seinem Herrenzimmer, bat ihn, Platz zu nehmen und bot ihm eine Zigarre an.

Mr. Linnet tat so unbefangen, als handele es sich um die harmloseste Sache von der Welt.
»Sie haben Mut, Mr. – Mr.? –«
»Linnet.«
»Ja ganz recht, Mr. Linnet. Sie haben Mut.«
»Wieso? Weil ich gekommen bin?«
»Ja, allerdings!«
»Sie haben mir doch den Mut zugetraut, sonst hätten Sie das Inserat nicht losgelassen.«
»Hm!«
Mr. Sturgeon sah sich seinen Gast an.
Und der sagte: »Wenn Sie mich ins Gefängnis bringen, was haben Sie davon? Das Geld ist in Sicherheit. Und was die verräterischen Anhängsel betrifft, so werden die Steine herausgebrochen, und die Fassungen werden mit dem übrigen Kram zusammen eingeschmolzen.«
»Na, und der Film?«
»Der ist bereits fixiert!«
»Das habe ich mir gedacht. Ja, und was werden Sie mit ihm machen?«
»Ich habe bereits an Pathé-Frères, Paris, ein Telegramm geschickt, kostet mich 40 Dollar.«
»Was? Sie wollen den Film den Franzosen, diesen Schmierfinken, die vom Geschäft keinen blauen Dunst haben, überlassen? No, no, mein Lieber, das gibt's nicht. Ich dachte, ich hätte ältere Rechte.«
»Na, wenn Sie ihn haben wollen?«
»Ist er gut?«
»Sehr gut sogar.«
»Also –?«
»Geben Sie fünftausend.«
»Sagen wir vier.«
»Fünf. Der Franzose gibt sechs.«
»Wird sich hüten. Wollen Sie noch eine Zigarre?«
»Bitte.«

»Na?«
»Fünf.«
»Na meinetwegen. Es ist 'ne gute Sache. Also – eingeschlagen.«
»Eingeschlagen.«
Sie schüttelten sich die Hände. Dann holte Mr. Sturgeon ein Vertragsformular und füllte es aus.
»Also Mr. Linnet . . . Stimmt's?«
»Ja, Linnet. Diesmal stimmt's.«
Sie unterzeichneten. Mr. Linnet erhielt sein Duplikat. Dann händigte ihm Mr. Sturgeon die zwei Noten aus: »Die übrigen drei wie üblich bei der Lieferung.«
»All right!«
»So, nun setzen Sie sich. Mr. Linnet.«
Sturgeon läutete dem Diener und gab ihm einen Auftrag.
»Sie frühstücken doch mit mir, Mr. Linnet?« fragte Mr. Sturgeon.
»Wenn ich Ihnen damit ein Vergnügen machen kann.«
»Aber gewiß doch.«
Und sie frühstückten. Dann lehnten sie sich in ihre Klubsessel zurück und bliesen sich etwa eine Viertelstunde gegenseitig den Rauch ihrer Zigarren ins Gesicht, ohne ein Wort zu sagen. Dann begann Mr. Sturgeon: »Hören Sie, Mr. Linnet, was wollen Sie für den ganzen Kram haben? Ich meine mit Ausnahme des Bargeldes.«
»Das Ganze?«
»Ja.«
»Den Pokal hätte ich eigentlich selbst gern behalten.«
»So. Hm.«
»Das heißt, wenn ich Ihnen eine Freude damit machen kann, dann sollen Sie ihn haben. Ich schenke Ihnen das Ding.«
»Bitte sehr. Geschenkt nehme ich nichts.«
»Trösten Sie sich, Mr. Sturgeon, ich rechne den Betrag dafür aufs Ganze auf.«
»In dem Falle also nehme ich das Geschenk an.«
»Sehen Sie.«

Sie rauchten ununterbrochen weiter.
Nach einer langen Pause fragte Mr. Sturgeon: »Na, was kostet der Krempel? Alles in allem?«
»Sagen wir fünfzigtausend Dollar.«
Mr. Sturgeon lachte.
»Nein, nein. Dreißig. Nicht mehr. Nicht ein Cent mehr.«
»Wie Sie wollen. Dann behalte ich meinen Kram und Sie Ihr Geld.«
Wieder rauchten sie, ohne eine lange Zeit zu sprechen.
Endlich sagte Mr. Linnet: »Wissen Sie, Mr. Sturgeon, damit wir zu Ende kommen. Also mein letztes Wort: vierzig.«
»Fünfunddreißig.«
»Vierzig. Hier – schlagen Sie ein.«
Mr. Sturgeon schlug ein.
Mr. Linnet verabschiedete sich. Als er an der Tür stand, drehte sich Mr. Sturgeon plötzlich um und sagte: »Hören Sie Mr. Linnet. Bitte, nehmen Sie noch einmal Platz. Aber ziehen Sie doch die Handschuhe aus. So. Nun wollen wir noch eine Zigarre rauchen.«
Als sie zehn Minuten völlig schweigsam inmitten des Tabakrauches gesessen hatten, warf Mr. Sturgeon seine Zigarre in den anderen Mundwinkel, rückte seinen Sessel näher an den seines Gastes, klopfte ihm mit der flachen Hand aufs Knie und sagte: »Mr. Linnet, Sie gefallen mir.«
»Hm.«
»Nein wirklich, Sie gefallen mir. In allem Ernst«, wiederholte Mr. Sturgeon.
»Hm.«
»Ich werde Ihnen einen Vorschlag machen, Mr. Linnet.«
»Hm.«
Mr. Sturgeon stand auf, zündete sich eine neue Zigarre an und ging auf und ab.
Als es Mr. Linnet zu lange dauerte, griff er in den Zigarrenbehälter, und mit einer höflichen Geste zu Mr. Sturgeon hin fragte er: »Sie gestatten?«

»Aber gern«, antwortete Mr. Sturgeon, indem er seinem Gaste Feuer reichte. Als dann nach einer langen Zeit Mr. Sturgeon immer noch auf und ab wanderte, ohne etwas zu sagen, räusperte sich Mr. Linnet mehrere Male recht stark. Darauf fragte Mr. Sturgeon: »Sie haben wohl keine Zeit, junger Mann?«

»Offen gestanden, nein«, anwortete der.

Aber Mr. Sturgeon sagte immer noch nichts. Dann, als er sich eine neue Zigarre angezündet hatte, setzte er sich wieder Mr. Linnet gegenüber und sagte ganz unvermittelt: »Mr. Linnet, wollen Sie mein Kompagnon werden? Sie sind jetzt ein Mann von zirka 75000 Dollar –«

»Achtzig! Fünf habe ich noch von früher her.«

»Um so besser. Also wollen Sie?«

»Ja. Und die Bedingungen?«

»Sie machen 50000 Einlage und nehmen mit 25 Prozent am Reingewinn teil.«

»Im ersten Jahr.«

»Und –?«

»Im zweiten Jahr erhöhe ich meine Einlage um 50000 und nehme mit 33¹/₃ Prozent teil.«

»Na und weiter?«

»Im dritten und vierten Jahr erhöhe ich meine Einlage nochmals und nehme mit der Hälfte teil, und im fünften –«

»Schmeißen Sie mich raus und machen das Geschäft allein.«

»Nein, aber im fünften ist mit der Filmindustrie kein Geschäft mehr zu machen. Da fangen wir was Neues an, wobei wir mehr verdienen.«

»Sie, das ist smart.«

»Sie wissen ja gar nicht, was ich meine.«

»Macht nichts, junger Mann. Auf Sie kann das Land stolz sein. Schade, daß ich Sie nicht früher gekannt habe.«

»Und ich Sie.«

Sie umarmten sich.

Am nächsten Tage hieß die Firma ›Sturgeon and Linnet‹.

Brief nach Berlin

Also, mein alter Sturm-und-Drang-Genosse, nachdem ich den privaten Teil (vergiß mir um Gottes willen nicht, das Geld zu schicken, sonst verrate ich dem Dorchen Deine Adresse) erledigt habe, komme ich zum allgemeinen. Du hast ganz recht gehabt, in Düsseldorf läßt es sich schon einigermaßen leben. Aber das Düsseldorfer ›Palais de Danse‹ als die Quintessenz internationalen Weltlebens hinzustellen, ja, sogar als höchsten Nervenkitzel für Lebemänner und Weltdamen zu bezeichnen – Du machst Dich einfach lächerlich. Laß das nur nicht in Berlin verlauten zu einem, der hier war, dann hält er Dich gleich für einen völlig verbauerten Provinzler. Wenn Du mal erfahren willst, wie ›so'n Ding‹ aussehen muß, um konkurrenzfähig zu sein, dann gehe doch nachts um 1 Uhr, ein paar Häuser weiter, neben das Postamt, von dem Du meine Briefe abholst. Hast Du übrigens noch immer keine Wohnung? Tröste Dich, ich auch nicht.

Vielleicht kriege ich noch eine. Denn so nett man auch bei Heck untergebracht ist, auf die Dauer wird's halt doch teuer. (Du, vergiß bloß das Geld nicht zu schicken.)

Doch um beim Thema zu bleiben, also gehe dort hin. Nachts so gegen eins oder zwei. Dann wirst Du wissen, was ein ›Palais de Danse‹ ist. Dann sprichst Du nie wieder von dem ›Clou in der Hüttenstraße‹. *So etwas* kann eben bloß Berlin. In den Provinzstädten – selbst in einer so lebhaften Stadt wie Düsseldorf – ist man zu sehr unter sich. Man kennt sich zu genau gegenseitig. Und wenn man mal über die Stränge hauen will und gerade so mit beiden Beinen in seliger Vergessenheit rinsteigt ins Vergnügen und so einer Pariserin (sie ist eigentlich aus Kupferdreh) in die Waden kneifen will und ihr dann ein Souper verspricht, da: »Ach, juten Abend, Herr Hackelberg, Sie sind auch hier?«

»Na, Sie sind ja *auch* hier, Herr Zackelberg.«

»Ach, wissen Sie, ich wollte nur noch im Vorbeigehen einen kalten Punsch mitnehmen.«
»So? Und dafür bezahlen Sie die Masse Entree? Das konnten Sie doch bei ›Bols‹ billiger haben.«
»Sie haben ja auch die Masse Entree bezahlt?«
»Ich? Nee, ich habe ein Passepartout.«
»Sie haben ein Passepartout für das ›Palais de Danse‹? I, Sie Duckmäuser, Sie. Wenn das Ihre – –«
»Pscht! Woll'n Sie gleich stille sein. Hähähä.«
»Hähähä.«
Wie sie jetzt beide verständnisvoll lachen. Aber doch ein bißchen verlegen. Dann sagt Hackelberg: »Was meinen Sie, gehen Sie, gehen wir noch zu ›Kantorowicz‹ rüber, einen Genever zum Abschluß draufsetzen?«
»Bon.«
Sie gehen. Beide verärgert. Möchten sich gegenseitig ohrfeigen, daß sie sich getroffen haben. Die gute Laune ist zum Teufel. Und gerade heute wollte man mal so recht den Lebemann markieren. Alle Tage kann man zu Hause nicht im Smoking fortgehen, denn Herrenabend im Wassersportverein, von dem man sich rechtzeitig genug gedrückt hat, um eben noch nach der Hüttenstraße großen Zielen entgegenzugondeln, ist nicht so bald wieder. Sonst fällt es der Madame doch auf, wenn ›er‹ den Smoking anzieht. Und ohne Smoking nach dem ›Palais de Danse‹, dann schon lieber gar nicht. Denn man kann doch nicht das Monokel zum Sakko ins Auge klemmen. Und das Monokel ist die Hauptsache, sowohl im ›Moulin Rouge‹ zu Berlin als auch im ›Palais de Danse‹ zu Düsseldorf. Hierin sind beide mal wirklich ebenbürtig, denn in beiden Freudenstädten tragen es die Provinzler, hier wie in Berlin.
Daß zwei Menschen zur selben Sekunde genau dieselben Gedanken denken und dafür genau dieselben Worte wählen, kommt nach den Forschungen bedeutender Psychologen nie vor. Hier aber wird das Unmögliche zur Wahrheit. Denn während Herr Hackelberg mit Herrn Zackelberg Arm in Arm zu Kantorowicz rüberpil-

gern, denken beide: ›Herrgott, wenn er sich nur bei meiner Frau nicht verplappert.‹

Und siehst Du, mein Junge, solche Dinge können einem wohl in Düsseldorf, sogar in Köln, passieren, nie aber in Berlin. Denn selbst wenn die Herren Hackelberg und Zackelberg zufällig gleichzeitig in Berlin sein sollten, so ist Herr Zackelberg sicher im ›Pavillon Mascotte‹, wenn Herr Hackelberg im ›Moulin Rouge‹ ist. Sollte aber der Fall eintreten – in jedem Jahrhundert kommt ein solcher Fall vielleicht ein einziges Mal vor –, daß sich die Herren Hackelberg und Zackelberg in den ›Amorsälen‹ zufällig treffen, so sehen sie aneinander vorbei. Ist jedoch Herr Hackelberg so niederträchtig taktlos, zu sagen: »Ach Gott, Herr Zackelberg, Sie hier?«, dann tönt ihm ein vornehmes, ganz von oben herab kommendes: »Parrrdong, main Härr, Sie irrren sährr, ich sein Russe, Grrraf Karrdanoff« entgegen. Und Herrn Hackelberg bleibt nur noch übrig, hinter dem Rücken des mit elastischen Schritten weitergehenden russischen Grafen eine tiefe Verbeugung zu machen. Denn ›so‹ schreiten nur russische Grafen einher, die auf spiegelglattem Parkett so sicher und elegant gehen wie andere Sterbliche auf gemeinem Kiesboden.

Und wenn sich dann beide in Düsseldorf bei Schlösser wieder treffen, dann sagt Herr Hackelberg bestimmt zu Herrn Zackelberg: »Denken Sie, in Berlin habe ich einen russischen Grafen getroffen, der sah Ihnen so ähnlich wie aus dem Gesicht geschnitten; der reine Doppelgänger.«

»In Berlin? So? Waren Sie denn in der letzten Zeit in Berlin?«

»Ja, das heißt, ich hatte eigentlich in Stettin zu tun. Und da hatte ich in Berlin drei Stunden Aufenthalt. Da bin ich Bahnhof Friedrichstraße ausgestiegen, um einen Happen zu essen.«

»In den Amorsälen?«

»Nee, wieso? Wie kommen Sie auf die Amorsäle? Ich habe doch gar nicht davon gesprochen.«

»Dann habe ich mich verhört. Aber Sie meinten doch was von einem russischen Grafen?«

»Nun ja, den habe ich bei Aschinger getroffen, gleich unten am Bahnhof Friedrichstraße. In drei Stunden kann man doch keine großen Sprünge machen.«
»Netter Graf, der bei Aschinger ißt.«
»Warum denn nicht? Ein Graf will schließlich auch mal Erbsensuppe mit Speck essen.«
Wo Frau Hackelberg was von Erbsensuppe hört (sie sitzt nämlich mit bei Schlösser), da sagt sie: »Du, Emil, bestelle mir doch Leberwurst mit Salat.«
»Schön. – Ober!«
Darauf sagt Frau Zackelberg (die ist gleichfalls hier): »Weißt du, Walter, ich hätte Appetit auf ein Krüstchen.«
»Wird gemacht. Ober! Also einmal Leberwurst mit Kartoffelsalat und einmal warmes Krüstchen.«
Und schnell benutzt Herr Hackelberg die Gelegenheit: »Ober, mir bringen Sie gleich noch ein Helles mit.«
Und Herr Zackelberg: »'n Augenblick, Ober . . .« Er gießt den Rest hinunter. »Mir bringen Sie auch gleich eins mit.«
Nun fragt Frau Zackelberg: »Ach, Ihr Mann war in Stettin? Wann denn?«
»Von Montag bis Donnerstag voriger Woche . . .«
»Wie sich das trifft. Da waren wir ja zu gleicher Zeit Strohwitwen. Mein Mann war von Montag bis Samstag auf einer Geschäftstour in Sachsen.«
Herr Hackelberg geht gerade mal raus. Und Herr Zackelberg kaut an seiner Zigarre rum und steckt sie schon zum zweitenmal an.

Also siehst Du, mein alter Junge, das sind die Besucher des ›Palais de Danse‹ in Düsseldorf und die Lebemänner vom ›Moulin Rouge‹ in Berlin. Immer dieselben oder ähnliche Leute. Und eine Handvoll Kaufmannsjünglinge zum Füllen der Räumlichkeiten.
Die wirklichen Lebemänner, von der Art, wie sie im ›Simplicissimus‹, in den ›Lustigen Blättern‹, in den Operetten vor 1905 und in den guten französischen Schwänken photographiert sind, findest

du weder im ›Moulin Rouge‹ und in den ›Amorsälen‹ zu Berlin noch im ›Palais de Danse‹ zu Düsseldorf. Die mußt Du woanders suchen. Hoffentlich findest Du sie bald. Schick aber vorher das Geld ab. Vergiß es nur nicht.
Gruß dein alter Barde *Artum.*

Theaterdirektor Raßmann

Man muß den Theaterdirektor Wilhelm Raßmann gekannt haben, um seine Verdienste um die deutsche Schauspielkunst zu würdigen. Leider war es ihm nicht vergönnt, wie sein großer Kollege Otto Brahm, in den Spielen zu sterben, um bei seinem Heimgange in gleicher Weise geehrt zu werden, denn er lebt noch heute, sich selbst und den Bewohnern kleiner süddeutscher Städte mit 3000 Einwohnern und darunter zur Freude. In größere Städte wagt er sich nicht. Nicht etwa, weil man ihn dort als Verkünder dichterischer Werte nicht achtete oder ihn nicht willkommen hieße, sondern weil in den kleinen Städtchen das Geschäft besser geht. Das hat er längst herausgekriegt und infolgedessen auf den Ehrgeiz verzichtet, durch eine große Theaterpleite mit einundeinhalb Millionen Unterbilanz bei seinen kunstbegeisterten Mitmenschen bekannt und berühmt zu werden. Er bescheidet sich mit weniger, was dann die Ursache ist, daß er jedes Jahr einmal während der Wintersaison und zweimal im Sommer bereits bei einer Unterbilanz von 110 bis 150 Mark kreditunfähig wird, von den Geschäftsleuten auf die ›Liste‹ gesetzt wird und mit seinen Schauspielern Würfelsuppen teilt, die von der Frau Direktor in den guten Zeiten auf Vorrat gekauft und in den Perioden spärlicher Abendkassen auf gemeinsamem Herd gekocht werden. Für das übrige sorgt der Herr Direktor geradezu väterlich, indem er seinen Anvertrauten mit Rat und Tat hilfreich zur Seite steht, wenn es gilt, Reisekörbe und ähnliche Utensilien aus dem Bereich allzu gefährdeter Wohnräume zu schaffen. Meist glückt es ihm durch die bestrickende Liebenswürdigkeit seiner Persönlichkeit, oft durch den achtungsheischenden Titel ›Direktor‹, selten durch Wechsel, nie mit einem Schuldschein. In solch hartnäckigen Fällen hilft dann nur die unter dem Schleier nächtlicher Stille vorgenommene Selbstexmittierung, wozu die einstöckigen Häuser

und die Sorglosigkeit ihrer Besitzer den zahlungsunfähigen Mieter geradezu verpflichten. Nicht zuletzt der Herr Direktor, denn: »A Gard'rob' müss'ns ham.«
Nun soll ja keineswegs bestritten werden, daß Professor Max Reinhardt zweifellos ein vielbeschäftigter Direktor ist, denn wozu wäre er sonst berühmt. Wenn aber der Theaterdirektor Wilhelm Raßmann seinen Zeitgenossen nicht genügend bekannt ist, so darf man daraus noch lange nicht schließen, daß er nun weniger arbeite, weniger betriebsam sei als seine großen Berliner und Wiener Kollegen. Ganz im Gegenteil. Frühmorgens gegen sechs Uhr beginnt bereits sein heißer Arbeitstag. Da schreibt er Rollen aus. Teils für eigenen Bedarf. Größtenteils aber für andere Bühnen. Und weil er sehr klar und deutlich, infolgedessen aber auch sehr langsam schreibt, so muß er schon tüchtig dahintersitzen, um etwas dabei zu verdienen. Um neun Uhr läuft er zur Druckerei und holt die noch warmen Zettel für die morgige Vorstellung ab. Meistens sind die Zettel noch nicht fertig. Ob er nun deshalb mit dem Drucker Streit anfängt oder nicht, hängt weniger von seinem Temperament ab als in der Hauptsache von seiner gegenwärtigen Finanzbereitschaft. Es ist durchaus nicht so selten, daß der Drukker die Herausgabe der Zettel verweigert und sie viel lieber pfundweise als Makulatur verkauft, wenn nämlich der Herr Direktor bei ihm schon ein Konto stehen hat, dessen Begleichung in absehbarer Zeit aussichtslos erscheint. Bei siebzig Mark ist bereits ein solch untilgbares Konto überschritten. Selbstverständlich besitzt der Herr Direktor die buddhistische Weisheit, sich durch so unbedeutende Lappalien nicht aus der Fassung bringen zu lassen. Denn es passiert ihm nicht das erste Mal, und das letzte Mal ist's sicher nicht. Und so findet sich in seinem Koffer ein großes Paket von fertigen Zetteln, die für die Gastspiele auf den umliegenden Dörfern bereitgehalten werden und bei denen der Ort, das Datum und das Gasthaus, in dem gespielt werden soll, mit Blaustift ausgefüllt werden, wobei die Frau Direktor und noch einige der jungen Anfänger, die ›zufällig‹ um Vorschuß ins Haus kommen, tat-

kräftig Beistand leisten. Daß nun infolge des fortwährenden Personalwechsels, besonders unter den Liebhabern und Liebhaberinnen, die schon seit Jahr und Tag im Koffer lagernden Zettel bezüglich des Personenverzeichnisses nicht mehr stimmen können, geniert Herrn Direktor Raßmann ebensowenig wie das Stück selbst, das gegeben werden soll. Nach den bei dem Drucker lagernden Zetteln sollte morgen ›Das Sonnenwirtle von Ebersbach‹* sein, weil sich nun aber im Koffer nicht genügend vorgedruckte Zettel für dieses Stück finden, wird *das* Stück gegeben, von dem zufällig Zettel vorhanden sind. Dem Schauspieler macht das weiter nichts aus, denn infolge eines unbegreiflichen Aberglaubens des Theaterdirektors Raßmann erfährt er überhaupt erst durch den angeklebten Zettel, was morgen für eine Vorstellung ist. Die Rollen bekommt er am Nachmittag vorher oder gar erst am Morgen des Aufführungstages. Seltsamerweise geht's abends gut aus und stets besser, als man vorher glaubt. Die Alten sind in ihren Rollen fest studiert, und die Jungen besitzen die Fähigkeit, unumschränkte Beherrscher ihres Gedächtnisses zu sein, teils aus Begabung, sicherer jedoch infolge des dem Druck der Verhältnisse gehorchenden täglichen Trainings.

Hat nun Direktor Raßmann seine Zettel glücklich beieinander, so nimmt er sie über den Arm und trägt sie selbst aus, wobei er sich bemüht, das ›verehrungswürdige‹ Publikum mit freundlichen Blicken und mündlichen Verheißungen auf den Kunstgenuß ›ehrerbietigst und ergebenst‹ einzuladen. Das Zettelaustragen ist nicht etwa eine Schande, wie man glauben könnte. Es ist eine hohe Ehre, und weil der Direktor allein die ganze Stadt nicht versorgen kann, wird die hohe Ehre der Hilfeleistung beim Zettelaustragen nur dem bewährtesten, anhänglichsten und ältesten Mitglied zuteil. Und wird ein Mitglied besonders notwendig gebraucht, so macht der Herr Direktor Raßmann ihm beim Engagementab-

* Ein alter Theaterdirektor behauptet, dieses Stück hätte Friedrich Schiller inspiriert, seine ›Räuber‹ zu schreiben. Die Beweisführung steht aber wohl nur Literaturhistorikern zu.

schluß die verlockende Zusage, daß das Mitglied ein halbes oder ein drittel ›Zetteltragen‹ erhalte. Die Ehre hat aber einen realen Hintergrund, sie ist nämlich sehr einträglich.
Es trägt also der Herr Direktor die Zettel aus. Um zwölf macht er eine Pause und trinkt in der Gastwirtschaft einen Schoppen Roten. Dann ißt er zu Mittag, um hierauf sofort den Rest der Zettel unter das Publikum zu bringen. Um drei Uhr beginnt die Arrangierprobe, die um vier Uhr oder viereinhalb Uhr beendet ist. Am nächsten Tage um die gleiche Zeit ist Generalprobe, die um fünf Uhr zu Ende sein muß. Muß, denn dann beginnt der Herr Direktor Raßmann die Bühne für den Abend herzurichten. Er macht alles selbst; Arbeiter kann er nicht bezahlen. Soweit in dem Stück Requisiten gebraucht werden, geht er sie selbst in der Stadt zusammenborgen.
Die Bühne ist fertig, wenigstens für den ersten Akt. Nun stellt der Herr Direktor im Saale die Stühle auf und schreibt bei den numerierten Plätzen an der Rücklehne der Stühle die Platznummern mit Kreide auf. Kann er an der Saalmiete dadurch etwas sparen, so fegt er höchst eigenhändig auch den Saal sauber. Inzwischen ist es halb acht geworden, und weil er im Stück eine große Rolle zu spielen hat, beginnt er, sich für diese Rolle anzukleiden, und legt die Schminke bereit. Auf dem Zettel steht ›Kassenöffnung sieben Uhr‹, ›Anfang der Vorstellung acht Uhr‹. Aber um acht ist noch keine Katze im Theater. Eine Viertelstunde später setzt sich der Herr Direktor Raßmann an die Kasse. Hat er ein auffallendes Kostüm an, zieht er einen Mantel über. Hier sitzt er nun mit unendlicher Geduld und Ausdauer. Die Leute mögen noch so spärlich erscheinen, er wird es nie unterlassen, jedem ein freundliches Gesicht zu zeigen. Um dreiviertelacht Uhr scheint niemand mehr zu kommen. Weil es aber immerhin möglich wäre, daß doch noch jemand kommen könnte, so wartet der Direktor bis neun. Dann geht er hinter die Bühne, klingelt in längeren Zwischenräumen dreimal, zieht den Vorhang selbst auf, und ›das Spiel kann beginnen‹. Mit staunenswerter Fixigkeit setzt sich der Direktor

die Perücke auf, schminkt sich und wird gerade aufs Stichwort fertig, um aufzutreten. Er spielt die anstrengendste und größte Rolle, weniger aus Eitelkeit, als vielmehr aus Zwang der gegebenen Verhältnisse. Denn es kommt häufig genug vor, daß ein Mitglied am Nachmittag des Aufführungstages, ohne dem Direktor ›Adieu‹ zu sagen, abreist und eine unsichere Zukunft der zweifelhaften Gegenwart vorzieht. Eine große Rolle ist dann eine halbe Stunde vor Beginn der Vorstellung schwerer umzubesetzen als eine kleinere. Deshalb spielt der Direktor die größte Rolle selbst, aber selten Charakterrollen, meistens komische. Es ist ja auch schon vorgekommen, daß ein Direktor selbst trotz seiner großen Rolle, ohne Abschied zu nehmen, sich davongemacht hat. Aber Direktor Raßmann ist zu ehrlich, als daß er ein untergehendes Schiff im Stich läßt. Es wird schon wieder von der Sandbank loskommen und mit stolz geblähten Segeln seinen Kurs aufnehmen. Sicher. Aber ganz sicher. Daran glaubt Direktor Raßmann felsenfest, und nichts vermag ihn um seinen Optimismus zu bringen, daß er noch mal mit seiner ganzen Begeisterung eine kleine Bühne haben wird, wo ihm ein sicheres Brot gewährleistet ist und er in Ruhe gut einstudierte Stücke herausbringen kann. Davon träumt er seit einunddreißig Jahren, jetzt ist er etwa zweiundsechzig Jahre alt. Davon spricht er am liebsten und am meisten, und dann flammen seine Augen auf, so voller Freude, Glauben und unerschütterlicher Zuversicht, daß man sich zu schämen beginnt und nicht von Mitleid erfaßt wird, sondern von tiefer Wehmut und Traurigkeit über das sichtbare Sterben einer echten und großen Künstlerseele, über den langsamen Untergang eines Menschen, der in einer anderen Welt lebt und die Brücke nicht findet, die zur Wirklichkeit führt. Die erschütternde Tragik des Don Quichotte.
Der erste Akt ist zu Ende. Direktor Raßmann setzt die Perücke ab und zieht den Rock aus, um die Bühne für den zweiten Akt umzubauen. Er läßt sich hierbei von keinem helfen. Dem Publikum dauert es zu lange, und es fängt an zu klatschen. Die Bühne ist noch nicht fertig, aber um die Ungeduldigen zu beruhigen, klingelt er

das erste Mal. Nunmehr zieht er sich um, macht eine neue Maske, denn in der ersten Szene des zweiten Aktes muß er noch eine Rolle dazuspielen, die bei dem kleinen Personal nicht mehr zu besetzen war. Er zieht den Vorhang auf, spielt diese Szene, geht ab, zieht sich wieder für die Hauptrolle um, während draußen auf der Bühne extemporiert werden muß, weil nur eine Szene bis zu seinem Wiederauftritt dazwischenliegt. So spielt er neben seiner großen stücktragenden Rolle jeden Abend noch ein bis drei andere dazu.

Damit ist seine Arbeit während der Vorstellung keineswegs erschöpft. Einen Souffleur kann er sich nicht leisten. Infolgedessen nimmt ein Darsteller oder eine Darstellerin, die augenblicklich nicht auf der Szene steht, das Soufflierbuch zur Hand und souffliert den Kollegen den Text aus der Kulisse heraus zu. Und weil sich jeder ›drückt‹, so gut er nur irgend kann, fällt auch dem Herrn Direktor für jede freie Minute, die er vielleicht haben könnte, die Tätigkeit als Souffleur in der Hauptsache zu. Und weil Anfänger, besonders beim Theater, von Jahr zu Jahr ungeschickter und untalentierter zur Welt kommen, so muß der Herr Direktor denen auch die Bärte kleben, die Perücken verschminken und sie anständig anziehen. Nebenbei liest er sich noch seine Rolle durch, macht den Zettel für die nächste Vorstellung fertig, teilt die neuen Rollen aus, sammelt die alten ein, bespricht mit den Mitgliedern die Auffassung der neuen Rollen, rechnet die Kasse ab und zahlt den Mitgliedern je nach der Höhe der Abendeinnahme fünfzig Pfennige bis fünf Mark auf die rückständige Gage aus.

Ehrlichkeit *Eine Schnurre*

Es kann ebensogut in einer anderen deutschen Großstadt passiert sein. Vielleicht sogar ziemlich sicher. Aber ich sage schon lieber, es war *Berlin.* Schon deshalb, weil Berlin für alle Vorkommnisse, auch für Romananfänge, neutrales Gebiet ist.

Von einem fliegenden Obsthändler hatte ich mir zwei Pfund Birnen gekauft, und zwar mit der Absicht, sie sofort an Ort und Stelle oder in deren nächster Nähe zu essen. Ich setzte mich in das Kastanienwäldchen und aß. Und weil es mir infolge der vielen Zeitungsartikel und diversen ›Eingesandtes‹ in Fleisch und Blut übergegangen ist, Anlagen nicht durch Stullenpapier, Obst und Eierschalen zu verschandeln, so packte ich die sterblichen Überreste der gegessenen Birnen in das graue Packpapier, das mir von dem Händler mitgegeben war. Es war mit Absicht recht dick gewählt; denn weil es mitgewogen wird, so macht es im Gewicht genau zwei faustgroße Birnen aus, die ich weniger erhalten hatte. Ich konstruierte ein sorgfältig und sauber gefaltetes Paketchen zurecht und wollte es auf der Bank, wo ich gegessen hatte, zurücklassen. Als ich aber zwei Schritte gegangen war, kam mir eine junge Dame, die mit einem Kinde auf der Nachbarbank gesessen hatte, nach, überreichte mir liebenswürdig das Paket mit den Birnenschalen und sagte: »Entschuldigen Sie, Herr, Sie haben ein Paket liegenlassen. Bitte!«

Höflich dankend nahm ich mein Paket und steckte es in die Manteltasche, die infolgedessen ein unförmliches Aussehen bekam.

Beim Weitergehen schämte ich mich dieser Bürde, stellte mich in einen Geschäftshauseingang, betrachtete aufmerksam die dort ausgestellten Bilder eines im Hause praktizierenden Photographen und ließ im geeigneten Moment das Paket aus der Tasche gleiten. Dann ging ich seelenvergnügt von dannen und bedauerte nur, den Wechsel des Gesichtsausdrucks nicht sehen zu können, den der glückliche Finder des Pakets beim Öffnen äußern würde. Mit dem Ausmalen dieses Mienenspiels kam ich aber nicht zu Ende, denn ein Mann, der mir allem Anschein nach nachgelaufen war, holte mich ein und überreichte mir das verlorene Paket, wobei er mir in Wort und Blick den Anspruch auf Finderlohn so deutlich zu erkennen gab, daß ich wohl oder übel gezwungen war, ihm seine Dienstfertigkeit mit einem Fünfundzwanzigpfennigstück zu belohnen.

»Wat, forn Paket mit Goldsachen fünfundzwanzig Fennje? Schämen Se sich denn nich?«

Leise sagte ich ihm ins Ohr: »Da sind ja bloß Birnenschalen drin.«

Darauf sah er mich so seltsam an, daß ich an meinen aufkeimenden Wahnsinn selbst zu glauben begann. Dann aber lachte er niederträchtig und sagte: »Na, meinswejen. Schubjack! Jeizige Blase!«

Ich wurde rot bis in den Kragen hinein, und weil sich schon Leute ansammelten, denen der Mann meine Filzigkeit gegenüber der Wiedererlangung eines Handkoffers voll Juwelen ins rechte Licht rückte, sprang ich in einen vorbeifahrenden Straßenbahnwagen.

Am Alexanderplatz stieg ich aus und ließ mein Paket selbstverständlich im Wagen liegen. Meiner beseligenden Besitzlosigkeit sollte ich mich nicht lange erfreuen. Der Straßenbahnwagen, der sich schon wieder in Bewegung gesetzt hatte, blieb mit einem Ruck stehen, und als ich den Schaffner rufen hörte: »Herr, Sie hab'n wat liejen jelassen«, da rannte ich wie ein Irrsinniger dem Rosenthaler Tor zu. Aber ich hatte nicht mit der bekannten Vorsorglichkeit und Hilfsbereitschaft des Berliner Schutzmannes gerechnet. Er hatte in der Nähe des haltenden Wagens gestanden, sich vom Schaffner das Paket geben lassen und lief mir nach.

Nun weiß man ja, daß Berliner Schutzleute immer fixer sind als andere Menschen. Infolgedessen kam er mir mit jedem Schritt näher. Da ich aber weiterrannte, ohne mich umzusehen, jagten bald zweihundert Leute hinter mir her, die einen heillosen Spektakel machten und fortgesetzt schrien: »Haltet ihn! Haltet ihn!«

Einer solchen Meute war ich nicht gewachsen. Der Schutzmann hielt mich fest: »Warum laufen Sie denn so, ich will Ihnen ja man bloß det Paketchen wiederjeben, det Se in der Elektrischen ham lijen jelassen.«
»Danke schön«, sagte ich und nahm das Paket in Empfang. Der Schutzmann legte die Hand an den Helm, und als er das tat, verschwand mit einem Mal die kläffende, blutgierige Meute.
Dann ließ ich das Paket in einem kleinen Wellblechhäuschen liegen. Ein Junge brachte es mir nach. Kostenpunkt laut mündlicher Rechnung: eine Mark. Als ich mich weigerte zu zahlen, dem Bengel das Paket als Eigentum versprach, wurde er so frech, daß ich schon in Rücksicht auf neue Ansammlungen, die bereits wieder in der Bildung begriffen waren, die Mark zahlte.
Im Krawattenladen, wo ich es unter einem Dutzend Schachteln fürsorglich geborgen glaubte, blieb es nicht. Eine Verkäuferin kam mir nachgelaufen und bat mich höflichst, nochmals in den Laden zu kommen, wo sie es dann elegant verschnürte und mit einem Trageknebel versah, damit es ein bißchen netter aussehen sollte.
Nun aber packte mich eine sinnlose Wut. Ich mußte das Paket loswerden, und sollte es mein Leben kosten; denn ich hätte mich vor mir selber geschämt, wenn ich ein sauber eingeschnürtes Paket mit nach Hause genommen hätte, in dem sich Birnenschalen befanden.
Ich trug es also zum *Fundbüro*. Aber abgenommen wurde es mir nicht. Man gab es mir in Verwahrung, und wenn es in Jahresfrist nicht abgeholt sei, dürfe ich es behalten. So viel Ehrlichkeit traut man den Berlinern von Amts wegen zu.
Das war ja alles sehr schön und gut. Aber jetzt erst recht wollte ich mich des Paketes entledigen. Und als ich gerade zufällig über die Weidendammer Brücke gehe, kommt mir ein genialer Gedanke. Ich stelle mich dicht ans Geländer, schaue gleichgültig in das schmutzige Wasser hinunter, und wie ich mich unbeobachtet glaube, lasse ich das Paket übers Geländer in die Spree fallen.
Es plumpst und verschwindet. Gott sei Dank! Wie ich mich aber

umdrehe, um weiterzugehen, packt mich eine feste Hand am Arm: ein Schutzmann.
»Wat ham Se denn da eben runterjeschmissen?«
»Ein Paket.«
»So! Wat war denn drinne?«
»Birnenschalen.«
»Wat forn Ding? Birnen –«
»– schalen, ja.«
Da sah er mich mit einem durchbohrenden Blick an, so daß ich im Gefühl seiner Hoheit und meiner staatsbürgerlichen Erbärmlichkeit und Nichtigkeit zusammenknickte und erbleichte. Das schien er mit seinem Blick bezweckt zu haben, denn jetzt kam er mir mit seinem Gesicht noch näher, bohrte sich noch fester in meine Augen und raunte halblaut, aber doch messerscharf: »Ick wer Ihnen sagen, wat drinne war. Leichenteile. Kommen Se mit. Janz ruhig, Männeken, sonst jibst den Knebel, vastehste?«
Ich mußte mit. Und nur in Rücksicht darauf, daß ich noch unbescholten bin, ließ man mich frei. Vorläufig.
Wenn aber in den verflossenen vierundzwanzig Stunden ein Mord passiert ist oder in den nächsten zwölf Stunden einer gemeldet wird, oder ein Mensch spurlos verschwindet, oder eine Hand oder ein Fuß irgendwo gefunden wird, dann kriege ich es mit der Angst zu tun. Besonders, wenn es nicht gelingt, das Paket aus der Spree herauszufischen, wozu bereits Auftrag erteilt ist.
Die nächsten drei Monate aber verlebe ich in banger Sorge um meinen Kopf.
Augenblicklich jedoch sitze ich zu Hause und packe eine echt goldene Uhr, die ich gekauft habe, in dickes graues Papier, mache ein ähnliches Paket wie das gewesene und lege es ganz unten in meinen Kleiderschrank. Denn wenn das Fundbüro mir am Ende nicht traut und recherchiert, und ich habe das Paket nicht mehr, dann komme ich wegen Fundunterschlagung vor den Staatsanwalt.
Todsicher. Denn wer glaubt an die Birnenschalen!

Das teure Souper

Ein gutbesuchtes, jedoch nicht überfülltes, sehr elegantes Weinrestaurant an einem nebensächlichen Wochentagsabend. Das Publikum, teils einzelne Herren, teils Gruppen von Herren, teils einzelne Paare, teils doppelte Paare, je nachdem Theater, Konzerte oder Vorträge sie zusammengeschaufelt und dann wieder ausgeschüttet haben, sitzen an kleinen weißgedeckten Tischen. Hinten im Raum, unaufdringlich, konzertiert ein Streichquartett und erzeugt bald fröhliche, bald gleichgültige Stimmung. Man wird auf die Musik überhaupt jedesmal erst dann aufmerksam, wenn sie zu spielen aufhört oder eine zu lange Pause macht. Vornehm tuende Kellner schlängeln sich eilfertig zwischen den Tischen hindurch und verteilen mit überaus graziösen Gesten Speisen und Getränke an das schwatzende und schmatzende Publikum. Es herrscht die regelrechte und übliche Restaurationsschwirrerei.
An einem einzelnen Tische sitzt unauffällig ein junger, gutgekleideter Mann. Er läßt sich ein Souper mit Vorspeise und drei Gängen servieren und bestellt dazu eine Flasche Wein in der mittleren Preislage, wie sie ihm der Kellner als besonders preiswert empfohlen hat und wie sie in diesem Lokal und zu dieser Stunde am häufigsten verlangt wird. Ein wenig hastig ißt der junge Mensch. Aber das fällt kaum weiter auf, denn viele der anwesenden Herren haben seit Geschäftsschluß kaum etwas Richtiges gegessen und sind infolgedessen ausgehungert, so daß man ihnen das raubtierartige, hetzende Schlingen nicht so übel anrechnet. Schließlich befinden sie sich ja nur in einem öffentlichen Restaurant und nicht auf einer vornehmen Familienfestlichkeit.
Das Gesicht des einsamen Gastes ist bleich, und graue Schatten liegen unter seinen etwas hervortretenden Backenknochen. Von den Nasenflügeln herab zu den Mundwinkeln zieht sich eine dünne Linie, die ihn um einige Jahre älter erscheinen läßt, als er,

seinem sonstigen Aussehen nach zu urteilen, sein kann. Seine Kleidung verrät den teuren Schneider, der für das erhabene Geld nicht bloß Ware liefert, sondern sich bemüht, Kunstwerke zu schaffen. Aber über diesem Anzug liegt so ein unerklärlicher Schimmer von Nachlässigkeit, die sich nicht genau bezeichnen läßt. Man ist geneigt zu sagen: schlecht ausgebürstet. Die Hände sind gut gepflegt, aber sie machen den Eindruck einer faulen Schlaffheit, zu der sie gegen den Willen des Besitzers gezwungen worden sind. Es vibriert in ihnen ein nervöses Zittern, gleichsam als wollten sie sagen: warum haben wir nichts zu tun, wir möchten gern arbeiten.

Der einsame Gast sitzt ruhig da, aufrecht in dem dicht an den Tisch gerückten Stuhl, die Ellbogen auf die Kante gestützt. Seine tiefliegenden Augen flackern über den schwirrenden Raum und verlieren sich fern an den Wänden, als wären diese weit hinausgerückt. Sein Atem geht gleichmäßig und schwer und preßt sich durch die blassen Lippen, die sich infolge des Drucks leise öffnen. Zuweilen legt er den Kopf zurück und scheint auf die Musik zu achten, die in solchen Momenten zerflatternde Bilder auf seinem Gesichte widerspiegelt, wobei sein Körper sich unbewußt in den Rhythmus der Töne einschmeichelt. Hin und wieder greift er nach dem Weinglase, das ihm der aufmerksame Kellner stets aufs neue füllt. Und wenn er dann getrunken hat, spielt ein verlorenes Lächeln über sein Gesicht. Man weiß eigentlich nicht recht, was man aus ihm machen soll. Aber diese stille Einsamkeit, die von ihm ausgeht, die soviel Gedankenschweres um sich verbreitet, teilt sich unmerklich und doch nachhaltig vielen Gästen mit, denen das Gesprächsthema ausgegangen ist. Man wird, ohne es eigentlich zu wollen, auf ihn aufmerksam. Es finden sich sogar einzelne Herren, die darüber sprechen, ob sie ihn nicht zu sich an ihren Tisch laden möchten, damit er, der so einsam dort sitzt und sicher fremd hier ist, etwas Gesellschaft bekommt; denn man braucht sich seiner durchaus nicht zu schämen. Aber der Plan wird schließlich wieder aufgegeben, man weiß ja nicht, vielleicht hat er die Einsamkeit gerade gesucht. Dann ist es immerhin auch möglich, daß er ihnen einen Korb gibt, was für den Betreffenden peinlich wäre. Nach und nach beginnt man, sich für andere Dinge zu interessieren.

Plötzlich, als der einsame Herr merkt, daß sie alle ihn wieder sich selbst überlassen, sieht er sich aufmerksam im Lokal um, steht auf, nimmt seinen Überzieher vom Kleiderständer, seinen Hut in die Hand und geht. Einen kurzen Augenblick nur später kommt ein Kellner an seinen Platz, schnüffelnd bewegt er seinen Kopf, wirft einen Blick ganz kurz auf den Kleiderständer und springt dann mit einem mächtigen Satz zur Ausgangstür. Die Tür ist in ihrem oberen Teil von Glas, infolgedessen werden die Gäste Zeugen alles Folgenden.

Der Kellner ist hinausgerannt und hat den einsamen Gast wieder mit zurückgebracht. Eine Weile konferiert er mit ihm. Der Gast schüttelt verlegen mit dem Kopfe. Ein anderer Kellner kommt hinzu; und mit einem Male ist auch der Besitzer des Lokals selbst anwesend. Man hat gar nicht so recht gesehen, wo er überhaupt so schnell herkommen konnte. Einzelne Gäste werden stutzig, horchen auf, und gleich darauf fallen auch schon Worte wie ›Zechpreller‹, ›Hochstapler‹, ›Gauner‹ und dergleichen.

Zum Teil beruhigen sich die Gäste, was ihnen um so leichter fällt, weil die Musik sofort mit einem temperamentvollen Marsch einsetzt, als sie merkt, daß irgendwo irgend etwas nicht stimmt. Das haben sie stets noch immer als das sicherste Beruhigungsmittel mit Erfolg angewendet. Einen Augenblick wird das Thema drinnen noch besprochen, ähnliche Fälle werden angeführt, man mokiert sich über die Unverfrorenheit solcher Drückeberger, fordert die strengsten Maßregelungen gegen Subjekte solcher Art und vergißt dann zuletzt die ganze an und für sich ziemlich belanglose Sache, um sich dem plappernden und viel angenehmeren Zeitherumbringen räkelnd hinzugeben. Der junge Mann selbst ist längst vergessen. Von allen. Draußen im Vestibül jedoch geht man nicht so leicht darüber hinweg.

Hier wird die Sache ernster genommen.
Der junge Mann stand da, den Hut unschlüssig in der Hand, den Überzieher knautschig hinaufgewürgt, den Kopf tief gesenkt, als wolle er sein Gesicht vor allen zudringlichen Blicken, die ihm physischen Schmerz zu bereiten scheinen, schützen. Das Gesicht war jetzt so weiß, daß man den Ansatz des Kragens nicht zu erkennen vermochte. Um ihn herum standen der Restaurateur, drei Kellner und einige Herren, die von vorhin noch draußen geblieben waren. Den Portier hatte man bereits zur Wache geschickt.
»Wollen Sie nun bezahlen oder nicht«, schrie der Wirt auf ihn ein.
»Ich möchte ja gern, aber ich habe leider kein Geld.«
»Das heißt gar nichts. Haben Sie überhaupt kein Geld oder haben Sie es nur vergessen? Wo wohnen Sie denn?«
»Ich habe keine Wohnung.«
»Haben Sie irgendeinen Wertgegenstand bei sich, eine Uhr, Ring, Nadel oder dergleichen?«
»Nein, das habe ich alles schon verkaufen müssen, denn ich bin schon sehr lange Zeit ohne Einkommen und ohne Stellung.«
»Nun, und der Überzieher?«
»Den?« Mit schreckhaft aufgerissenen, brennenden Augen sah der junge Mann rasch hoch und blickte sich im Kreise um.
»Na, warum nicht? Sieben Mark ist er sicher ja noch wert.«
»Nein, den kann – ich – in diesem Mantel schlafe ich nachts und –«
»Dann werden Sie eben mal in etwas anderem schlafen.«
»Wo ich schlafe, da kann man nicht in etwas anderem schlafen.«
»Ja, edler Herr, das ist mir ganz egal, worin Sie schlafen, also –«
»Und – wenn ich Ihnen meinen Mantel gebe, dann bekomme ich überhaupt keine Stellung mehr.«
»Also kurz gesagt, Sie wollen nicht!«
»Ich kann nicht.«
»Sie ganz gemeiner Gauner Sie, Sie Lump, Sie Hochstapler, haben kein Geld in der Tasche und gehen dann noch in ein vornehmes Weinrestaurant, lassen sich ein Souper mit drei Gängen servieren

und trinken eine ganze Flasche Wein dazu, trotzdem Sie ganz genau wissen, daß Sie es nicht bezahlen können? Sie ganz niederträchtiger Lump!«
Der Zechpreller klappte bei den Worten des Wirtes zusammen, als hätte er einen Schlag mit der Peitsche bekommen. Dann aber mit einem Ruck bäumte er sich auf, als wolle er sich auf seinen Beleidiger stürzen. Wie er den aber stehen sah, mit hämischen Augen, die Hände in den Hosentaschen, und dadurch mehr als durch andere Dinge zum Bewußtsein seiner Lage kam, schrumpfte er ganz klein zusammen, und demütig, kaum hörbar, sagte er: »Ich habe seit drei Tagen nicht einen Bissen gegessen, deshalb wußte ich gar nicht mehr, was ich tat. Und nun, da ich zum ersten Mal seit drei Monaten wieder satt geworden bin, weiß ich wirklich nicht, wie ich dazu gekommen bin. Haben Sie Erb – –«
Das ›Erbarmen‹ brachte er jedoch nicht über die Lippen, er stockte und schwieg, als er wieder in das kalte, geschäftsmäßige Gesicht des Wirtes blickte.
In diesem Augenblick kam der Portier zurück. »Warum haben Sie nicht mit dem Portier gesprochen und gesagt, daß Sie Hunger haben, in der Küche hätten sich schon ein paar Reste gefunden. Aber nein, da muß gleich drauflos geschlemmt werden, da muß betrogen werden. Anders geht's ja bei euch Spitzbuben nicht.«
»Herr, ich bin kein Sp –«
»Was, einen großen Mund wollen Sie auch noch haben? Na, Bursche, dich werden wir gleich haben, verlaß dich heilig drauf. Mit Brüdern deines Gelichters machen wir nicht viel Umstände. Holla, waren Sie auf der Polizei?«
»Jawohl, es wird gleich jemand dasein«, sagte der Portier.
Als der Zechpreller das Wort ›Polizei‹ hörte, zuckte er wie frierend zusammen und warf seine Augen blitzschnell herum, als versuche er eine Stelle zu entdecken, wo es ihm gelingen könne, durchzubrechen. Da bekam er etwas von einem tödlich verwundeten Tier.
Der Portier hatte aber seinen Blick aufgefangen und sagte: »Na,

mein Junge, wenn du denkst, du könntest uns hier entwischen, dann hast du dich aber verrechnet, das laß dir gesagt sein.«
»Warum duzen Sie mich denn?« fragte der Zechpreller schüchtern.
»Wir werden vielleicht noch ›Euer Hochwohlgeboren‹ zu dir sagen, du Lumpenkerl, was?« schrie der Portier ganz erbost.
Da kamen zwei Polizisten herein, und der eine sagte sofort, ohne erst lange zu grüßen: »Wo ist denn der Kerl?«
Im gleichen Moment aber, wo der Polizist zupacken wollte, sagte einer der anwesenden Herren: »Ich bezahle für den Herrn die Zeche, lassen Sie ihn laufen. Ich bin überzeugt, wenn er es nicht bitter nötig gehabt hätte, würde er sicher nicht in diese fatale Lage gekommen sein.«
Der Schutzmann ließ sofort die Hand des Mannes los, und aus dessen Augen flog ein dankbarer Strahl zu dem zahlungswilligen Herrn. Aber der Wirt sagte: »Nein, wie kämen Sie denn dazu, für den Herrn die Zeche zu bezahlen? Der Kerl gehört ins Gefängnis für seine Frechheit.«
»Aber das kann Ihnen doch egal sein, die Hauptsache ist doch jedenfalls, daß Sie keinen Schaden haben.«
»Nein, mein Herr, so egal, wie Sie vielleicht denken, ist mir die Angelegenheit denn doch nicht. Um diese paar Mark ist es mir wirklich nicht zu tun, das dürfen Sie mir schon glauben, die kann ich gut verschmerzen; aber solche Leute gehören ein für allemal ins Gefängnis. Wenn Sie wüßten, wie wir unter Zechprellern zu leiden haben! Das Malheur ist eben, man erwischt selten einen. Und wenn man dann einmal einen kriegt, der muß für die andern büßen. Das ist letzten Endes bei allen Sachen so.«
»Der Herr ist mein Gast, also bitte, lassen Sie ihn frei.«
»Geben Sie sich keine Mühe, es bleibt bei dem, was ich gesagt habe, nur auf die Art ist den Leuten beizukommen. Also, Schutzmann, nehmen Sie den Burschen an den Rockkragen, und dann los mit ihm.«
»Ja, Herr Wirt, wenn Sie Strafantrag stellen, dann muß ich freilich

– sonst hätte man ein Auge zudrücken können, man hätte einfach gesagt, es sei ein Irrtum gewesen.«
»Also, los, fort mit ihm!«
Der, den die Sache eigentlich am meisten angehen mußte, schien nach den rücksichtslosen Worten des Wirtes, die ihn jedes Freikommen als völlig aussichtslos erkennen ließen, das Interesse an sich selber ganz verloren zu haben. Jedenfalls lauschte er jetzt in aufmerksamster und hingebendster Andacht der Musik, die leise gedämpft aus dem Restaurant ertönte. Es war ein entzückender Walzer. Und in dem ›Gauner‹ mußte wohl etwas wie Erinnerung aufsteigen; denn in sein Auge kam ein unbewußtes Verlorensein und in seine ganze Gestalt ein kaum merkbares Wiegen.
Da schlug ihm der Polizist auf die Schulter, er zuckte leicht zusammen, blinzelte mit den Augen, als besänne er sich auf etwas. Und als das Besinnen in die Wirklichkeit überging, wollte er auffahren. Aber er erinnerte sich noch rechtzeitig genau der Gegenwart, machte eine kurze, straffe Verbeugung und sagte: »Gestatten Sie, bitte, daß ich mich auf einen Augenblick entferne?« Der Polizist sah den Wirt an, und der meinte: »Seien Sie unbesorgt, er kann nirgends entwischen.«
Der Zechpreller zog rasch seinen Mantel aus und gab ihn mitsamt dem Hute einem der beiden Polizisten. Da sagte der Wirt: »Sie haben doch nicht etwa einen Revolver einstecken, daß Sie mir hier noch Geschichten machen?« Aber der Angeredete erwiderte: »Bitte!«, worauf der eine Polizist mit schnellem Griff an der Kleidung des Mannes herunterstrich. Dann ging der Zechpreller, und ein Kellner brachte auf Geheiß des Wirtes den beiden Beamten zwei Schnäpse.
Die Polizisten warteten fünf Minuten und dann noch ein kleines Weilchen. Endlich dauerte es ihnen zu lange, und als auch der Wirt wieder hinzukam und die beiden Beamten noch immer resultatlos herumstehen sah, schickte er den Portier fort, damit der sehen solle, wo der Mann eigentlich geblieben sei.
Nach wenigen Augenblicken kam der Portier schon wieder zurück

mit einer erschreckten Gebärde und hinter ihm drei Kellner, die vor Entsetzen kein Wort herausbrachten, dann der Herr, der vorhin die Sache durch Bezahlung der Zeche wiedergutmachen wollte, und außerdem noch einige Gäste.

Der eine Kellner stieß abgerissen nur immer wieder dasselbe hervor: »Er hat sich mit seinem Taschenmesser das Herz durchstochen!«

Drei Minuten später war das Lokal völlig leer. Mit fiebernder Hast versuchten die Gäste, die Straße zu erreichen. Die beiden Polizisten zuckten die Achseln, die Kellner standen unschlüssig herum, und der Wirt war ganz in Ratlosigkeit aufgelöst. Er lief verzweifelt im Vestibül hin und her, und ohne sich anscheinend über den Sinn der Worte richtig klarzuwerden, schrie er fortgesetzt: »Ich habe ihn nicht ermordet! Das habe ich nicht gewußt! Ich habe ihn nicht ermordet! Was kann ich dafür?«

In all dieses Chaos hinein spielte ununterbrochen die Musik, und um soviel lebhafter und nachhaltiger, je eiliger das Publikum sich entfernte. Kein Mensch schien überhaupt die Musik zu hören. Niemand dachte an die Musik. Infolgedessen empfand auch niemand das Überflüssige der Musik. Und niemandem fiel es ein, der Kapelle, die auf dem Podium saß, Ruhe zu gebieten oder ihr wenigstens zu sagen, was passiert sei. Aber als jetzt das Lokal leer und das Spielen zwecklos war, warf der erste Geiger den Kopf zurück, strich noch einmal schwungvoll und elegant mit dem Bogen über die E-Saite und dann war es ganz still. Und in dieser Stille entkorkten die Musiker zwei Flaschen Sekt, schenkten sich die Gläser voll und tranken auf die Gesundheit des freundlichen Spenders.

Der freundliche Spender war der ›einsame Herr‹. Als er noch einmal durchs Lokal gehen mußte, hatte er bei einem Kellner, der von dem Vorfall im Vestibül nichts erfahren konnte, weil er weiter hinten im Lokal beschäftigt war, zwei Flaschen Sekt für die Musik bestellt. Und der Kellner hatte keine Bedenken gehabt, den Befehl sofort auszuführen. Denn der Herr sah ja ganz solide aus.

Vom Anschluß *Beobachtungen und Betrachtungen*

Das Heiraten an sich ist eine ganz einfache Sache. Schwieriger ist schon ›das Miteinander-bekannt-Werden‹. Denn ohne vorheriges Kennenlernen ist heute keine Heirat mehr denkbar. Selbst nicht unter Königen. Aber gerade das Kennenlernen, gewissermaßen die passende Anknüpfungsgelegenheit herbeizuführen, ist das schwerste. Kennt man sich erst, so kommt alles übrige von selbst. Bodenlose Schüchternheit wird heute nur noch geheuchelt. Geheuchelt dann, wenn man dem Junggesellendasein unrettbar verfallen ist und der eheheischenden Jungfrau das ›Nein‹ nicht so in barbarischer Rücksichtslosigkeit ins Gesicht schreien mag. Aus Höflichkeit markiert man dann unbeholfenste Schüchternheit. Hilft aber selten. Wen das Schicksal gezeichnet hat, der muß dran. Es gibt überhaupt kein Abwehrmittel, das unweigerlich vor dem Geheiratetwerden rettet.

Wer aber den guten Willen zur Ehe gleich mit zur Welt bringt, ist damit noch nicht ehelich verbunden. Auf die Straße kann man sich nicht gut stellen und jede Passantin fragen, ob sie bereit sei, zu heiraten usw. Erstens gehört dazu Unverfrorenheit des Fragers, zweitens würde es einen Straßenauflauf mit allen seinen angenehmen und unangenehmen Folgen geben. Und drittens hätte, soweit ich Düsseldorfer Weiblichkeit kenne, der Frager nach einer Viertelstunde zwei geschwollene Backen. Das weiß ich, Gott sei Dank, nicht aus eigener Erfahrung. Aber weil ich vorgestern nachmittag vor einem Schaufenster in der Schadowstraße eine solche Abfertigung zu bewundern Gelegenheit hatte, schließe ich von einer auf andere. Um so mehr, als es sich um moderne Großstädterinnen handelt. Und da ist es durchaus keine Seltenheit, daß die Hand oder der Schirm oder die Tasche ausrutscht. Courage und starke Ellenbogen verlangt die moderne Zeit auch von der Frau.

Aber kennenlernen müssen sich Männlein und Weiblein doch.

Das ist jetzt nach der Statistik über den Rückgang der Geburten (wir können ihn übrigens vertragen – vorübergehend natürlich) eine Angelegenheit, die den Staat ganz wesentlich interessiert. Je weniger Ehen, je weniger Nachwuchs; je weniger Volk, je weniger Steuern. Eins kommt aus dem anderen.

Kennenlernen ist die Vorbedingung zur Beseitigung des Geburtenrückganges. Man kann auf verschiedene Art miteinander bekannt werden. Heiratsvermittler, Zeitungsinserate, Bälle, Vereinsvergnügungen, immer derselbe Straßenbahnwagen usw. Das Idealste aber, zugleich Bequemste, Billigste, am wenigsten Zeit Raubende auf diesem Gebiet hat die Postverwaltung geschaffen. Nicht etwa die postlagernden Briefe! Nein, das ist längst überlebt, unmodern, langweilig geworden. Man bedient sich neuerer Errungenschaften.

In dem langen Korridor des Hauptpostamtes befindet sich genau in der Mitte die kleine Loge für Auskunftserteilung, öffentliche Ferngespräche, Fernamtsvermittlung, Eröffnung von Postscheckkonten und sonstiges. Die Fernamtsvermittlung, das ist der Grundton, auf den die ganze Melodie abgestimmt ist. Fernvermittlung dauert immer. Meist sehr lange, weil – aber das ist postalisches Geheimnis. Aber das Langedauern ist das Wertvolle, das heißt hier an dieser Stelle. An anderen Stellen löst es diverse Donnerwetter aus. Hier ist es beliebt. Sehr beliebt. Je länger es dauert, um so beliebter. Dankbar leuchten dann vier Augen dem geplagten Postmanne entgegen.

Vier Stühle hat man den Wartenden errichtet. Zwei mit Lehne für die langen Linien: Essen, Köln, Elberfeld. Zwei Sessel ohne Lehne für die ganz kurzen Linien nördlich über Hamburg, östlich über Hannover, südlich über Frankfurt hinaus. Beim Telephon, das heißt beim Ferntelephon, ist es so, je kürzer die Entfernung, je länger dauert es, bis man Anschluß hat.

Ich bin noch nie an dieser Vermittlungsloge vorbeigegangen, daß ich gesehen hätte, es sitzt *ein* Männlein da, oder es sitzen *zwei* Männlein und warten. Kommt nie vor. Es ist scheinbar gegen eine

höhere unsichtbare Verabredung. Immer sitzen da: ein Männlein *und* ein Fräulein, oder zwei Männlein *und* zwei Fräulein. Sind beide wildfremd. Haben sich nie im Leben vorher gesehen. Und werden nun hier mit Hilfe des kaiserlichen Postamtes bekannt gemacht und vermittelt.
Sie sitzen da. Beide. Und warten. Auf Anschluß. Er gähnt. Sie ist feiner. Tut wenigstens so und unterdrückt es. Sie sitzen beide mit dem Rücken gegen die Loge und beobachten die vorbeigehenden Leute. Er räuspert sich. Und wartet. Sie möchte sich auch räuspern, aber dann denkt er vielleicht – – Nun krabbelt sie in ihrer Tasche herum. Schnappt sie zu. Dann wieder auf. Er dreht sich auf seinem Stuhl und zur Loge, weil er denkt, es möchte schneller gehen, wenn er dem Beamten auf die Finger sieht. Sie hat denselben Gedanken und dreht sich auch herum. Und plötzlich sitzen sie sich gegenüber. Sie sehen sich an. Ganz gleichgültig. Dann schauen sie wieder voneinander weg.
›Ist ganz nett‹, denkt er.
›Hübsche Krawatte hat er‹, denkt sie.
›Was hat sie denn für Haar‹, denkt er nun. Und um das festzustellen, sieht er sie wieder an.
Sie hat unterdessen gedacht, was mag er für eine Kragenform tragen?
Und so kommt es, daß sie sich beide gleichzeitig ansehen. Zufällig. Darüber lächeln sie etwas. Dann gucken sie weg. Behalten aber das Lächeln auf den Lippen. Und schon sehen sie sich wieder an.
Dann sagt er: »Das dauert furchtbar lange.«
Sie: »Ja, sehr.«
Er: »Worauf warten Sie?«
Sie: »Auf Duisburg.«
Er: »In der Zeit könnte man hinfahren und wieder zurück.«
Sie lacht, weil es ein Witz ist. Und weil sie gern möchte, er soll weitersprechen.
Ihre Stühle sind schon näher gerückt. Wie von selbst. Ihnen wird die Zeit immer kürzer. Schließlich ist ihr die Zeit so kurz gewor-

den, daß sie, als es aus der Loge ruft: »Duisburg«, ganz plötzlich fragt: »Schon?«
Worauf er antwortet: »Ach Gott, wie schade.«
Und während sie in der Zelle verschwindet, ruft er ihr nach: »Warten Sie, noch einen Augenblick, Fräulein, wenn ich gerade sprechen sollte. Ich muß Sie noch was fragen.«
»Gern«, gibt sie zurück und zieht die Tür hinter sich zu. Sie hatte zuerst überhaupt keine Zeit. Es dauerte so entsetzlich lange. Aber sie wartet jetzt auf ihn. Denn er will sie doch noch was fragen.
Ich habe dann nicht gehört, was er sie gefragt hat. Doch als sie beide fortgingen, saß bereits ein neues wildfremdes Paar auf den beiden Stühlen und wartete. Auf Anschluß. Ob sie ihn bekamen, weiß ich nicht. Ich halte es aber für mehr als wahrscheinlich.
Die beiden ersten haben ihn gefunden. Den richtigen Anschluß. Dank der Vermittlung. Denn heute mittag traf ich sie beide Arm in Arm in der Alleestraße. Sie lachten sich beide so selig an, daß ich nun auch wußte, was er sie an dem Vermittlungstage noch fragen wollte.

Regie *Aus der Entwicklungsgeschichte eines Talents*

Sie hieß Mimi. Sah auch so aus. Hatte bei einem Hofschauspieler zwei Jahre dramatischen Unterricht genossen. Leider nur genossen, nicht gehabt, was für ihr ferneres Fortkommen wichtiger gewesen wäre. Aber sie besaß die nötige Frechheit. Konnte also auf das unschuldige, nichtsahnende Publikum losgelassen werden. Sie war reif und genügend vorgebildet. Ihre Jugend nützte ihr nicht viel. Mehr schon ihre Schönheit. Sie war wirklich hübsch. Und hatte auch Talent. Nicht viel, aber etwas. Und ja, wie gesagt, zwei Jahre Unterricht bei einem Hofschauspieler.

So fand sie auch einen Direktor, der sie für sein Sommertheater engagierte. Tatsächlich, er war so gutmütig. Kleine Gage, Hauptsache: Spielen.

Ja, gerade das Spielen! Sah viel leichter aus, als es wirklich war. Aber sie war nun mal engagiert. Schon des Hofschauspielers wegen. Man wußte ja nicht, wie er einem – dem Direktor zum Beispiel, mal irgendwie eine Gegengefälligkeit erweisen konnte.

Na, dann also los dafür.

›Berühmte Frau‹. Mimi hat eine kleine Rolle bekommen. Natürlich viel zu klein. Bei einem solchen Talent. Schülerin eines Hofschauspielers usw. Selbstverständlich hätte Mimi am liebsten die weibliche Hauptrolle gespielt, die Herma. Anfänger spielen überhaupt immer am liebsten die Hauptrolle. Also warum Mimi nicht. Aber, aber! Schließlich gab es doch Publikum, und der Direktor wollte Geschäfte machen. Das ist beim Theater durchaus nicht so einfach, zweifellos das Schwerste. Besonders im Sommer. Also spielt Mimi die Schwester der Herma, die Walli. Auch einen Backfisch.

Gott, sie hatte die Rolle gelernt und betete sie her. Betete, das war aber auch alles. Denn wozu zeigen, was man kann? Ja, wenn es noch eine große Rolle gewesen wäre. Aber *die?*

Na! Es wird schon werden. Das dachte Mimi. Dachte aber auch der Regisseur.
Die Proben gingen vorüber. Schlecht und recht. Wenigstens was Mimi betraf. Was heißt Begeisterung? Noch dazu im Sommer? Noch dazu bei solcher Gage? Und nun gar erst bei einer solchen Nebenrolle?
»Na, denn man weiter«, sagte der Regisseur. Er saß im Parkett und sah sich von hier aus die letzte Probe an. Gewissermaßen aus der Perspektive.
Plötzlich: »Aber Herrgott noch mal, das ist doch ein Lustspiel. Da wollen die Leute für ihr Geld doch lachen.«
Und Mimi trant da oben herum, als sollte es von dort direkt zu ihrem letzten Begräbnis gehen.
»Aber hören Sie mal, Fräulein, das geht doch nicht. So wahr es ist, daß eine Räuberin lebte, das geht wahrhaftig nicht. Da schlafen uns ja glatt die Leute ein, vorausgesetzt, daß überhaupt welche kommen, wenn Sie auf dem Zettel stehen. Ein bißchen Mut. Ein bißchen Temperament. Munter! Munter!«
Mimi wollte etwas erwidern. Aber warum? Was *der* da unten schon vom Theater verstand. War ja nicht mal Hofschausp – –
»Na, also nicht träumen! Noch mal zurück. Akt von vorn!«
Es war der zweite Akt. Mimi hat als Walli mit ihrer Partnerin, der Herma, in einem Roman zu lesen, der so spannend ist, daß die beiden Mädchen vor lauter Eifer nach und nach anfangen, laut zu lesen. Dabei überhören sie ganz, daß ihr patenter, lebenslustiger Onkel Ulli zur Mitteltür hereinkommt und sie, hinter ihrem Rükken stehend, belauscht. Mit hochrotem Kopfe sind sie über das aufgeschlagene Buch gebeugt und vergessen alles um sich her. Ganz in die interessante Handlung versunken, sprudeln sie mit fliegendem, hastendem Atem, sich einander überstürzend laut die Worte hervor: »Der Geliebte verläßt tränenden Auges sein Mädchen, und im überströmenden Gefühl spricht er die mit zitternder Wehmut umschleierten Abschiedsworte ›Leb wohl! Leb wohl! Leb wohl!‹« Und in dieses schluchzende ›Leb wohl‹ der beiden

Mädchen platzt jetzt ein trockenes, aus dem tiefsten Baß hervorgeholtes ›Adieu!‹ des Onkels Ulli dazwischen.
»Na, da ist es doch ganz logisch, daß Sie sich nicht wie ein paar alte Trantunten in aller Gemütsruhe umdrehen, sondern mit einem lauten, komisch-gellenden Aufschrei sich setzen und ganz furchtbar erschrecken. Na, stimmt's, meine Damen, oder stimmt's nicht? Also bitte, noch mal zurück!« ruft der Regisseur von seinem Parkettsitz.
Die Szene wird wiederholt. Mimis Partnerin – die Herma –, eine routinierte Schauspielerin, bringt den Aufschrei, so wie ihn der Regisseur haben will. Nicht aber Mimi.
»Ja, liebes Fräulein, wollen Sie oder wollen Sie nicht? Zum Zeitvertreib sitze ich nicht hier. Oder können Sie nicht? Noch mal zurück, bitte. Akt von vorn! Los!«
Mimi kann's wieder nicht.
»Ach, Herr Bayer, abends mach' ich's schon.«
»Papperlapapp! Erzählen Sie keine Klassiker. Kennen wir schon. Abends! *Jetzt* will ich es sehen. Also los!«
Mimi bringt weder das erschrockene Hinsetzen noch den komischen Aufschrei.
Der Regisseur faltet gottergeben die Hände und räkelt sich gemütlich in seinem Stuhl: »Na, denn man zu. Probieren wir's eben so lange, bis es geht. Mir kann es schon recht sein. *Ich* habe Zeit. Wenn *Sie* da oben *ebenso* viel Zeit haben, meinetwegen. Also, bitt' schön, zurück!«
Das Hinsetzen kommt ungeschickt, der Aufschrei kommt gar nicht.
Und während der nächsten halben Stunde hört man in bestimmten Intervallen vom Parkett her immer nur den einen Satz: »Zurück, bitte! Akt von vorn!«
Die Damen und Herren fangen an, nervös zu werden, was ein bedenkliches Zeichen ist, weil Schauspieler das höchste Stadium dieses Gemütszustandes um eine Ewigkeit früher erreichen als alle andern Sterblichen. Mit konstanter Bosheit zieht jeder einzelne

und jede einzelne in regelmäßigen Zwischenräumen von 15 Sekunden seine Uhr. Und die Blicke, die dabei jedesmal vom Zifferblatt der Uhr zu dem gequälten Regisseur geschleudert werden, verheißen dem Armen tausend martervolle Tode. Sie treten von einem Fuß auf den andern. Der eine hat eine Landpartie vor, der andere eine Ruderpartie. Die eine Dame hat eine wichtige Verabredung getroffen, die andere hat wahnsinnigen Hunger und wird gleich eines elenden Todes sterben.

Der Regisseur: »Ja, meine Herrschaften, es tut mir sehr leid, aber Sie sehen doch selbst, es geht nicht. Es *geht* einfach nicht! Bedanken Sie sich bei der Dame. – Zurück, bitte! Akt von vorn!«

Mimi macht's halt nicht. Die Mitspielenden machen es ihr alle vor. Jeder einzelne, der Reihe nach. Sie geben sich alle erdenkliche Mühe.

»Zurück! Akt von vorn!«

Die Mitglieder beginnen zu fluchen. Erst ingrimmig, dann immer deutlicher. Schimpfen auf die Anfängerbrut im allgemeinen. Im besonderen auf die dramatischen Lehrer, die den bedauernswerten Unschuldslämmern bloß das Geld abzuknöpfen verständen, aber weiter nichts.

»Zurück! Szene noch mal! Looos!«

Und unter Murren, Knurren, Fluchen und Brummen wird weiter probiert.

»Ja, ja, liebes Fräulein. Thö-ater-spülln ist schwer. Einigermaßen erträglich Thö-ater-spülln ist noch schwerer. Kopfstehen ist leichter. Und das kleine Küßmäulchen im geeigneten, erwartungsvollen Moment recht weit aufsperren ist noch viel leichter. He? Na, also los, zurück!«

Der Regisseur bleibt geduldig und sanftmütig, er läßt sich nicht aus der Ruhe bringen. Jetzt fängt er an zu erklären: »Sehen Sie mal, Mädel, wenn Sie so ganz ahnungslos dastehen und an gar nichts denken und bekommen ganz plötzlich ein Telegramm, Ihr Bruder sei tot, was werden Sie denn da zuerst tun? Da schreien Sie doch in Ihrem ersten Schreck auf, daß sich die Balken biegen, nicht wahr? Also denken Sie mal, wenn Onkel Ulli sagt ›Adieu‹, Sie hätten das Telegramm aufgebrochen und den Inhalt überflogen. Na? – Also, bitte, zurück!«

Mimi macht einen Kickser, der weder komisch noch schreckhaft wirkt.

»Nun passen Sie doch mal auf. Sie stehen in aller Gemütsruhe auf der Straße und sehen sich in einem Schaufenster die neuesten Sommerhüte an, und hinter Ihnen platzt ganz urplötzlich mit mordsmäßigem Geknall ein Autoreifen. Da erschrecken Sie doch und machen instinktiv einen grausenerregenden Aufschrei. Instinktiv, schon um einen Gegendruck gegen die Erschütterung des Trommelfells zu haben. Nicht wahr? Ist Ihnen das klar? Ja? Na, also denn zurück. Szene von vorn! Los, bitte! Und, Fräulein, denken Sie bei ›Adieu‹ an den geplatzten Autoreifen. Los!«

Mimi denkt gewiß an den Autoreifen. Vielleicht auch nicht. Jedenfalls aber ist ihr Aufschrei nur ein unbestimmtes Gurgeln. Und das Hinsetzen kommt so behutsam, als müßte sie erst jedesmal darauf achten, daß ihr Kleid auch keine Schmutzflecken kriegt.

Mimis Partner stehen unmittelbar vor dem Ausbruch eines folgenschweren Tobsuchtsanfalles.

Der Regisseur ist die personifizierte Langmut. Von den Schauspielern hätte jeder einzelne – nach ihrer Behauptung – das ganze Theater schon in Grund und Boden gehauen, wenn er an der Stelle des Regisseurs säße. Denn was sich ›diese Dame‹ leistet, dagegen ist ja der blutigste Dilettantismus gottbegnadetes Virtuosentum.

»Na aber, Mädel, nun seien Sie doch endlich mal gescheit. Das kann doch wirklich so nicht fortgehen. Mein Gott, wie soll ich Ihnen das bloß klarmachen? Den Aufschrei *muß* ich haben, und wenn wir alle beide weinen sollen. Ist sowieso an dem ollen Schmarrn nicht viel dran. Müssen wir doch die paar Momente schon herausholen. Tja, lieber Gott, aber wie? Was machen wir da? Vormachen nützt doch nischt. Wir sind doch bereits alle Skalen durch. Sie müssen den Ton, auf den es ankommt, in sich *selber* finden. Ja, aber wie? Denken Sie mal, Fräulein, Sie kochen sich frühmorgens so um Uhr neun Ihren Kaffee. Pß!Pß! Ja, Fräulein, ich weiß, Ihre Wirtin bringt Ihnen den fertigen Kaffee ans Bett. Selber kochen können Sie ja keinen, aber Thöh-ah-töhr spülln, *das* wollen Sie! Na meinetwegen, das geht mich ja nichts an. Ich bin ja nicht der Direktor. Habe Sie auch nicht engagiert. Zahle Ihnen ja auch nicht die Gage. Also nehmen Sie mal an, tun Sie's Ihrem geplagten Regisseur zuliebe, nehmen Sie mal an, Sie kochen Kaffee. Jetzt schlägt's ein Viertel nach neun und um halb zehn ist Probe. Da gießen Sie etwas hastig das heiße Wasser in die Kanne, und schwapp – schon ist so ein Sturzbach über Ihre zarten Fingerchen gesprudelt. Da bleiben Sie natürlich mucksmäuschenstille –?! Da schreien Sie doch, als ob Sie am Spieße steckten, nehmen doch dieses verfluchte Monstrum von Kanne und schmeißen es mit einem Himmelschwerenotdonnerwetter an die Wand, daß die Scheiben klirren! Oder tun Sie vielleicht gar, als ob weiter gar nichts wäre? Nicht wahr, da brüllen Sie doch, daß die Leute auf den Gassen zusammenlaufen, da . . .«

Der Regisseur hielt inne, lachte plötzlich vor sich hin und sagte: »Also, meine Herrschaften, fünf Minuten Pause. Dann mit frischen Kräften ins Schlachtengetümmel. Bitte, Bühne frei!«

Die Mitglieder verschwanden, teils ins Restaurant, teils in den Garten. Auch Mimi.

»Herr Werner«, rief der Regisseur den Inspizienten, »schnappen Sie mir mal den Mack. Aber unauffällig. Und dann mausen Sie sich von einem Damenhut eine lange Hutnadel. Aber daß keiner etwas merkt. Vorsicht!«

Mack gehörte zu jenen, die immer dabei waren, alles mitmachten und nie ein Spiel verdarben. Er war mit dem Regisseur Bayer schon im Winter zusammen engagiert gewesen. Deshalb nahm ihn der Regisseur vertraulich beiseite und sagte: »Hört mal her, Mack. Es wäre doch noch schöner, wenn wir das kleine Luder nicht zum Schreien bringen sollten. Die kann's, *will* bloß nicht. Traut sich nicht raus. Der muß man bloß mal ein bißchen an die Karre treten. Nehmt nun hier die Hutnadel, versteckt Euch unter dem Tisch. Ich decke eine große Portiere drüber, damit man Euch nicht sieht. Die beiden Gören knien ja neben dem Tische, die Mimi kehrt Euch ihre Rückseite zu. Also, wenn Ulli ›Adieu‹ sagt, dann pickt Ihr die olle Trantunte energisch mit der Hutnadel in – na – halt irgendwohin. Ihr versteht mich, hä? Gut. Dann aber a tempo auf dem kürzesten Wege zur Seitentür abgekrochen, daß keiner Lunte riecht. Verstanden?«

»Wird besorgt. Prompt und voll Pflichteifer.«

»Schön! Aber energisch! Und – Maul halten! Ist nicht nötig, daß ein großes Getratsche gemacht wird. Hält bloß die Probe auf. Na, fertig? Ja? – An-klin-geln!«

Der Regisseur saß wieder in aller Gemütsruhe in seinem Parkettsitz.

Er klatschte in die Hände. »Na, alsdann! Lo-o-o-s die Schwerter! Tapfer!«

Es ging wie aus der Pistole geschossen. Onkel Ulli trat auf.

»Leb wohl! Leb wohl! Leb wohl! – Adieu!«

Ein gellender, markerschütternder Schrei aus Mimis Munde folgte fast gleichzeitig. Mimi kugelte um sich selbst wie ein Mehlsack, so daß sie, mit dem Rücken zum Publikum, auf dem Fußboden saß und Onkel Ulli mit weitaufgerissenen Augen anstarrte, als wäre er plötzlich vom Himmel heruntergefallen. Das alles wirkte durch seine Unmittelbarkeit so urkomisch und natürlich, daß der Regisseur die Selbstbeherrschung verlor, mit Händen und Beinen strampelte und dazwischen mit Donnerstimme rief: »Bravo, Fräulein! Bravissimo! Bravissimo! Das war ja der berühmte Wolterschrei. Passen Sie auf, Sie kommen noch an die Hofburg. – Ja, aber« – er wurde wieder ganz der ruhige, trockene Bühnenmensch –, »was haben Sie denn, Fräulein? Es war ja gut so. Sehr gut sogar. Was suchen Sie denn? Haben Sie was verloren, liebes Fräulein?«

Mimi stand aufrecht und rieb sich mit der linken Hand die Stelle ihres Körpers, an der sie mehr Fleisch als Knochen besitzt. Dabei hob sie mit der andern Hand die Portiere vom Tisch, sah unter den

Tisch und hinter den Tisch. Betrachtete den Fußboden und betrachtete die Hände Onkel Ullis. Als sie nun absolut nichts fand, auch fortwährend die Falten ihres Rockes durchknetete und ebensowenig etwas entdeckte, sagte sie ganz resigniert: »Ja, ich weiß nicht, da war doch was.«

»Was? Was denn?« fragte der Regisseur unschuldig hinauf. »Haben Sie sich weh getan, liebes Fräulein? Ach, das tut mir aber sehr leid.« Er verzog keine Miene.

Mimi erklärte ganz bestimmt: »Ich glaube, ich habe mich gestoßen.«

»So? Sie glauben? Ja, das ist schon möglich. Sie müssen sich ein wenig vorsehen. Denn verletzen sollen Sie sich nicht. Das will kein Mensch. Also, bitte, nun: Schluß der Debatte. Aber wir müssen schon noch mal zurückgehen. Auch schon Ihretwegen, Fräulein, damit Sie es nicht verlernen. Denn es war wirklich gut so. Ganz einzig. Einfach großartig! Na, alsdann! Akt von vorn! Und nun endlich mal durch. Hallo!«

Hei!, wie das ging. Und wie Mimi aufschreien konnte. Und wie sie sich wälzte. Es war eine Wonne, mit anzusehen, wie ihr Temperament mit einem Male mit ihr durchging. Der Regisseur wiederholte nur immer wieder: »Ta-del-los! Ta-del-los!«

Und am Abend hatte die Szene einen fabelhaften Lacherfolg mit anschließendem Applaus.

Den hatte Mimi auch ehrlich verdient.

Eigentlich aber die Hutnadel.

Denn was hat die Regie mit dem Erfolg oder dem Mißerfolg einer Vorstellung zu tun?

›An dem Erfolg ist sie unschuldig, für den Mißerfolg aber ganz allein verantwortlich‹, sagt der Schauspieler.

›Umgekehrt, mein Lieber‹, behauptet der Regisseur.

Und der Dichter sagt: ›Ach, du lieber Gott, so was von Einbildung und Anmaßung auf Kosten anderer; beide seid ihr Esel! Dankt eurem Schöpfer, daß ich diese ehrliche Meinung für mich behalte.‹

Individualität

Ein Schauspieler wollte berühmt werden.
Aber es gelang ihm nicht.
Es ist sehr schwer, berühmt zu werden. Mancher wird es überhaupt nie. Besonders wenn er wirklich etwas kann und wenn seine Begabung und deren Ursprünglichkeit himmelhoch über dem Durchschnitt stehen.
Ein halbes Pfund Glück gehört wenigstens dazu.
Und Raffinement. Nicht zuletzt, sein Publikum genau zu kennen und richtig einzuschätzen.
Das Glück kam eines Tages in Gestalt des Direktors.
»Herr, da habe ich eine Rolle für Sie. *Eine Rolle,* sage ich Ihnen! Na, ich sage weiter nichts. Nun zeigen Sie mal, was Sie können. Knien Sie sich hinein. Mit *der* Rolle müssen Sie es machen, wenn Sie es überhaupt machen.«
»Schön«, sagte der Schauspieler, »das werden wir schon knobeln.«
Und er spielte die Rolle.
Mein Gott, ja! War ja ganz nett! Er spielte sie recht und schlecht. Recht, wie sie der Dichter gedacht. Und schlecht, wie sie ein anderer Schauspieler auch nicht hätte schlechter spielen können. Ob besser, soll hier nicht entschieden werden. Denn die Individualität ist das eiserne Fundament der Schauspielkunst und nicht – wie noch zwei oder drei arme Tröpfe mit veralteten Anschauungen behaupten – die angeborene Begabung. Die Majorität muß das wissen, denn sie hat recht. Bis morgen früh.
Die Zeitungen schwiegen ihn tot. Hatten ihn, der die Hauptrolle darstellte, einfach gar nicht bemerkt, obgleich sie sogar den letzten vom Programmzettel, der den Stuhl herausgebracht hatte, mit zwei Zeilen bedachten. Eine Zeitung sogar mit vier und einer halben Zeile, wodurch dieses Blatt im Verkauf die anderen um vierundzwanzig Exemplare überflügelte. Denn es gab genau vier-

undzwanzig Agenten, an die der Stuhlausträger sofort zu schreiben verpflichtet war.
Der Direktor sagte: »Herr, ich habe mich in Ihnen bitter getäuscht. Wo sind Sie denn geblieben? Ich habe nicht das geringste von Ihnen gesehen. *Machen* Sie doch etwas aus der wunderbaren Rolle.«
»Ich werde mir Mühe geben, Herr Direktor«, sagte der Schauspieler und machte aus der Rolle einen Intriganten mit wildrollenden Augen, roten Strubbelhaaren und fletschenden Grimassen.
Die Zeitungen nahmen eine abwartende Haltung ein, und der Direktor meinte: »Herr, es tut mir außerordentlich leid, persönlich sind Sie ja ein ganz netter Mensch, aber davon habe ich nichts. Wenn Sie aus der Rolle nichts machen, sehe ich mich genötigt, Ihre Gage um ein Drittel zu reduzieren. Mindestens.«
Darauf der Schauspieler: »Ich werde tun, was in meinen Kräften steht.«
Und er spielte die Rolle auf den Liebhaber hinaus, der vor schleimigem Edelmut stank und noch viel weniger natürlichen Instinkt besaß (und dazu gehört viel) als der selig entschlafene ›Hüttenbesitzer‹.
Die Folge war, daß ihn die Kollegen nur noch ganz überhöflich grüßten und, wenn er den Rücken gewandt hatte, geheimnisvoll hinter ihm hertuschelten.
Der Direktor teilte ihm ›eingeschrieben‹ die Gagenreduzierung mit und sagte ihm mündlich: wenn er (der Schauspieler) nicht baldigst aus der Glanzrolle etwas mache, so sei er (der Direktor) vor Gott und den Menschen moralisch verpflichtet, die Gage abermals um ein ferneres Drittel zu reduzieren (kein Direktor braucht in diesem Falle das Fremdwort: verringern), denn derartige – hm! – Leistungen könne er billiger haben.
Der Schauspieler: »Ich werde mein Bestes dransetzen.«
Die Rolle wurde zu einem geistreichen Spötter geknetet. Die Mehrzahl der Zeitungen ignorierte ihn. Einzelne aber waren barmherziger. Davon nannte eine den Namen der Rolle und

schrieb dahinter in Klammern drei Fragezeichen. Eine andere tat dasselbe, nur daß sie in die Klammer ein Ausrufungszeichen in Gänsefüßchen setzte. Die aber, in der der bissigste Rezensent saß, mauerte in die Klammer zuerst einen Doppelpunkt und dahinter ein Semikolon hinein. *Das* hatte der Schauspieler wirklich nicht verdient.
Die Kolleginnen verbaten sich ganz energisch, daß er sie fernerhin duze.
Und der Direktor ›eingeschrieben‹: ». . . infolge unserer Vereinbarung auch um das zweite Drittel der vertraglich festgesetzten Gage reduziert. Mithin erhalten Sie ab Ersten kommenden Monats nur noch . . .«
Mündlich: »Herr, ein weiteres Drittel kann ich Ihnen nicht mehr streichen. Ein solcher Barbar bin ich denn doch nicht, daß ich Ihnen auch noch die Möglichkeit nehme, Hafergrütze zu essen. Aber im Interesse der Ehre meines Unternehmens – das Publikum haben Sie mir ja bereits hinausgespielt – muß ich Sie dringend ersuchen, aus der Rolle endlich mal was zu machen. Ich will auch mal was verdienen und nicht immer bloß zusetzen. Sie interessieren nicht, Herr! Verstehen Sie? Sie interessieren nicht, das ist nämlich die Hauptsache beim Theater. Sie haben eben keine Individualität.«
Der Schauspieler: »Herr Direktor, ich gelobe Ihnen, mein Herzblut, meine Seele werde ich hineinlegen. Sie sollen zufrieden sein.«
Er machte aus der Rolle im ersten Akt einen eleganten Causeur, im zweiten Akt machte er daraus eine Art Faun, der mit den Worten und Sätzen herumraste wie ein wildgewordener Affe, im dritten Akt vermengte er beide Gestalten zu einer undefinierbaren Sammelfigur, und im vierten wurde er wieder vernünftig.
Zum ersten Mal seit hundert Jahren wurden da wieder faule Eier auf die Bühne geworfen; und das Publikum verlangte stürmisch sein gutes Geld zurück.
Die Zeitungen machten hinter seinen Namen drei Kreuze und drohten außerdem, das Theater zu boykottieren, weil man dort

seines Lebens und seiner gesunden Vernunft nicht mehr sicher sei.
Die Parkettreihen lichteten sich immer mehr. Die sonst darauf gesessen hatten, sahen sich jetzt lieber Schauer- und Sittenfilme an. Die Kultivierten unter ihnen aber besuchten den neuesten Operettenschlager ›Der Chauffeur mit dem Drehwurm‹. Hier erholten sie sich von dem veredelnden Einfluß des ernsten Dramas.
Der Direktor kannte das Stück nicht wieder und erklärte dem Schauspieler saugrob, er werde von seinem Kündigungsrecht Gebrauch machen, er verbitte sich solche Hanswurstiaden.
Die Kollegen und Kolleginnen spien infolgedessen vor ihm aus, und diejenigen, die seine Partner waren, drehten ihm auf offener Szene die Rücken zu.
Nun wurde aus der Rolle ein mummelnder Tattergreis. Der eiserne Vorhang mußte fallen, um zu verhindern, daß unschuldig Blut vergossen würde.
Der Direktor zum Schauspieler: »Sie unverschämter Betrüger, geben Sie sofort die Rolle ab. Oder wollen Sie mich noch länger für ein Schaf halten, daß ich solange Geduld mit Ihnen hatte und an Sie glaubte? Sofort die Rolle abgeben, und dann aber raus! Aber schleunigst! Sie sind ja geradezu gemeingefährlich, raus!«
Der Schauspieler draußen: »– – – – – !«
Deutlicher läßt sich das hier nicht wiedergeben.
Dann ging er nach Hause und rief: »Wenigstens sollt Ihr sie nicht lebendig haben!« Nahm die Rolle, zerriß sie in unzählige kleine Fetzen und streute sie mitten in sein Zimmer.
Als sich aber niemand fand, der den heroischen Mut besaß, die Unglücksrolle bis zum Abend zu übernehmen und die Souffleuse außerdem stockheiser war, sollte er die Rolle heute abend noch einmal spielen. Zum letzten Male.
Und weil es zum letzten Male war und ihm sonst auch alles gleichgültig sein konnte, hob er die Fetzen vom Fußboden auf und legte sie wahllos aneinander, wie sie ihm gerade in die Hand kamen. Aus Langeweile lernte er dann die Rolle so, wie sie jetzt zusammengestellt war.

So spielte er auch am Abend die Rolle. Aus Rache und Bosheit. Sämtliche Mitspielenden, Herren wie Damen, wußten nicht mehr aus noch ein. Sie liefen durcheinander wie ein irrsinnig gewordener Ameisenhaufen und redeten wie im Fieberwahn.
Die Dekorationen stimmten nicht mehr. Wenn vom heißen Sommer die Rede war, lag dicker Schnee auf den Dächern, und wenn einen anderen die Sonne blendete (wie er laut Rolle sagte), dann war finstere Nacht. Es regnete in den Salon, und mitten im Urwalde standen Plüschmöbel. Der Vorhang fiel direkt in die großen Sätze hinein oder zerschnitt rücksichtslos die wichtigsten Dialoge. Und wenn er hochgezogen wurde, standen die Feuerwehrleute auf der Bühne im Wege herum (wie überhaupt immer), und die Theaterarbeiter rannten in Hemdsärmeln umher und fluchten und schimpften (auch wie überhaupt immer). Der Regisseur mußte ununterbrochen mit kaltem Wasser begossen werden; und der vom Verfolgungswahn erfaßte Inspizient wurde mit dicken Tauen gebunden und mit Mundknebeln zum Schweigen gebracht.
Der Dichter rannte wie ein Wiesel die Zuschauerreihen entlang und erbat sich überall die Programme aus, weil er berechtigte Zweifel hegte, ob das wirklich sein Stück sei, was da oben gespielt wurde.
Das Publikum raste. Rief den Dichter, den Direktor, den Regisseur und hob den Schauspieler mit tosendem Jubel von der Bühne herunter und zog im Triumph mit ihm um das Theater.
Nach der Vorstellung erhielt der Schauspieler von vierundzwanzig Agenten und zwölf Direktoren perfekte Verträge unter den glänzendsten Bedingungen. Aber sein Direktor versprach, die Gage um das Zehnfache zu erhöhen und ihn für kontraktbrüchig erklären zu lassen, falls er einen der angebotenen Verträge annehmen würde.
»Sehen Sie«, fügte er überhöflich hinzu, »ich habe es Ihnen doch immer gesagt, an der Rolle ist was dran. Sie müssen nur was draus machen. Sie können's doch. Warum denn nicht gleich so? Die Individualität ist die Hauptsache. Etwas Besonderes machen. Et-

was noch nie Dagewesenes. Richtig braucht es nicht zu sein. Diesen Firlefanz überlassen wir der Provinz. – Sie trinken doch heute Abend ein paar ›Mumm extra‹ mit mir, hm?«

Die Kollegen zogen tief den Hut und wagten vor lauter Ehrfurcht nicht mehr, ihn anzusprechen. Und die Kolleginnen sagten, das mit dem ›Nichtmehrduzen‹, das hätten sie nicht *so* gemeint, das hätten sie eigentlich ganz anders gemeint. So um die nächste Nuance mehr ins Gegenteil: er hätte es in seiner großen Vornehmheit nur falsch verstanden.

Die Zeitungen schrieben, er scheine sich zu entwickeln, und es sei die Möglichkeit nicht von der Hand zu weisen, daß bei genügendem Fleiß und mehr Herausholen der Individualität vielleicht noch etwas aus ihm würde.

Ein Rezensent aber, der zwar temperamentvoll, dafür aber sehr jung und unerfahren war, infolgedessen mit den Intimitäten eines geordneten großstädtischen Theaterbetriebs und den Kunstanschauungen und Launen des maßgebenden Theaterpublikums nicht genügend vertraut sein konnte, schrieb: »Herr Soundso ist gestern völlig verrückt geworden. Wir hatten das schon lange erwartet, aber nicht geglaubt, daß es so schnell und schmerzlos gehen würde.«

Den suchte der Schauspieler auf, schüttelte ihm die Hand und sagte zu ihm: »Herr Doktor, ich bin noch nie Ihrer Meinung gewesen. Heute aber gebe ich Ihnen in allem recht.«

Der Rezensent fragte: »Wieso?« Aber der Schauspieler war schon wieder zur Tür hinaus. Und hörte es nicht mehr.

Der Rezensent mußte so viel über die Worte des Schauspielers nachdenken, daß er schließlich gezwungen war, seinen Beruf aufzugeben und Modeberichterstatter zu werden. Daß es auch noch ehrliche Künstler geben könnte, daran glaubte er trotz seiner Jugend nicht mehr.

Das Publikum führte Schlachten auf, um Eintrittskarten zu erlangen. Der Direktor wurde Millionär.

Der Dichter kaufte sich ein Landgut.

Dem Schauspieler baute man zu Lebzeiten ein herrliches Denkmal.
Von all den tausend großen und kleinen Leuten, die mit Hilfe eines Denkmals der Menschheit bekannt werden sollen, gehörte er zu den wenigen, die es ausnahmsweise einmal ehrlich verdient hatten.
Ganz ernsthaft gesprochen.
Denn er hatte am besten begriffen, was seine Zeit von ihm verlangte und was seine Zeitgenossen unter Individualität verstanden.

Das Opernglas

»Gnädige Frau, ich habe Sie immer Ihres guten Geschmacks und Ihres künstlerischen Feingefühls wegen bewundert, seit ich Sie aber gestern abend im Theater mit dem Opernglas in der Hand sitzen sah, will ich mit meinem Urteil über Sie in Zukunft doch vorsichtiger sein. Es ist für beide Teile wohl besser. Würden Sie den Mut besitzen, in Ihren Handlungen durchaus konsequent zu sein, würde ich mich entschuldigen, dann freilich müßten Sie aber auch ins Konzert einen Grammophontrichter mitnehmen.«

»– – – –«

»Nein, bitte, ich spreche absolut nicht in Grotesken, auch nicht in Übertreibungen. Es ist mir verteufelt ernst. Aber an diesem völlig richtigen Gegenstück sehen Sie schon, wie wenig Ihr ästhetisches Empfinden, auf das Sie so furchtbar stolz sind, entwickelt ist.«

»– – – –«

»Nein, nein! Ich erlaube nichts, ich lasse auch nichts gelten. Die einzige Entschuldigung, die ich anerkenne, ist: Sie haben über diese Frage noch gar nicht nachgedacht. Dann würde ich Sie aber bedauern, wenn Sie etwas tun, nur weil es andere auch tun. ›Andere‹ wollen Sie doch aber nicht sein! Oder tun Sie es nur, weil es einmal so Sitte ist oder, sagen wir schon: traditionell? Das wäre noch bedauerlicher, und ich würde Sie bemitleiden. Sehen Sie, wenn ich mit Ihnen ins Konzert gehe, so ist Ihr erster Wunsch: nur nicht so nahe! Und recht haben Sie. Denn dann hören Sie jedes Instrument einzeln. Sie ›fühlen‹ oder ›riechen‹ das Blech, das Holz, die Darmsaiten; und das Plappern der Fingernägel auf den Klaviertasten stört die Illusion, die die erste Voraussetzung eines vollkommenen Kunstgenusses ist. Musik muß halb entfernt klingen, damit die Klänge zur Harmonie verschmelzen. Und können Sie sich Musik ohne Harmonie denken?«

»– – – –«

»Das ist aber eine Frage! Natürlich vergleiche ich Theater mit Musik. Sie nicht? Aber, gnädige Frau! Theater ist meines Erachtens die vollkommenste Musik, die man sich vorstellen kann. Theater – natürlich nur dies, wie es die Besten des Volkes erstreben – ist die vollendetste geäußerte Harmonie menschlichen Intellektes und seelischen Empfindens. Und diese Harmonie sollten Sie nicht in sich selbst, in Ihrer mitklingenden Seele in Musik umsetzen? Ganz unwillkürlich? Beinahe bewußtlos? Wissen Sie nun auch, weshalb eine gute Theaterdarstellung Sie derartig bis in die tiefsten Tiefen Ihres Selbst erschüttert und aufwühlt? Eine einzige Szene in Ihnen oftmals nachhallt? Tage, Wochen, Monate, Jahre, ein ganzes Leben lang? Nachhallt, als hörten Sie eine ferne, längst vergessene Musik? Denn: nicht nur das Klingen, Klirren und Rauschen von Instrumenten ist Musik, es gibt auch noch eine *andere* Musik. Möglich, daß Sie von heute an jene andere Musik hören. Versuchen Sie es nur. Ernsthaft. Sie finden sie in jedem Kunstwerk. Sogar in Bildern und Plastiken. Aber freilich: *hören* müssen Sie.«

»– – – –«

»Ja, ja, nur Geduld. Jetzt komme ich auch zum Opernglas. Ich mußte den Vergleich mit dem Konzert und dem Grammophontrichter heranziehen, damit Sie die Brutalität des Theaterglases auch empfinden. Denn das Theaterglas ist brutal, gnädige Frau, es raubt Ihnen den herrlichsten Kunstgenuß, nämlich den poetischen Goldglanzschimmer, der wie ein feiner, kaum wahrnehmbarer Hauch über jedem Kunstwerk lagert. Wüßte der Regisseur, daß ausnahmslos alle Theaterbesucher sich eines Opernglases bedienen würden, dann dürften Sie sicher sein, daß er dem Rechnung trüge. Aber weil er weiß, daß die übergroße Mehrzahl der Besucher sich den künstlerischen Genuß nicht durch Benützen eines Fernrohres beeinträchtigen möchte, richtet der Regisseur das Gesamtbühnenbild auf eine Perspektivwirkung ein, die derjenigen Entfernungsgrenze entspricht, die um eine starke Linie über die Mitte des Zuschauerraumes hinausgeht. Und weil zum Bühnenbild nicht nur die Dekorationen gehören, sondern auch die Kostüme, die gezeichneten Gesichtsfalten der Darsteller, ja – was Sie vielleicht bezweifeln – sogar die Gesten und die Sprechmodulationen der Schauspieler, so müssen Sie beim Gebrauch des Opernglases stets ein verzerrtes Bild erhalten, zum mindesten ein Bild, das Ihnen der Regisseur gerade *nicht* zeigen wollte. Weshalb, gnädige Frau, machen Sie ihm seine ohnehin schon schwere Arbeit noch schwerer und nehmen ihm jede Möglichkeit, Ihnen ein vollendetes Kunstwerk hinzustellen, an dem Sie Ihre reine Freude haben sollen? Wenn der eine Teil des Publikums Gläser benützt, der andere dagegen nicht, für *welchen* Teil des Publikums soll der Regisseur arbeiten? Möchten Sie ihm das nicht sagen? Der Regisseur ist Künstler und will als solcher *allen* dienen, nicht nur Ihnen, gnädige Frau. Denn die übrigen Leute, glauben Sie mir, kommen mit der gleichen heiligen Begeisterung, mit der gleichen freudig-unbefangenen Erwartung ins Theater wie Sie, gnädige Frau. *Ihnen* aber will der Künstler etwas Besonderes zeigen, weil *Sie* kunstverständig sind, weil er auf *Ihr* Urteil hohen Wert legt, weil er gerade *Sie* sehr schätzt und er sich überreich belohnt fühlt, wenn *Sie* seine Arbeit anerkennen und mit dem Bewußtsein das Theater verlassen, ein wunderbares, inneres Erlebnis gehabt zu haben, ja, das Wunder selbst gesehen zu haben. Warum also benützen Sie das Glas? Machen die fleißige, wochenlange Arbeit zahlreicher gebildeter und sensibler Menschen in drei Stunden zu nichts und bringen sich selbst um den erwarteten Genuß. Ja, nun sagen Sie mir bloß, gnädige Frau, warum gehen Sie dann überhaupt ins Theater?«

»– – – –«

»Deutlicher sehen! *Was* wollen Sie deutlicher sehen? Ich habe bisher nie die Beobachtung gemacht, gnädige Frau, daß Sie schwache Augen haben. Dann freilich lasse ich das Glas gelten; denn Sie sollen nicht zu kurz kommen. Sie sollen alles gut sehen können. Schwache Augen brauchen der Hilfe durch ein gutes Glas, aber ich glaube nicht –«

»– – – –«

»Dann seien Sie der Vorsehung von Herzen dankbar, daß sie Ihnen gesunde und durchaus normale Augen gab. Aber warum nehmen Sie trotzdem das Glas?«

»– – – –«

»Um *noch schärfer* sehen zu können? – Setzen wir den Fall, der Direktor wäre mehrfacher Millionär und das Publikum zahlte fünfmal höhere Eintrittspreise und ginge zehnmal öfter ins Theater, dann würde der Regisseur echte Gobelins, echte Perser und echte Murillos an die Wände hängen, wenn im Stück von echten Sachen die Rede ist, und die Zimmerwände könnten aus Stein mit Mahagoniholztäfelung sein, die Treppen aus karrarischem Marmor usw. Dann könnten Sie ja, gnädige Frau, mit Ihrem Glase prüfen, ob der Gobelin echt ist, und könnten im stillen den Preis abschätzen. Das Glas hätte dann wenigstens *einen* realen Zweck. Aber wie lange dauert es wohl, bis ein Zimmer in Ihrer Villa ummöbliert wird, die massiven Wände herausgerissen und neue eingesetzt werden? Bei der nötigen Anzahl von Arbeitern so etwa zehn Stunden, nicht wahr? Wenn aber im Theater der Zwischenakt länger dauert als sechs Minuten, dann lassen Sie durch den Logenschließer Ihr Auto bestellen und fahren verärgert nach Hause. Stimmt's? Na, und wie denken wir denn *nun* über die Echtheit und Wirklichkeit der Bühnenbilder, die Sie mit Ihrem Glase so naserümpfend abtasten?«

»– – – –«

»Die Gesichter der Schauspieler, ihr Mienenspiel wollen Sie deutlicher sehen? Warum? Haben Sie schon jemals im Leben gehört, daß ein junger Bursche oder ein junges Mädchen mit Hängezöpfen bleibende Werte schuf, die sich – von zählbaren Ausnahmen abgesehen – mit den Werken unserer unsterblichen Meister messen konnten? Sie kennen gewiß das Liebesdrama ›Jugend‹ von Max Halbe. Die weibliche Hauptrolle, das Annchen, ist ein achtzehnjähriges Mädchen. Und in dieser Rolle sah ich einst eine Darstellerin, die war ›das‹ Annchen. Das Annchen, wie es ein

Max Halbe erträumte. Sie machte frohlocken, weinen und erschüttern und sah aus wie eine unberührte Blumenknospe. Wer aber das Opernglas zur Hand nahm, der fand, das Annchen ist mindestens fünfzig Jahre alt. Aber mindestens. In Wirklichkeit war sie vierundfünfzig. *Da* äußert sich der Vandalismus, die Brutalität, die widerliche Schnüffelei des Opernglases, indem es rücksichtslos die schönste Illusion zerstört. Und Kunst ist immer Illusion. Seien Sie überzeugt, gnädige Frau, der beste jugendliche Held ist nie unter Vierzig und die glänzendste Darstellerin jugendlicher Rollen selten unter Dreißig. Ich begreife nicht, daß Sie darüber erstaunt sind! Schauspielkunst, wahre, echte, große Schauspielkunst, verlangt *Persönlichkeiten,* denn die Persönlichkeit ist die Basis einer jeden Kunst. Um wie vieles mehr in der Schauspielkunst. Der Schauspieler hat ja doch kein anderes Mittel zur Offenbarung wie nur sich selbst, seinen ureigenen Menschen, sein im Sturm des Lebens festgeprägtes unerschütterliches ›Ich‹. Haben Sie schon je im Leben eine ausgeprägte Persönlichkeit gesehen, die eine glatte, sammetweiche Larve hatte? Ich nicht. Und wenn ein Künstler oder eine Künstlerin gerade infolge ihrer starken Persönlichkeit Ihnen etwas unvergänglich Wertvolles schenkte, weshalb sind Sie so undankbar und zählen ihnen mit Hilfe Ihres messerscharfen Glases die Falten im Gesicht nach? Das ist nicht nur undankbar, es ist auch taktlos von Ihnen, gnädige Frau, und töricht dazu, denn es schmälert Ihnen den reinen und unbefangenen Genuß. Und des Kunstgenusses wegen gehen Sie doch ins Theater. Oder aus anderen Gründen? Dann freilich brauchen wir nicht zu diskutieren, denn *dann* haben *Sie* recht. Aber dann sprechen Sie auch lieber nicht mehr über Kunst und echte Kunstwerke, das wäre alles Lüge oder Selbsttäuschung.«

»– – – –«

»Nein, bitte, da muß ich widersprechen. Es läßt sich kein Künstler gern allzusehr und allzunahe auf die Finger sehen. Je unbefangener ein Künstler sich offenbaren darf, um so besser für den Kunstgenießer. Glauben Sie, daß Sie einen Vorteil haben würden, einem

Maler bei seiner unsauberen Arbeit, einem Komponisten beim Notenschreiben zuzusehen? Und was meinen Sie wohl, was für ein Gesicht ein Maler machen würde, wenn Sie die Geschmacklosigkeit begingen, sein Bild mit einem Fernrohre zu betrachten, um es angeblich besser sehen zu können? Vergessen Sie nicht, gnädige Frau, daß weder der Regisseur noch der darstellende Künstler, noch der Dekorationsbildner Herrgötter sind. Aber nun gehen Sie an einem frühen Sommermorgen hinaus in die Wiesen. An allen Hälmchen hängen die glitzernden Tautröpfchen. Zeigen Sie mir einen Brillanten, der schöner wäre als ein Tautröpflein, das, eingekuschelt in einem Blütenblättchen, im Morgensonnenschein Ihnen entgegenfunkelt. Was Wunder, hat es doch der Herrgott geschaffen! Jedoch betrachten Sie nun dieses funkelnde Tautröpflein unter dem Mikroskop. Pfui, wie ist das widerwärtig! Nicht wahr, gnädige Frau? Trotzdem es der Herrgott geschaffen hat. Hätte er aber im voraus gewußt, daß Sie das Tautröpflein unters Mikroskop legen würden, dann hätte er sich wohl gehütet, dieses Tautröpflein zu schaffen. Und Ihnen wäre recht geschehen, denn Sie sind dieses kleine entzückende Kunstwerk ja gar nicht wert. Ist es beim Theater etwas anderes? Warum legen Sie das Bühnenbild – ein sichtbares Zeichen übermenschlicher Inspiration – unter Ihr neugieriges Mikroskop? Erstens: aus Nachahmungstrieb und Gedankenlosigkeit, und zweitens: weil Sie die Unbefangenheit im Kunstgenuß verloren haben. Wahrhaftig, wenn ich Sie mit dem Opernglas im Theater hantieren sehe, so denke ich oftmals: *Die Kunst sollte zu den Kindern gehen,* die mit hellen Augen schauen und staunen und sonst nichts weiter tun, als sich nur freuen darüber, daß es ›so etwas Schönes‹ überhaupt gibt, und die sich deshalb auch nicht schämen, zu lachen und zu weinen. Auch laut, wenn es sie dazu treibt.«

Der BLaugetupfte SPerlinG *Eine politische Groteske*

Es war einmal ein Theaterdirektor.
Der hatte einen tüchtigen Regisseur und eine Schar vorzüglicher Künstler.
Mit lobenswerter Beihilfe des Regisseurs und unter gütiger – durch Vertrag geregelter – Mitwirkung seiner leistungsfähigen Künstlerschar glückte es dem Theaterdirektor zu seinem höchsten Erstaunen, eine so gut gelungene Vorstellung herauszubringen, daß selbst Laien sich herbeiließen, der Vorstellung ihre Bewunderung und hohe Anerkennung nicht zu versagen.
Da trug es sich zu, daß selbigen Tages ›Gockel‹ ein Regiment Soldaten, das in dieser Stadt lag, besichtigte.
›Gockel‹ war – wenn es vielleicht nicht bekannt sein sollte – der regierende Landesfürst, Seine Königliche Hoheit Großherzog Joachim Moritz.
Weil sich nun der rechte Flügeladjutant auf einer Erholungsreise befand, die er sehr nötig hatte, war Gockel zu seinem größten Leidwesen gezwungen gewesen, den anderen Flügeladjutanten, den linken also, mitzunehmen. Der war entsetzlich ungeschickt. Infolge eines geistigen Defektes, der in der langen Ahnenreihe und in streng durchgeführter Rassenreinheit begründet lag, besaß er auch nicht das geringste Verständnis für die verborgenen, aber trotzdem vorhandenen, kleinen und großen, besonderen und nicht besonderen Wünsche seines erlauchten Herrn. Wußte darum auf nichts, selbst nicht auf das deutlichste Augenzwinkern einzugehen. War deshalb auch nicht befähigt, für geeignete Abhilfe zu sorgen und die Bedürfnisfrage in befriedigender Weise und mit viel Anstand und feinem Takt zu erledigen.
Und Gockel langweilte sich sehr und erinnerte sich infolgedessen der schönen Künste.
In Verfolg dieser herrlichen Aufgabe besuchte er das Theater.

Trotz seiner geradezu staunenswerten Sachkenntnis und seines hochkultivierten künstlerischen Geschmacks und ästhetischen Feingefühls fand er alles wunderschön; und weil der Abend auch sonst noch angenehm verlief und einen völlig befriedigenden Abschluß fand, verlieh er dem Theaterdirektor für seine Verdienste um die ›schönen Künste und freien Wissenschaften‹ den vielbegehrten, aber selten verliehenen ›Hohen Orden Vom BLaugetupften SPerlinG‹.

Ob der Theaterdirektor nun urplötzlich größenwahnsinnig wurde oder das nötige Quantum von ersterbender Unterwürfigkeit und allertiefster Ergebenheit und Ehrfurcht nicht aufzubringen vermochte oder infolge von unheilbarer Gemütsroheit die beglückende Besitzseligkeit eines Stückchens gezackten Goldblechs nicht fühlte, wird ewig unerforscht bleiben. Denn wer vermag die krausen Gedankengänge eines vom Erfolg berauschten Theaterdirektors zu ergründen?! Aber was der Mann jetzt tat, steht bisher einzig da in seiner höchst sonderbaren Art und wird so bald nicht wieder geschehen. Das walte der Himmel! Denn sonst –

Der Theaterdirektor empfing den Hohen Orden, ließ nächsten Tages einen sechszolligen Nagel in die schwarze Probentafel hineindonnern und hängte hier den Orden an topasgelber Schleife auf. Um sich nicht der Majestätsbeleidigung schuldig zu machen und dadurch die sittliche Qualifikation zur Leitung eines Theaters einzubüßen, ließ er unter den Orden ein Schreiben heften: ›An meine geschätzten Mitglieder!

Mir ist von unserem allergnädigsten Landesfürsten der Hohe Orden Vom BLaugetupften SPerlinG an topasgelber Schleife verliehen worden. Nicht ich, sondern Sie, meine verehrten Herrschaften, haben durch Ihre vorzüglichen Leistungen dazu beigetragen, daß mir diese seltene Ehre zuteil geworden ist. Zum äußeren Zeichen meines Dankes und um ausdrücklich erkennen zu lassen, daß Sie die gleiche Berechtigung zum Tragen des Ordens besitzen wie ich, hänge ich Den Orden hier auf als Ansporn zu neuer tüchtiger Arbeit und zur Erinnerung an die Gnade unseres erlauchten und allergnädigsten Landesherrn. Erfreuen Sie sich daran täglich und stündlich, wie ich mich daran erfreut habe.‹ Hier hing der Orden nun eine ganze Weile.

Nachdem Er von vorn und von hinten, von oben und von unten, von links und von rechts, von innen und von außen eingehend und hinreichend von allen Mitgliedern des Theaters betrachtet und untersucht worden war, fand Er sich eines Tages im Konversationszimmer wieder. Hier diente Er zeitweise als Tändelobjekt nervöser Schauspieler. Bald lag Er in der Sofaecke, bald unter einem Stuhl, bald benützte man Ihn als Türklemme, um das Zufallen der Tür zu verhindern.

Das ging so lange gut, bis an einem Abend ein Herr, der einen Minister darstellte, zu seinem Auftritt gerufen wurde und in demselben Augenblick bemerkte, daß er den vorgeschriebenen Orden nicht angelegt hatte. Ohne eine Miene zu verziehen, nahm der Darsteller Den Orden vom Beleuchtungskörper, wo Er in letzter Zeit als Zugknebel gedient hatte, herunter und heftete Ihn an seine Brust.

Damit war das Schicksal Des BLaugetupften SPerlinG endgültig und unwiderruflich besiegelt. Denn nach der Vorstellung wurde der Schauspieler von seiner Freundin erwartet. Deshalb mußte er sich schnell abschminken und umkleiden und vergaß dabei, Den Orden abzustecken. Der Garderobier, der am nächsten Morgen die Kostüme ordnete, fand Den Orden und gab Ihn dem Requisiteur. Der war ein einfacher Mann und hatte noch nie in seinem Leben einen richtigen Orden aus der Nähe gesehen. Darum verleibte er Den Orden seinem Fundus ein.

So kam der Orden in eine alte Zigarrenkiste zwischen alle die vielen Bühnenorden aus Messing, Weißblech, gepreßtem Gold- und Silberpapier.

Anfangs wollte Er sich hier ein wenig aufplustern, aber die proletarischen Insassen der Zigarrenkiste brachten Ihm gleich das nötige Assimilierungstalent bei, so daß Er nicht mehr ›muck‹ zu sagen wagte und bald ein recht beschauliches Dasein führte.

Wie nicht anders zu erwarten war, wechselte im Verlauf der nächsten zwei Jahre das Künstlerpersonal vollständig, und damit verschwand auch jeglicher Gedanke an die strahlende Größe und Herrlichkeit Des Ordens. Nun endlich nach so vielen Irrfahrten, die keinem wahrhaft Unsterblichen der Erde erlassen werden, war es dem Hohen Orden vergönnt, eine achtbare und höchst verdienstliche Lebensaufgabe zu erfüllen, wie es sonst nur wenigen seinesgleichen gelingt. Er schmückte abwechselnd Erbprinzen, Minister, Generale, Dorfküster, Weichensteller und Schützenkönige ohne Ansehen der Person. Mit gleicher Duldsamkeit dekorierte Er Deutsche, Franzosen, Russen, Engländer, Negerboxer und Indianerhäuptlinge. Seine größten Triumphe feierte Er jedoch, wenn Er auf der Brust oder auf einem anderen edlen Körperteil des Burleskenkomikers herumbaumelte, der in einer Posse mit Gesang und Tanz einen fetten, kugelrunden, glatzköpfigen, frisch dekorierten Rentier und ehemaligen Glasermeister darstellte. Donnernde Lachstürme durchbrausten dann das Haus über die possierlichen Sprünge Des BLaugetupften SPerlinG. Was hätte Der SPerlinG darum gegeben, wenn es Ihm möglich gewesen wäre, Seine Echtheit dem Publikum ins Gesicht zu schreien. Die zu Eis erstarrten Gesichter des Publikums dann zu sehen, was wäre das für ein Erfolg geworden! Die Götter hätten müssen neidisch werden.

Eines Abends jedoch löste sich die von Schminkflecken schon ein wenig rötlich gewordene topasgelbe Schleife von der Brust eines Darstellers, und der Hohe Orden Vom BLaugetupften SPerlinG fiel durch eine Spalte der Bühnenversenkung in das Untergeschoß des Hauses. Trotz eifrigen Suchens ward Er nicht mehr gesehen.

Friede Seiner Asche!

Höherer Friede Seiner Seltenheit!

Er war der einzige echte Orden, der eine wirkliche Lebensaufgabe zu erfüllen hatte, sie getreulich, in aller Demut und Bescheidenheit erfüllte und fähig war, seine Existenzberechtigung und Daseinsnotwendigkeit zweifelsfrei nachzuweisen.

Er war der einzige unter den ungezählten Millionen seiner Artgenossen, der nicht nur seinem jeweiligen Träger Freude bereitete, sondern mehr noch denen, die ihn an der Brust eines anderen sahen. Und daß Ihn jeder ohne giftigen Neid bei Seinem Träger sehen konnte, ist ein Beweis für Seine unvergängliche Größe. Diesen ehrenden Nachruf bin ich Ihm schuldig.– – –

Kunst-Diät

Man weiß von einem Theaterdirektor, der vor nicht allzu langer Zeit die zivilisierte Welt durch unerhörte Regietaten in wilde Aufregung zu setzen gedachte. Er ist dahingegangen, woher ein Theaterdirektor nie wiederkommt, es sei denn ... Aber ich will den guten Leuten nicht wehe tun, die sich immer wieder finden.

Dieser Direktor fand in der Blütezeit seines Ruhms in irgendeiner Zeitschrift einen Aufsatz über den Einfluß der Nahrung auf das Temperament und den Gemütszustand des Menschen. Sofort beschloß er, das Gelesene, aber falsch Verstandene für seine Regie auszunützen. Von diesem Tage an verordnete er den Darstellern der Hauptrollen eine bestimmte Diät, deren Wirkung sich in den dargestellten Figuren äußern sollte, je nachdem er sich den jeweiligen Charakter der Rolle dachte. Daß bei seiner völligen Unkenntnis medizinischer Weisheit dabei die haarsträubendsten Dinge vorkamen, versteht sich am Rande.

Die Rollen zu ›Romeo und Julia‹ wurden verteilt. Die Schauspieler, die sich natürlich insgeheim über den medizinischen Direktor lustig machten, schwelgten bereits in der Vorfreude über die Diätverordnung, die den beiden Stückträgern blühte.

Herr Romeo und Fräulein Julia wurden ins Allerheiligste gerufen, um die Hauptrollen und das Rezept dazu persönlich in Empfang zu nehmen. Unten im Vorraum der Kanzlei stand erwartungsvoll die ganze Horde der übrigen Mitglieder und wartete geduldig der Dinge. Endlich kam der ›Jugendliche‹ herunter und wurde mit Fragen überschüttet. Sonst immer strahlend, verzog er keine Miene und sagte nur leichthin: »Na, nu ratet mal.« Jeder wußte etwas Zugkräftigeres. Man mußte sich eigentlich über die ungeheure Sachkenntnis gerade auf diesem Gebiete wundern.

»Alles falsch, alles überflüssig«, rief Romeo.

»Na, was denn sonst?«

»Jeden Morgen und jeden Abend einen tiefen Teller voll Haferschleim.«
Nach einer Weile kam Fräulein Julia. Sie war sehr niedergeschlagen. Deshalb riet man auf das Äußerste und glaubte, mehr Erfolg zu haben, weil dem Fräulein eine kleine Aufmunterung nicht geschadet hätte.
Sie aber sagte ganz trostlos: »Lebertran und jeden zweiten Tag einen halben Teelöffel Kurellasches Brustpulver.«
Die Vorstellung war glücklicherweise nicht danach, weil nie jemand die Diät einhielt.
Es liegt Tragik darin, daß der Direktor nicht an seiner medizinischen Weisheit, sondern seiner zahlreichen Gläubiger wegen zugrunde ging.
Sonst wäre es immerhin eine Ehre gewesen. Die journalistischen Grabredner und Kadaverbenässer hätten ihn zum Märtyrer einer neuen Kunstrichtung erhoben. Einen Namen hätte das Kind schon bekommen. Schlimmstenfalls mit Hilfe eines Preisausschreibens.

Kunst und Leben

Sie war Schauspielerin.

Eine Meisterdarstellerin leidenschaftdurchglühter rassigster Frauengestalten. Es war ein auserlesener Genuß, sie in ihren Liebesszenen mit einem raffiniert-graziösen Sprung über die äußerste Grenze des Statthaften skrupellos hinwegsetzen zu sehen. Alles an ihr war lodernde Glut und wildeste Raserei. Vom vibrierenden Haaransatz ihrer Stirn bis hinunter zum rhythmischen Wippen ihrer Fußspitzen. Dabei war alles so echt, so einfach, so natürlich, so tief empfunden und so impulsiv, daß Graf Dorpach, der sie eines Abends in einer Glanzrolle sah, allen ehrverletzenden Aphorismen, die er im Kreise seiner Freunde und Gesinnungsgenossen jemals über den erschrecklichen Mangel an temperamentvollen Frauen veröffentlicht hat, abschwor und reumütig zur normalen Anschauungsweise zurückkehrte.

Dorpach ist schwer reich und kann sich's leisten.

Er lernte sie sofort kennen.

Verlobt sich zwei Wochen später mit ihr.

Regelrecht.

In allen Ehren.

Ich treffe ihn und frage ihn: »Warum? Muß das sein?«

Er antwortete: »Ja, leider, es muß sein. War nicht anders möglich.«

»So«, frage ich weiter, »und nun gerade eine Schauspielerin?«

»Nein«, gibt er zur Antwort, »nicht die Schauspielerin, sondern das Weib. Dieses unerhört wilde Temperament. Nach so etwas Exquisitem sehne ich mich schon lange. Denn was einem so im allgemeinen vor die Lupe kommt, bedauerlicherweise auch aus meiner allernächsten Nachbarschaft, das ist – gelinde gesagt – lauwarme Semmelsuppe vom bürgerlichen Mittagstisch. Aber jetzt – das ist das Richtige, das mir Fehlende.«

Mit einem vielsagenden Zungenschnalzer nahm er Abschied von mir. Ich verstehe ihn sehr gut. Denn er vereinigt in sich alle Eigenschaften, die seine brennendste Sehnsucht erklärlich erscheinen lassen. Er ist ein glänzend trainierter, vorzüglich in Form befindlicher Sportsmann, echt Vollblut und einunddreißig. Man sieht ihm ohne weiteres an, daß mehrere seiner Vorfahren das schwierige Problem der Zuchtwahl in geradezu idealer Weise zugunsten des Geschlechts und der Rasse gelöst haben.
Er heiratete.
Nach zwei Monaten aber steht er schon mitten in der Scheidungsklage.
Ich schätze: Untreue, entweder einseitig oder beiderseitig.
Und als ich ihn treffe, frage ich ihn: »Ich höre, Sie lassen sich scheiden?«
»Ja, mein Lieber.«
Ich frage: »Warum? Muß das sein?«
Er antwortet: »Ja, leider, es muß sein. War nicht anders möglich.«
»Sie hat doch aber das erforderliche Quantum rassigen Temperaments«, erwiderte ich.
»Ja«, sagt er, »allerdings. Stimmt. Deshalb habe ich sie ja auch geheiratet.«
Er scheint mit ihr schon ganz und gar im reinen zu sein; denn er reagiert in keiner Weise auf die Taktlosigkeit, daß wir in einer Art von seiner Frau sprechen, die man absolut nicht als fair bezeichnen kann.
»Na und –?« forsche ich weiter.
Er gibt zur Antwort: »Wissen Sie, mein Lieber, unter uns: Kalt wie eine Hundeschnauze. Gelinde gesagt: angewärmter Eiszapfen.«
»Na – und das Temperament?« frage ich.
Da sagt er: »Ach ja, das Temperament. Hm! Vorspiegelung innerlich nicht vorhandener Tatsachen. Alles, aber ausnahmslos alles nur: reifste Bühnentechnik, vollendete Kulissenroutine. Sie besitzt meine uneingeschränkte Bewunderung und Hochachtung als wirklich geniale Künstlerin. Aber das nützt mir doch nichts.

Ich bin doch schließlich kein Theaterdirektor. Ich will Ihnen mein neuestes Paradoxon mitteilen: Je bezwingender eine Kunst – je äußerlicher ist sie Technik, du siegst!« – – –
Daß die Menschen doch niemals Kunst und wirkliches Leben zu unterscheiden vermögen, ist das Bedauerlichste an der ganzen Sache. Aber einer wahrhaft vollendeten Kunst kann man wiederum auch kein größeres Lob sagen, als daß sie die Entscheidung so schwer macht. Und das ist das Versöhnende an der Sache.

Die Geschichte vom schlangenklugen Dichter

Nichts Böses ahnend, bummelte ich durch die Gassen der Stadt. Da kommt plötzlich wie der bekannte Blitz aus heiterem Himmel der berühmte Dichter Bogumil Scheibenkleber mit seiner ihm angeborenen, unnachahmlichen großen Geste auf mich zugestürzt und schreit mich an: »Menschenskind! Das ist ja phänomenal, daß ich dich treffe! Ich hab's! Das ausgebrütete Ei des Kolumbus. Etwas Großes! Etwas ganz Großes!! Monumental!!«
»Wieso?« frage ich arglos.
»Geld wie Heu!«
»Na! Na!«
»Nee, ernsthaft! Einen Roman.«
»Schon faul!«
»Hä?«
»Ich meine nur: schon wieder?«
»Diesmal klappt's aber. Wir werden einfach im Golde nur so rumanschen.« Dabei übergab er mir ein von einem Notizblock heruntergerissenes Blatt, das auf einer Seite beschrieben war, und triumphierend, seiner Sache sicher, fügte er hinzu: »Lies!«
Wenn wir sonst zusammen spazierengingen, sah er jeder Frau nach, machte Bemerkungen, harmlose und andere, über sie oder blieb zuweilen ganz taktlos stehen, um ihr in auffälligster Weise nachzustarren. Heute jedoch verwandte er keinen Blick von meinem Gesicht und schlenkerte vor lauter Begeisterung über sein eigenes Werk aufgeregt mit Händen und Beinen umher.
Inzwischen las ich interessiert den Zettel:

›*Die Sünde der jungen Frau Apothekerin.*
Roman in 3 Bänden von Bogumil Scheibenkleber.
1. Band, 1. Kapitel: Eine Kleinstadt. 2. Kapitel: Die bildschöne, heißblütige Frau Apothekerin heißt Rosa; ist die Frau des strebsa-

men und fleißigen Apothekenbesitzers Wagemut. 3. Kapitel: Sie ist fabelhaft elegant. 4. Kapitel: Entsetzlich stolz. 5. Kapitel: Ungestillte Sehnsucht im Herzen und auch sonst.‹

In dieser Art war der Inhalt des Romans in drei Bänden und sechsunddreißig Kapiteln skizziert. Das 35. Kapitel lautete: *Der Pastor ging zu guter Letzt doch mit, denn der Arzt hatte Schwermut konstatiert.* 36. Kapitel: *Das Begräbnis war wunderbar.* –

Ende.

Außer der Überschrift und den erwähnten Andeutungen stand nichts auf dem Zettel.
Ich gab ihn Bogumil zurück. Als er aber an meinen erstaunten Augen bemerkte, daß ich etwas fragen wollte, schnitt er mir ohne weiteres das ungesprochene Wort mit einer Handbewegung ab und sagte: »Pscht – Pscht! Später – Später!«
Ich konnte mein Urteil trotzdem nicht zurückdrängen und sagte: »Der Entwurf ist ganz nett.«
Bogumil sah mich mitleidig an und erwiderte: »Was? Entwurf? Ent – – wurf? – Ach du bist verrückt! Wirst gleich dein blaues Wunder erleben.«
Damit schob er mich in den Laden des Buchhändlers Rispenhalm, der sein Hauptverleger war. Er lief langstelzig mit mir in dessen Privatkontor, riß mit einem genialen Schwung die Türe auf und rief mit strahlender Gebärde: »Was Großartiges!! Was ganz Großartiges! Millionensache sage ich Ihnen, Herr Rispenhalm.«
Der Verleger stand auf, machte eine tiefe und eine flache Verbeugung und sagte: »Ah, guten Tag, Herr Scheibenkleber, sieht man Sie auch wieder mal?« Indem er ihm kordial die Hand schüttelte, fügte er so beiläufig hinzu: »Na, was haben Sie Neues? – Hier, bitte, bedienen Sie sich. Grandiose Marke.«
Dabei schob er Bogumil eine Kristalldose mit Zigaretten hin.

Mit einem wirkungsvollen Jongleurtrick warf Bogumil eine Zigarette zwischen die Lippen und sagte: »Einen Roman«.
»Einen humoristischen?« fragte Herr Rispenhalm.
»Nein. Einen tragischen«, gab Bogumil zur Antwort.
»Hm!« meinte darauf Herr Rispenhalm, »wissen Sie, mit den Romanen, das ist so eine Sache. Manchmal gehn sie, manchmal gehn sie nicht. Wenn Sie hypermoderne Dichtungen hätten oder so –«
»Na, vor einem halben Jahr, als ich Ihnen meine Großstadtlyrik brachte, da sagten Sie?«
»Nu ja, habe ich gesagt. Du lieber Himmel, was habe ich schon alles gesagt. Was wollen Sie übrigens, ich habe sie doch verlegt.«
»Aber bezahlt haben Sie mir nichts dafür.«
»Warum denn gleich so unhöflich, Bogumil? Wollen sie noch eine Zigarette? Sind doch wirklich großartiges Fabrikat. Aber nun hören Sie doch mal endlich in Ruhe zu. Sehen Sie, Bogumil, der Geschmack ändert sich, und da –«
»Ja, der Geschmack ändert sich, Rispenhälmchen, da haben Sie vollkommen recht. Das ist ja, was ich schon immer gesagt habe. Für den Geschmack der großen Masse schreiben, das ist die Quintessenz der Dichtkunst. Na, und diese Quintessenz, die habe ich jetzt. Nämlich die Essenz, oder sagen wir: den Extrakt. Ich wiederhole Ihnen: ein Millionengeschäft.«
»Rücken Sie raus damit.«
Bogumil Scheibenkleber entnahm seiner Brieftasche das Notizblatt, überreichte es dem Verleger, steckte sich eine neue Zigarette an und versank hierauf selbstbewußt in den Klubsessel.
Nachdem Rispenhalm gelesen hatte, wollte er das Blatt zurückgeben. Er wog es aber erst noch einige Male in der Hand und sagte dann: »Ja, ich glaube, das wird was. Die Idee ist gar nicht so übel. Wenn Sie das gut herausarbeiten, kann eventuell eine Sache daraus werden. Wann denken Sie denn fertig zu sein?«
Bogumil war vor lauter Erstaunen aus seinem bequemen Sitz aufgestanden und meinte voll ungeheuchelter Verwunderung:

»Ich verstehe Sie nicht, mein Herr! Wahrhaftig nicht. Sie erzählen mir fortwährend etwas von ›Ausarbeiten‹, ›Fertigwerden‹ und so weiter. Ja, um Himmels willen, *Was* soll denn fertig werden?«
»Frage! Na, der Roman.«
»Aber, mein Gott, der ist doch fertig.«
»Ach so! Warum sagen Sie das nicht gleich? Dann bringen Sie ihn nur her.«
»Wieso herbringen? *Was* denn bloß?«
»Ja, bin ich denn verrückt? Den fertigen Roman sollen Sie mir bringen.«
»Aber Rispenhälmchen, seien Sie doch nicht so furchtbar komisch. Sie haben ihn ja in der Hand.«
»Wen?«
»Den fertigen Roman.«
Rispenhalm blinzelte erst mit den Augen, dann sah er mich an, dann Bogumil, dann schmunzelte er, und zuletzt ging er mit ausgestrecktem Zeigefinger auf Bogumil zu, tippte ihn auf die Stirn und sagte väterlich: »Bogumilchen, wir haben wohl die vergangene Nacht wieder mal gehörig gesumpft, hä? Oder vielleicht Weiber? Zuviel, Bogumilchen, zuviel, nicht übertreiben! Hi, hi, hi, hi.«
»Lachen Sie doch nicht so entsetzlich albern.« Bogumil wurde wütend. »Mir ist es bitter ernst. Nun sagen Sie, wollen Sie den Roman oder wollen Sie ihn nicht? Wenn Sie ihn nicht nehmen, dann sage ich Ihnen gleich im voraus, dann sind Sie – dann haben Sie überhaupt keinen blauen Dunst vom Geschäft. Traurig genug, daß ein ehrlicher deutscher Dichtersmann dann erst kommen muß, um Ihnen zu zeigen, wie man Geschäfte macht und Geld verdient.«
»Aber ich meine –«
»Meinen Sie lieber nichts und handeln Sie lieber. Kommen Sie mir nur nicht mehr mit Ihrer anmaßenden Selbstherrlichkeit, daß Sie ein moderner Verleger seien. Keine Ahnung haben Sie von Ihrer bewegten Zeit und deren dringenden Bedürfnissen. Das ist eine wahre Affenschande.«

»Wollen Sie sich nun nicht endlich deutlicher erklären?«
»Was ist da groß zu erklären. Wir leben im Zeitalter der Pointe, des Gedankensplitters, des dreizeiligen Schwankes, der siebenzeiligen Novelle einschließlich Überschrift und Verfassernamen. Das wissen Sie doch wohl zur Genüge, denn Sie lesen doch Zeitungen.«
»Lese ich allerdings, und es ist etwas Wahres dran.«
Bogumil hakte Herrn Rispenhalm unter und wanderte mit ihm im Zimmer auf und ab, während er ihm seine neueste Geisteserrungenschaft kundgab: »– also je kürzer eine literarische Arbeit, um so wertvoller ist sie. Das geschriebene Wort wird heute vom Leser mit Gold aufgewogen, wenn man es nur recht geschickt versteht, sowenig wie möglich Worte aneinanderzureihen und ihnen so den Anschein zu geben, als wären sie kristallisierte Materialisationen allergöttlichster Geniefunken. Das Wertvollste muß zwischen den Zeilen stehen. Nun geben Sie acht! Sie statten also meinen dreibändigen Roman wunderbar aus.«
»Halt, halt, so weit sind wir noch nicht!«
»Doch, doch. Wir sind schon viel weiter. Also prachtvollste Ausstattung. Der Roman hat zweihundertneunundvierzig Worte. Reichlich genug. Mehr wäre vom Übel. Jedes einzelne Wort erhält – um den unerhört kostbaren Wert des einzelnen Wortes dick zu unterstreichen – seine eigene Seite.«
»Aber, Bogumil –«
»Pscht! Ich rede jetzt! Der moderne Leser, andere kommen für uns nicht in Betracht, der die ganze Spannkraft seines Geistes auf den Erwerb und nur auf den Erwerb zu richten hat, kann unmöglich dickleibige Romane in sich aufnehmen. Aber die neuesten Literaturströmungen muß er im Original gelesen haben, wenn er nicht hinter seiner Zeit zurückbleiben will. Außerdem will er sich auch zerstreuen. Indem wir nun auf jeder Seite – fabelhaft vornehmes Papier natürlich – nur *ein* kostbares Dichterwort setzen, wird der Leser veranlaßt, ununterbrochen umzublättern. Dieses fortgesetzte Umblättern ist seinem abgespannten Geiste Labsal und

Erquickung, es regt ihn an und zerstreut ihn gleichzeitig aufs angenehmste. Mehr will er von einem Dichter nicht haben. Alles andere weiß er selbst und zudem viel besser. Es wird überhaupt in Romanen und nicht minder in Theaterstücken viel zuviel geredet. Diese Vielrederei ist ganz überflüssig, es ist doch immer wieder dasselbe. Handlung – siehe Kintopp – will der moderne Mensch haben. Nackt, kurz, prägnant und scharf pointiert will er alles sehen und genießen. Das ›Drumrum‹ kennt er schon zur Genüge, und wenn er's nicht kennt, macht er es sich selbst, und wenn er es nicht selber machen kann, versteht er mit stoischem Gleichmut zu entbehren. Auf jede Seite nur ein Wort. Genau in die Mitte. Darunter und darüber, links und rechts daneben ein großer weißer Zwischenraum, und das heißt: Lieber Leser und schöne Leserin! Für so geistreich, intelligent und künstlerisch empfindend halte ich dich, daß du die Zwischenräume dir selbst ausfüllst und besser ausfüllst, als ich erbärmliche Schreiberseele es jemals vermöchte! – – Glauben Sie, Rispenhälmchen, daß die Leser dieses Vertrauen, das wir in ihre Intelligenz setzen, nicht schätzen werden? Daß sie die gute Meinung, die wir von ihnen haben und die wir ihnen mit diesem Buche schriftlich geben, nicht gern mit hartem, blankem Golde bezahlen werden? Das Wort zehn Pfennige – enorm billig übrigens – neun Worte erhalten die Leser umsonst, worauf im Prospekt und in den Aushängebogen ausdrücklich hingewiesen wird, kostet also der Roman vierundzwanzig Mark, jeder Band acht Mark.«

»Das wäre so der übliche Durchschnittspreis für Romane.«

»Na also!«

Rispenhalm war den ausführlichen Darstellungen Bogumils mit großem Interesse gefolgt. Er schien so etwas wie Glauben an die Sache zu gewinnen. Aber er wollte auch ein wenig witzig sein und sagte deshalb zu Bogumil mit ironischem Lächeln: »Bogumilchen, ich garantiere, in sechs Wochen haben wir das achte Tausend umgesetzt.«

Bogumil übersah die Ironie und meinte ernsthaft: »Wenn auch

nicht gerade das achte Tausend, aber wie ich das Publikum kenne, werden wir in acht Wochen so an die fünftausend Exemplare untergebracht haben.«
»Na«, sagte darauf sarkastisch Herr Rispenhalm, »dann fange ich gleich mit ›erstes bis zehntes Tausend‹ an, damit wir nicht in Verlegenheit kommen, wenn der Roman in vierzehn Tagen schon vergriffen sein sollte.« – –
Der Roman erschien.
Tatsächlich.
Rispenhalm hatte es gewagt.
Aber beide, sowohl Rispenhalm wie auch Bogumil, hatten sich schwer verrechnet. Denn in sechs Wochen war nicht das ›achte Tausend‹ umgesetzt, wie Rispenhalm ironisch prophezeit hatte, sondern das ›zweiundfünfzigste Tausend‹ war bereits vergriffen.

Mein Besuch bei dem Dichter Pguwlkschrj Rnfajbzxlquy

Plötzlich war er da: der gewaltige Dichter und Neutöner Pguwlkschrj Rnfajbzxlquy. Ganz urplötzlich und unerwartet aus heiler Haut wie jedes echte Genie. Bei wem man den Entwicklungsgang, vielleicht sogar die konsequente Zielsicherheit zahlreicher Generationen, letzten Endes auch noch Fleiß und Ausdauer nachweisen kann, der ist von dem wahren Genie etwa so weit entfernt wie die Qualle von dem brauchbarsten Begleithunde eines Sanitätssoldaten. Beweis, gegen dessen niederschmetternde Kraft und Stichhaltigkeit ich erfolglos ankämpfen würde: vierhunderttausendsiebenhundertdreiundvierzig Gedenkartikel von achttausendzweihundertsechsundzwanzig Literaturhistorikern, die vom Schicksal bestimmt wurden, alle Geburts-Todes-Verheiratungs- und Kindtaufsdaten der Abreißkalender abzuschlachten; fernerer Beweis: zwei eindrucksvolle Artikel im Schnüpströller Amtsblatt.

Jedenfalls wurde man zuerst auf P. R. (man wird von mir hoffentlich nicht verlangen, daß ich diesen hirnzerfressenden Namen so und so oft hier zu meiner und des Setzers Qual wiederhole), auf P. R. aufmerksam durch eine kurze, dafür aber um so gehaltvollere Novelle in der allen Gebildeten (vor allem dem Herausgeber) bekannten Monatszeitschrift ›Die Hyppery‹. Ob der Titel durch zu häufige Berührung mit der Eigenschaft Hysterie entstanden ist, soll ein anderer untersuchen. Kein Mensch verstand die Novelle des P. R. (Warum ich nur P. R. schreibe, habe ich bereits erwähnt.) Und weil sie niemand verstand und jeder gesunde Mensch seine Gesamtkritik in die beiden Worte faßte: Blödsinn! Blödsinn!, deshalb fanden sich dreiundeinviertel Dutzend Kenner, die in Anbetung vor P. R. niedersanken. Daß überhaupt dreiundeinviertel Dutzend von diesen ›Kennern und Entdeckern‹ sich noch fanden, beweist mehr und besser als alle Statistiken, daß der Krieg weder alles zerstört noch alles zum Umlernen zwingt. Die Folge dieser Schilderhebung war, daß die guten und besten Zeitungen und Zeitschriften sich wegen der vielfach geäußerten Wünsche der immer langjährigen Abonnenten nach und nach und mit und ohne Widerstreben gezwungen sahen, Novellen, Skizzen und Gedichte von P. R. zu veröffentlichen.

Man konnte ein Blatt aufmachen, welches man wollte, es war sicher von P. R. etwas darin zu finden. Und jeder, auch der langjährigste Abonnent, sagte nach jedem neuen Genuß eines P. R. für sich: Hm! Nun weiß ich wirklich nicht, bin ich ein Ochse oder ist der Kritiker Gotthold Mürschebürsch ein Ochse oder ist P. R. ein durchtriebener Gauner? Ich verstehe kein Wort davon, halte es für ausgesuchtesten Quatsch, was ich aber zu niemand zu sagen wage. Aber, und das ist dann wohl doch das Wahrscheinlichste: ich bin tatsächlich ein riesengroßer Ochse, was ich bislang nicht gewußt habe, weil ich ein sehr tüchtiger Kaufmann bin.

P. R. war fleißig und strebsam. Man führte Stücke von ihm auf, die so eindrucksvoll waren, daß man jetzt auch die Kritiker nicht mehr verstand und darin eine doppelte Bestätigung der nun nicht mehr abzuleugnenden Tatsache erblickte, daß man unwiderruflich ein Ochse bleiben müsse und keinen Anteil an den modernen Literaturschätzen mehr nehmen dürfe.

Und dann wimmelte es von Romanen, Tragödien, Novellen, Skizzen, Gedankensplittern und tief empfundenen Kriegs- und Liebesgedichten derart, daß man nur noch staunen konnte über die gewaltige Fruchtbarkeit des Dichters und Geisteshelden, der auf der unendlichen Höhe seiner unnahbaren Einsamkeit thronte. Denn in Einsamkeit thronte er wirklich. Nie hatte ihn jemand zu Gesicht bekommen. Er schwebte gleichsam verklärt als Geist über den Irrtümern der Menschen; er vermied die Berührung mit der dumpfen Masse, und der Nimbus, der ihn umhüllte, machte Frauen und solche, die Neutöner waren, höchst verdächtig, an religiösem Wahnsinn zu leiden. Einige davon kamen ins Irrenhaus, wo sie noch heute leben und sich einbilden, ein Gedanken-

funke des P. R. zu sein. Es bleibe berufeneren Medizinern überlassen, eine volkstümliche und doch dabei wirkungsvolle und verständliche Darstellung zu geben, in welch eigenartigen Formen und Äußerungen sich die Wahnvorstellungen derjenigen zeigen, die sich für einen Gedankenfunken des P. R. halten. Meine Phantasie reicht nicht aus und würde, so hoch ich sie auch anspannte, der Wirklichkeit schwerfällig nachhinken.
Irgendwie und von irgendwem wurde eines Tages das Gerücht verbreitet, P. R. (warum ich ihn nur P. R. nenne, habe ich mehrfach gesagt) sei krank und liege auf den Tod darnieder, habe weder Schutz noch Beistand, weil sich von seinen Verehrern niemand traue, in den vernichtenden Glanz seiner Herrlichkeit zu treten, die selbst die Sonne zu einem vertrockneten Bleiklumpen mache. Ich bin aber robust, glaube nicht an P. R., und deshalb kann mich sein Glanz nicht töten. Darum wurde ich auserlesen, zu P. R. zu reisen, ihm in seiner Todesstunde die Grüße und Huldigungen seiner im Staube vor ihm sich wälzenden Schar zu überbringen und ihm in seinen letzten Nöten hilfreich zur Seite zu stehen und seine letzten Worte wahrheitsgetreu aufzuzeichnen und den kommenden Jahrtausenden zu erhalten. Weil man meine Nichtachtung P. R. gegenüber kannte, wußte man, daß keiner sonst soviel Objektivität aufbringen würde, die letzten Ergüsse dieser gewaltigen Geistesgröße ungeschmückt und unverbrämt in Empfang zu nehmen.
Durch unvergleichbaren Spürsinn, durch abenteuerliche Verkleidungen, unschuldige Verhaftungen als Spion, durch mehrfaches Schweben in Todes-Wassers-Hungers-Zuckers- und Einberufungsnot gelang es mir, die Adresse des P. R. ausfindig zu machen. Er wohnte in waldreicher Gegend, fern dem Tumult der Städte, abgeschlossen von der Neugierde der gefräßigen Welt durch eine hohe Mauer, umgeben von kleinen, netten, gartenreichen und epheuumrankten Häuserchen in ›Haus Ruhenstein‹.
Schon dieser Name tat wohl, und ich hatte ein wundersames, friedliches Gefühl in der Nähe des ›Hauses Ruhenstein‹. Ich

fragte: »Bitte, wohnt hier nicht ein Dichter Pguwlkschrj Rnfajbzxlquy?« »Ja«, gab man mir freundlich zur Antwort, »aber eigentlich heißt der Patient Paul Rübensessel.«
Ich machte ein mitleidiges Gesicht, was in solchen Augenblicken, wenn man ›Patient‹ hört, durchaus nötig ist, und sagte:
»Steht es sehr schlimm mit ihm?«
»Nicht schlimmer als sonst. In den fünf Jahren, die er hier ist –«
»Was?« schrie ich erregt. »Fünf –?«
»– Jahre, jawohl. Zuerst war er in der 3. Klasse. Da er gelernter Schuhmacher ist, beschäftigten wir ihn in der Schuhmacherei. Aber seit etwa drei Jahren schreibt er für Zeitungen und wird so gut bezahlt, daß er ein eigenes Haus bewohnen sowie zwei eigene Wärter halten kann und die gleichen Vergünstigungen in jeder Weise hat wie Graf Hegelsdorff, der ein Millionenvermögen besitzt. Es ist uns ja völlig gleich, womit sich die Patienten beschäftigen, wenn es sie nur ablenkt.«
»Ja«, sagte ich ganz verwirrt, »ich verstehe das nicht.«
»Offen gestanden, wir auch nicht«, sagte der Oberarzt, »es ist dies ein Schulbeispiel dafür, daß man nie ganz sicher ist, ob da draußen nicht mehr Verrückte sind als bei uns.«
»Halt! Halt!« schrie ich. »Sagen Sie mir um alles in der Welt, wo ich hier bin?«
»In der Heilanstalt für unheilbare Geisteskranke. Wußten Sie das nicht?«
»Nein! Nein! Und Herr Pgschwlklwsch . . . –«, ich brachte vor Aufregung den Namen, der mir vorher doch ganz geläufig war, nicht mehr über die Lippen, »und Herr Pguw –?«
»Herr Rübensessel wollen Sie sagen? Der ist seit drei Jahren unheilbar krank und seitdem für dauernd in unserem Hause. Sehr harmlos, wenn man ihn nur schreiben läßt, aber vollständig paralytisch, steht im Beginn des letzten Viertels.«
Ich stand noch ganz niedergeschmettert da, der Glanz des P. R. hatte mich schwer getroffen.
Und der Arzt fügte hinzu: »Wie weit es mit ihm ist, müßten Sie

doch an seinen Schreibereien ohne weiteres sehen; wenn Sie ihn sprechen hören, würden Sie nicht mehr zweifeln. Wollen Sie zu ihm?«

Ich dankte und ging und kam zu den Getreuen.

Sie hätten meiner Objektivität besser nicht trauen sollen. Sie dürfen nicht damit rechnen; denn ich möchte nicht gesteinigt und den Hunden vorgeworfen werden. So viel ist mir P. R. und die gesamte Vernunft der ›draußen‹ lebenden Mitmenschen wahrhaftig nicht wert.

Sie sind ja selber schuld, daß es so ist. –

Malkunst

Ein junges, gutgewachsenes Mädchen in einer Bluse von kräftigem Rot, einem halblangen Rock in derbem Grau, Strümpfe in angedeutetem Braun, Schuhe in Weiß, einen breiten, gelben Strohhut am Arm, steht inmitten einer weiten Wiese von sattestem Grün. Irgendwo krackelt sich ein schwarzer Baum in die farblose Luft. Und ganz hinten sieht man noch in dunstigem Nebelflimmer einen Höhenwald in Blau mit einem Stich ins Lila.
So sah das Bild aus, auf das Ewald Henkeding große Hoffnungen gesetzt hatte und das trotzdem von einer Ausstellungskommission zur anderen wanderte, ohne angenommen zu werden. Freilich gehen die ›Ausstellungsschuster‹, wie Ewald Henkeding in seiner gehässigen Art die Mitglieder des Prüfungskomitees nannte, einem so starken Talent, wie er eines ist, im weiten Bogen aus dem Wege. Und wenn er jetzt so durch die Ausstellungsräume wandelte, so konnte ihn das ›eiskalte Grauen‹ ankommen, wenn er diese öden Kleckereien und Schmierereien sah. Dagegen war ja sein ›Rotgrau in Grün‹, wie er sein Gemälde nannte, ein Meisterwerk, dessen sich ein Rembrandt nicht hätte zu schämen brauchen.
Die Rotgraue, die da im Grün stand, kannte ich zufällig, und durch sie lernte ich dann eines Nachmittags auch Ewald Henkeding kennen. Er schleppte mich natürlich sofort in sein Atelier mit, das mehr schlecht möbliertes Zimmer als Atelier war, und zeigte mir sein Meisterwerk. Wenn es auch nun nichts sonderlich Großes war, so hatte er doch insofern Recht, daß es wirklich in der Ausstellung Bilder gab, denen das seine an Reichtum des Gedankens und an Technik weit überlegen war. Jedenfalls sah ich auch an seinen sonstigen Sachen, daß er was konnte und sehr viel Mut besaß, eigene und originelle Wege zu gehen.
Als wir dann näher miteinander befreundet wurden, tat es mir leid

um ihn, weil er trotz eifrigen Strebens so wenig, eigentlich gar keinen Erfolg hatte. Ich würde gern etwas für ihn getan haben, aber vorerst mußte er doch wenigstens einmal ausgestellt haben, denn wo und wie sollte man anknüpfen? Verdient hatte er es, ein wenig in den Vordergrund zu rücken, und ein kleiner Erfolg schon würde ihm sicher Ansporn sein, sich kräftig in die Farbe zu setzen.
Eines Tages, so in den ersten Nachmittagsstunden, bummelten wir wieder einmal durch die Ausstellungssäle. Ich sah, wie sein Auge wehmütig und sehnsüchtig an allen Papptäfelchen hing, die durch ein ›Verkauft‹ dem Käufer meist ebensoviel Freude machen wie dem Verkäufer.
Es waren um diese Zeit beinahe gar keine Besucher anwesend, und die Aufseher hielten überall ihr Verdauungsschläfchen. In diesem Moment kam mir ein ganz verrückter Gedanke, und ich wunderte mich nicht im geringsten, als Ewald Henkeding meinem Gedanken seine Worte gab, indem er sagte: »Ich glaube, um diese Zeit könnte man ganz unbehelligt ein Bild einschmuggeln.«
»Ja«, sagte ich, »ich glaube schon, daß es ginge. Aber was sollte das für 'n Zweck haben?«
Am nächsten Tage hatte ich keine Zeit. Aber am darauffolgenden Tage bat mich Ewald Henkeding, ich möchte doch so gut sein und so etwas auf den Aufseher im Nebensaal achten, und wenn er aufwacht, solle ich husten.
Also was geht mich denn an, was Ewald Henkeding tun will? Ich passe auf den Mann auf, und wenn er erwacht, huste ich. Sehr einfach. Alles andere kümmert mich nicht. Deshalb bin ich noch lange kein Helfershelfer. Höchstens ein totes Mittel, dessen sich einer bedient und das für eine Handlung nicht verantwortlich gemacht werden kann, weil es nichts davon weiß.
Nach einer Weile kam Ewald Henkeding dann wieder zu mir und ersuchte mich, in den Nebensaal zu gehen. Hier sehe ich nun die Bescherung. Sein ›Rotgrau in Grün‹ hing wohlgefällig und schmunzelnd an der Wand. Hier zwischen den anderen gleichgültigen und langweiligen bemalten Ölfetzen merkte man erst, wie

vergnügt sein ›Rotgrau‹ war. Ordentlich erfrischend lebendig wirkte es in dem Raum. Es machte denselben wohltuenden Eindruck, als wenn ein frech-zynischer Witz mit kühnem Salto mortale unvermittelt in eine steif-schläfrige Abendgesellschaft prasselt.

»Wie hast du denn das Bild hereingekriegt?« fragte ich.

»Gerollt natürlich.«

»Aber den Rahmen?«

»Ich habe mein Bild auf die Rückseite eines fremden Rahmens mit ein paar schmalen Leisten angeheftet.«

»Ja, und das gewesene Bild? Gemaust?«

»Werde mich hüten.«

»Wo ist es denn?«

»Das ist auf der Rückseite. Ich habe den Rahmen bloß herumgedreht. Es ging zufällig.«

Ich hob den Rahmen etwas an und sah denn auch auf der Rückwand das verschwundene Bild.

»Aber der Katalog – «, fragte ich.

»Ach, das ist egal«, antwortete er übermütig.

In dem Augenblick kam der Aufseher herein. Er ging schlendernd auf uns zu. Ich kriegte schon eine Heidenangst. Aber Ewald Henkeding sah mit Kennerblicken sein Bild an. Bald aus der Nähe, bald aus der Ferne, bald kniff er die Augen zu, bald schaute er durch seine Faust wie durch ein Fernrohr. Dann besah er es sich in seinem Taschenspiegel von rückwärts, wiegte den Kopf hin und her und machte immerfort: »Hm! Hm! Tze! Tze! La! La!«

Der Aufseher stellte sich dann hinzu und sagte sehr verständig: »Ja, tj-aa! Wir haben jetzt sehr schöne Bilder hier. Zum Beispiel dies junge Weibsbild hier mit der hübschen roten Bluse ist mein Lieblingsbild. Frühmorgens, wenn ich komme, zuerst schau' ich mir immer das nette Bild an. Die hübsche grüne Wiese ist zu schön getroffen. Ich bin nämlich vom Lande, müssen Sie wissen, und da . . .«

Es hat doch manchmal sein Gutes, wenn so ein Aufseher die Gegenstände, über die er aufzusehen hat, nicht so genau kennt. Einige Tage später denke ich, du mußt doch mal nachsehen, was sein Bild eigentlich darstellt. Ich schlage also nach und finde unter der Nummer 635, die sein Bild bezeichnete, ›Max Klett; Roter Mohn‹. Nun, darauf muß ich mir das Bild noch einmal genauer ansehen. Ich gehe in den Saal und sehe ein Täfelchen darunter: ›2mal verkauft‹.

Das kann ja nett werden.

Während ich noch davorstehe und überlege, wie man ein Original zweimal verkaufen könne und was es Ewald Henkeding wohl einbringen müßte, so an Gerichtskosten und dergleichen, kommt eine Gruppe Besucher in den Saal, die um einen älteren Herrn geschart ist wie die Küchlein um die Glucke. Der ältere Herr benimmt sich sehr laut, aufdringlich und dozierend. Ich erfahre dann auch bald, daß er ein Kunstakademieprofessor ist, der teils Kunstschülern, teils anderen Interessenten kunstwissenschaftliche Vorträge an der Hand des vorhandenen Objekts erteilt. Mit unnachahmlicher Leidenschaftslosigkeit ›erklärt‹ er die ausgestellten Bilder. Jetzt tritt er zu Ewald Henkedings ›Rotgrau in Grün‹. Er wirft einen orientierenden Blick in den Katalog, hierauf einen schnell umfassenden Gesamtblick auf das Bild und kramt dann seine Weisheit aus, als ›Roter Mohn‹ bezeichnet der Künstler sein Werk. Sie ahnen schon aus dem Titel, meine Damen und Herren, den Gedankenreichtum des vortrefflichen Meisters. Auf dem ganzen Bilde nicht eine rote Mohnblüte. Aber *das* ist gerade das Geniale, das Hervorstechende an dem Bilde. Das einzige Rot ist die Bluse der schlichten Mädchenfigur. Und dieses kräftige Rot der Bluse im Verein mit der unterstrichenen Schlichtheit der Figur zwingt die Ideenwelt des Beschauers, sich der satten, vollen Farbe des roten Mohns zu erinnern. Es zeigt sich hier eine neue, durch und durch moderne Richtung –«

Einer der Umstehenden nahm einen Notizblock aus der Tasche und begann tüchtig zu schreiben.

»Eine moderne, längst erwartete und häufig schon angedeutete

Richtung: in der Kunst nicht *das* auszudrücken, was man sieht, denn das wäre das Primitive, Unkünstlerische, sondern *das* auszudrücken, was man, durch das Bild angeregt, sehen könnte und sehen müßte. Ich rekapituliere: Kunst soll nicht mit photographischer Treue Tatsachen darstellen, sondern nicht existierende Dinge sichtbar machen mit Hilfe des angeregten Intellekts.«

Die Anwesenden sahen begeistert zu dem Altmeister auf und trauten sich vor Ergriffenheit kaum zu atmen. Der Herr mit dem Notizblock sprang eilfertig hinzu, stellte sich vor und bat den Herrn Kunstprofessor um einen diesbezüglichen Artikel für seine Kunstzeitschrift.

Es ist ja nun einmal eine Erscheinung unserer Zeit, daß sich die Menschen mit wilder Gier auf alles Absonderliche stürzen, sei es auch noch so verrückt und grotesk. Darum ist es nicht im geringsten verwunderlich, daß der ›Rote Mohn‹ über Nacht im Mittelpunkt des Interesses stand und seinetwegen die heißesten Schlachten der Für- und Widerparteien geschlagen wurden. Im späteren und rein normalen Verlauf der Dinge kam die Sache natürlich an den Tag, das heißt natürlich an den Tag der Ausstellungskommission. Aus Gründen, die sich vom menschlichen Standpunkt sehr leicht erklären lassen, entschied sie zugunsten Ewald Henkedings, wobei sich Max Klett, gleichfalls vom menschlichen Standpunkt aus leicht erklärlich, mit einer anständig bemessenen Summe zufriedengab. Das Signum konnte ebensogut Klett wie Henkeding heißen. Aber wie alles im Leben ganz logisch und folgerichtig zugeht, so ist Ewald Henkeding seitdem in jeder Ausstellung mehrfach vertreten. Er ist der Hauptvertreter jener Richtung, wo streng darauf gehalten wird, daß die Unterschrift eines Bildes nicht das geringste mit dem dargestellten Inhalt zu tun hat. Daß der Henkedingismus den lungenkranken Futurismus bald und endgültig unter die Füße gestampft haben wird, steht ja – es gibt Beispiele – außer Frage.

Schließlich ist ja doch die Kunst nicht für den denkfaulen Plebs da. Und also . . .

Titel

Sein Vater war noch auf die Dörfer hausieren gegangen, mit Zigarren, Pfeifentabak und Schnupftabak. Später starb er als Millionär und Besitzer großer Zigarrenfabriken. Sein Sohn war Kommerzienrat geworden. Und zwar in erster Linie deshalb, weil er als Erbe seines Vaters von vornherein Millionär und Fabrikbesitzer war. Im übrigen war er an dem Titel vollkommen unschuldig.
Dieser Sohn hielt sich im Januar und Februar in Ägypten, im März und April an der Riviera, im Mai in Biarritz, im Juni und Juli in Trouville und im August zur Nachkur in Zoppot oder Heringsdorf, häufig aber auch in Norderney auf. Seltsamerweise gingen die Fabriken trotzdem ruhig weiter, so daß man sich eigentlich hätte darüber wundern müssen, wie das möglich sei, wenn sich jemand die Mühe gemacht hätte, darüber ernsthaft nachzudenken. Im September reiste er dann heim, wo er von dem Bürgermeister und von den Stadtverordneten sowie von den übrigen Notabeln des Städtchens wie ein regierender Fürst empfangen wurde. Von Oktober bis Weihnachten arbeitete er etwas, um im Januar wieder nach Ägypten zu reisen. Durch diese nervenzerrüttende Tätigkeit gelang es dem Herrn Kommerzienrat, sein Vermögen in zehn Jahren auf vier Millionen zu vergrößern und seine sonstige Habe um drei neue Fabriken zu vermehren.
Nun sollte man meinen, der Herr Kommerzienrat hätte glücklich sein können. Aber Geld allein macht es nicht. Und so war er leider tief betrübt inmitten aller seiner Reichtümer. Sein Schwager nämlich, der bei weitem nicht soviel Geld besaß, hatte es weitergebracht. Der war ›Geheimer‹ Kommerzienrat. Den Ausschlag aber gab, daß vor kurzem ein simpler Maschinenfabrikant in der Stadt ebenfalls Kommerzienrat geworden war, wodurch er selbst nicht mehr genügend an der Spitze zu stehen glaubte.
Trotz dieser vermeintlichen Zurücksetzung aber war doch der

Herr Kommerzienrat ein guter Christ und ein noch besserer Patriot geblieben. Der nationalliberale Wahlfonds hatte manchen erheblichen Zuschuß von seiner Seite erhalten, und der freiwillige Beitrag zum Flottenverein betrug mehr als der aller Mitglieder zusammen. Nun gab es allerdings Leute, die behaupteten, er habe als einer der bedeutendsten Tabakkonsumenten ein sehr materielles Interesse an einer starken Kriegsflotte. Das war aber gewiß nur üble Nachrede, denn er tat es wirklich nur aus echtem Patriotismus. Sonst wäre auch seine Königl. Hoheit Prinz Christian, der als Vertreter des königlichen Hauses zur Vierhundertjahrfeier die Stadt mit seinem Besuche beehrte, sicher nicht als Gast im Hause des Herrn Kommerzienrats abgestiegen.
Der Prinz war nun schon wieder einen Monat in der Residenz, aber der Herr Kommerzienrat war doch nicht ›Geheimer‹ geworden. Nur einen Orden zweiter Klasse hatte ihm seine Gastfreiheit eingebracht. Zufällig war es derselbe Orden, den auch der Bürgermeister bekommen hatte, welche Tatsache der Herr Kommerzienrat im stillen als eine ihm persönlich zugefügte Beleidigung ansah.
›Geheimrat‹ mußte er werden. Nun erst recht. Wozu hatte er denn das viele Geld? Ihm selbst lag beinahe noch mehr daran als seiner Gemahlin, die für ihr Leben gern Frau Geheimrätin gewesen wäre. Die nächste Staffel wäre vielleicht noch der Adel geworden. Warum auch nicht!?
Die Frau Kommerzienrätin war jung, sehr schön und eine wirklich hochelegante Dame mit vollendet aristokratischen Manieren. Du lieber Himmel, er konnte sich's ja leisten. Es hätte sie jeder für eine Gräfin halten müssen, und nun simple Kommerzienrätin sein, dasselbe wie die erste beste Hofschlächtermeistersfrau, die noch im Laden Wurst geschnitten hat – nein! Und abermals nein! Manchmal in Kairo oder in Nizza oder gar in Trouville, wenn die jungen Elegants sie umschwärmten und sie ›allergnädigste Frau Baronin‹ anredeten, schämte sie sich zu Tode, wenn sie daran dachte, daß sie nur Kommerzienrätin war. Denn bei dem Wort

›Kommerzienrätin‹ denkt sich doch unwillkürlich ein jeder eine würdige alte Dame, die schon weit aus den Formen gegangen ist. Das war doch alles sehr peinlich. Denn sie wurde viel umschwärmt. Etwas zuviel beinahe, dachte manchmal ihr Gatte. Freilich sie war ja erst dreißig Jahre und sah noch viel jünger aus mit ihrer schlanken, eleganten Figur. Der Kommerzienrat war auch noch nicht alt. Vielleicht fünfundvierzig, und er hatte sehr wenig von der behaglichen Würde eines Kommerzienrats. Wer also wäre ein solcher Menschenfeind, es diesen beiden netten Leutchen zu verargen, wenn sie nach einem hochklingenden Titel strebten?
Der Herr Kommerzienrat war ein wohltätiger Mann. Trotz seines Reichtums. Das findet man selten. Von ihm aber war es weit und breit bekannt. Es stand immer im Kreisblatt, wenn der Herr Kommerzienrat für die Diakonissen hundertfünfzig Mark, für die Krippe zweihundert Mark, für die Missionen fünfhundert Mark gezeichnet hatte. Arme Leute, die sich brieflich oder mündlich um eine Unterstützung an ihn wandten, erhielten ja seltener etwas. Aber jedem Menschen kann man eben auch nicht helfen. Und es stand doch immer zu Neujahr im Blatt, daß der Herr Kommerzienrat zweitausend Mark an die Armenkasse gezahlt hatte. Aber das ›Volk‹ kann ja den Rachen nie voll genug kriegen! Man denke des weiteren nur an die Weihnachtsbescherungen, über die ausführlich im lokalen Teil berichtet wurde. Nein, das mußte ihm der giftigste Neid lassen, er war ein wahrer Wohltäter der Menschheit und hatte ein mitfühlendes Herz für die Not der Armen und Ärmsten. Sogar die Großstadtzeitungen schrieben hin und wieder von dem Herrn Kommerzienrat, wenn er der Stadt oder einer gemeinnützigen Verwaltung für wohltätige Zwecke namhafte Summen überwiesen hatte. Jedenfalls hatte die Stadt alle Ursache, stolz auf ihn zu sein. Und eines schönen Tages wurde von den Stadtverordneten auf Antrag des Bürgermeisters einstimmig – jawohl: einstimmig, ihr Neidhammel! – beschlossen, den Herrn Kommerzienrat zum Ehrenbürger der Stadt zu ernennen. Darob herrschte große Freude allenthalben. Die Arbeiter erhielten auf Kosten des

Herrn Kommerzienrats einen großen Festschmaus mit nachfolgendem Ball, auf dem der Herr Kommerzienrat höchstselbst mit der Frau eines Wickelmachers und die gnädige Frau mit einem schlichten Sortierer tanzte, was anderen Tages mit gesperrten Lettern im Kreisblatt vermerkt wurde und die üblichen Schlußfolgerungen von ›schöner Harmonie und derlei‹ für den Ideenkreis des darin geübten Lesers zuließ, womit der beabsichtigte Zweck ja auch erreicht wurde. Daß der Herr Kommerzienrat den Arbeitern diesen Tag nicht bezahlte, worüber die Nörgler, die ja immer etwas haben müssen, sich schrecklich ereiferten, konnte man ihm doch wahrlich nicht übelnehmen. Die Leute hatten doch an dem Tage nicht gearbeitet. Zudem hatten sie doch sehr gut gegessen und jeder einzelne zehn Biermarken in Empfang genommen. Aber diese Leute in ihrer sattsam bekannten, nichtsnutzigen Habgier und in ihrer völligen Verkennung der ideellen Folgen solcher Fabrikfestlichkeiten sind eben nie zufriedenzustellen. Dagegen ist nichts zu machen, man muß sich in philosophischer Gelassenheit damit abfinden und den Glauben an das ewig-wahrhaft Gute im Menschen nicht verlieren.
In der Villa des Ehrenbürgers wurde die Ernennung natürlich gleichfalls in gebührender Weise gefeiert. Aber so schön und glanzvoll sie auch begonnen hatte, sie endete mit einem schrillen Mißklang. Der Herr Landrat und der Festgeber gerieten wegen einer politischen Meinungsverschiedenheit hart aneinander. Und sie schieden beide in grimmer Feindschaft. Das war höchst bedauerlich. Aber der Herr Kommerzienrat tat, als er mit seiner Gattin das Schlafzimmer betrat, den bedeutungsvollen Ausspruch: »Der Affe mit seiner zerhackten Ledervisage kann mir gestohlen werden. Auf den pfeife ich.« Das war durchaus nicht hübsch und ebensowenig respektvoll geredet von der höchsten Regierungsgewalt des Kreises. Aber es war doch verzeihlich im Hinblick auf den niederträchtigen Ausspruch, den der Herr Landrat machte: »Jetzt kann der widerliche Giftnudelfritze aber auf seinen ›Geheimen‹ warten, bis er schwarz wird. So ein eingebildeter Trottel!«

Man erkennt aus diesen beiden Aussprüchen, daß beide Herren der gegenseitigen Hochachtung entbehrten. Und das konnte dem Staate nimmermehr förderlich sein.
Die Ernennung zum Ehrenbürger wurde gleichfalls in die reichshauptstädtischen Zeitungen übernommen. Aber der ›Geheime‹ blieb aus.
Hoffnungen machen das Leben schön. Und so geschah es, daß der Herr Kommerzienrat der evangelischen Kirche seines Wohnortes ein paar mächtige, wundervoll ausgeführte Fenster stiftete und der katholischen Kirche – man konnte ja nicht wissen, welche Religion an der maßgebenden Stelle momentan am höchsten im Preis stand – einen reich vergoldeten Kelch und zwei kostbare Altardecken. Damit aber die Stadt nicht eifersüchtig werde, ließ er eine Turnhalle bauen und schenkte sie der Stadt. Als sie eingeweiht wurde, kam er gerade aus dem Seebade zurück. Und als hätte man nur auf seine Rückkehr gewartet, erschien gleich am zweiten Tage eine Abordnung seiner Arbeiter und bat um eine Audienz, die ihnen in loyalster Weise gewährt wurde. Die Leute baten den Herrn Kommerzienrat, er möchte doch in Anbetracht der gesundheitsschädlichen Arbeit eine Fabrik-Badeanstalt errichten, wenigstens ein Brausebad für Männer und eins für Frauen. Der Herr Kommerzienrat war sehr freundlich, erklärte aber, daß er die Notwendigkeit eines solchen Bades absolut nicht einsähe. Es sei doch nun schon dreißig Jahre ohne Bad gegangen, warum denn nun mit einem Male? Zudem koste ein solches Bad ein Heidengeld. Und jetzt sei infolge der Tabakmißernten und der immer höher werdenden Steuer die Konjunktur eine verflucht miserable. Er könne das Bad nur einrichten, wenn er Akkordabzüge mache, und das wolle er nicht, und das werden auch sie, die Leute, nicht wollen. Das sahen die Delegierten auch endlich ein und gingen.
Aber die Idee mit dem Bade rumorte dem Herrn Kommerzienrat doch von nun an im Kopfe herum. Und nach einem halben Jahre ließ er auf städtischem Grund und Boden eine Badeanstalt mit

großem Schwimmbassin bauen und schenkte sie der Stadt mit einem nicht zu knapp bemessenen Betriebskapital. –
Doch jeder Gerechte muß viel leiden. Die Menschen sind zu boshaft. Bei allem Tun ihrer Mitmenschen, es mag noch so edlen Motiven entspringen, erblicken sie immer nur Schlechtes und halten jede, selbst die großzügigste Handlung für einen Auswuchs des krassesten Egoismus. So leider auch hier. Wüßten solche boshaften Kreaturen doch nur, wie tief sie sich selbst durch derartig kleinliche Deutungen erniedrigen. Aber für persönliche Menschenwürde hat ja diese Art von Auchmenschen nicht das geringste Verständnis. Diese Vampire mit menschlichen Gesichtern behaupteten nämlich allen Ernstes und mit mephistophelischem Lächeln: »Der Herr Ehrenbürger schenkt nur deshalb soviel an die Stadt und an die Kirche, um endlich ›Geheimer‹ zu werden. Der schmeißt mit der Wurst nach der Speckseite.«
Oh! Mit welcher inbrünstigen Wollust möchte ich diesen elenden Verleumdern für ihr freches, gemeingefährliches Treiben das geifernde Lästermaul für immer stopfen, daß es nie wieder solche von verworfenster Gesinnung zeugende Worte heulen kann. Denn wie unrecht sie hatten, beweist doch wohl am besten die Tatsache, daß der Herr Kommerzienrat eben nicht ›Geheimer‹ wurde.
Die Geistlichen beider Richtungen, die den brennendsten Wunsch des Herrn Kommerzienrats ebenso genau kannten wie jedes Kind auf der Straße, hatten sich dieserhalb so unter der Hand mit dem Konsistorium in Verbindung gesetzt. Dieses wieder wandte sich in Gemeinschaft mit dem Bürgermeister und dem Magistrat an das Ministerium. Das Ministerium reagierte. Aber bevor es die Sache weitergab, fragte es vorsichtshalber beim Landrat an. Der schrieb vertraulich: ›Ew. Exzellenz! Von einem gemeinnützigen Wirken des p. Kommerzienrats hierorts, das zu einer solchen Titelverleihung Anlaß geben könnte, ist mir nichts bekannt. Daß er etwas mehr tut als mancher andere hier am Orte, ist bei seinem Vermögen – ganz abgesehen von einer damit vielleicht beabsichtigten Geschäftsreklame – kein derartiges Verdienst, daß dadurch eine

Ernennung zum ›Geheimen‹ irgendwie gerechtfertigt erscheinen möchte.‹

Das genügte dem Ministerium vollkommen.

Es ging alles seinen alten Schlendrian. Der Herr Kommerzienrat war auf Reisen, kam im Herbst, um etwas zu arbeiten, und ging wieder auf Reisen.

Die Badeanstalt blühte und gedieh. Das eine Kirchenfenster hatte ein teuflischer Blitzstrahl zertrümmert und war auf Kosten des Kommerzienrates erneuert worden, und die Altardecke in der katholischen Kirche besaß schon einige Stearintropfen. Da trug es sich zu, daß der Herr Landrat im geselligen Kreise mehrerer Offiziere, die in der Kreisstadt in Garnison lagen, im ›Siebzehnundvier‹ in einer Nacht die unbedeutende Summe von fünfundzwanzigtausend Mark auf Ehrenwort verlor. Der Herr Landrat war noch sehr jung, hatte eine glänzende Laufbahn vor sich, auf die er nicht verzichten wollte, und fühlte sich zu unentbehrlich, um kurzerhand zum Revolver zu greifen. Na also, dann her mit dem sauren Apfel! Er schrieb an den Herrn Kommerzienrat, der gerade in Nizza war, und berichtete sein Pech im ›Siebzehnundvier‹. Umgehend erhielt der Herr Landrat ein Schreiben vom Herrn Kommerzienrat, in den dieser folgenden Passus einflocht: ›– wobei ich mich zufällig an das ‚Vertrauliche' an seine Exzellenz erinnere.‹ Also hatte der Wind bekommen, und so war infolgedessen dort nichts zu machen. Es war bitter. Aber als sich der Herr Landrat anschickte, das Abschiedsgesuch abzufassen, traf eine Anweisung ein, die dem Herrn Landrat fünfundzwanzigtausend Mark für beliebige Zwecke von einem ›nicht genannt sein wollenden‹ Spender übermittelte. Der Scheck war unterzeichnet mit dem Namen des Herrn Kommerzienrats. Und der Herr Landrat in seiner Freude schrieb dem versöhnten Kommerzienrat, er möge nunmehr noch eine Kleinigkeit tun, damit die Sache zum Abschluß gebracht werden könne, er garantiere für den Erfolg. Der Herr Kommerzienrat ließ sich nicht lumpen. Er überwies der Kreiskasse hunderttausend Mark zum Bau eines Kreiskrankenhauses.

Vom Ministerium erhielt aber der Landrat auf seine Eingabe folgenden Bescheid: ›Die widersprechenden Berichte über das gemeinnützige Wirken des zur Standeserhöhung vorgeschlagenen p. Kommerzienrates lassen es an maßgebender Stelle doch bedenklich erscheinen, die Titelverleihung schon jetzt zu beantragen. Zudem ist im verflossenen Jahre eine so überaus vielfache Erhebung bzw. Verleihung des Charakters ›Geheimer‹ erfolgt, daß nach einem Vortrage Seiner Exzellenz an allerhöchster Stelle der ganz bestimmte Wunsch ausgesprochen worden ist, für die nächste längere Zukunft mit dieser Charakterverleihung unbedingt zurückzuhalten.‹

Der Herr Landrat bemühte sich selbst nach Nizza und überbrachte dem Herrn Kommerzienrat die Trauerkunde, die der Empfänger merkwürdig gefaßt hinnahm. Es war eben nichts zu machen. –

Am Abend, im Schlafzimmer, überrechnete er mit seiner Frau, was ihn der ›Geheime‹ nun schon kostete. Es waren zweihundertfünfundachtzigtausend Mark. Und das Niederträchtigste: er war es noch nicht einmal. Resigniert kauerte er sich auf den Diwan und sagte: »Es soll nicht sein.« Dann aber packte ihn die Energie, eine wilde Energie: »Nein, nun gerade. Und wenn ich eine Million nachschmeißen soll. Jetzt gerade!«

Die Frau Kommerzienrätin aber, die schon ausgekleidet war, sagte bloß: »Du bist ein Nilpferd. Keinen Pfennig gibst du mehr aus. Jetzt werde ich die Sache mal in die Hand nehmen!«

»Du?«

»Ja ich. So, und nun laß mich gefälligst in Ruhe, ich bin müde.«

Er grübelte noch die ganze Nacht, was sie wohl gemeint haben könnte. Es fiel ihm aber nichts ein.

Sie aber nahm die Sache wirklich in die Hand.

Diesmal blieben sie etwas länger an der Riviera. Dann gingen sie gleich zum Saisonbeginn ausnahmsweise einmal nach Baden-Baden. Sie wohnten im Hotel ›Stephanie‹. Und hier an der Table d'hote lernten sie einen jungen Herrn kennen, der entzückend zu

plaudern wußte und von dem die Frau Kommerzienrätin ganz eingenommen war, was ihr nur ein vermuckerter Jünglingsvereinsvorsitzender hätte übelnehmen können.
Er war aber auch zu süß, der junge Herr. Elegant vom Scheitel bis zur Sohle. Trotzdem trug er kein Monokel. Dabei Kavalier vom reinsten Wasser. Selbstverständlich Offizier bei der Garde. Und noch dazu bei den Gardedragonern. Aber gewesen. Er hatte den Rummel dick gekriegt oder auch satt bekommen. Den Dr. juris hatte er vor seiner Offizierslaufbahn gemacht. Und nun tat er Dienst im Ministerium des Innern, um die höchste Staatsbeamtenkarriere zu machen. Adelig, noch von den Kreuzzügen her, war er zum Überfluß auch, und außerdem besaß er viel Geld, und zwar sehr viel. Das alles waren freilich außerordentlich günstige Vorbedingungen, um elegant zu sein, die edelsten Kavalierspflichten zu üben und entzückend plaudern zu können.
Die Frau Kommerzienrätin war zu beneiden. Denn er flirtete so abscheulich deutlich, daß der Herr Kommerzienrat, der nie eifersüchtig war, dennoch drängte, das Diner nicht unnötig in die Länge zu ziehen. Er bot seiner Gemahlin den Arm, um eine kleine Promenade mit ihr zu machen. Der junge Herr bat, am Spaziergange teilnehmen zu dürfen. Die Frau Kommerzienrätin sagte überraschend schnell zu, und der Herr Kommerzienrat mußte wohl oder übel gleichfalls ›ja‹ sagen. Im selben Augenblick aber kamen einige sehr wichtige Geschäftstelegramme, die er nicht unerledigt lassen durfte, und so war er nun mit einem Male der, der den jungen Herrn bitten mußte, seine Gemahlin zu begleiten. Und sie gingen.
»Also, Herr Baron, Sie können Minister werden?«
»Sogar Kaiser von Kiautschou, gnädige Frau.«
»Ach, Sie spotten! Nein, ernsthaft, haben Sie einen Einfluß beim Minister?«
»Na, wie man's gerade nimmt. Kleinigkeiten lassen sich auch so machen, gnädige Frau.«
»So? Kleinigkeiten –«

»Sie sagen das so eigentümlich, gnädige Frau. Haben Sie dort etwas zu erledigen? Soweit ich kann, würde ich mich mit Freuden zur Verfügung stellen. Ich wäre Ihnen dankbar, wenn Sie mir Gelegenheit geben wollten, Ihnen gefällig zu sein.« Dabei sah er sie so bedeutungsvoll an, daß sie unwillkürlich erröten mußte und den Kopf senkte.

Sie gingen weiter.

Er stocherte mit seinem Stocke bei jedem Schritt in den Kies, und sie zupfte von den Büschen grüne Blättchen ab und nahm sie zwischen die Zähne. Obgleich sie doch nun ausreichend beschäftigt waren, arbeiteten die Gedanken unermüdlich weiter. Dann, nach einer geraumen Weile, sprachen sie über alles. Beide aber hatten sie das bestimmte Gefühl, daß die Worte nur dazu dienen sollten, die immer zudringlicher werdenden Gedanken zu verdekken. Bei ihm setzten sich die geheimen Gedanken zuerst in Worte um. Er machte ihrer Figur, ihrer Eleganz, ihrer Vornehmheit, ihrem reinen Teint, ihrem wunderbar gepflegten Haar die verfänglichsten Komplimente. Sie wagte kaum noch aufzusehen. Er dagegen verwandte keinen Blick von ihrer Gestalt. Und als sie einmal plötzlich aufsah, begegneten sich ihre Augen.

Sie wurde ein wenig verwirrt. Als er aber nur leise lächelte, faßte sie sich und sagte: »Wenn Sie, Herr Baron, mal Minister sein sollten, dann wird mein Mann hoffentlich ›Geheimer‹ sein.«

»Aber ich bitte Sie, gnädige Frau«, lachte er, »das dürfte doch wohl etwas lange dauern.«

»Ja«, seufzte sie resigniert, »da müssen wir warten.«

»Aber warum denn, meine Gnädigste?«

»Vermerkt ist er ja wohl schon. Aber da ist von oben – wissen Sie, Herr Baron, von ganz oben – der ausdrückliche Wunsch ausgesprochen worden, daß vorläufig der Charakter ›Geheimer‹ nicht mehr verliehen werden soll.«

»So, so. Von oben? Na, wenn weiter nichts vorliegt, dann . . .«

»Dann – ?« fragte sie rasch.

Nach einer kurzen Pause sagte er plötzlich, wie erleuchtet: »Gnä-

digste Frau, was erhalte ich zur Belohnung, wenn Sie, von heute an gerechnet, binnen sechs Wochen Frau Geheimrat sind?«
Etwas ungläubig erwiderte sie: »Einen Kuß?«
»Einen nur?« fragte er zurück.
»Nun denn – sechs.«
Und alle Kavalierstugenden vergessend, sagte er, wie von einem raschen Impuls getrieben, als setze er alles auf eine Karte: »Gnädige Frau, verzeihen Sie bitte, aber ist das nicht zu billig? Ist Ihnen diese Standeserhöhung nicht mehr wert?«
Ein wenig verblüfft von seiner Dreistigkeit war sie doch. Sie verstand aber auch. Zudem schien ihr eine bessere Gelegenheit, das Nützliche mit dem Angenehmen zu verbinden, kaum denkbar. Und der Wunsch, ihrem Manne zu zeigen, was sie vermochte, wuchs. Sie sah ihren Begleiter von der Seite an und betrachtete verstohlen sein sorglos lachendes, offenes Gesicht, während sie weitergingen. Sie liebte ihn nicht, aber auch schon gar nicht. Interessant war er. Das war aber auch alles. Aber trotzdem, je mehr sie ihn ansah, seine jugendliche, elastische Gestalt, seine vornehmen Bewegungen, seine tadellose, von kultiviertem Geschmack zeugende Kleidung auf sich wirken ließ, um so weniger erschien ihr die Ausführung dessen, was sie in ihrem Innern bewegte, unmöglich zu sein. Da sagte sie zu ihm: »Herr Baron, welche Garantien bieten Sie mir?«
»Ich gebe Ihnen schriftlich mein Ehrenwort, gnädige Frau, daß Sie in sechs Wochen ›Geheimrätin‹ sind.«
»Das würde genügen und wäre mir sicher.«
»Ich danke Ihnen, Gnädigste.«
»Also dann bitte, Herr Baron, ziehen Sie Ihre Brieftasche und fertigen Sie die Urkunde aus.«
Er tat es. Dann steckte er die Brieftasche wieder ein, las die wenigen Worte, die er geschrieben hatte, vor und hielt das Blatt hin. Während sie aber danach greifen wollte, fragte er halblaut: »Und der Preis?!«
»Was Sie wollen, Baron.«

Er sah ihr mit einem langen Blick in die Augen. Sie hielt den Blick aus. Dann ließ er seinen Blick an ihrer Gestalt hinuntergleiten und wieder hinauf, bis er wieder ihr Gesicht streifte.
Währenddem fragte er, bedeutungsvoll ziehend: »Was – ich – will –, gnädige Frau?«
Und sie erwiderte rasch: »Alles, was Sie wollen«, und als fürchte sie, er könnte sie vielleicht mißverstehen, wiederholte sie den Satz, jedes einzelne Wort scharf betonend: »Alles – was – Sie – wollen!«
Sie waren in einem Waldweg, der sich rechts oben in den Bergen verlor, abgebogen. Sie blieben stehen. Er küßte sie und gab ihr dabei das Blatt.
Dann fragte er: »Wann?« Und sie sagte ihm, daß ihr Mann am Montag nach Mannheim fahre, bis Dienstag dort bleibe und daß sie nicht mitreise. »Dann erwarten Sie mich, Herr Baron, abends um neun Uhr in Ihren Zimmern.«
Sie gingen zurück, trafen den Herrn Kommerzienrat, der ihnen entgegenkam, und beschlossen, eine Autofahrt nach dem Lustschloß ›Favorite‹ zu unternehmen, um dort den Kaffee im Freien zu trinken. So verlief der Tag in schönster Harmonie. Der Herr Kommerzienrat hatte einen Geschäftsabschluß vollzogen, der ihm etwa eine Viertelmillion Gewinn abwerfen mußte, die Frau Kommerzienrätin trug in ihrem Täschchen eine Anweisung, die ihren lange gehegten Wunsch erfüllte und eine nicht unangenehme Unterhaltung in Aussicht stellte, und der junge Herr Baron durfte sich der anregenden Tätigkeit hingeben, einen Plan auszudenken, um einen bestimmten Abend und die anschließende Nacht mit aller nur möglichen Raffiniertheit dem Wert der erlangten Gunstbezeugung entsprechend festlich zu begehen.
Der Herr Kommerzienrat reiste programmgemäß am Montag nach Mannheim. Allein! Es wurde Abend, und es wurde neun Uhr!
Am Programm war nichts geändert worden. Es verlief alles tadellos. Der vom Herrn Baron entworfene Plan war, ohne daß einer der Beteiligten ernsthaften Einspruch dagegen erhoben hätte, um

einige hochinteressante Nuancen erweitert worden. Der Gegenwert des Ehrenwortwechsels war somit hinreichend gedeckt.
Der Herr Kommerzienrat kam zurück.
Der Herr Baron reiste nach einer Woche in die Hauptstadt, um sein neues Amt anzutreten.
Drei Wochen später hielt der Herr Kommerzienrat die Urkunde in Händen, daß er hinfüro ›Geheim‹ sei.
»Na also, hat es doch genützt«, sagte er freudestrahlend zu seiner Gattin.
Und sie gab ihm zur Antwort: »Ja, du Esel, es hat genutzt!«
Er stutzte etwas, von dem Ton, in dem sie das sagte, eigentümlich betroffen. Sie sahen sich in die Augen.
Und – während er vergnügt einige Male mit der Zunge schnalzte, wie es seine Art war, wenn ihm ein gutes Geschäft gelang, griff er in die Tasche, entnahm dem silbernen Etui eine Zigarette, drückte sie ein wenig zwischen den Fingern und zündete sie an.

Betrüger

War einst eine Mutter.
Sie gebar einen Sohn und erzog ihn in Ehren.
Und sie liebte ihn sehr.
Der Knabe wollte mit seinen kleinen Kameraden spielen und herumtollen wie seine kleinen Kameraden. Aber die Mutter, in Angst und Sorge um seine Gesundheit und um sein Leben, sagte zu ihm: »Mein Sohn, bleibe bei mir, springe nicht und tolle nicht herum, denn du kannst fallen und zu Schaden kommen. Vergiß nicht, daß du deiner Mutter, die dir das Leben gab, ewige Dankbarkeit schuldest.«
Und der Sohn tat also und sah zum Fenster hinaus, den wilden Spielen seiner Kameraden zu.
Er wurde achtzehn Jahre und wollte einen Beruf ergreifen, der ihm große Freude machte. Aber die Mutter sagte zu ihm: »Mein Sohn, verdiene Geld, in erster Linie, damit du deiner Mutter, die dir das Leben gab und der du ewige Dankbarkeit schuldest, das Dasein erleichtern und verschönern kannst.«
Und der Sohn erwählte einen ihm verhaßten Beruf, der ihm aber sofort Geld einbrachte.
In seinem achtundzwanzigsten Lebensjahre lernte er ein schönes, liebreizendes Weib kennen. Sie liebten sich sehr und hatten glühende Sehnsucht, einander zu besitzen.
Aber die Mutter sagte: »Du hast doch mich, mein Sohn. Bin ich dir nicht genug, daß du mich jetzt einer Fremden wegen verdrängen willst? Vergiß nie, daß du deiner Mutter, die dir das Leben gab, ewige Dankbarkeit schuldest.«
Man fand das Mädchen erschossen im Walde, und der Sohn wurde schwermütig. Zehn Jahre trug er tiefe Trauer im Herzen.
Im elften Jahre kamen Berufskameraden zu ihm, boten ihm Freundschaft, packten ihn endlich an und sagten: »Du, das Volk

braucht Männer, wir dürfen nicht tatenlos zusehen, wie andere Blut und Nerven opfern für die edlen Güter des Volkes. Es ist gemein und unmännlich, nicht Partei zu ergreifen in gärenden Zeiten. Vorwärts! Die Hände gerührt, es gilt der Freiheit und dem siegenden Licht!«

Aber die Mutter sagte: »Mein Sohn, denke daran, daß ich dir die Nächste bin. Was kümmert dich das Volk? Ich habe dich mit Schmerzen geboren, ohne mich wärst du nicht auf der Welt. Also schuldest du mir, nur mir allein, ewige Dankbarkeit.«

Und er wurde fünfzig Jahre. Da kamen welche und sagten: »Höre! Du bist einer der Tüchtigsten unseres Landes. Hilf uns, wir wollen wahre Kultur zu fremden Völkern tragen und armen Menschenbrüdern Wohltaten bringen, sie schützen vor grausigen Krankheiten, vor blutigen Kriegen, vor unwürdiger Sklaverei.«

Da leuchteten seine Augen auf, seine Gestalt reckte sich und seine Sehnen wurden straff.

Aber die Mutter sagte: »Mein Sohn, ich werde alt. Bleibe bei mir. Laß mich nicht allein sterben unter wildfremden Menschen. Vergiß nicht, daß du deiner Mutter, die dir das Leben gab, ewige Dankbarkeit schuldest.«

Er bekam weißes Haar, und sein Gang wurde gebückt und schwer. In einer frohen Stunde seliger Vergessenheit wurde er gezeugt. Achtzehn Jahre hatte seine Mutter Erziehung und Nahrung auf ihn verwendet, weil es ein Lustgefühl eigenster Art für sie war, ihn heranwachsen zu sehen und sich seiner zu freuen. Wofür er dagegegen sechzig Jahre des Verzichtens und Entbehrens ihr opferte.

Aber als sie sich hinlegte, um zu sterben, faßte sie seine Hand, zog ihn dicht zu sich heran und sagte, von Todesschauern durchschüttelt: »Ach, mein lieber Sohn, warum kann ich dich nicht mitnehmen, damit du mir eine Stütze sein kannst, wenn ich straucheln sollte auf diesem schweren, dunklen Weg? Warum nicht? Ach, warum nicht? Ich habe dir doch unter Schmerzen das Leben gegeben, und du schuldest mir deshalb ewige Dankbarkeit. Vergiß das nie, mein Sohn, solange du lebst.«

Am selben Tage, als sie beerdigt werden sollte, brach er an ihrer Leiche zusammen und starb eine Stunde später am Herzschlage. Ein Fläschchen mit Blausäure trug er in der Tasche, für den Fall, daß es anders gekommen wäre.
Sie kamen beide in ein gemeinsames Grab.
Unter allen den Müttern, die ihnen das letzte Geleit gaben – und das waren viele –, war auch nicht eine, die ihren Kindern den ›treuen Sohn‹ nicht als ein Beispiel hingestellt hätte, das der Nacheiferung am würdigsten sei. – – –
Als ein Schulrat die Geschichte vernahm, schrieb er sie wörtlich nieder und fügte sie an hervorragender Stelle in das Volksschulbuch für die Unter- und Mittelstufe ein.
Eine Mutter. Ein Sohn. Ein Schulrat.
Drei wertvolle Menschen, von denen einer bestimmt ein Betrüger ist.
Oder alle drei.
Denn sie betrogen das Leben um das Beste, was es besitzt.
Obwohl jeder moralisch einwandfrei handelte und seine Pflicht aufs treueste erfüllte.
Treuer, als man billigerweise fordert.

Der Schauspieler und der König *Eine politische Groteske*

Es kommt selten vor.
Glücklicherweise.
Aber einmal geschah es doch, daß sich ein Schauspieler einen König zum Freund erwählte.
Vielleicht war es auch umgekehrt.
Das ist aber schließlich egal.
Beide waren aufrichtige und gute Freunde. Sie zankten sich und sie vertrugen sich, wie das unter richtigen Freunden üblich zu sein pflegt.
Zwei Jahre dauerte die Freundschaft.
Der Schauspieler machte von dieser Freundschaft nicht mehr Aufhebens, als handle es sich um die Freundschaft mit einem sonstigen Sterblichen.
Eines Nachmittags gingen beide im Park spazieren.
Den Abend vorher hatte der Künstler einen König gespielt. Ein Shakespearescher König war es nicht. Die mochte der königliche Theaterfreund nicht leiden. Denn die Könige Shakespeares waren trotz ihres Gottesgnadentums ganz richtige Menschen, die lieben und hassen, morden und regieren – je nachdem, wie es ihnen gerade in den Kram paßte.
Die Rolle des am letzten Abend dargestellten Königs hatte jedoch ein Dichter geschrieben, der mit achtzehn Jahren Anarchist war, später aber Geheimer Hofrat wurde. Begreiflich, daß diese Rolle dem König sehr gefiel und der Anlaß wurde, daß er sich mit dem Schauspieler über das Königsproblem der Bühne unterhielt.
»Was hast du für ein Empfinden, lieber Freund, wenn du einen König darstellst?«
»Ich fühle mich ganz und gar als König, so daß ich keine Geste machen könnte, die dem Charakter des Königs nicht entsprechen würde.«

»Das begreife ich sehr gut. Die Masse Statisten, die sich, den Regieanordnungen folgend, vor dir zu beugen haben, halten das Gefühl königlicher Würde in dir wach und suggerieren dem Publikum, du seiest ein echter König.«
»Für das Publikum bleibe ich auch ohne Statisterie ein König – selbst dann noch, wenn ich ganz allein auf der Szene stehe und einen Monolog spreche!«
Diese rein künstlerische Auffassung des Schauspielers reizte den König, zwischen sich und dem Bühnenkönig einen scharf begrenzten Vergleich zu ziehen:
»Eine unüberbrückbare Kluft zwischen dem wirklichen und dem Theaterkönig ist aber doch vorhanden. Du magst noch so vorzüglich den König gespielt haben: mit dem Augenblick, wo sich der Vorhang senkt, hörst du auf, König zu sein. Die Suggestion und die Statisterie machen deiner Herrlichkeit ein Ende, sobald sie versagen. Ich aber, mein Lieber, bleibe ein König, selbst wenn ich im Bett liege!«
Darauf sagte der Schauspieler: »Mein lieber Freund, der Vergleich paßt auf uns beide. Wir fuhren vorhin im Wagen bis zum Tor des Parkes. Auf den Straßen standen und liefen unzählige Leute. Sie grüßten – du danktest. Sie schrien aus Leibeskräften: Vivat! und Hoch! – Du lächeltest. Etwas blasiert. Aber wenn diese Leute einmal aufhören, freiwillig Statisterie zu bilden, dann hörst du – nicht nur im Bett, sondern am hellen Tage – dann hörst auch du, mein Freund, auf, ein wirklicher König zu sein!«
Der König blieb mit einem scharfen Ruck stehen.
Er sah den Schauspieler fest an.
Seine Lippen wurden blaß und zuckten.
Plötzlich drehte er sich um.
Mit raschen Schritten ging er zum Wagen und fuhr zurück.
Allein.
Die Freundschaft war aus.
Die Freunde sahen sich nie wieder.
Und nie wieder besuchte der König Theater.

Er wurde ein Denker.
Bekam die fixe Idee, ein ganz gewöhnlicher Sterblicher zu sein.
Mußte infolgedessen abdanken.
Starb fünf Jahre später.
Im Wahnsinn.
Sagte man.

Kleines Kerlchen!

Mama hat Bubi auf dem Schoß. Bubi ist ein ganz kleiner Knirps. Papa war Flieger, ist abgestürzt und war sofort tot.
Am Fenster schweift eine Schwalbe vorbei.
»Sieh, Bubi. Hast du das Schwälbchen gesehen?«
»Ja, Mama.«
»So konnte Papa auch fliegen. Aber als er hoch in der Luft war, brachen die Flügel, und Papa mußte sterben.«
»Was ist Sterben?«
»Das werde ich dir ein andermal erzählen, mein Junge.«
»Warum mußte Papa sterben?«
»Weil er mutig war und stolz, und weil er immer noch höher fliegen wollte.«
»Bubi will auch fliegen. Bubi wird auch fliegen. Noch viel höher als Papa. So hoch!«
Bubi klettert auf den Tisch, reckt sich, hält sein Händchen hoch und zeigt Mama, wie hoch er fliegen will.
»Nein«, sagt Mama, »Bubi soll nicht fliegen. Dann muß Bubi sterben, und dann ist Mama ganz allein. Bubi muß Mama immer liebhaben und immer bei Mama bleiben. Mama hat doch niemand weiter auf der Welt als nur Bubi.«
Mama hebt Bubi vom Tisch und stellt ihn auf den Fußboden.
»Bubi will Mama ja auch liebhaben. Immer. Aber Bubi wird auch fliegen, danz hoch.«
»Na, ist schon gut. Werde nur erst mal groß, du kleiner Kerl. Dann wollen wir weiter darüber sprechen. Nicht wahr?«
»Wenn Bubi danz doß ist, dann wird Bubi doch fliegen. Wie Papa. Viel höher und noch viel höher, viel, viel höher. Danz hoch. Bis – noch viel weiter wie bis an die Sonne. Bis an den Himmel. Und da macht Bubi so mit dem Finger ein danz, danz tleins Duttloch in den Himmel rein, und dann sagt Bubi: ›Duten Tag, lieber Dott!‹

Und wenn der liebe Dott dann tommt und mit Bubi böse sein will, weil Bubi in den Himmel ein tleines Duttloch demacht hat, dann flieg ich danz schnell wieder fort und tomm dleich wieder zu Mamachen. Nicht? Gelt?«

Nun mußte Mama lächeln. Dann packte sie ihre Zeichnungen zusammen: »Und nicht das Fenster öffnen, hörst du, Bubi!«

»Ja. Aber wenn die Scheiben zu sind, dann tann ich doch runter dutten. Ja?«

»Dann ja. Aber nicht aufmachen. Sonst fällst du hinunter, und dann bist du mausetot, und dann muß Mama sehr weinen.«

»Mama soll nicht weinen. Aber Hans Taps darf auch dutten. Ja?«

»Gewiß.«

»Und Bär auch.«

»Ja.«

»Und das Tamel auch.«

»Ja freilich, auch das Kamel. Aber nicht das Fenster aufmachen.«

»Nein, wenn Mama sagt, nicht aufmachen, dann macht Bubi nicht auf.«

»So ist's recht, mein kleiner tapferer Kerl. Na und nun, auf Wiedersehen!«

»Auf viel Wiedersehen, Mamachen. – Noch twei Tüßchen für Bubi auf der Mund. Bitte!«

»Auf *den* Mund, Bubi!«

»Ja, auf den Mund, bitte! – – Nun noch ein Tüßchen. – So nun tannst du dehen.«

Mama trägt die enggerollten Kartons in das Büro der Linoleumfabrik, für die sie Zeichnungen und Entwürfe anfertigt.

Bubi blieb eine ganze Weile mitten im Zimmer stehen, darüber nachsinnend, wie es wohl komme, daß er plötzlich allein sei. Warum? Wieso? Weshalb? Eine Schwalbe flog am Fenster einmal hin und einmal her. Mit leuchtenden Augen verfolgte sie Bubi. Dann wartete er. Und als die Schwalbe nicht wiederkommen wollte, setzte er sich auf den Fußboden.

Da schellte es an der Korridortür. Aber Bubi blieb ruhig sitzen. Mama hatte ihm gesagt, er solle niemals öffnen, sie selbst nähme immer den Schlüssel mit.
Es schellte noch mal.
Dann wurde es still.
Bubi stand auf und suchte Hans Taps. Hans Taps war ein Hanswurst aus Tuch, am Mützchen trug er eine kleine Messingschelle. Hans Taps war sehr gefräßig, dafür aber furchtbar faul. Er konnte weder die Arme noch die Beine bewegen. Die Arme hingen ihm so glatt am Leibe herunter wie dem Papiersoldaten, den Bubi seiner Ungelenkigkeit wegen unter die Kommode gesteckt und dann mit einem Stock bis an die Wand geschoben hatte. Zur Strafe. Hier lebte er in dunkelster Verbannung, bis ihm vielleicht doch eines Tages wieder die Gnadensonne seines königlichen Herrn leuchtete. Hans Taps hätte dieselbe Strafe mit tödlicher Sicherheit ereilt, wenn er nicht wenigstens die Fähigkeit besessen hätte, auf dem Kamel zu reiten. Hans Taps wurde also hergenommen und aufs Kamel gesetzt. Er hatte heute aber anscheinend absolut keine Lust, Bubi den Gefallen zu tun. Immer wieder fiel er herunter. Bubi war ihm gegenüber von einer grenzenlosen Langmut. Wieder und wieder versuchte er es. Bald durch furchtbare Drohungen, von denen die furchtbarste die war, daß er nachmittags keinen Kuchen bekam, eine Strafe, die für dieses Schleckermaul Hans Taps noch dadurch verschärft wurde, daß sich Bubi mit seinem Kuchen vor ihn hinsetzte, ihm den Kuchen voraß und dabei fortgesetzt wiederholte: »Ach, was schmeckt der Tuchen ßön!« Konnte es für den gefräßigen Hans Taps wohl eine grausamere Strafe geben? Gewiß nicht. Aber trotzdem, er wollte heute durchaus nicht reiten. Nun versuchte es Bubi durch glänzende Versprechungen, wobei wunderbar schöne Bilder und dicker Himbeersaft die Hauptrolle spielten. Jetzt wandte Bubi teuflische List an, Hans Taps zu veranlassen, seine Reitkunststücke zu vollführen. Er hetzte den Bären auf ihn, vielleicht daß sich dadurch Hans Taps aus schlotternder Furcht auf das Kamel rettete. Aber Hans Taps

war heute so entsetzlich faul, daß selbst die Angst keinen heilsamen Einfluß mehr auf ihn auszuüben vermochte. Zuletzt, als nun alle Mittel erschöpft waren und Hans Taps soeben wieder durch ein sanftes Abgleiten vom Rücken des Kamels seinen Widerwillen rücksichtslos kundgetan hatte, erklärt ihm Bubi: »So, nun tannst du da liegenbleiben, so lanne du Lust hast. Ich tümmere mich nicht mehr um dich.«
Das Kamel stand mit stoischem Gleichmut daneben und rührte sich nicht. Das brauchte es auch nicht; denn es war doch nur ein Kamel, und Bubi hatte längst durch ausdauernde Versuche in Erfahrung gebracht, daß es nur als Reit- und Zugtier zu verwenden war.
»Ja, wo steckt denn nun eigentlich der Bär?«
Bubi vermißte ihn schon seit geraumer Zeit. Der war doch sonst kein Drückeberger.
»Natürlich, hat sich dieser dicke Faulpelz wieder unter das Bett verkrochen. Los! Tomm, tomm! Nur nicht faul sein, das tann ich absolut danicht leiden. Nun tomm schon, tomm, tomm!«
Der Bär war Bubis bester Freund. Er hatte grüne Perlenaugen, und sein Mund war so spitz wie ein Mäusemund. Der Bär konnte auf zwei Beinen ganz allein stehen. Er konnte das rechte Bein hochheben, dann das linke. Den Arm konnte er heben, erst den einen, dann den andern, dann alle beide: »Hurra!« Dann wieder konnte man ihn auf den Rücken legen und auch auf die Seite. Auf der Seite aber lag er nur dann ganz ruhig, wenn man erst die Beine hochgemacht hatte. Ja, er konnte sogar auf allen vieren kriechen. Da mußte Bubi immer furchtbar lachen. Das sah so dumm aus. Und Kopfstehen konnte er auch, und er fiel gar nicht um dabei. Das konnte nicht einmal Mama, die doch sonst alles viel besser konnte als der Bär.
»So, nun reite auf das Tamel!«
Wahrhaftig, das konnte der Bär auch. Und wie nett er das machte! Viel besser als der ungeschickte Hans Taps.
»Na, wirst du nun bald reiten?«

Bubi stieß ihn mit der Fußspitze an, um ihn an seine übernommenen Pflichten zu ermahnen. Aber Bubi stieß ganz sacht; denn Hans Taps war doch ein Mensch, und dem tat das mehr weh als dem Kamel oder dem Bären, die schon gehörige Püffe vertragen konnten; denn das waren doch Tiere.
Nun setzte Bubi den Bär hin. Das konnte er am besten. Bubi setzte sich in der gleichen Stellung vor den Bären hin, und beide sahen sich eine Weile stumm in die Augen. Plötzlich fiel Bubi ein, der Bär guckt ja gerade so wie Papa auf dem Bilde, das an der Wand hängt. Bubi stand auf und stellte sich vor das Bild seines Papas. Bubi mochte im Zimmer stehen, wo er wollte, ob in dieser oder in jener Ecke, die Augen Papas waren immer auf Bubi gerichtet, sie sahen ihn immer an. Jetzt trat Bubi dicht vor das Bild, faltete seine Händchen und sah gläubig seinem Vater ins Gesicht. Nach einer Weile tiefen Nachdenkens sagte er: »Bubi wird auch fliegen. So hoch wie Papa. Nein höher. Bubi ist tapfer. Bubi fliegt viel höher. Bis danz hinter die Sonne. Bis an den Himmel.«
Er hielt inne, als warte er darauf, daß Papa sagen solle: ›Recht, mein Junge, flieg!‹ Als Papa aber nichts sagte und Bubi noch immer geduldig wartete, dauerte es ihm dann doch zu lange, und er wiederholte: »Bis danz an den Himmel!« Und um seine Absicht auch recht zu bekräftigen, nickte er mit seinem braunen Köpfchen zweimal. Und da nickte auch Papa zweimal. Bubi hatte Mama schon immer gesagt, daß Papa mit dem Kopfe nicke, wenn man Papa anguckt und auch nickt. Mama wollte es immer nicht glauben und sagte, das sehe bloß so aus. Aber Bubi probierte es gleich noch mal, und Papa nickte wieder. Jetzt hatte er es aber ganz deutlich gesehen.
Nun ging Bubi wieder zum Bären, setzte sich vor ihm hin und sprach mit ihm. Man konnte sich mit dem Bären genausogut unterhalten wie mit Mama. Wenn Bubi ihn fragte: ›Will Bär ein Tüttchen Tutter haben?‹, dann brauchte er ihn mit dem Zeigefinger nur ein kleines bißchen in den Rücken zu stupsen, dann nickte der Bär und sagte: ›Ja‹.

Bubi steht auf und nimmt vom Tisch das Stückchen Zucker, das Mama ihm für den Bären reserviert hat. Bubi legt den Zucker dem Bären zwischen die ausgebreiteten Beine. Trotzdem der Bär ›ja‹ gesagt hat, nimmt er den Zucker nun doch nicht. Aus purem Eigensinn nicht. Bubi kennt das schon. Er wartet. Mit unendlicher Geduld und gespanntester Aufmerksamkeit. Als er der Überzeugung ist, daß er dem Bären genügend Zeit gelassen hätte, den Zucker endlich zu nehmen, sagt Bubi: »Bär will tein Tutter? Dut! Dann ißt Bubi den Tutter selbst, und Bär tann tusehen, wie Bubi den Tutter ßön smeggt.«
So macht es Mama auch immer, wenn Bubi keine Milch trinken mag. Aber Bubi ist gütigen Herzens. Deshalb beißt er nur ein Stück von dem Zucker ab, legt den Rest auf die Tischecke und erklärt dem Bär: »So, nun wird Bär aufstehen und tüchtig im Timmer herumspazieren. Wenn dann Bär müde ist und Hunger hat, wird er schon Tutter essen.«
Und nun tollt Bubi mit dem Bären im Zimmer herum. Kreuz und quer. Plötzlich horcht er auf. Musik! Er rückt einen Stuhl an das Fenster. Garde-Ulanen ziehen vorüber. Die Pferde nicken alle so mit den Köpfen. Bubi findet das furchtbar drollig. Er muß es gleich nachmachen. Und, siehe da: er kann es ebensogut. Darüber wundert er sich. An den langen Lanzen flattern kleine Fähnlein wie Taschentücher, mit denen man winkt. Bubi will Ulan werden, weil da jeder ein Pferd hat und weil die Musik so schmetternd heraufklingt.
Als sie aber vorüber sind und die Musik verklungen ist, dreht sich Bubi um und wirft Papas Bild ein Kußhändchen zu. Er wird doch wieder Flieger wie Papa. Das ist viel schöner als auf den Pferden sitzen.
Bubi bleibt am Fenster stehen. Das sieht alles so wunderschön aus. Da kommen Wagen und Autos. Und Omnibusse, wo auf dem Dache Leute sitzen. Die fallen gar nicht einmal herunter und lesen ganz ruhig und vergnügt in der Zeitung und kümmern sich um nichts. Und elektrische Bahnen kommen angefahren, die sind

oben mit Draht festgemacht, damit sie nicht umfallen können, wenn sie so schnell fahren. Und dazwischen so viele Autos. Und so viele Menschen. Die wimmeln durcheinander wie in einem Ameisenhaufen und sind alle so lächerlich klein. Noch viel kleiner als Hans Taps. Das muß Hans Taps doch auch sehen. Wo steckt er denn?

»Ach Dott! Ach Dott! Der liegt ja immer noch auf dem Fußboden. Der arme, tleine Terl!«

Aber so kann Hans Taps schlecht sehen.

»Er ist doch noch zu tlein. Wo ist denn das Tamel?«

Und Bubi stellt das Kamel aufs linke Fensterbrett, setzt Hans Taps darauf und drückt dessen Tuchnäschen platt gegen die Scheiben, damit er ja auch gut sehen kann. Aber der Bär soll auch nicht allein bleiben, wenn er auch vorhin eigensinnig war. Er wird neben das Kamel gesetzt. Jetzt fällt der Schlingel Hans Taps gar nicht mehr herunter vom Kamel.

»Ja freilich, wenn es was tu sehen dibt.«

Bubi hat für sich die rechte Fensterseite inne. Er instruiert seine Gefährten: »Nun warten wir hier am Fenster, bis Mama tommt. Und wenn wir Mama sehen, dann tlatschen wir dreimal in die Hände und rufen: Hurra!«

Sie warten.

Lange.

Geduldig.

Bubi fängt an, müde zu werden vom vielen Schauen. Sein elastisches kleines Körperchen wird weich und nachgiebig.

Aber plötzlich: »Da tommt Mama! Hurra!«

Mama biegt um die Ecke. Sie winkt herauf. Bleibt stehen. Wirft ihm Kußhändchen zu. Er winkt zurück und springt auf seinem Stuhl ganz übermütig, der kleine Kerl.

Ein Auto rast heran. Mama sieht es nicht. Sie winkt und nickt. Aber Bubi sieht es. In seinem kleinen Köpfchen steigt etwas herauf, und mit übermenschlicher Kraft reißt er das Fenster auf: »Ma–ma–a–a–a! Auto tommt! Ma—m—«

Mama tritt unwillkürlich einen Schritt zurück. Das Schutzblech des Autos zerrt ihr einen Fetzen aus dem Kleid.
Mit einem knirschenden Ruck hält das Auto. Der Chauffeur flucht: »Können Sie denn man bloß nicht sehen! Machen Sie doch die Augen auf! Einen Zoll noch, da wären Sie jetzt schon begraben! Nachmittags um *die* Verkehrsstunde, da muß jeder auf sich selber aufpassen, da können wir auch nicht die Augen überall haben!«
Ein paar Leute lachen. Das Auto ist schon wieder fort.
Mama steht kerzengerade. Wie aus Stein gemeißelt.
Hört nichts.
Sagt nichts.
Fühlt nichts.
Ihr Kopf steht aufrecht im Nacken. Ein wenig nach hinten gelehnt. Das Gesicht ist bleich. Die Lippen hat sie fest aufeinandergepreßt. Und die Mundwinkel sind breit und straff nach unten gezogen.
Und mit brennend großen Augen starrt sie auf den Asphalt.
Da liegt Bubi.
Ihr kleines, herziges, tapferes Kerlchen.

Höflichkeit der Könige

Der andere ist stets mein Todfeind und ich bin der seine. Wir sind beide nur zu höflich, es uns gegenseitig ins Gesicht zu sagen. Deshalb ist die Höflichkeit das einzige Mittel, das Zusammenleben der Menschen überhaupt zu ermöglichen.
Auf die einfachste Art bin ich zu dieser scheinbar brutalen Behauptung gekommen.

Irgendwo gibt es zwei von sehr tüchtigen Leuten bewohnte Staaten, die sich einander nicht das Weiße in den Augen gönnen, obgleich für beide völlig genügend vorhanden ist. Und deshalb, wenn der eine Staat zwei Panzerschiffe baut, so ist das für den andern Veranlassung genug, vier Panzerschiffe und ein Torpedoboot zu bauen, worauf dann der erste sich verpflichtet fühlt, sechs Panzerschiffe und drei Torpedoboote in Bau zu geben, was für den anderen die Ursache gibt, acht Panzerschiffe zu bauen und so weiter. So geht das nun immerfort. Da passierte es dem einen, daß eines seiner neuesten, besten und größten Panzerschiffe beim Manövrieren auf eine Felsenklippe aufrannte, mitten entzwei barst und auf Nimmerwiedersehen verschwand, wobei mehr als vierhundertundfünfzig Seeleute den Tod fanden. Als der König des anderen Staates davon hörte, hätte man meinen sollen, er müsse sich darüber freuen. Aber er tat genau das Gegenteil. Er schickte an den König des Staates, der vom Unglück betroffen war, ein Telegramm: ›Mein königlicher Bruder! Ich und Mein ganzes Volk trauern mit Dir um den Verlust Deines schönsten Schiffes; und Unsere Tränen vermischen sich mit denen Deines stolzen Volkes, das den Heldentod so vieler braver und tapferer Krieger beweint!‹ Umgehend kam das Antworttelegramm: ›Mein königlicher Bruder! Deine so überaus herzlichen Worte haben Mir in Meinem tiefgefühlten Schmerze unendlich wohl getan. Ich danke Dir im

Namen Meines trauernden Volkes für Deine herzliche und aufrichtige Teilnahme!‹
Der vom Unglück nicht betroffene Staat ließ sofort zwölf Panzerschiffe und achtzehn Torpedoboote bauen.

Geschichten vom Bahnhof

1. Die Mutter

Das kleine verhutzelte und eingeschrumpfte Weiblein sieht neben dem riesenhaften Soldaten wie ein winziges Spielpüppchen aus. Auf dem eisgrauen Haar trägt sie ein schwarzes Kapotthütchen, das nur eine kleine Stelle des Hinterkopfes bedeckt und mit einer billigen Straußfeder vorn in die Höhe wippt, so daß der Begriff ›Hut‹ selbst annähernd nicht einmal mehr zutrifft. In diesem altmodischen Hütchen und der noch um hundert Jahre älter erscheinenden schwarzen Mantille, die sie um die Schultern hängen hat, sieht das alte Frauchen unsagbar komisch und lächerlich aus. Vor dem Kriege hätte man je nach dem Taktgefühl mitleidig oder spöttisch darüber gelacht. Aber heute sieht kein Mensch von den vielen, die auf den Schnellzug warten, etwas Lächerliches an dem Gewande, das vor vierzig Jahren schon unmodern war und heute von einer alten Frau auf einem Großstadtbahnhofe als Feiertagsstaat getragen wird.
Und der große Soldat, der neben ihr steht, sieht nur die alte Mutter, die sich ihm zuliebe herausgeputzt hat und aus dem Dorfe mitgekommen ist, um ihn zum Zuge zu bringen, der den Urlauber wieder an die Front führt.
Ihre zwei Hände können kaum die große Hand des Soldaten umspannen, aber immer wieder und wieder streichelt sie die robuste Hand des Jungen. Dann sieht sie an ihm hinauf. Sie sprechen nicht. Sie werden auch daheim und sonst nicht viel sprechen. Sie werden nie Zeit haben zum Sprechen. Aber dann sagt sie so ganz sacht: »Ja – ja – Wilhelm!« Und er fährt mit seiner freien Hand über ihr Gesicht, über die Schulter und über das graue Haar und sagt: »Ja – ja – Mutter!«
Mehr brauchen sie nicht zu sprechen. Denn was sie sich sagen

wollen beim Abschiede, ist mit diesen Worten restlos gesagt. Bei diesen Menschen, die wissen, was ›Arbeit‹ heißt.

Der Schnellzug fährt mit lautem Gestöhn in die große Halle. Er faucht, zischt und schlägt um sich, wie jemand, der unter allen Umständen von sich reden machen möchte. Und je weniger man sich um ihn bekümmert – und es kümmert sich wahrhaftig kein einziger Mensch um ihn, soviel haben sie alle mit sich selbst zu tun –, um so mehr knurrt und knarrt, ächzt und keucht er.

Der große Soldat legt den Arm um die Schulter der alten Frau und beugt sich nieder. Er muß sich so tief zu ihr beugen, daß seine Gestalt beinahe einen scharfen Winkel bildet. Das winzige Weiblein hebt sich auf den Zehen und sagt: »Na ja, Wilhelm, dann auf Wiedersehen, wenn's vorbei ist.« Und er sagt: »Ja, auf Wiedersehen, Mutter, es muß ja bald vorbei sein!« Er faßt sie um, als wäre sie aus Glas. Und es sieht rührend aus, wie der große, starke Bauernjunge sich abmüht, sie recht zart zu umarmen und zu küssen.

Dann nimmt er seine beiden Pappschachteln auf, die er neben sich gestellt hatte, gibt der Mutter die Hand, guckt sie an, zwinkert ein wenig mit den Augen und geht dann mit schwerem, wuchtigem und wiegendem Gang zu seinem Abteil.

Der Zug ruckt an. Er kreischt vor Vergnügen, daß man sich wieder um ihn bekümmert, daß sich jetzt alle, die noch auf dem Bahnsteige stehen, um ihn bekümmern müssen, weil er jetzt der ist, der Schicksale macht und Schicksale beschleunigt.

Die Mutter ist dicht an den Bahndamm getreten. Sie reckt sich hoch auf und winkt mit der Hand dem Zuge nach, bis man nichts mehr von ihm sieht und er mitsamt seinen Insassen Vergangenheit geworden ist.

Als die Frau sich umdrehte, glaubte ich, sie würde nun rotgeweinte Augen haben. Aber sie blickte nur still vor sich hin, mit den Augen eines Menschen, der sich auf etwas besinnen will, das er vergessen hat. Dann nestelte sie an ihrer schwarzen Mantille und suchte den Ausgang.

2. Die Frau

Sie hätte ihn kaum wiedererkannt. Sein Gesicht war braun geworden und die Haut wie die durchgepflügte Erde eines Ackers. Er tippte sie auf die Schulter, sie drehte sich um, und als sie ihn sah, wurde sie bleich.

»Fehlt dir etwas?« Seine Stimme war laut und von brüchiger Heiserkeit verschleiert. Sie gab keine Antwort und schüttelte nur mit dem Kopfe, während sie seine Hand suchte. Dann wollte sie ihm das Paket abnehmen, das er trug. Aber er lachte und sagte: »Laß nur, ich kann es schon tragen.«

Sie schob ihren Arm unter den seinen. Sie tat es linkisch tastend, wie eine Frau, die zum ersten Male von sich aus dem Manne eine Liebkosung erweisen möchte. Er fühlt das Unsichere in ihr: »Aber, Gretl, du tust, als wäre ich ein ganz fremder Mann. Wir sind doch verheiratet.«

Sie bleibt stehen und sieht ihm ins Gesicht, aber es ist ihr alles fremd an ihm. Nur in der Art, wie er sie anlächelt, mit der spitzbübischen Miene, glaubt sie ihn zu erkennen.

»Morgen sind es genau vierzehn Monate, daß du fort warst«, sagt sie leise und will zu weinen anfangen. »Na, was ist denn, aber Gretl? Ich bin doch da, ganz gesund!« Er nimmt plötzlich einen vertraulicheren, leiseren Ton an, über den er erschrickt.

Während sie an der Sperre stehen und er seinen Paß herausnimmt, sieht er, daß sie ohne Hut ist: »Aber Weiberle, du hast ja gar keinen Hut auf!«

»Ach!« Sie zerrt ihn mit fort in den Wartesaal. Sie gehen hinunter, und dabei sagt sie ihm, daß er geschrieben habe, er käme Dienstag. Und weil er nicht habe angeben können, mit welchem Zuge, da warte sie seit heute morgen um halb sieben auf dem Bahnhofe und passe jeden Zug ab, der aus der Richtung, wo ›seine Front‹ sei, komme. Nun ist es nachmittags sechs, und da hat sie in der langen Wartezeit den Hut abgesetzt.

Dann sitzen sie beide in der Elektrischen, dicht nebeneinander. Er

hat seinen Arm unter den ihren geschoben, und dabei fühlt er, wie heftig ihr Herz schlägt. Da fällt ihm wieder auf, wie bleich sie aussieht. Das hatte er ganz vergessen.
»Aber Gretl, dir fehlt doch etwas?«
»Nein«, sagt sie, »es ist nur die große Aufregung, daß du wiedergekommen bist.«
Sie drängt sich dichter an ihn heran. Den Hut, den aufzusetzen sie ganz vergessen hat, hält sie in der Hand.
Und nun, da sie ihn wieder zu fühlen beginnt und anfängt, sich bewußt zu werden, daß sie seit vierzehn Monaten zum ersten Male nicht träumt und er warm und lebendig neben ihr sitzt, spricht sie hastig und halblaut auf ihn ein: »Und da wunderst du dich noch, daß ich blaß aussehe? Jeden Tag, jede Stunde sitze ich da und muß denken: jetzt kommt das Telegramm, daß er tot ist – aber nein, jetzt kommt es – aber nun kommt es bestimmt. Oh, über dieses furchtbare Warten auf das Schwerste, was kommen kann und was immerfort droht, immerfort unterwegs sein kann, während ich an dich noch schreibe, während ich ein Paketchen an dich verschnüre, während ich schlafe, während ich wache, während ich gehe, während ich arbeite. Immer, immer steht es grausam drohend da und geht und geht nicht fort: ein gräßliches Gespenst. Dann kommen acht, vierzehn Tage keine Briefe von dir –«
»Aber, Gretl, ich habe doch regelmäßig –«
»Ja, drei, vier Wochen kein einziger Brief, einmal neun Wochen lang nichts – nichts. Und dann kommen zwölf, achtzehn, fünfundzwanzig Briefe auf einem Haufen. Und ich bekomme einen fürchterlichen Schreck, weil ich denke: nun ist er doch gefallen, und man schickt mir meine Briefe zurück, die er gesammelt hat. Aber dann sind es die deinen, die nicht befördert werden konnten, und ich lache und freue mich, daß du noch lebst. Aber im selben Augenblick kommt schon wieder das gräßliche Gespenst: das sind seine letzten Briefe.«
»Aber Gretl!« sagte er beruhigend und lachend, »wie kann man nur so leichtgläubig sein. Hab' doch ein bissel Mut und Glauben.«

In einem heißen Tränenstrom macht sich die fürchterliche Qual der langen Monate frei: »Du bist da draußen im Kriege, ach, du weißt ja gar nicht, was das heißt: warten, warten und warten, jeden Tag warten und warten auf dein Leben.«
Er drückt ihren Kopf an seine Brust, streicht über ihr Haar und sieht ihr lachend ins Gesicht.
Da schrickt sie zusammen, tastet nach ihm und sagt verwundert, als wache sie plötzlich auf: »Ach, mein Gott, du bist ja da!« Und in ihrer Stimme klingt es: »Soll ich nun lachen oder weinen? Ich möchte beides tun zu gleicher Zeit.«

3. Urlaub

Am 27. September stand ich auf dem großen Bahnhof, wo die Züge von Lille-Nord, Charleroi und anderen Städten der Westfront ihr Endziel haben. Ein endloser Zug mit gesunden, lachenden, schreienden und singenden Soldaten läuft ein. Übermütig wie große Jungens, deren Schulstunde eben vorbei ist, stürmen die Soldaten aus den Abteilen und verschwinden teils zu anderen Bahnsteigen, teils zu den Ausgängen zur Stadt.
Da sehe ich einen Bekannten. Ich laufe zu ihm und frage, wo er und seine Kameraden herkämen. Er sagt mit lachendem Gesicht: »Von der Westfront.«
»Da hat doch vorgestern die große Offensive eingesetzt, die Engländer und Franzosen sollen doch die vordere Linie eingedrückt haben?« frage ich.
»Ja«, sagt er gleichmütig, »das haben sie auch.«
Ich bin erstaunt und frage, was er denn hier täte, er und die anderen, es würde doch jeder Mann im Westen jetzt sicher gebraucht.
»Natürlich«, gibt er zur Antwort, »übrig haben wir keinen.«
»Na ja, das ist freilich gut und schön, aber was tun Sie denn hier?«
Er ist sehr verwundert über meine dumme Frage und sagt: »Was wir hier tun? Na gestern hat doch unser Urlaub angefangen. Und

das sollten Sie doch auch wissen, das Schönste am ganzen Soldatsein ist doch nur der Urlaub.«

Was ich darauf sagen soll, weiß ich wahrhaftig nicht; denn wir haben alle heiße Köpfe bekommen, als wir die Tagesberichte unserer Heeresleitung lasen. Und darum wage ich es noch einmal zu ihm: »Ja, aber die Offensive? Die vordere Linie ist doch eingedrückt.«

»Nu, wenn schon«, sagt er beinahe interesselos, »für uns kommen doch die anderen aus dem Urlaub zurück, die werden's ihnen schon besorgen. Die brauchen uns gar nicht. Die haben eine Wut, daß sie nicht für immer daheim bleiben können, da machen Sie sich gar keinen Begriff davon. Aber wir haben zehn Tage Urlaub.«

»Trotz der Offensive?«

»Erst recht. Die hat den Franzosen den Urlaub verdorben, uns nicht. Wem der Urlaub am Fünfundzwanzigsten bewilligt war, der ist auch abgefahren. Na, das wäre ja noch schöner, wenn wir uns von den Engländern und Franzosen unseren Urlaub sollten versalzen lassen!«

4. Das Kind

Es ist auf dem Bahnsteig, von dem die Urlauberzüge nach Lille fahren. In dem Nachtzuge sitzen beinahe nur alte Landwehrmänner. Das ist wohl der Grund, daß es von Frauen und Kindern, die sich vor den geöffneten Abteilen mit den bärtigen Soldaten unterhalten, nur so wimmelt. Ich erinnere mich, daß ich im Frieden an den Zügen mehr tränende Gesichter sah als hier. Sicher sind nicht darum der Tränen weniger geworden, weil die Gefühle infolge der langen Kriegsdauer und der Gewöhnung an Tod und Trennung abgestumpft sind, sondern sie sind seltener geworden, weil in jedem der überzeugte Gedanke lebt, daß es sich nicht eigentlich um Krieg, sondern um die Verteidigung und Sicherstellung eines friedliebenden Volkes handelt. Aber wohl auch darum, weil man dem Manne, der in den Kampf zieht, nicht den Anblick einer heulenden, verzagenden und kleinmütigen Frau mit auf den Weg geben möchte.

An einem der Wagenfenster steht eine Frau mit einem etwa zehn Monate alten Kinde auf dem Arm. Ab und zu reicht sie dem Manne, der sich aus dem Fenster beugt, das Kind dichter heran, der es dann in die Backen kneift und mit ihm schäkert, um es zum Lachen zu bringen. Hin und wieder lacht auch das Würmchen und patscht mit seinen Händchen dem Vater ins Gesicht oder vergräbt die Fingerchen in seinem Bart. Darüber ist der Soldat ganz glücklich, und er bläst durch die Lippen mit »Puhu, puhu, brrr, brrr« und macht allerlei Späße, damit die Aufmerksamkeit des Kindchens ihm für die letzten paar Minuten ganz ungeteilt gehöre. Aber nach einer Weile reibt sich der kleine Balg gelangweilt die Augen; denn es ist lange über Schlafenszeit.

Dann ruckt der Zug an und kommt ins Rollen.

Die Mutter hebt das Kindchen höher, faßt nach seinem Ärmchen, winkt mit ihm und sagt: »Mach adda! Adda! Adda! Papa fährt fort in den Krieg. Adda! Adda!«

Aber das Kindchen, das seinen Vater vielleicht zum letztenmal in diesem Leben sieht, hat sich nach der entgegengesetzten Seite herumgedreht. Dort steht ein Soldat in der alten Uniform, und die vielen großen Bogenlampen der Bahnhofshalle spiegeln sich in den blanken Knöpfen seines Waffenrockes wider. Und dieses farbenprächtige Glitzern und Funkeln ist dem Kinde jetzt tausendmal lieber und vor allem wichtiger als sein in den Krieg ziehender Vater.

Und die Mutter schluckt in der Kehle und winkt mit dem Ärmchen des Kindes: »Adda! Adda! Adda!« und der Vater beugt sich weit aus dem Fenster heraus, um noch einen einzigen letzten Blick seines Kindes zu erhaschen. –

Und dann ist der Zug fort.

Das Seidentuch *Skizze*

Sie waren beide beim Heumachen, der Karl Heppner und die Klara Egeleit. Sie dienten beide im selben Dorfe bei verschiedenen Bauern, deren große Wiesen aneinander grenzten. Es war ein brennendheißer Sommertag, und als die beiden jungen Leute ihr Mittagbrot auspackten, kamen sie unter dem einzigen großen und schattigen Eichbaum zusammen, der an der Grenze der beiden Wiesen stand.

»Gib mir ein Stück Speck«, sagte Karl, »du bekommst von mir ein Stück Gepökeltes; es ist ein sehr feines Stück.«

Sie schnitt eine dicke Scheibe Speck herunter, gab sie ihm und sagte: »Wart, ich gebe dir noch eine ordentliche Schnitte Brot dazu, ihr Männer habt ja doch immer größeren Appetit.«

»Dein Bauer scheint dich auch nicht gerade zu verwöhnen«, sagte er, nachdem er den Speck betrachtet und ihre dünne Zichorienbrühe gekostet hatte.

Dann hatten sie nichts mehr miteinander zu reden. An den dicken Stamm gelehnt saßen sie da, kauten und sahen gleichgültig über die flimmernden Wiesen- und Felderflächen hin. Als sie ihr Mahl beendet hatten, steckte er sich einen Zigarrenstummel an. Sie nahm ihr Tuch vom Kopfe und schob ihr Haar wieder ineinander. Dann glättete sie das Kopftuch vor sich auf dem Schoße säuberlich zurecht. Er sah ihr bei ihren Verrichtungen zu, ohne scheinbar etwas dabei zu denken. Aber wärend er sie so beobachtete, wie sie ihr Haar ordnete, wie sie das Tuch mit weichen Bewegungen strich und faltete, den Kopf dabei wie prüfend bald auf die eine, bald auf die andere Seite neigte, überkam ihn ein sonderbares Gefühl. Ihm war, als dränge ihm ein leise wogender Sonnenschein wohlig ins Blut.

Und er sagte mit einer etwas sanfteren Stimme als gewöhnlich: »Weißt du, Klara, ich hab' mir halt grad' gedacht, wie wär' das

denn, wenn wir uns heiraten; meinst du nicht, wir kämen miteinander ganz gut zurecht?«
Sie wurde rot, senkte den Kopf tiefer auf das auf ihren Knien liegende Tuch und strich es mit größer werdender Bedächtigkeit. Ein Lächeln zog über ihren Mund.
Er blieb sitzen, ohne irgendeine Bewegung zu machen, hatte nur den Kopf zur Seite ihr zugedreht und sagte nach einer Weile: »Hm! Na, meinst nicht, daß wir es mal miteinander versuchen?«
»O ja, ich mag dich auch ganz gut leiden«, sagte sie darauf, ohne aufzusehen.
»Also, dann sind wir einig miteinander, Klara.«
Sie reichte ihm die Hand hin und nickte. Und er sagte darauf: »Es soll dir nicht schlecht bei mir gehen, Klara. Ich kann ein ordentliches Stück arbeiten, saufen tu' ich auch nicht, und verbringen tu' ich auch nichts, und wenn wir unseren Kram ein bissel zusammenhalten, wird es ganz gut gehen, meinst nicht?«
Dann war es Zeit, und sie gingen wieder jeder an seine Arbeit. Das war alles. Keine Träne, kein Jubelgeschrei, kein Kuß und keine rührseligen Redereien.
Den Sonntag darauf gingen sie in die Stadt. »Na, ich muß dir doch ein Brautgeschenk machen«, sagte er frohgelaunt. Sie lachte und sagte nichts dazu.
Dann standen sie vor einem Schaufenster, in dem ein prächtiges seidenes Tuch mit schönen leuchtenden Farben lag. Er mußte daran denken, wie sie ihr schlichtes Kopftuch zurechtgefaltet hatte und wie ihm dabei das Gefühl gekommen war, daß er das Mädel eigentlich ganz gern habe.
»Möchtest du denn das Seidentuch haben?« fragte er, sie anstoßend.
»Ach, mein Gott!, mein Gott! Das ist ja viel zu teuer für mich und viel zu schön für mich.«
»Aber ich werde dir doch ein Brautgeschenk machen dürfen, nicht wahr?«
Sie sah nur immer das Tuch an, und es schien, als schmücke sie sich

in Gedanken damit. Da sagte er wieder: »Möchtest du es denn nicht haben?«

»Ja«, gab sie ihm zur Antwort, »haben möchte ich es schon, aber nicht weil es so wunderschön und viel zu prächtig für mich ist, sondern weil du es mir schenkst und weil ich es von dir hätte.«

Da gingen sie in den Laden. Der Kaufmann nahm es aus dem Fenster und ließ es in allen Farben vor ihnen spielen. Sie traute sich nicht, es anzufassen; aber als sie es dann doch endlich vorsichtig berührte, war sie überrascht von der zarten Feinheit des Stoffes.

»Es kostet nur dreißig Mark«, sagte da der Kaufmann. Und die beiden wurden verlegen, da Karl nur fünf Mark bei sich hatte, was für sein bescheidenes Einkommen schon eine sehr nennenswerte Summe war. Aber als er das vor Verlangen gerötete Gesicht seines Mädchens sah, wurde er mit dem Kaufmann einig, daß er es ihm aufheben solle, er würde ihm alle zwei Wochen sechs Mark bringen, bis es bezahlt sei.

Und nun machte es ihnen große Freude, jeden zweiten Sonntag in die Stadt zu gehen, die kleine Summe zu entrichten und eine halbe Stunde lang sich im Fenster das Tuch anzusehen; der Kaufmann hatte es im Fenster wieder ausgelegt, weil es sein kostbarstes Stück sei.

Wenn sie abends nach des Tages schwerer Arbeit sich trafen, konnten sie sich, ohne viel dabei zu sprechen, nicht genug darin tun, auszumalen, welche Freude für ihr ganzes Leben ihnen dieses prachtvolle Tuch bereiten würde. Alle ihre schlicht-menschliche Sehnsucht, die sie besaßen, richtete sich schließlich auf dieses Tuch. Unbewußt fühlten sie beide in ihm ein Symbol der Erfüllung.

Und so wurde es allgemach ein so starkes Band zwischen ihnen, wie es die gemeinsamen geistigen Interessen verwickelterer Naturen nicht stärker knüpfen könnten.

Da kam endlich der Sonntag, an dem es ihnen der Kaufmann in schönes blaues Seidenpapier wickelte und in eine feine Pappschachtel verpackte, die ihnen allein schon den Preis wert schien. Am Nachmittag gingen sie zum Tanz, nur kurze Zeit; dann schlenderten sie durchs Dorf, damit jeder ihren Reichtum sähe. Jeder bewundernde und jeder erstaunte Blick, den man ihr nachsandte, tat ihr wohl. Gegen Abend gingen sie vors Dorf über die Feldraine und an den Wiesengräben entlang. Als die Nacht hereingebrochen war, wurde ihnen das Tuch zum lieblichsten Hochzeitstuch. Tiefe reine Freude lag über sie gebreitet.

Und weil sie spät in der Nacht erst ins Haus kamen, hatten sie auch nichts von allem gehört, was geschehen war. Am übernächsten Tag schon mußte Karl fort. Es kam keine Trauer über sie, weil sie ja bei allem, was geschah, immer glaubten, das müsse so sein und dagegen gäbe es keine Hilfe. Den halben Tag hatte Karl noch gearbeitet, dann aber sagte er zum Bauern: »Nun ist's genug, den halben Tag will ich noch ganz allein für mich haben.«

Dann ging er zu dem Mädchen und meinte: »Klara, weißt du, nun mache ich dir noch eine schöne Holzkiste zusammen, mit einem kräftigen Schloß vor; da legst du dann immer dein schönes Tuch hinein und alle Briefe, die ich dir schreiben werde. Lange bin ich ja nicht fort. Heute dauert ein Krieg ja höchstens drei oder vier Monate.«

Sie nickte nur und saß still dabei, während er die Kiste zusammenzimmerte und sie dann mit Rosen und Vergißmeinnicht schön bemalte. Als der kleine Koffer endlich fertig war, rief sie ein über das anderemal aus: »Ach, wie wunderschön du das doch gemacht hast!«

Dann legten sie sorgsam das Tuch hinein, als wäre es ein gebrechliches Wesen.

»Das ist die Schatzkammer«, sagte er lächelnd.

Sie wollte das Lächeln erwidern, aber da fühlte sie, daß ihr die Tränen aufstiegen, und sie beugte sich rasch über das Tuch, als wolle sie es noch glatter und sauberer hinlegen.

Er schrieb ihr oft genug. Doch sie konnte zu Briefen keine persönliche Stellung finden, wie es gebildetere Menschen so leicht können.

Aber sonntags, wenn sie mit der Arbeit fertig war, schloß sie sich in ihrer Kammer ein, öffnete das Köfferchen und faltete das Tuch auseinander. Ehe sie es ausbreitete, preßte sie ihre Lippen darauf, und ehe sie es wegschloß, küßte sie es wieder. Nur in diesem Tuche fühlte sie sich ihm nahe. Sie glaubte seinen Atem in den feinen Seidenfäden zu fühlen und seine gutmütigen, frohen Augen in dem Glanz des Stoffes zu sehen. Nie tat sie es außerhalb ihrer Kammer mehr um, seit er fort war.

Im Spätherbst hörte sie, daß er gefallen sei; und nun lebte sie sich ganz in den Gedanken ein, daß alles, was persönlich an ihm gewesen sei, in das Tuch übergegangen sein müsse. In diesen Tagen war der Bäuerin ein Ring fortgekommen, und bei dieser Gelegenheit machte sie die Wahrnehmung, daß auch vieles andere seit einiger Zeit fehle. In der so sorgsam wie ein Heiligtum gehüteten Holzkiste der Magd mußte das Gesuchte zu finden sein. Als diese Vermutung entstand, war Klara gerade für den Bauern zur Stadt gegangen.

»Ach was denn nicht noch«, sagte da die Bäuerin zu ihrem Manne, »wir werden doch nicht lange warten, bis die wiederkommt und alles versteckt. Ich möchte wissen, wer in der ganzen Welt mir verbieten kann, im Hause nachzusehen, was in Koffern und Kisten gehalten wird.«

Da ging der Bauer in die Magdkammer und brach die Kiste auf. Und weil sie wirklich fest und gut gearbeitet war, gingen die schönen roten Rosen und blauen Vergißmeinnicht und die sauber gehobelten Kanten für immer davon. Aber nichts von den vermißten Dingen wurde gefunden.

Am Abend, als das Mädchen nach Hause kam, lag das Seidentuch zerknautscht und zerknittert neben der zerbrochenen Kiste, und sie sah auf ihm den schmutzigen Stiefelabdruck des Bauern. In unnennbarer Zärtlichkeit hob sie das Tuch auf, drückte es an ihr Gesicht, und als sie es wieder zusammenfaltete und vor sich auf dem Schoße liegen hatte und die abgesplitterten Rosenranken der Holzkiste vor sich sah, weinte sie heiße Tränen. Tränen, die sie nicht geweint hatte, als er ging, und nicht geweint hatte, als sie hörte, daß er nicht wiederkäme.

In der Nacht brannte die gefüllte Scheuer des Bauern, deren Versicherung erst am folgenden Tage begann, vollständig nieder. Das Mädchen hatte es keinem schwergemacht, sie als die Schuldige anzusehen.

Der Staatsanwalt sagte dann später: »– und was von ganz besonderer Verruchtheit der Täterin spricht und jeden mildernden Umstand zu ihren Gunsten im Keime ersticken muß, ist, daß sie die boshafte, heute sogar vaterlandslos zu nennende Tat wegen eines lumpigen Seidenfetzens und einer gewöhnlichen Holzkiste verübt hat.«

Der Gerichtshof und alle Zuhörer stimmten diesen vernünftigen und verständlichen Ausführungen zu.

Ungedienter Landsturm im Feuer

Die Blätter fielen langsam von den Bäumen, und weiße Fäden hingen in der Luft.
In weiter Ferne vor mir lag die Stadt. In einem flimmernden Nebelschleier. Unten auf der Wiese waren Kühe, die in schwerfälliger Behaglichkeit ganz kleine Spaziergänge machten. Von dem Walde her, an dessen Rand ich mich gesetzt hatte, kam ein satter, feuchtwarmer Geruch von Pilzen, Moos und Moder.
Ich wollte nichts denken und an nichts erinnert sein. Aber als ich einmal zur Seite sah, saß da ein Soldat mit verbundener Hand. Und da begriff ich plötzlich, warum meine Freude an dem stillen Frieden um mich her nicht vollkommen war: es war ja noch immer Krieg. Nun wußte ich mit einem Male, weshalb ich dieses sonnigen Herbsttages nicht so recht von Herzen froh werden konnte, trotzdem ich doch den Krieg ganz und gar vergessen hatte. Aber wie ein vergessener Traum, der noch irgendwo in uns weiterlebt, hatte mich ununterbrochen ein Gefühl gequält angesichts der fernen Stadt und der weidenden Kühe: das unsagbar schmerzliche Heimweh nach Frieden.
Und nun war ich wieder mitten in dem großen Ereignis, in dem größten unsrer Zeit, als ich den verwundeten Soldaten sah.
Ich ging zu ihm, sagte ihm guten Tag. Dann saßen wir lange beieinander, ohne ein Wort zu sprechen. Er sah vor sich hin und war sehr ernst. Und plötzlich sagte er: »Wir sitzen hier nun beinah eine Stunde, und Sie haben mich nichts gefragt. Alle haben mich bisher immer gefragt, nur Sie nicht. Warum nicht?«
»Ich denke, daß man aus Achtung voreinander nicht nach den Erlebnissen fragen sollte, die einen Menschen am tiefsten ergriffen haben müssen. Und dann glaube ich, daß es furchtbar sein muß, an alles das erinnert zu werden, das man bis in die tiefsten Tiefen der Seele verbergen möchte.«

»Ja«, sagte er, »so ist es. Und doch dürfen Sie es mir glauben, ich habe eine brennende Sehnsucht, ein einziges Mal über das zu sprechen, was ich erlebt habe, um mich davon frei zu machen, um es zu vergessen. Dann wäre ich es los, und es würde nicht mehr versuchen, mich zu erdrücken, um mich umzubringen. Denn ich habe oft das seltsame Empfinden, als wollte mich das alles erstikken.«

Ohne daß ich eine Andeutung machte, er möge erzählen, fing er nach einer Weile von selbst an. Mit einem Sprung setzte er gleich ein. Alles andre, seine Herkunft, seinen Beruf, sein Vorleben, schob er beiseite. Ich kann mich nicht besinnen, jemals von dem Kriege so ohne jedes Pathos, ohne jede Phrase sprechen gehört zu haben. Und wenn es mir nicht gelingt, es so einfach und schlicht wiederzuerzählen, wie er's mir vorerzählt hat, so liegt die Schuld bei mir.

Drei Monate wurden wir ausgebildet. Das ist eine reichlich lange Zeit. Aber eines Mittags im April wurde in der Befehlsausgabe bekanntgegeben: »Morgen früh sechs Uhr steht das Bataillon feldmarschbereit auf dem vorderen Kasernenhofe zur Abfahrt an die Front.« Jeden Tag hatten wir diesen Befehl erwartet. Und jetzt, wo er endlich da war, kam er uns allen überraschend. Ich müßte sehr lügen, wenn ich behaupten wollte, ich wäre gern Soldat geworden und wäre gern in den Krieg gezogen. Soweit ich meine Kameraden kannte, dachte keiner anders. Wir alle waren aus unsern uns lieb gewordenen Berufen und Verhältnissen gerissen worden. Wir alle standen im Alter zwischen siebenundzwanzig und dreißig, wenigstens zwei Drittel hatten eigene Familie, und keiner von uns hätte bei der Mobilmachung je daran gedacht, mitzumüssen. Denn wir gehörten in Friedenszeiten alle dem ›Landsturm ohne Waffe‹ an und wurden erst später während des Krieges als felddiensttauglich befunden. Ich erzähle das nur deshalb, weil später manches vorkam, was gedienten Soldaten nicht passieren könnte, bei uns aber entschuldbar ist.

Nachmittags hatten wir dann noch von drei bis fünf Uhr Offiziersunterricht. Im Zusammenhang wurde uns noch einmal alles mitgeteilt, was wir zu wissen nötig hatten, über das Verhalten auf der Bahn, auf dem Marsche, im Quartier, im Feindesland, im Feuer, im Sturmangriff und im Falle einer Verwundung. Kurz vor Schluß der Stunde kam dann noch der Hauptmann unsrer Kompanie. Er sagte nicht viel, alles in kurzen, zerhackten Sätzen. Aber erst seit dieser wundervollen Rede, die uns allen zu Herzen ging, fühlten wir, daß es nun wirklich ernst werden sollte. Dann gingen wir einkaufen: Seife, Zahnpulver, Briefpapier, Bleistifte und mehr von solchem Kleinkram, der uns unentbehrlich schien. Später, während eines Nachtgefechts, fiel mir plötzlich das Kaufen dieser Kleinigkeiten ein, und ich erinnere mich, wie lächerlich, wie belanglos und kindisch einfältig mir da unser so sehr gerühmtes Kulturleben vorkam, das immer nur aus dem Einkaufen von angeblich unentbehrlichen Kleinigkeiten besteht. Aber dieser Gedanke war natürlich ganz aus dem logischen Zusammenhange gerissen. Er war ja auch nur möglich unter dem furchtbaren Eindruck gigantischer Vorgänge in jener Nacht, in der Tausende von Menschenleben abgetan wurden, als wären sie ein Nasenstüber. Die meisten von uns konnten in der Nacht nicht schlafen und fingen schon um drei Uhr an, sich zu waschen und den Tornister wieder aus- und einzupacken. Ein Landwirt, der mit auf unsrer Stube lag – wir waren sonst alle Großstädter –, schimpfte mordsmäßig, weil er nicht schlafen konnte. Er sagte, wenn wir alle die Hosen jetzt schon voll hätten, so sollten wir doch einen anständigen Menschen, der seine Ruhe braucht, wenigstens schlafen lassen. Er hatte gut reden, denn er brauchte nicht mit, er hatte sich die Füße so krank gelaufen, daß er keinen Stiefel anziehen konnte und am nächsten Tage ins Lazarett sollte. Wir waren nicht aufgelegt, uns mit ihm herumzuzanken, nur waren wir ein wenig leiser. Hunger hatten wir keinen, und vom Kaffee tranken wir jeder nur ein paar Schluck, rein aus Gewohnheit.

Um halb sechs traten wir auf dem Kasernenhof an. Die Gruppenführer sahen sich bei jedem einzelnen noch den Anzug an und

fragten jeden, ob er auch alles im Tornister habe, Nachsendungsanträge würden nicht ausgeführt. Das sollte ein Witz sein, aber wir lachten nicht. Dann ging der Feldwebel die Front ganz langsam hinunter und sah jedem Mann ins Gesicht. Er sagte aber kein Wort, sonst hatte er immer etwas auszusetzen. Als der Hauptmann kam und »Guten Morgen, Kameraden!« sagte, antworteten wir sonderbar laut. Ich hatte das Gefühl, als sei ich ganz heiser. Dann erst, als auch der Major, auf dem Pferde sitzend, rief: »Guten Morgen, Kameraden!«, fiel es mir auf, daß bis gestern noch der Morgengruß immer gelautet hatte: ›Guten Morgen, Leute!‹ Mit Musik zogen wir zum Bahnhof. Die Musik spielte: ›Ich hatt' einen Kameraden‹ und ›Ich bin ein Preuße‹ und ›O Deutschland hoch in Ehren‹. Was sie sonst noch gespielt hat, weiß ich nicht mehr. Immer wenn die Musik aufhörte, sangen wir irgend etwas. Aber wir sangen sehr schlecht. Wenigstens kam es mir so vor. Überall auf den Straßen standen Leute. Viele nahmen die Hüte ab und riefen: »Auf Wiedersehen!« Aus den Fenstern wurde mit Taschentüchern gewinkt. Das waren Frauen und Mädchen. Auf dem Balkon in einem ersten Stockwerk stand eine Frau, die furchtbar weinte, als wir vorbeikamen. An einem anderen Hause war das Fensterbrett im dritten Stockwerk voll von Blumen. Da standen zwei Mädchen, die auch mit Tüchern winkten. Als unsre Kompanie vorüberkam, schnitten die Mädchen mit einer Schere alle Blumen in den Kästen ab und warfen sie auf uns. Manche von den Blumen konnten wir nicht auffangen. Die hoben dann Kinder auf und gaben sie uns. Verschiedene Kameraden steckten die Blumen in die Gewehrmündung. Ich steckte eine Blume, die mir ein kleines Mädel gegeben hatte, ins Knopfloch, weil ich glaubte, in die Gewehrmündung, aus der man die Kugeln schießt, die Menschen töten, passen keine Blumen. Diese Mündung muß schwarz sein und auch schwarz bleiben. Immer. Man schimpfiert die farbenfrohe Blume und schimpfiert sein treues Gewehr.
Später habe ich aber auch Blumen in die Mündung gesteckt.
Aber erst nach der zweiten Schlacht. Da hatte ich alles vergessen.

Und da war mir auch alles egal geworden.
Wohin wir gehen sollten, wußte keiner. Auch unser Hauptmann nicht. Nur der Major und der Eisenbahnzugführer, und die sagten nichts. Wir kamen aus Nordwestdeutschland. Nun fuhren wir den Rhein hinauf. Es konnte ebensogut nach den Argonnen wie nach den Vogesen gehen. Bis Mittag wußten wir es jedenfalls immer noch nicht. Als wir hinter Bonn waren, wurde der Zug auf ein Nebengleis geschoben, und in großen Baracken, die dort errichtet waren, erhielten wir zu essen. Es gab Rindfleisch mit Bohnen. Jeder erhielt ein kleines Glas Bier dazu. Es wurde erzählt, das Bier hätte der Major aus eigenen Mitteln gestiftet.
Am späten Abend erfuhren wir, wohin die Reise ging. Denn als wir in Mainz waren, zweigten wir ab und konnten bald an den Stationen sehen, daß wir in die Richtung Bebra–Erfurt kamen. Also sollte es gegen die Russen gehen. Ich bin schon oft den Rhein hinaufgefahren, zu Schiff und auch mit der Bahn. Einmal, im Sommer, habe ich sogar zu Fuß eine Rhein- und Moselfahrt gemacht. Aber noch niemals ist mir die wundervolle Schönheit des Rheins so mächtig zum Bewußtsein gekommen wie auf dieser Kriegsfahrt. Sonst fand ich auch alles schön und freute mich an allem. Aber diesmal war es ganz anders. Immer dachte ich: Oh, wie schön, wie wunderschön ist das alles! Wer weiß, ob ich diese Herrlichkeit je wiedersehe! Wozu muß das alles sein? Und dieser wehe Abschied war es, der mich den Rhein, den ich doch so oft gesehen hatte, jetzt erst wirklich lieben hieß. Und diese Liebe zum deutschen Heimatlande wurde immer größer und tiefer, je weiter wir durch deutsches Land fuhren. Außer Rheinland und Friesland hatte ich von Deutschland nichts gesehen. Und nun sah ich das Hessenland, das märchenhafte Thüringen, die Elbgegend, die Oderniederung, Brandenburg. Und nun so langsam kam die Begeisterung für den Krieg, die ich bisher eigentlich nur immer anderen nachempfunden, aber nicht selbst gefühlt und gelebt hatte. Das Wort, das ich in dieser Zeit so oft gedankenlos mit angehört hatte, begann ich jetzt erst zu erfassen, mit dem Herzen und mit

dem Verstande zu erfassen: ›Nein, dieses Land soll unser bleiben, immer und ewig! Wir allein sind dieses Land wert; denn niemand hat es sich so mit Blut verdient wie wir.‹

Dann wurde marschiert, marschiert, marschiert und marschiert. Nie in meinem Leben hätte ich gedacht, daß ein Mensch so viel laufen kann. Jeden Tag, den Gott der Herr werden ließ, wurde marschiert von morgens um vier bis nachmittags um vier. Und dabei das Gewehr über die Schulter und den Tornister auf dem Rücken, dessen Gewicht man morgens beim Abmarsch auf zehn Pfund schätzte, das aber mit jeder Stunde um zehn Pfund zuzunehmen schien und abends immer über einen Zentner wog. Vom Gewehr und von den Tornisterriemen hatte ich ganz wunde Schultern. Aber die wunden Stellen gingen, nachdem sie das höchste Stadium des gräßlichsten Schmerzes überschritten hatten, in einen Zustand der Verhornung über, die sich der völligen Versteinerung näherte. Ebenso ging es mir mit den Hüftknochen, die vom Schanzzeug durch und durch geknetet waren. Immer wenn wir um vier Uhr auf einem Felde oder einer Wiese ankamen, die uns als Ruheplatz angewiesen waren, wollten wir uns sofort hinwerfen und schlafen. Aber das gab es nicht. Eine Gruppe mußte Wasser suchen gehen, andere mußten Holz fällen gehen, wenn die gemieteten Bauern mit ihren Holzfuhren nicht gekommen waren. Dann wurden Kochlöcher gegraben, und wir alle, ob nun einer wollte oder nicht, mußten unsere eisernen Rationen abkochen, die noch im Laufe des Abends erneuert wurden. Die Gruppenführer mußten genau aufpassen, daß jeder kochte und jeder aß. Dann mußten wir das Geschirr reinigen, die Stiefel auf dem Fuße schmieren und das Gewehr nachsehen. Hierauf wurden die Wachen bestimmt, und wir übrigen legten uns auf den Boden, ohne Stroh, ohne Zelte, nur in die Mäntel gewickelt. Niemand durfte die Stiefel ausziehen oder sein Gepäck verlassen. In der zweiten Hälfte der Nacht wurde es immer so kalt, daß man vor Kälte nicht mehr schlafen konnte und aufstand und so lange herumlief, bis man wieder warm war. Dann schlief man wieder, und um drei Uhr morgens standen wir auf, kochten Kaffee oder Tee, aßen trockenes Brot dazu, manchmal mit Speck, und dann wurde wieder marschiert. Seife, Zahnpulver und Rasierzeug schleppte man ganz unnütz mit herum. Einmal machten wir mittags Rast an einem Bache, und weil mich mein Bart so gräßlich juckte, packte ich mein Rasierzeug aus und begann mich zu rasieren. Das erzeugte einen Auflauf. Die neben mir lagen, riefen beinah die ganze Kompanie herbei und schrien wie auf dem Jahrmarkt: »Hierher spaziert, meine Herren, zehn Pfennig Eintritt nur, Kinder die Hälfte. Hier ist jemand zu sehen, der sich rasiert.« Ich machte mir aber nichts daraus. Dann sagte einer: »Du willst wohl heute abend in die Oper fahren?« – »Ja«, sagte ich, »sei doch so gut und telephoniere um eine Eintrittskarte.« – »Parkett?« – »Nein, Fremdenloge natürlich.« – »Kostet aber zehn Mark.« – »Sage, es wäre für einen Soldaten.« – »Dann kostet sie nur neun Mark fünfzig.« Nach einer Weile kam dann ein anderer. Er riß die Hacken zusammen und grüßte so überaus höflich und respektvoll, als stände er vor einem General, und sagte: »Ach, verzeihen Sie, mein Herr; ich höre soeben, daß Sie heute abend in die Oper wollen. Was wird denn gegeben, wenn man fragen darf?« Ich sagte: »Die Meistersinger; darf ich Ihnen einen Platz in meiner Loge anbieten?« Da gab mir der Gefragte zur Antwort: »Du, das war dein Glück; denn hättest du jetzt den faulen Witz gemacht und gesagt: ›Das Nachtlager von Granada‹, dann hätten wir dich, so lang du bist, in den Graben geschmissen. Denn daß du dich hier rasierst, ist eine Gemeinheit von dir, du verdirbst uns den ganzen Gesamteindruck.«

An dem Abend kamen wir tatsächlich alle in die Oper. Gegen fünf hörten wir schon so ein eigentümliches Rollen. Wir guckten gegen den Himmel, aber es war nichts zu sehen. Unser Feldwebel, der am Ende unsers Zuges ging, sagte nach einer Weile: »Na, Kinder, jetzt scheint es endlich loszugehen. Das sind unsere Geschütze. Da scheint sich etwas anzubandeln.« Wir wurden darauf sehr still und marschierten immer weiter. Aber Müdigkeit empfanden wir gar nicht mehr. Die war wie fortgeblasen. Nach einer Stunde muß-

ten wir von der Straße hinunter und auf dem Felde weiterlaufen. Dann kam Artillerie in rasender Geschwindigkeit an uns vorüber. Die nahm bald kein Ende mehr. Dann kam eine Reiterabteilung. Und hierauf etwa zwei Dutzend Autos mit Jägern und Maschinengewehrabteilungen. Ohne daß ein Befehl ergangen wäre, marschierten wir immer schneller, als könnten wir irgendwohin zu spät kommen. Aber es geschah ganz gedankenlos. Das Donnern wurde immer stärker. Man hörte ab und zu schon den kurzen, abgerissenen Knall einzelner Schüsse. Endlich gegen Abend sahen wir auf weitabliegenden Höhen schwere Geschütze, die sich von dem Abendhimmel scharf abhoben. »Das sind die österreichischen Einunddreißig-Komma-Fünfer«, sagte der Feldwebel, »ich höre es am Knall.«
Auf der andern Seite der Straße sahen wir auch die ersten Verwundeten ankommen. Es waren durchweg Artilleristen. Aber keiner von ihnen machte ein trauriges Gesicht. Einer rief zu uns herüber: »Ihr braucht gar nicht so zu rennen, ihr kommt schon noch zurecht.« Jetzt war es bereits ganz finster geworden. Wir marschierten wenigstens schon fünfzehn Stunden. Sonst hätten wir ganz gewiß nicht mehr gekonnt. Aber heute dachte man mit keinem Gedanken daran, sich hinzulegen. Auch daß wir seit elf Uhr morgens keinen Happen mehr gegessen hatten, wußten wir nicht. Der Kanonendonner war jetzt bereits so stark, daß wir glaubten, mitten drin zu sein. Wir verstanden kaum noch, was unser Nebenmann sagte, wenn er nicht gerade laut schrie. Und immer noch raste auf der Straße Artillerie vorüber, und eine ununterbrochene Reihe von Autos und bespannten Wagen mit Munition, Broten, Holz, Stroh und Heu fuhr, dicht an den Straßenrand gedrängt, neben der Artillerie her.
»Vom Nebenmann drei Schritt Abstand nehmen! Befehl weitergeben!« hörten wir jetzt das Kommando, das von vorn kam. Nun konnten wir auch mehr sehen. Obgleich es stockfinster war, erkannte man doch minutenlang die Fläche vor uns, die in einem fort von den langen Fühlern der Scheinwerfer grell beleuchtet wurde.

Das waren schon die Lichter der feindlichen Truppen. Als wir das hörten, klopfte mir das Herz fürchterlich, und ich hatte nur den einen Gedanken: Ach Gott, wenn ich doch bloß keine Angst kriege!
Dann erfolgte das Kommando: »Züge rechts aufmarschieren!« Darauf: »Ohne Halt, Bataillon rechts aufmarschieren!« Unsere Kompanie kam an dritter Stelle. Deshalb mußten wir im Laufschritt aufmarschieren, damit wir die gleiche Richtung mit der Spitze, die im Marschtempo weiterlief, erhielten. Wir waren kaum damit fertig, da kam schon das neue Kommando: »Nach rechts schwärmen mit zwei Schritt Abstand!« Wir zogen uns halbrechts im Laufschritt auseinander. Und dann marschierten wir so wohl eine reichliche Stunde lang. Der Boden war sehr unregelmäßig. Sehr hügelig, voll von Löchern, Gräben und Ackerfurchen. Hin und wieder sahen wir jetzt auch schon Löcher, die nur von Granaten herrühren konnten. Es war kein Laufen mehr und auch kein Marschieren, nur ein Stolpern und Stürzen nach vorn. Ich dachte, man könnte sich jetzt doch ohne weiteres in solch einen Graben fallen lassen und zurückbleiben, kein Mensch würde es in der Finsternis bemerken. Es ist häßlich, daß ich diesen Gedanken hatte, aber ich will nicht lügen. Ich bin überzeugt, daß noch viele meiner Kameraden diese oder ähnliche Gedanken empfanden; denn inwiefern sollte ich ein Ausnahmemensch sein und andere Gedanken fühlen als meine Umgebung. Aber keiner hat sich gedrückt. Man geht immer mit, und ginge es in die Hölle, nur um nicht einsam und allein sein zu müssen. Das wäre nicht zu ertragen.
Wir machten halt, durften uns aber nicht hinlegen. Und dann sahen wir in dem schießenden Licht der Scheinwerfer, wie etwa zweihundert Meter vor uns an unserer Front entlang ein Regiment Infanterie im rasenden Laufschritt vorbeigeführt wurde. »Das sind Stammannschaften, die stehen seit Anfang August im Felde; die gehen jetzt an einer besonders harten Stelle zum Sturm vor. Wo die hinmüssen, da wird es brennend heiß«, sagte unser Feldwebel.

Ich weiß nicht warum, aber weiß Gott, da fing ich an zu heulen. Es überkam mich so. Und meinem Nebenmann ging es genauso. Dieser Vormarsch im Sturmschritt an unserer Front vorbei von kampferprobten Helden, die uns zu sagen schienen: wir gehen in einen Kampf, bei dem ihr nicht zu brauchen seid, hat auf mich den tiefsten Eindruck bis jetzt gemacht. Der Vorbeizug der Todgeweihten, die so unheimlich schweigend ohne Laut vorüberrannten wie ein grausig belebter, kochender Atemzug eines unsichtbaren gewaltigen Riesen, wirkte so erschütternd unwirklich auf mich ein, daß ich später im Lazarett jede Nacht aus schweren Träumen schweißüberdeckt aufschrak und durch mein Stöhnen alle Kameraden, die mit mir im Saale lagen, aufweckte. Als der Zug vorüber war, gingen wir weiter. Es mußte nach ein Uhr sein, da hieß es: »Halt! Hinlegen! Visier tausend und elfhundert! Langsames Schützenfeuer! Munition sparen!« Die Kommandos wurden von Mann zu Mann weitergegeben, weil der Geschützdonner so stark war, daß man kein Wort verstehen konnte. Wohin wir zielen sollten, wußten wir nicht. Wir sahen überhaupt nichts. Deshalb schossen wir nur immer geradeaus. Dann kam das Kommando: »Feindlicher Sturmangriff ist noch in der Nacht zu erwarten. Zum Aufpflanzen der Seitengewehre erfolgt neues Kommando!« Hinter uns waren jetzt Feuerwerker mit Autos angefahren gekommen. Sie schossen Raketen und Leuchtpistolen ab. Wir konnten die vor uns liegende Gegend dadurch auf wenigstens zwei Kilometer gut übersehen. Nun waren wir vierundzwanzig Stunden auf den Beinen, mit Ausnahme einer Ruhepause am Mittag ununterbrochen gelaufen, und das auf den schlechtesten Wegen. Seit Mittag hatten wir nichts gegessen. Ich begreife nicht, wie ich das eigentlich konnte. Aber ich hatte keinen Hunger und war auch nicht müde. Keiner von uns.

Ich hätte nicht gedacht, daß der Kanonendonner noch stärker werden könnte, daß überhaupt noch ein Geräusch in der Luft Platz haben könne. Aber es wurde noch lauter. Und nun sahen wir, daß hundert Meter vor uns Granaten einschlugen, die explodierten mit furchtbarem Gebrüll und rissen die steinige Erde auf, daß sie häuserhoch in mächtigen Klumpen in die Luft ging. Dann wurde mir alles egal, ob Leben oder Tod, ob Freiheit oder Knechtschaft, ich dachte weder ans Vaterland noch an den Kaiser. Meinetwegen sollte alles in Stücke gehen und ich dazu. Was kümmerte mich das alles! Und wie läppisch und quatschig war es, daß ich Seife und Zahnpulver und Briefpapier im Tornister hatte! Wozu das alles! Wozu hatte ich schreiben gelernt, wozu hatte ich die Schule besucht und meine Examina gemacht! Weshalb nur haben sich meine Eltern so unendlich viel Sorgen um mich gemacht! Alles ist doch dumm und überflüssig. Ich wollte nur tot sein.

Aber es hörte nicht auf. Als der Morgen kam, hofften wir, daß alles nur ein blödsinnig wüster Traum sei, der mit dem ersten Sonnenstrahl verschwinden müsse, daß wir erwachen müßten. Dann bekamen wir Brot. Das Feuer von uns wurde eingestellt. Es hieß, daß die Feldküchen unseres Bataillons mit Kaffee und Suppe unterwegs seien. Aber noch ehe sie herankamen, erhielten wir den Befehl, weiterzumarschieren. Das Bataillon wurde während des Marsches in Marschkolonne zusammengezogen. Wir schliefen im Gehen. Die Beine liefen ganz von selbst ohne unseren eigentlichen Willen. Hin und wieder kam es vor, daß einer während des Marschierens im Schlaf in sich zusammensank. Dann wurde er von uns mit dem Stiefel heftig getreten, daß er erwachte. Wir taten es gewiß nicht gern, aber es war ein Liebesdienst. Dann gegen Mittag durften wir endlich lagern. Wir brachen zusammen, wo wir standen, ohne abzuschnallen, mit dem Gewehr im Arm. Der Feldwebel machte bekannt, daß nur eine Stunde geruht werden dürfe, dann müsse abgekocht werden, es sei Bataillonsbefehl. Nach einer Stunde wurde geweckt. Überall hörten wir die Feldwebel und die Unteroffiziere fluchen, aber niemand stand auf. Einige, die an Gehorsamsverweigerung dachten, erhoben sich, aber sie brachen gleich wieder wie hingestupft zusammen. Dann kamen zwei Feldküchen, die zwei anderen konnten nicht folgen, und wir erhielten Kaffee, schliefen aber gleich wieder ein.

Um fünf mußten wir auf und weiter.
Dann kamen wir an die deutschen und österreichischen Schützengräben, die das Weitervordringen der Russen bisher verhindert hatten, und nach einer weiteren halben Stunde waren wir inmitten der russischen Gräben. Hier lagen die Toten zu Haufen, oft zehn Mann übereinander. Früher konnte ich nie einen Toten ohne Grauen ansehen, jetzt zählte ich sie gleichgültig wie Holzscheite. Hinter diesen Gräben machten wir halt. Eine Stunde lang mußten wir beim Beerdigen der toten Russen helfen. Was übrig liegenblieb nach dieser Zeit, mußten nachfolgende Truppen forträumen. Und dann trafen wir Gefangene. Wie riesige, halb stumpfsinnige Herden trotteten diese ungeheuren Massen ehemaliger Soldaten an uns vorüber. Stundenlang zogen diese Unmassen Gefangener vorbei. Es schienen so unendlich viele, daß man glaubte, es könne kein russischer Soldat mehr im Felde stehen. Zuweilen, besonders bei den späteren Trupps, kamen welche, die sangen und sprachen zu uns herüber. Viele bettelten uns an um Tabak und Zigaretten. Aber wir gaben keine her, weil wir nicht wußten, wie nötig wir sie selbst noch brauchen könnten.
Wir marschierten nun wieder drei Tage hintereinander immer in Eilmärschen. Die mit den längsten Beinen wurden an die Spitze gestellt, damit es schneller gehen sollte; die Kleineren von uns rannten immer halb, um mitzukommen. Und dazu eine glühende Hitze. Wir hatten dicke Krusten auf den Händen und den Gesichtern. Manche hatten die Füße krank gelaufen, die mußten barfuß gehen, aber mit mußten alle. Es hat auch keiner schlappgemacht. Wir gingen in geschlossener Kolonne, aber mit zwei Schritt Abstand vom Nebenmann, damit die Luft besser durchziehen konnte und jeder das Gewehr tragen konnte, wie er wollte. Abends um sieben, wenn abgekocht, gescheuert und das Gewehr und die Stiefel in Ordnung gebracht waren, wurde uns der Tagesbericht bekanntgegeben. Der Sieg wurde immer umfangreicher. Und das war der Grund, daß wir das alles überhaupt fertigbrachten, was wir leisten mußten.

Wir rückten näher an die von den Russen besetze Festung Przemysl heran. Alle wollten wir dabeisein, wenn wir sie den Russen wieder abnehmen würden. Das sollte dann eine Freude werden! Am Mittag, als wir Rast machten, wurde uns mitgeteilt, daß wir wahrscheinlich heute noch ins Gefecht kommen würden, denn vor uns sollten die den Rückzug deckenden Russen Feldbefestigungen angelegt haben, um uns aufzuhalten. Ich bekam Herzklopfen, als ich das hörte. Ob vor Aufregung oder aus Angst vor der möglichen Angst, kann ich nicht sagen. Aber wir konnten nicht mehr liegen. Es war vielleicht weniger der Wunsch, ins Gefecht zu kommen, als vielmehr der begreifliche Wunsch, das, was uns angekündigt war, so schnell wie möglich hinter uns zu haben, um nicht immerfort daran denken zu müssen. Wir marschierten bis gegen fünf Uhr, da ließ der Major haltmachen, und es wurde uns bekanntgegeben, daß wir nur noch dreitausend Meter vom Feinde entfernt seien, der uns erwarte. Wir machten eine kurze Rast, aßen, rauchten und wälzten uns im Acker. Dann kamen, während wir weitermarschierten, ununterbrochen Meldereiter, die unserem Major Befehle überbrachten. Plötzlich hielt die Spitze, und die Befehle wurden von vorn nach hinten weitergegeben: »Bataillon zugweise nach links und rechts aufmarschieren! Nach beiden Seiten schwärmen mit einem Schritt Abstand! Der zweite Zug der dritten Kompanie und die drei Züge der vierten Kompanie bleiben in Reserve und folgen in lose geschlossener Marschkolonne!«
Ich war mit bei denen, die in Schützenlinie vorgingen. Da hörten wir sonderbare Töne wie das feine Summen hochfliegender Bienen. Aber erst, als Unteroffizier Merkel aufschrie: »Mein Gott, ich bin getroffen!«, wußten wir, daß Gewehrkugeln über uns her flogen. Wir liefen von selbst immer schneller, beinah Laufschritt. Dann wurde mit einem Male das feine Klingen in der Luft über uns so stark, daß man nicht mehr die einzelnen Töne hörte, sondern daß es wie ein unaufhörlich wimmernder Ton klang. Der Feldwebel, der ein paar Meter neben mir ging, sagte: »Das sind Maschinengewehre.« Trotzdem fand ich den eigentümlichen be-

benden Ton ungemein schön und reizvoll. Es wurde Laufschritt kommandiert und dann Hinlegen. Wir glaubten, wir könnten nun losschießen. Aber wir durften nicht. Und der Feldwebel meinte auch, das wäre doch bloß unnötige Munitionsverschwendung; ob wir nun wirklich aus reinem Zufall einen Russen treffen, das bleibt sich doch gleich und hat auf den Ausgang des Krieges keinen Einfluß. Wir wunderten uns, daß wir in dieser Situation darüber lachen konnten. Aber ich glaube, wir hatten uns schon ein wenig an den Krieg gewöhnt. Dann sprangen wir auf, liefen hundert Schritt und legten uns wieder hin. Das taten wir vielleicht zehnmal. Beim letzten Hinlegen wurde das Visier gestellt: achthundert und tausend. Dann wurden zwei Salven abgegeben, und nachdem die Offiziere den Einschlag beobachtet und die Entfernung festgestellt hatten, sicherten wir das Gewehr und machten wieder einen Sprung. Nun wurde das Visier auf sechshundert und achthundert umgestellt, und nach zwei Salven stellten wir alle das Visier auf achthundert. Jetzt hörten wir das zusammenhängende und auch das einzelne Klingen schon genauer, um es als das Pfeifen der Gewehrkugeln zu empfinden. Es war außer dem Unteroffizier noch niemand sonst getroffen, soweit wir erzählen hörten. Das gab uns eine gewisse Sicherheit. »Die ungeraden Zahlen Schützengräben auswerfen, die geraden langsam weiterfeuern, alle zehn Minuten wechseln!« hieß das nächste Kommando. Und bald hockten wir in unserem ersten Schützengraben.

Es waren nun doch mehrere noch getroffen worden, aber alle nur verwundet. Wir wollten darüber Witze reißen, daß die Russen so schlecht schössen. Da sagte der Feldwebel: »Ihr habt gerade Ursache! Seid ihr bloß still, ihr Schlumpschützen, die ihr seid, glaubt ihr, ihr hättet vielleicht da drüben etwas getroffen? Die ihr erschießen wolltet, die leben alle noch. Dreihundert Meter zu weit habt ihr geschossen, wenn ihr es wissen wollt.« Da haben wir nichts mehr über die Russen gesagt.

Abends um zehn Uhr wurde bekanntgegeben: »Morgen früh punkt sieben Uhr zwanzig werden die gegenüberliegenden vom

Feinde besetzten Schützengräben gestürmt. Ist Artillerie zur Stelle, dann erfolgt eine Beschießung von sieben bis sieben Uhr fünfzehn. Im anderen Falle erfolgt der Sturmangriff ohne artilleristische Vorbereitung. Das Feuer ist jetzt sofort einzustellen. Die Mannschaft ruht bis zum Wecken, mit Ausnahme der Posten. Die Herren Zugführer werden zum Herrn Major gebeten.«
Das war ja eine schöne Bescherung. Es stand uns nun ja einiges recht Angenehmes für den morgigen Tag bevor. Es lohnte sich schon, heute abend vor dem Einschlafen mal das durchlebte Dasein zu überdenken; wer weiß, ob man morgen abend um diese Zeit noch Gelegenheit dazu haben würde.
Am nächsten Morgen wunderte ich mich sehr, daß ich sofort eingeschlafen war, ohne meine Lebensrechnung noch einmal durchzugehen, wie ich mir doch vorgenommen hatte, und daß ich dann so fest und ruhig die ganze Nacht geschlafen habe. Es muß wohl daran liegen, daß ich diesem Weltkriege gegenüber ein gutes Gewissen habe und wahrhaftig völlig unschuldig an seinem Ausbruch bin.

Ich erwachte vom Kanonendonner. Es war schon sieben Uhr vorbei, und die Artillerie legte sich mächtig ins Zeug, um uns die Arbeit zu erleichtern. Nie in meinem Leben bin ich so froh darüber gewesen, daß es Artillerie gibt, wie an diesem Morgen, als ich sie losdonnern hörte. Das schönste Konzert könnte mir nicht lieblicher in den Ohren klingen. Wir hatten immer noch keinen Feind gesehen und schossen auf eine vor uns liegende Linie, deren Endpunkte uns durch bestimmte Geländemerkmale angegeben worden waren. Der Feldwebel sagte uns, das sei die Linie, wo die Russen festsitzen. Hin und wieder glaubte man den kurzen Feuerblitz eines Schusses zu sehen, aber das konnte ebensogut eine Täuschung sein.
Zwischen uns und den feindlichen Schützengräben zog sich ein vielleicht fünfzig Meter breiter kleiner Fluß hin, der sehr reißend zu sein schien. Wir wagten aber nicht, uns den Fluß näher anzuse-

hen, weil wir sonst den Kopf zu sehr über die Deckung hätten heben müssen. Das tat sogar der Feldwebel nicht, und der war ein tapferer Mann, der vor nichts Angst hatte. Aber unnötigerweise, nur um dickzutun, steckte auch er den Kopf nicht hervor. Er war unser Zugführer, und er sollte unseren Zug zum Sturm führen. Das war uns sehr lieb. Wir hatten viel Vertrauen zu ihm. Er konnte mehr als unser Hauptmann, der uns eigentlich immer recht fremd geblieben war. Er war Reserveoffizier, aber viel mehr forscher Vorgesetzter als Kamerad. Der Feldwebel war aktiver Soldat, war seit der Mobilmachung im Felde und hatte die belgischen Festungen mit erstürmt.

Es fehlten noch fünf Minuten an der Zeit, die für den Sturm bestimmt war. Unsere Geschütze feuerten immer wütender. Die Flieger, die beim Morgengrauen auf Erkundigung gegangen waren, hatten nämlich festgestellt, daß die uns gegenüberliegenden Russen viel zahlreicher und viel stärker verschanzt waren, als der Divisionsstab gestern angenommen hatte. Es lagen mehrere Schützengräben hintereinander, und es war zweifelhaft, ob der Sturm beim ersten Male gleich glücken würde. »Ein nicht geglückter Sturm kostet immer sehr große Verluste«, sagte später der Feldwebel; aber vorher behielt er das für sich.

Rechts von uns zog sich über den Fluß eine kräftige Holzbrücke hin. Und ich glaubte, wir würden natürlich diese Brücke beim Angriff benutzen. Daß auf dieser Brücke dann die höchsten Verluste sein würden, war sicher. Denn die Russen brauchten ja nur auf den dichtgedrängten Menschenknäuel hinzuhalten, und jeder Schuß mußte sitzen. Solange wir im Schützengraben hockten, war niemand mehr getroffen worden. Die Russen waren überhaupt viel schlechter dran als wir. Sie hatten auch nicht ein Geschütz zur Verfügung. Der Feldwebel meinte, daß sie schon alle Geschütze in Sicherheit gebracht hätten, damit wir sie ihnen nicht abnehmen sollten. Menschen hatten sie genug, aber die Geschütze waren knapp.

Kurz vor dem Angriff kam der Befehl: »Die Brücke darf von niemand betreten werden, da sie wahrscheinlich unterminiert ist; der Angriff hat deshalb in gerader Front mitten durch den Fluß zu gehen.« Dann pflanzten wir das Seitengewehr auf, schnallten den Helm und das Gepäck fester. Hierauf sagte der Feldwebel: »Wer noch was im Magen hat, schnell raus damit, dann ist ein Bauchschuß bloß halb so schlimm.« Wir taten das auch. Aber schon mehr aus Angst und größtenteils von selbst. Es war ja auch egal. Dann nahm der Feldwebel das Handgelenk hoch, wo er die Uhr trug, und gleich darauf rief er: »Vorwärts!« Aber es ging kein Mensch raus. Wir blieben alle ruhig liegen, als ginge uns das gar nichts an. Jeder guckte sich um, ob sein Nebenmann sich nicht rühren würde. Aber der Nebenmann wartete ja eben auch auf seinen Nebenmann. Da sagte der Feldwebel: »Ja, Kinder, wollt ihr gleich raus, wollt ihr wohl gleich raus!« Wäre er wütend geworden und hätte vielleicht gesagt: verfluchte Hunde! oder: Schlappschwänze! oder: elende Memmen!, ich glaube, er hätte keinen rausgekriegt, und wenn er uns niedergeschossen hätte. Denn wir gaben uns doch alle Mühe, aber wir konnten nicht. Aber so sagte er das ›Wollt ihr wohl raus!‹ in einem derartig halb freundlichen, halb verweisenden Tone eines alles Menschliche begreifenden und alles Menschliche verzeihenden väterlichen treuen Freundes, daß uns ganz sonderbar ums Herz wurde und wir uns mächtig schämten. Er durfte nicht vorspringen, das war streng untersagt. Hätte er es getan, wir hätten ihn nicht im Stich gelassen. Jetzt nicht mehr. Und ohne daß er noch etwas sagte, krochen wir nun langsam aus der Deckung. Wir schoben uns eigentlich mehr hinauf. Oben blieben wir noch etwas liegen, gerade so, als hofften wir, der Sturmangriff könnte uns vielleicht durch irgendein Wunder erspart bleiben. Und dann hörten wir rechts und links ein die Luft erschütterndes, brausendes Hurra! Da konnte sich unser Feldwebel nicht mehr halten. Er sprang trotz dem Verbot zuerst hoch und stürmte mit einem wilden »Hurra«! uns zwanzig Meter voraus. Wir alle hinter ihm her. Ich schrie auch in einem fort »Hurra!« Das gab mir eine große Erleichterung. Aber ich konnte es nicht lassen, ich mußte rechts und links hinunterschauen, wie das aussah. Und da sah ich, daß dies eine richtige Schlacht war, so wie man sie sich immer dachte, aber jetzt nicht mehr für möglich gehalten hätte. So weit das Auge reichte, rechts und links die mit Geschrei und gefälltem Gewehr unter Trommelwirbel vorstürmenden Reihen. Von allen Bildern, die ich bisher während des Krieges in mich aufgenommen hatte, war es das an gigantischer Schönheit und kriegerischer Wahrheit größte, dessen Erleben ich nicht missen möchte, für nichts in der Welt. Der nächtliche Vormarsch des todgeweihten Regiments, den ich gesehen hatte, war viel zu gespenstisch-grausig und unheimlich, als daß er nur einen ähnlichen Eindruck hätte erwecken können wie dieses; den Eindruck: das ist der Krieg, das ist die Schlacht, das sind die Helden, von denen man zehntausend Jahre nach unserem Tode schreiben und sprechen wird, und ich bin dabei!

Da waren wir auch schon am Flusse. Wir mußten durch mit Gewehr und vollem Gepäck. Einzelne sahen wir schon darin waten. Das Wasser schien nicht tief zu sein, aber unerhört reißend war der Fluß. Das war auch ganz natürlich, denn er kam hoch aus dem Gebirge und ging schnell zu Tal. Manche, die am Bein getroffen wurden, eine leichte Verwundung, die sonst nichts bedeutete und ganz ungefährlich war, starben jetzt an dieser lächerlich winzigen Wunde; denn wer infolge einer Fußverletzung im Flusse fiel und sich auf den Beinen nicht sofort wieder aufrichten konnte, wurde vom Wasser weggerissen und kam nicht mehr zum Vorschein. So sind aus unserem Zuge die Kameraden Lohmann und Kösters gefallen. Eigentlich recht dumm, so ein zufälliger, außer jeder Berechnung stehender Tod. An manchen Stellen war das Wasser sehr tief, an manchen ganz flach, daß es nur bis zu den Knien reichte; ein rechter Gebirgsfluß mit Geröll, Steinen und unerwarteten Überraschungen in dem ungleichen Bett. Dicht vorm Ufer versank ich bis zum Hals im Wasser, aber mein Nebenmann, der gerade eine flache Stelle hatte, reichte mit seinem Gewehr herüber und half mir ans Ufer. Sobald wir am Ufer hochgeklettert waren,

stürzten wir vorwärts, weil wir glaubten, der Feind müsse jetzt dicht vor uns sein. Wir hatten den rechten Flügel. Links hörte man nur noch wenig Geschrei. Da waren sie sicher aneinander.
Mit einem Male rief unser Feldwebel: »Halt! Wir sind ja schon vorbei!« Wir blieben stehen und sahen halb links hinter uns die bereits fünfzig Schritt überlaufene Flanke eines Schützengrabens. Und auf dem Wall des Grabens standen vielleicht hundert bis hundertfünfzig Russen, die Gewehre, Gepäck und Seitengewehrkoppel weggeworfen hatten, die Hände hoch in die Luft streckten und uns heranwinkten. Dabei schrien sie wie besessen: »Panje, Panje, Panje, lieb gut deetsch Soldat Kamrad, ergib, ergib, ergib! Panje, Panje, wir nitt schießen, ergib, ergib!«
Wir rannten hin. Und ehe wir etwas sagten, formten sie sich sofort zu geschlossenen Trupps, immer noch mit hochgehobenen Händen, und zogen, ohne Befehl und ohne daß sie eine Begleitung abwarteten, in der Richtung ab, aus der wir gekommen waren. Ich habe in meinem Leben noch nicht so glückselige Gesichter gesehen wie die der Russen von dem Augenblick an, wo sie sich in unserer Gefangenschaft befanden und der Krieg für sie vorbei war. Da hörten wir aber auch schon wieder Hurrageschrei und Trommelwirbel. Der linke Flügel und die Mitte waren bereits weit vor uns und nahmen schon die zweite Stellung. Vier Mann, die etwas Leichtes abgekriegt hatten, führten die gefangenen Russen ab, die es sehr eilig zu haben schienen, aus dem Bereich ihrer ehemaligen Stellungen zu kommen. Wir gingen nunmehr nach halb links und stürmten dann die vor uns liegende zweite Stellung. Die Gegner schossen wie wütend. Sie zielten gar nicht. Sie drückten nur ununterbrochen ab. Trotzdem wurde es jetzt auffallend licht in unserem Zuge. Bei jedem Schritt fiel einer von uns. Manche kamen wieder nachgestolpert, aber die meisten blieben liegen, auch mein Hintermann aus dem zweiten Gliede, mit dem ich während der ganzen Zeit zu einer Rotte gehörte und der in der Kaserne im Bett über mir geschlafen hatte.
Die Gegner im zweiten Graben waren tapferer; sie schossen bis

zum letzten Augenblick, und erst, als wir zehn Schritt vor ihnen waren und zum Bajonettkampf auslegten, warfen sie die Gewehre fort und streckten die Hände hoch.
Nun hielten wir an. In der Mitte wurde noch gekämpft. Aber unser Feldwebel sagte: »Laßt die nur, die werden schon ohne uns fertig.« Dann wischte er sich den Schweiß von der Stirn und sah gewohnheitsmäßig nach der Uhr. Ich hätte jetzt an keine Uhr oder sonst an irgend etwas denken können. Aber als der Feldwebel sagte: »Es ist halb acht«, da glaubte ich, er meinte abends halb acht. Aber die Sonne stand hoch, und da merkte ich, daß der ganze Kampf, der mir so lang vorkam wie ein ganzes langes Menschenalter, tatsächlich nur zehn Minuten gedauert hatte. Das war mir das Ungeheuerlichste an diesem Sturmangriff.
Der Feldwebel ließ den Zug nun sammeln, und dann sagte er: »Kinder, ich bin stolz auf euch, auf euch kann man sich verlassen. Ihr habt euch gut geschlagen, beinah ebensogut wie Aktive.«
Wir wußten, daß wir jetzt vor keinem Sturmangriff mehr Angst haben und auf die Sekunde aus der Deckung gehen würden.
»Mensch!« schrie mich da plötzlich mein Gruppenführer, der Unteroffizier, an, »Menschenskind, wo haben Sie denn eigentlich die Artillerieflagge?«
»Die habe ich vergessen, die liegt noch in unserem Schützengraben,« sagte ich, mich auf die Gegenwart besinnend.
»Dann aber rasch geholt. Was fällt Ihnen eigentlich ein; einfach die Flagge zu vergessen? Los, marsch, marsch, zurück und rangeschafft!«
Ich mußte also zurück. Die Artillerieflagge ist ein breites, mit farbigem Stoff bezogenes Holzgestell, das an einer langen Stange von einem Manne der stürmenden Truppe hundert Meter voran getragen wird. Sie hat den Zweck, der eigenen Artillerie die Stellung der stürmenden Truppe sichtbar zu markieren, damit die Truppe nicht von der eigenen Artillerie, die ja immer sehr weit hinten ist und selbst mit Hilfe der Gläser nicht so genau die sich an der Front abspielenden Vorgänge sehen kann, nicht beschossen

wird. Das Fehlen dieser Flagge kann einem stürmenden Truppenteil unter gewissen unglücklichen Verhältnissen verhängnisvoll werden.
Der Träger dieser Artillerieflagge ist dem Feuer der angegriffenen Feinde besonders stark ausgesetzt, und zwar einmal, weil er hundert Meter voran ist, und dann auch, weil die Flagge ein vortreffliches Ziel abgibt, auf das sich mit Vorliebe alle feindlichen Gewehre richten. Aber auch jetzt will ich nicht schwindeln; denn ich hatte die Flagge wirklich vergessen, und zwar wirklich unabsichtlich vergessen. Geglaubt hat es mir freilich kein Mensch. Ich hätte es einem anderen ja auch nicht geglaubt.
Ich mußte nun den ganzen Weg, den wir gekommen waren, zurücklaufen, da half nichts. Über das Gefechtsfeld und auch durch den Fluß. Das letztere habe ich mir aber doch geschenkt. Denn als ich sah, daß man die gefangenen Russen über die Brücke führte, ohne daß sie in die Luft flog, machte ich es sofort nach. Ich sagte mir, daß jetzt gewiß keine Notwendigkeit mehr vorliege, nur den kürzesten Weg zu wählen. Es dauerte aber sehr lange, bis ich die Flagge gefunden hatte, weil es nicht leicht war, bei der langen Front, die das Bataillon in Schützenlinie eingenommen hatte, unseren Graben so schnell wiederzufinden. Als ich sie endlich hatte, beeilte ich mich nicht sonderlich, zu meiner Truppe zurückzukehren; denn ich war müde, und unsere Kompanie rastete ja auch wahrscheinlich eine Stunde, weil wir noch nichts gegessen hatten. Aber als ich zu der Stelle kam, wo ich glaubte, die Kompanie verlassen zu haben, sah ich, daß ich mich auf dem überall ähnlichen Gelände verlaufen hatte, und der Truppenteil, auf den ich zugegangen war und den ich für den meinen gehalten hatte, bestand aus einer Kompanie, die zu einem anderen Bataillon gehörte, das rechts von uns gestürmt hatte oder sich erst nach unserem Sturm bei irgendeiner Gelegenheit in der Nähe unseres Gefechtsfeldes eingefunden haben mochte. Vorher hatte ich es jedenfalls nicht bemerkt oder als zu uns gehörig betrachtet. Als ich nun weiterwollte, rief mich ein Unteroffizier an: »Sie, wo wollen

Sie mit Ihrer Artillerieflagge denn hin?« – »Zu meinem Truppenteil zurück, den ich verloren habe«, sagte ich. »Das gibt es nicht«, meinte darauf der Unteroffizier, »Sie bleiben hier mit Ihrer Flagge; die unsere ist uns vorhin beim Sturm verlorengegangen. Wir müssen eine neue haben, unbedingt, weil es möglich ist, daß wir noch einmal zum Gefecht kommen. Jetzt finden Sie Ihre Kompanie ja doch nicht.« Ich war aber damit durchaus nicht einverstanden und sagte: »Herr Unteroffizier verzeihen, aber ich habe den strengen Befehl, mit der Flagge sofort zu unserer Kompanie zurückzukommen. Wir haben auch keine.« Der Unteroffizier ließ sich nicht darauf ein und sagte nun: »Und ich gebe Ihnen hiermit den Befehl, mit der Flagge hier bei uns zu bleiben, bis wir Sie wegschicken.« Ich war wütend, daß ich nicht zu meinen Kameraden zurückdurfte, denn hier gefiel es mir gar nicht. Aber ich konnte nichts dagegen machen, vorläufig wenigstens nicht.
Die Kompanie ging dann vor. Ich mit. Das Gelände war sehr bergig, und man marschierte schlecht. Wir waren noch nicht lange gelaufen, da sahen wir vor uns einen breiten Streifen, der mit dichtem Untergehölz bewachsen war. Wir gingen darauf zu, weil wir nach einem Wege suchen mußten, der vielleicht hindurchführte, so daß wir einen großen Umweg sparen konnten. Aber als wir uns etwa fünfzig Schritt vor dem Gehölz befanden, knatterten uns aus dem undurchsichtigen Gestrüpp Maschinengewehre entgegen. Der Leutnant, der diese Kompagnie führte, war noch sehr jung und hatte erst vor einer Stunde, als der Hauptmann beim Sturm schwerverwundet zurückbleiben mußte, die Führung der Kompanie übernommen. Und als jetzt so plötzlich das Feuer auf uns einsetzte, von wo es niemand vermutet hatte, wurde der arme Leutnant für einen Augenblick ratlos und kommandierte: »Ganzes Bataillon kehrt, marsch, marsch!«
Es war natürlich das Verkehrteste, was er in dieser verteufelten Lage tun konnte. Die Mannschaften sahen das gewiß auch ein, aber sie folgten trotzdem diesem Befehl, ohne zu mucksen. Da schrie mitten im Laufen eine Stimme: »Hinlegen!« Es war ein

Unteroffizier, der es gerufen hatte. Ich glaubte, der junge Leutnant würde das übelnehmen, daß ein Unteroffizier ihm für einen Augenblick das Kommando abgenommen hatte. Aber als die Leute sich sofort alle mit einem Ruck hinwarfen, blieb der Leutnant ruhig stehen. Dann rief er laut, so laut, daß es jeder von uns hören mußte: »Ich danke Ihnen, Unteroffizier Schünemann, ich bin ein Ochse!«

Es richteten sich natürlich alle Gewehre und Maschinengewehrläufe auf den ganz allein im freien Felde stehenden Leutnant Ehlers. Aber es geschah nichts. Dann, immer noch stehend, kommandierte er gleich darauf: »Im Liegen ganzes Bataillon kehrt! Zum Sturm Gewehr rechts! Sprung auf, marsch, marsch!« Und einige Augenblicke darauf war das Gehölz in unserer Hand. Wir machten zweiundachtzig Gefangene und erbeuteten sechs Maschinengewehre. Wäre die Kompanie nicht in weitaufgelöster Linie gegangen, um den gangbarsten Weg zu suchen, dann wäre von uns wohl kaum ein Mann übriggeblieben, da wir ohne jede Deckung waren. Unter den Gefangenen befand sich ein Offizier. Der war zweifellos die Ursache, daß diese Abteilung bei dem großen Sturmangriff sich nicht ergeben hatte, sondern in eine neue Stellung gegangen war, um das Bataillon im Verfolgen des Gegners aufzuhalten. Wir hatten siebzehn Verwundete nur und neun Tote.

Unter den Toten befand sich Leutnant Ehlers. Er war noch keine achtzehn Jahre alt. Schade, ewig schade war es um diesen Menschen. Mit diesem Schneid, wie er eine begangene Dummheit einsah und, alle törichte Vorgesetzteneitelkeit unverzagt beiseite stellend, dem Untergebenen, der ihn vor allen Leuten auf diese Dummheit aufmerksam gemacht hatte, nichts übelnahm, nur der größeren Sache gehorchend, wäre ein prächtiger, ganzer Kerl aus ihm geworden. Die halbe Kompanie heulte um ihr ›Küken‹.

Ich benutzte die Gelegenheit; und während sich die Kompanie sammelte und sich mit den Gefangenen und den Verwundeten beschäftigte, verschwand ich mit meiner Flagge. Ich hatte eine unstillbare Sehnsucht nach meinen Kameraden bekommen. Auch diese hier waren Kameraden. Natürlich. Und liebe Kerle. Aber man ist doch am liebsten bei denen, zu denen man nun einmal von Anfang an gehört. Ich lief, was die Stiefelsohlen halten wollten. Und als ich vielleicht einen Kilometer gegangen war, sah ich am Ende eines Wäldchens einige Infanteristen stehen. Ich kam näher und bemerkte zu meiner Freude, daß sie von der ersten Kompanie meines Bataillons waren. Sie zeigten mir die Richtung, in der sich das Bataillon befand, das gerade mit dem Abkochen begann, um dann die Verfolgung weiter aufzunehmen. Die übliche Mittagsrast sollte vermieden werden.

Die Kameraden sollten unter Aufsicht eines Unteroffiziers die vom Bataillon gemachten Gefangenen zur nächsten Etappenstation bringen und dann mittels Autos wieder der Truppe folgen. Ich habe die Gefangenen nicht genau gezählt. Aber es waren wenigstens dreihundert. Sie sahen sehr gut aus. Hier bei diesem Wäldchen, das im Gelände einen guten Markierungspunkt abgab, waren die Gefangenen alle gesammelt worden. In dem Augenblick aber, als der Abmarsch beginnen sollte und die Gefangenen aus dem Walde ins offene Feld traten, bekamen wir Gewehrfeuer aus weiter Entfernung. Wir wußten gar nicht, woher es kam. Wir hörten nur die Geschosse um die Ohren klingen und sahen, wie sie in die Bäume fuhren. Der Unteroffizier befahl sofort: »Hinlegen!« Es galt jedoch nur für uns, denn die Russen lagen schon. Die erste Kugel hören und liegen, war eins bei ihnen gewesen, sie hatten das Kommando gar nicht abgewartet. Nach dieser Leistung zu urteilen, schien es, als stände das rasche Hinlegen in ihrer Ausbildungsvorschrift an allerwichtigster Stelle. Das Feuer hörte jetzt auf, aber sobald der Unteroffizier »Auf!« kommandiert hatte, setzte es wieder ein. Wir lagen gleich wieder und wußten jetzt nicht, was wir eigentlich tun sollten. Da sagte ein Gefreiter: »Herr Unteroffizier, wenn mich nicht alles täuscht, sind das welche von den unseren. Das ist sicher die Reservekompanie des Bataillons, das hinter unserem linken Flügel nachrückte und dann ab-

schwenkte, um die linke Deckung unserer Brigade zu halten. Ich hörte das heute morgen, als ein Meldereiter unserem Major einen Befehl brachte. Und die Schüsse scheinen auch von dieser Richtung zu kommen.« – »Ja, was machen wir denn da?« fragte nun der Unteroffizier. Da sagte ich: »Ich werde meine Artillerieflagge hochhalten und in die Richtung marschieren, aus der wir das Feuer vermuten. Wenn es welche von den Unseren sind, werden sie ja auf die Flagge nicht schießen, denn sie wissen es doch, daß es eine Sturmflagge ist.« – »Das geht«, sagte darauf der Unteroffizier, »aber was dann, wenn es nicht unsere Leute sind?« – »Ach«, meinte ich, recht gleichgültig tuend, »die werden ja nicht so rasch treffen.«
»Na, dann los, ziehen Sie ab!« sagte der Unteroffizier, und ich stolperte fort.
Denen da drüben schien die Sache auch schon irgendwie nicht ganz zu stimmen, weil ihr Feuer von uns ja nicht erwidert wurde. Infolgedessen war meine mutige Tat gar nicht gefährlich. Als ich etwa dreihundert Schritt gegangen war, sah ich einen Meldereiter auf mich zu galoppieren. Er war bald bei mir und schrie mich schon auf hundert Meter an: »Mensch, was ist denn da los?« – »Was los ist, ihr blödsinnigen Hammel? Auf uns geschossen habt ihr. Ihr habt wohl die Augen voll Dreck?« Ich sagte noch etwas anderes, aber das paßt nur ins Feld und nur unter Männer. Er hatte sofort eine ähnliche Antwort, und die Kameradschaft war hergestellt. Er gab mir fünf Zigaretten, und ich gab ihm dafür eine halbe Tafel Schokolade. »Ja, aber da drüben haben wir doch Russen gesehen«, fing er nun wieder an. – »Das glaube ich gern, ihr Esel, aber das sind doch welche, die wir heute morgen mit Mühe und Spucke gefangengenommen haben.« – »Da hätten wir ja was Schönes anrichten können! Sind denn welche getroffen worden?« – »Von euren Schlumpschützen vielleicht? Nö, nicht ein einziger.« – »Das ist gut«, sagte er, während er seinen Gaul wendete, »denn wenn wir auch nur einen getroffen hätten und man würde es irgendwo erfahren – das Geschrei hätte ich hören mögen. In der

ganzen Welt hätten sie wieder erzählt, wir bringen die gefangenen Russen um.«
Nach einer halben Stunde kam ich bei meiner Kompagnie an. »Sie stehen schon in der Verlustliste«, empfing mich der Feldwebel, »gehen Sie nur gleich zum Herrn Hauptmann und melden Sie sich.«
Zur Strafe für meine Vergeßlichkeit wurde mir die Flagge für die Zukunft abgenommen, und ich bekam an deren Stelle eine Beilpicke an das Koppel gehängt, ohne Ablösung. Nur wer das kennt, weiß, was das bedeutet.
Das Abkochen ging sehr schnell. Dann kam der Befehl, die toten Kameraden auf dem Gelände bis zum Flusse zu begraben. Die hinter dem Flusse lagen, sollten von dem Sanitätspersonal beerdigt werden, weil uns das zu lange aufgehalten hätte. Wir bekamen nur zwanzig Minuten Zeit für das Aufsuchen und Begraben. Wir hatten auf dieser Strecke elf Tote. Der Feldwebel war dabei, als wir sie zusammensuchten. Bei jedem, den wir fanden, nannte er den Namen und immer mit einer solchen Verwunderung, als stände er vor etwas Unbegreiflichem, daß es gerade dieser sei: »Was denn, der Goedecke? – Mein Gott, auch der Salzmann? – Also auch der, der Berthold Bunge?« Wir legten sie alle nebeneinander in eine flache Grube. Die Offiziere waren sämtlich beim Bataillonsstab zur Beratung. Deshalb sollte der Feldwebel das Grabgebet sprechen. Wir standen um das Grab, die kurzen Spaten in die Erde gesteckt und die Helme abgenommen. Unser Feldwebel stellte sich an das Fußende der Toten und faltete die Hände, um das Gebet zu sprechen. Aber als er das erste Wort sagen sollte, fing er laut an zu heulen, so daß er kein Wort herausbrachte. So bitterlich und herzerbrechend habe ich noch keinen Menschen weinen sehen. Dann ging es uns ebenso. Da wollte er noch mal einen Versuch zum Gebet machen, aber es ging wieder nicht. Er winkte nur mit der Hand, und wir schaufelten schnell zu. Sehen konnten wir nichts dabei. Zwei Kameraden waren rasch umhergelaufen und hatten Gras und ein paar armselige Blümchen, die

hier verstohlen wuchsen, ausgerupft. Wir legten das aufs Grab, setzten einen Helm darauf, und auf eine Zeltbahn, die wir darüberbreiteten, weil sonst nichts da war, schrieb einer mit Kreide: »Hier schlafen elf tapfere Deutsche.« Aber der Feldwebel nahm dem Manne die Kreide aus der Hand, strich das ›Deutsche‹ dick durch und schrieb statt dessen dahinter: ›Soldaten‹. Und als er dem Manne die Kreide zurückgab, hörten wir schon die Spielleute zum Antreten trommeln, und zehn Minuten später waren wir unterwegs. Dem geschlagenen Feinde nach.

Der fremde Soldat

In das Lazarett E. L. 14, das so dicht hinter der Front lag, daß man das dumpfe Grollen der Geschütze ununterbrochen hören konnte, kamen nur die ganz schwer Verletzten, die gar keine Beförderung vertrugen. Naturgemäß war hier die Arbeit für Ärzte und Schwestern ungeheuer groß. Und nur das allerbeste Menschenmaterial an Ärzten, Sanitätsmannschaften und Schwestern wurde hier verwandt, weil nur das allerbeste Material hier brauchbar war.
Galten den verwundeten Soldaten die Ärzte als die notwendigen, die nur helfenden Mitmenschen, so waren die Schwestern mehr die beliebten und die geliebten Mitmenschen. Monatelang oft hatten die Soldaten kaum eine Frau zu Gesicht bekommen, und wenn ihnen doch eine ganz unerwartet und unverhofft in den Weg lief, so war es ein altes, verschrumpftes, immer aber ein unglaublich verdrecktes und verlumptes Weib, das dem Wesen, das sich die Soldaten unter einer Frau vorstellten, so ähnlich sah wie etwa eine Kellerassel einem farbenfrohen Schmetterling. Denn je länger die Soldaten im Felde waren, je weiter sie von ihrer Heimat und ihrer gewohnten Kultur waren, um so mehr erschienen ihre Frauen, Schwestern, Bräute und Freundinnen ihnen wie blütenweiße, zarte Lichtgestalten. Und wenn sie dann infolge ihrer Verwundung ins Lazarett kamen und sahen sich von den erträumten, hellgekleideten, immer freundlichen Frauengestalten umgeben, wurden sie wie die Kinder.
Die anfängliche scheue Ehrfurcht, mit der sie die Schwestern bei ihrem Erwachen aus der Bewußtlosigkeit betrachteten, ging nach und nach in eine so unendlich rührende Vertraulichkeit über, wie sie kaum ein anderes menschliches Verhältnis aufzuweisen hat.
Eines Abends wurde in E. L. 14 ein Soldat eingeliefert, an dem der untersuchende Arzt zwei Lungenschüsse, einen Bauchschuß und

einen, jedenfalls durch Granatschuß verursachten, komplizierten Schenkelbruch feststellte.
Es war ein sehr schwerer Fall. Und der Mann lag ohne Bewußtsein.
Leute, die wochenlang da draußen gelegen haben, sind nicht mehr voneinander zu unterscheiden. Im Gesicht, an den Händen und in der Kleidung sehen sie alle egal aus. Alle gleich verwildert. Und auch ihre Sprache ist meist völlig gleich. Rauh, kurz und zerhackt, ohne diese feinen Unterschiede, durch die sich der gebildete von dem weniger gebildeten Menschen abhebt. Und erst nach Tagen, wenn sie mehrfach gewaschen, gebadet, rasiert und mit reiner Wäsche versehen sind, kommen so langsam die im Laufe der Jahre oder gar der Generationen angewachsenen Schichten der bürgerlichen Vergangenheit hervor.
Von dem, der jetzt eingeliefert worden war, wußte man auch nicht das geringste. Man hatte keinen Anhaltspunkt in irgendeine Richtung. Der Mann hatte sich infolge des quälenden Schmerzes beinahe völlig entkleidet, und dabei war die Erkennungsmarke verlorengegangen. Waffen, bei denen man aus der Nummer einen Anhaltspunkt hätte gewinnen können, hatten die Sanitätsleute nicht mitgebracht, und in den Kleidungsstücken war, weil sie vielleicht gewechselt worden waren, kein Name eingenäht.
So lag er tagelang da. Mit geschlossenen Augen. Daß er noch lebte, hörte man nur am Klopfen des Herzens, und in langen Zwischenräumen stöhnte er tief auf. Der Schenkel war geschient. Und die Bauch- und Lungenschüsse überließ man sich vorläufig selbst. Transportfähig war er keinesfalls, schon des Bauchschusses wegen nicht.
Der leitende Arzt gab die Anordnung, daß man ihm keinerlei Mittel, weder zur Betäubung des Schmerzes noch für ein Erwachen, reichen solle, nur die Ernährung wurde ihm künstlich in vorgeschriebener Weise zugeführt.
Die Gruppe, zu der er gehörte, wurde von Schwester Malve versorgt. Sie war das schönste Mädel in E. L. 14, und statt zu verdun-

keln, erhöhte die schlichte Tracht noch ihren Liebreiz. Sie war jung. Zudem kam sie aus sehr gutem Hause, war in englischen und französischen Pensionen gewesen und wußte viel. Ihr Vater stand als Stabsoffizier an einer der beiden Hauptfronten. Aber sie war die tüchtigste, die aufmerksamste und die unermüdlichste aller Schwestern, die hier tätig waren. Und sie stand gerade eines Morgens am Bett des fremden Soldaten und strich ihm zart über die Stirn, als er aufwachte. Er sah sie mit großen Augen, deren Glanz aus einer längst verlorenen Welt zu kommen schien, verwundert an. Dann schloß er die Augen wieder und öffnete sie aufs neue. Und tat es voll unsäglicher Ungläubigkeit.

Nach einer Weile beugte er langsam den Kopf zurück, so daß die auf seiner Stirn ruhende Hand leise liebkosend über das Gesicht gleiten mußte. Da fühlte Schwester Malve, wonach er sich sehnte, und sie streichelte ihm Gesicht und Hände wie einem Kinde.

Sie wollte gehen, um ihm etwas zu trinken zu reichen. Aber er mochte es nicht verstehen. Seine Augen wurden voll grauenhafter Angst. Schwester Malve blieb stehen. Da faßte er zaghaft nach ihrer Hand, hielt sie fest und sagte sehr leise: »Bist du eine Schwester?«

»Ja«, sagte sie.

»Du heißt Malve, Schwester Malve!«

»Woher wissen Sie das?«

»Ich habe es immer gehört, jahrelang, viele, viele Jahre lang. In einem Lande, weit, sehr, sehr weit von hier, wo ich wieder hingehen werde, von wo mich jemand ruft. Hast du das nicht gehört?«

»Nein, ich hörte nichts.«

»Aber deinen Namen hörte ich. Malve! Malve!« Seine Stimme wurde immer leiser. »Malve ist ein wunderschöner Name. So weich und schön und singend und jubelnd wie du bist, Malve.«

Da kam ihr der Gedanke, daß er ihren Namen in seiner Bewußtlosigkeit von Ärzten und Kameraden gehört haben mußte. Sie strich wieder über sein Gesicht, unschlüssig, ob sie den Arzt rufen oder ob sie lieber warten solle, bis der Kranke sich wieder beruhigt hatte.

»Du bist schön, Malve. Wunderschön. So sah ich noch keine Frau, so schön wie du.«
»Haben Sie keine Braut? Oder Eltern? Oder vielleicht eine liebe Frau, der ich ein paar Worte von Ihnen schreiben darf?«
»Malve, sei nicht hart zu mir, ich muß dir sagen, wie schön du bist. Ich liebe dich, weil du einen so singenden und jubelnden Namen hast und mehr, weil du schön bist.«
»Sie dürfen sich nicht so aufregen, Sie bekommen sonst noch das Fieber. Sprechen Sie jetzt nicht soviel.«
»Weil du es willst, Schwester Malve.«
Er legte ihre Hand an seine Backe und kuschelte sein Gesicht hinein.
Dann begann er wieder, leiser noch als vorhin, beinahe nur hauchend: »Ich werde nie eine Frau haben, Malve.«
»Doch, doch, wir machen Sie wieder ganz gesund.«
»Nein, ich weiß das. Ich möchte eine Braut haben. Schwester Malve, sei du meine Braut. Ich liebe dich, weißt du das nicht?«
»Ja, ich glaube es Ihnen!«
»Sei meine Braut, Malve. Einmal. Ich bin gleich tot und werde nie eine Frau haben. Sage es schnell, sage ›ja‹, ehe ich weit fort muß. Willst du meine Braut sein?«
Malve wurde rot und sagte leise, indem sie sich zu ihm hinunterbeugte: »Ja, mein armer Freund!«
»Hast du mich lieb, Malve?«
Schwester Malve traten die Tränen in die Augen: »Ja, ich habe dich lieb, mein armer, lieber Freund.«
Und er, die großen Augen mit dem Glanz der verlorenen Welt, voll weher Angst und voll zitternder Hoffnung, sagte flüsternd: »Malve, meine liebe, liebe Malve, küsse mich.«
Sie drückte ihre Lippen auf seinen brennenden Mund. Er hob die Arme, schlang sie um ihren Hals und sagte dicht vor ihrem Ohr: »Meine liebste Frau Malve.«
Dann fühlte sie, wie seine Arme nachließen. Sie machte sich sanft frei.

Aber er war schon tot.
In dem Augenblick kam der Oberarzt mit einem der übrigen Ärzte zu dem Bett, um die übliche Morgenuntersuchung vorzunehmen. Er sah den Soldaten, hob die Augendeckel und sagte zu seinem Hilfsarzt: »Schade, gestern glaubte ich noch, daß ich ihn durchkriege. Und niemand weiß, wer er ist, was er ist, woher er stammt, welcher Truppenteil, ob er Gemeiner war oder Offizier, Arbeiter oder Gelehrter oder Künstler. Ein Vermißter, auf den ein halbes Jahrhundert lang womöglich jemand wartet.«
Dann ging er weiter zu dem nächsten Bett.
Schwester Malve stand an die Wand gelehnt und weinte.

Mutter Beleke

Mutter Beleke hat ein stark befestigtes und von den Russen zäh verteidigtes Dorf erobert. Wenn sie auch nicht persönlich dabei war. Aber daß es mit einem so temperamentvollen Schwung von alten Landsturmleuten genommen wurde, ist nur ihr zu verdanken. Wenigstens in der Hauptsache. Wer Mutter Beleke kennt, wird es ja ein wenig in Zweifel ziehen; denn sie ist beinahe siebzig Jahre alt und kommt aus ihrem Dörfchen nur heraus, wenn sie Grünzeug, Butter und Eier zu Markte bringt. Aber es passieren ja jetzt so viel unglaublich erscheinende Heldentaten, daß man gar nicht mehr zu sagen wagt: Ach, das ist nicht wahr, denn das ist unmöglich. Selbst der phantasiereichste Mensch ist nicht fähig, ein Heldenstücklein auszudenken, das während dieses Krieges nicht ein Soldat oder Truppenteil schon ausgeführt hätte.

Wenn nun auch Mutter Beleke nicht persönlich anwesend war, so soll ihr Ruhm doch nicht geschmälert werden. Auf die persönliche Anwesenheit kommt es allein nicht immer an. Die großen Feldherren sind auch selten nur oder vielleicht nie im heißesten Schlachtgetümmel, weil das eben heute nicht mehr gut durchführbar ist. Und dennoch gebührt ihnen der Ruhm an einer gewonnenen und von ihnen geleiteten Schlacht. Also warum nicht der guten alten Mutter Beleke? Sie weiß zwar selbst nichts von ihrem glorreichen Sieg, aber das ist ja auch gleichgültig. Viel wichtiger ist die Tatsache des Sieges. Und der war kein Kinderspiel.

Mutter Beleke hat einen Jungen, Herbert heißt er. Dieser ›Junge‹ ist freilich schon stark über die Vierzig, und außerdem gehört er zum gedienten Landsturm. Ehe er es sich so recht versah, war er eines Tages eingezogen. Dann kam er auch gleich zur Besatzung einer sehr weit, bis dicht hinter die Kampffront vorgeschobenen Etappenstation. Als er sich nun da zwei Monate lang ›außerordentlich wohl gefühlt‹ hatte, wie es in seinen Briefen an seine Frau immer hieß, erhielt er zehn Tage Urlaub. (Was für ein Kraftgefühl und was für ein Siegesbewußtsein muß doch eine im schwersten Kriege befindliche Armee besitzen, daß täglich ganze Scharen von Leuten von der Front weg zur Regelung ihrer eigenen Privatangelegenheiten oder zum Besuch ihrer Angehörigen in die Heimat beurlaubt werden! Hat man sich denn überhaupt schon klargemacht, was das bedeutet?)

Herberts erster Gedanke war, seine alte Mutter zu besuchen. Seit mehr als fünfzehn Jahren hatte er sie nicht mehr gesehen. Das ist auch kaum verwunderlich. Er wohnte mit seiner recht ansehnlichen Familie in Westdeutschland, während seine Mutter in seiner Heimat, in Schlesien, wohnen geblieben war. Man weiß ja auch, wie das so im Leben geht. Bei einer so weiten Reise wird der Besuch immer von einem Jahr auf das andere geschoben. Dann fehlt das eine Mal die Zeit, das andere Mal das Geld, dann ist ein Kind krank, und man kann nicht weg, dann fehlt der Frau etwas; und so geht das in einem fort. Und ehe man zum Überlegen kommt, sind zehn Jahre vergangen.

Aber nun auf der Urlaubsreise, wo die Fahrt so billig war und wo man sowieso schon das Heimatsdorf beinahe mit der Hand aus dem Fenster des Bahnwagens erreichen konnte, war es ja ganz selbstverständlich, die Mutter endlich einmal zu besuchen. Man kann sich denken, daß die Wiedersehensfreude bei beiden groß war, trotzdem der ›Junge‹ nun auch bereits angegrautes Haar besaß. Aber so etwas sieht eine Mutter nie. Der Junge oder das Mädchen kann noch so groß und noch so alt werden, in den Augen der Mutter bleiben sie immer das ›Kind‹. Und immer noch glaubt die Mutter, das ›Kind‹ könnte in einem unbewachten Augenblick in einen Graben fallen oder könnte unreifes Obst essen, wenn sie nicht aufpasse oder wenigstens eine Warnung mit auf den Weg gäbe. Und darum: als Herbert nach zwei Tagen wieder abreiste, küßte Mutter Beleke ihren Jungen auf dem Bahnhofe, und alles, was sie ihm Liebes und Vorsorgliches mit auf den Weg geben konnte, waren die paar gutgemeinten, unter Tränen gegebenen

Worte: »Nu, Herbertche, geh ock bloß nich so dichte ra', de Russa sin der böse Ludersch.«
Der alte Bursche war zwar ein wenig gerührt, aber als er dann im Zuge saß, mußte er doch lachen; denn Mutter dachte sich unter einem heutigen Kriege so eine Art Rauferei, nur mit dem Unterschied, daß man außer den Fäusten auch noch nebenbei Gewehre, Säbel und ab und zu eine Kanone gebraucht.
Es gab natürlich ein großes Erzählen, als der Landsturmmann Beleke wieder bei seinem Truppenteil eintraf. Und als er nun gar von dem Abschiedsgruß seiner Mutter berichtete, da nahm das Gelächter und Hallo schon gar kein Ende mehr. Es dauerte denn auch gar nicht lange, da herrschte in der Kompanie das bei jeder passenden und unpassenden Gelegenheit gebrauchte geflügelte Wort.
Und dann kam der für das Landsturmbataillon so sehr denkwürdige Tag. Infolge einer notwendig gewordenen Truppenverschiebung war in der Kampffront eine Lücke entstanden. Von der sich zurückziehenden Hauptmacht des Feindes war ein Truppenteil abgesprengt worden. Dieser abgesprengte Truppenteil hatte die Lücke entdeckt und, ohne von dem Rückzuge etwas zu wissen, ein in der Lücke befindliches Dorf besetzt und befestigt. Da erhielt das Landsturmbataillon den Befehl, dieses Dorf zu besetzen. Im Hauptquartier, von wo der Befehl kam, war man der Meinung, das Dorf sei vom Feinde frei, und man könne die Etappenstation nachziehen. Und als nun eine Kompanie vorrückte, den Befehl auszuführen, sah sie sich plötzlich einem Gegner gegenüber, der, auf seine Übermacht pochend, gar nicht daran dachte, das Dorf herzugeben. So befand sich denn die vorgehende Truppe, ehe sie es sich recht klarmachen konnte, im schönsten Gefecht. Was sich die alten Landsturmleute schon lange gewünscht hatten und was zu ihrem größten Kummer nie in Erfüllung gehen sollte, war Tatsache geworden. Freilich viel ernster, als sie sich geträumt hatten.
Nun ist das ja so eine Sache, das mit der Kriegstüchtigkeit und mit dem draufgängerischen Mut. Man muß sich an alles gewöhnen.

Auch an das Muthaben und an das Mutzeigen. Das ist auch ganz gut so. Bekäme man den Mut gleich von Hause aus mit, ebenso wie den Appetit zum Essen, so wäre der Mut eines Soldaten ja gar nichts Ruhmvolles und durchaus nicht etwas, worauf er stolz sein könnte. Man ist ja auch nicht stolz darauf, daß man ein paar Lungenflügel hat; denn man kann nichts dafür. Und so darf man sich auch nicht wundern, daß den alten Knaben zuerst, als die Spitze Maschinengewehrfeuer bekam, ziemlich heftig der Atem ausging. Sie lagen sofort auf der Erde wie hingepflastert. Eine ganze lange Weile mucksten sie nicht und dachten überhaupt nichts. Dann überlegten sie sich die Sache und kamen zu der Überzeugung, daß das Dorf genommen werden müsse, möge es kosten, was es wolle. Im Hauptquartier werde man schon genau wissen, warum dieses Dorf in unseren Händen sein muß. Die Oberleitung verläßt sich darauf, daß der Befehl ausgeführt ist, und richtet ihren Plan dementsprechend ein. Und wenn das Dorf, entgegen dem Befehl, dann nicht in unserem Besitze ist – was kann das für eine heillose Geschichte geben? Unter Umständen kann der ganze bisherige so teuer erkaufte Erfolg dieses Feldzuges zum Teufel sein. Und überall persönlich anwesend können weder Hindenburg noch Ludendorff noch Mackensen sein, um nach dem Rechten zu sehen. Wenn der Befehl kommt, das Dorf ist zu besetzen, so wird es eben besetzt, damit basta. Ob nun darin ein halbes Regiment Russen sitzt oder nicht, ist ganz gleichgültig; wenn sie nicht freiwillig gehen, werden sie eben hinausgeschmissen. Der Feind, mag er auch noch so stark sein, ist überhaupt kein Hinderungsgrund, einen Befehl auszuführen; und ein Entschuldigungsgrund ist der Feind, ganz besonders wenn es Russen sind, nun schon gar nicht. Also!

So dachten der Hauptmann und die Zugführer, so dachten aber auch sämtliche Landsturmleute. Die werden doch nicht etwa die Nachrede auf sich sitzenlassen, daß man sich auf sie nicht verlassen könne? Das gibt's einfach nicht.

Freilich: das war viel leichter geredet als getan. Denn die Russen

dachten gar nicht daran, davonzulaufen. Sie rasselten mit ihren Maschinengewehren, daß es nur so hagelte. Und jetzt, als die Kompanie sich im Liegen in Schützenlinie auseinanderzog, prasselten auch noch die Gewehrkugeln dazwischen. Na, jedenfalls war es eine wahre Herzensfreude.
Trotzdem rückten sie vorwärts. Sie ließen sich allerdings Zeit; doch das hätte ihnen sicher niemand übelgenommen. Sie kamen immer näher heran. Die letzten dreihundert Meter wurden ihnen aber schon sehr sauer. Die Sprünge wurden immer kürzer und immer schleppender. Sehr verständlich: die Jahre, die man auf dem Rücken mit herumschleppen muß, lassen sich nicht so ohne weiteres durch ein Kommandowort abschütteln. Die sitzen fest. Außerdem hatten die Russen auch bereits eine gute Anzahl Treffer zu verzeichnen.
Nun waren es nur noch etwa hundertundfünfzig Schritte. Ein Zurückgehen hätte eigentlich auch keinen rechten Zweck mehr gehabt. War man schon so weit gekommen, dann würde man auch noch weiter kommen. Zudem würde ein Zurückgehen kostspieliger werden als ein Vorgehen. Und das Wichtigste: das Dorf *muß* besetzt werden.
Der Hauptmann überlegte hin und her. Von hier aus muß der Sturm befohlen werden, anders geht es nicht. Ein unerfahrener Offizier würde ihn auch sofort kommandieren. Aber was dann, wenn der Befehl nicht vollzogen wird? Bei aller Disziplin, die da herrscht, so etwas ist möglich, denkt der Offizier, und dann verlöre er die Leute ganz aus der Hand, es würde eine Panik entstehen, und er brächte keinen Mann mehr zurück. Soldaten sind Menschen und keine Maschinen, am wenigsten sind es Landsturmleute.
Abwarten! denkt der Hauptmann.
Von drüben knallt es ununterbrochen; und wenn sich hier nur ein Tschako rührt, dann krachen drüben gleich ein halbes Dutzend Maschinengewehre los. Aber während der Hauptmann noch darüber nachgrübelt, welcher Augenblick wohl der geeignetste sein könnte, um mit einigem Erfolg stürmen zu können, schreit plötz-

lich eine lustige Stimme: »Herbertche, geh ock nich so dichte ra', die Russe beiße!«
Das sprang hell die Schützenlinie entlang. Es kam so unerwartet, daß eine kleine Weile alles mäuschenstill war. Aber dann brach ein solch unbekümmertes lautes Lachen aus, daß die Unsicheren sich zu schämen begannen und die anderen Witze über die Köpfe hinwegjonglierten. Und mitten aus diesem Lachen heraus schrie dieselbe helle Stimme: »Na los, Herbertche, druff uff die Kerle!«
Da wollte der Hauptmann kommandieren. Aber er kam nicht dazu. Denn die Landstürmer konnten die Zeit nicht abwarten. Ein paar schrien gleichzeitig »Hurra!«, und die ganze Linie sprang auf und stürzte, halb noch im Lachen, halb schreiend, mit gefälltem Gewehr gegen das Dorf. Sie hatten den Ernst der Lage ganz und gar vergessen und scherten sich den Teufel um Russen und Maschinengewehre. Als sie dann endlich zur Besinnung kamen, waren sie höchlichst erstaunt, daß sie im Besitze des Dorfes waren, achthundertundsiebzig Russen zu Gefangenen gemacht und neun Maschinengewehre erbeutet hatten. Was vor einer Viertelstunde ihnen ganz unmöglich erschien, war geschehen, ohne daß sie recht wußten, wie.
Als sie dann die traurige Arbeit verrichten mußten, die gefallenen Kameraden zu suchen, fanden sie diese alle mit einem Lächeln auf den bleich gewordenen Lippen. Kann es einen beneidenswerteren Tod geben als einen lachenden? Also, warum trauert ihr?
Solltet ihr alle, Tote und Überlebende, Mutter Beleke nicht dankbar sein? Den einen schenkte sie einen glorreichen Sieg, den anderen einen lachenden Tod. Und doch war es nichts weiter als die Besorgnis einer liebenden Mutter.

Liebe des Vaterlandes

Es hatte sich die Gewohnheit herausgebildet, daß man in der Gesellschaft ein wenig lächelte, mitleidig lächelte, wenn der Name des Generals von Feltes erwähnt wurde. Das hatte seine gut begründete Ursache. Denn dieser Offizier, der vor kurzem Korpskommandeur geworden war und sich in Papenberg, wo das Kommando seinen Sitz hatte, häuslich eingerichtet hatte, war natürlich wie alle höheren Offiziere pflichtgemäß zu allen Gesellschaften erschienen, zu denen er geladen war. Aber er machte kein Hehl daraus, daß er es nur tat, weil es nun einmal Sitte war und weil er ziemlich rücksichtslos behauptete, daß er seine Zeit und seine Kräfte für wichtigere Dinge brauche, als sich in einen aussichtslosen Kampf mit den hergebrachten gesellschaftlichen Pflichten einzulassen. Trotzdem er immer durchaus liebenswürdig war, lag in der Umgangsart, deren er sich in der Gesellschaft befleißigte, ein gut Teil Hohn und Ironie. Deshalb glaubte man auch anfangs – als man ihn einmal fragte, ob er den neuesten Shaw gesehen habe, und er zur Antwort gab, er mache sich nichts aus futuristischen Bildern –, er sei ein geistreicher Spötter. Aber als ihm ähnliche Dinge unterliefen, die weniger gut paßten, merkte man bald, daß er keine blasse Ahnung von den Dingen und Wertgegenständen hatte, die dem Leben so mancher Menschen erst die nötige Wichtigkeit geben.
Und eines Abends, als er einmal zu einer Dame sagte: »Gerhart Hauptmann, wer ist denn das?«, und die Dame ihn mit einem Blick deshalb erledigte und zum besseren Verständnis ihrer vernichtenden Miene noch hinzufügte: »Herr General, Sie wissen nicht, wer Gerhart Hauptmann ist?«, wobei ihr Gesicht einen Ausdruck bekam, als sei ihr soeben ihr eigener Leichnam begegnet, da schloß man das Urteil über ihn endgültig ab: er war ein ungebildeter Mensch.

Freilich, seine Stabsoffiziere wußten es besser, warum er keine Ahnung von einem Theaterstück oder dem neuesten Roman haben konnte, weil man eben nur *ein* Ding machen kann, wenn man es gut machen will. Und wenn ihn die Offiziere nach einem anstrengenden Tage verlassen hatten, so konnten sie sicher sein, daß er die halbe Nacht über strategischen Plänen und mathematischen Aufgaben saß und dazu noch Zeit übrig hatte, um in seinem Alter drei neue Sprachen hinzuzulernen, die möglicherweise für ihn von Nutzen sein konnten. Und weil jüngere Offiziere häufig auch andere Interessen als nur rein dienstliche haben, so galt es bei ihnen als ›Tretmühle ersten Ranges‹, wenn sie etwa als Adjutanten zum General von Feltes befohlen wurden.

Man hatte ja ganz und gar, sogar in jenen Kreisen, wo es nicht vorkommen sollte, vergessen, daß Offiziere und Soldaten schließlich auch für den Krieg da seien und nicht nur als Ausschmükkungsgegenstände für den Frieden. Und bei Ausbruch des Krieges wußte kein Mensch, welcher von den unzähligen Generalen nun am meisten Erfolg haben würde. Weil aber jede Wirkung mit mathematischer Sicherheit eine ganz bestimmte Ursache hat und jede fleißige, in bewußter Richtung geführte Arbeit mit derselben Sicherheit auch den gewollten Erfolg haben muß, wunderte sich niemand unter den Offizieren, die den General von Feltes genau kannten, daß er Sieg an Sieg reihte und Taten so umfassender Bedeutung vollbrachte, denen gegenüber die Erfolge aller anderen Generale zusammengenommen kaum erwähnenswert erschienen.

Wenn sich auch in den näheren Offizierskreisen niemand darüber wunderte, so war das Erstaunen in den Kreisen der Gesellschaft, wo der General verkehrt hatte und wegen seiner Unbildung berüchtigt, ja oft sogar gefürchtet war, um so größer. Manche vermochten sich darüber überhaupt nicht zu beruhigen, und Frau Beilschenhenne, dieselbe Dame, die seinerzeit behauptet hatte, mit dem General könne man nicht verkehren, denn er sei doch gar nicht gesellschaftsfähig, weil er ihr offen eingestanden habe, daß er

seit seiner Leutnantszeit kein Gedicht mehr gelesen habe, da ihm die Zeit dazu fehle, dieselbe Frau Beilschenhenne war es jetzt, die eines Abends sagte: »Ich begreife nicht, wie ein so ungebildeter Mann, wie es der Herr General von Feltes ist, ein so großer Feldherr sein kann. Das ist mir unerklärlich.«
Und der Major Heinen, der unter dem Oberbefehl des Generals sich seine Verwundung geholt hatte und jetzt an einem Stocke mühsam humpelte, erwiderte der alten Dame mit feinem Lächeln: »Ich hoffe, gnädige Frau, daß Sie es dem Herrn General nicht übelnehmen, wenn er in der Literatur nicht so bewandert war, wie dies für einen gebildet sein sollenden Menschen notwendig ist. Aber um eine Schlacht schlagen zu können, braucht ein General wahrhaftig nicht zu wissen, ob Maeterlinck ein Dichter oder ein Klavierspieler ist. Und daß Sie, meine Gnädige, hier so ruhig und gemütlich bei Ihrer Tasse Tee sitzen dürfen – wer weiß, ob das noch der Fall wäre, wenn sich der Herr General mehr mit dem Lesen der neuesten Romane beschäftigt hätte als mit dem Lösen strategischer Aufgaben.«
So unbekannt der General bisher gewesen war, so sehr lernte er jetzt die Freuden und Leiden der Volkstümlichkeit kennen. Nicht dadurch allein war er der vergötterte Held des Volkes geworden, weil er einige große Schlachten gewonnen hatte, sondern in viel höherem Maße dadurch, weil er einen für unüberwindlich gehaltenen Gegner schlug und mit diesem Sieg wie durch einen Zauberspruch die lähmende Furcht zerstörte, die jeden einzelnen im Volke angesichts des übermächtigen Feindes ergriffen hatte. Er war stolz darauf und freute sich täglich aufs neue, in wie großartiger Weise ihn das Volk verehrte und wie es seine Leistung rückhaltlos anerkannte. Er hatte niemand, weder unter den Offizieren noch unter den Staatsmännern, die ihn um seinen Erfolg beneideten. Und keiner lebte im Lande, der nicht bestrebt war, in irgendeiner Weise und irgendeiner Form dem großen Volksgenossen seinen Dank auszusprechen. Die Briefe, Karten, Gedichte, Bilder und Geschenke aller Art erdrückten ihn beinahe. Es gab Tage, wo

der eingegangenen Briefe so viele waren, daß man sie auf einen Haufen schütten konnte, der so hoch war, daß ein auf dem Pferde sitzender Ulan den zuoberst liegenden Brief nicht mit der Lanzenspitze erreichen konnte.
Mit liebenswürdigem Lächeln nahm er alle die Hunderttausende von Zusendungen in Empfang; nie wurde er nervös darüber oder fühlte sich durch die Beweise der Anerkennung belästigt. Selbst wenn ein Stammtisch, der sogar in solch schwerer Zeit nichts Wertvolleres zu tun wußte, als bis zum Umfallen Skat zu spielen, recht dumme und alberne Fragen an ihn stellte und um umgehende Beantwortung einer Wette oder einer anderen geschmacklosen Dringlichkeit wegen ersuchte, oder die Gattin eines Großkaufmanns, die ihn vor seinen Erfolgen kaum eines Wortes gewürdigt hätte, ihn höflichst, ergebenst und untertänigst bat, ihr doch ja ein ›Autograph‹ zu schicken, denn sie besitze schon die ›Autographen‹ aller anderen Berühmtheiten, der Feind würde ja in den zwei Minuten nicht gerade angreifen, selbst da wurde er nicht unwillig. Und wenn er vielleicht ein paar Minuten Zeit hatte, machte er sich den Spaß, einige launige Worte selbst dieser Art von Vaterlandsverrätern zu schicken.
Das alles war zu ertragen. Aber die Industrie, die jetzt mit ›Feldpostsendungen‹, mit Tuben für ›unsere tapferen Helden‹, mit Tabletten für ›unsere Lieben da draußen‹, mit Flaschen für ›unsere blauen Jungens‹ und mit dem überflüssigsten und schändlichsten Kram für ›die eigenen Taschen‹ Hunderttausende von pflichtgetreuen Soldaten betrogen und halb vergiftet, Hunderttausenden von armen Frauen und Müttern des Volkes ihr mühsam verdientes und in langen Jahren erspartes Geld mit einem gleichgültigen Achselzucken abgenommen hatte, erkannte glücklicherweise noch zur rechten Zeit, daß der General von Feltes gerade jetzt, wo ihnen die Regierung alle weiteren Vergiftungsversuche und Betrugsabsichten der im Felde stehenden Soldaten in den ertragreichsten Abarten unmöglich gemacht hatte, der am besten geeignete Gegenstand für ihre hochsinnigen Pläne war.

Es begann damit, daß Blitzdichter fünfhundert Seiten dicke Bücher in elf Tagen über den General schrieben. Damit fing es an. Allein für die ersten sieben Seiten eines solchen Buches wird man dem General dereinst alle Sünden vergeben, und wären es so viele, daß das Weltmeer schwarz würde, würfe man sie hinein. Und die erste Gemeinheit, die man dem zur Verarbeitung in Aussicht genommenen General antat, war die, daß man ihm diese Bücher widmete, und wenn er, ohne das Buch auch nur angesehen zu haben, weil er Wichtigeres zu tun hatte und auch glaubte, daß er zu seinen Volksgenossen wenigstens etwas Vertrauen haben könne, in seiner harmlosen Liebenswürdigkeit dem Herausgeber oder dem Verleger einige freundliche Worte schrieb, so wurde das Buch für jedes der gewidmeten Worte um einen Gulden teurer. ›Weil der verehrungswürdige und bewunderungswürdige General es für das beste und wahrheitsgetreueste Buch halte, das je über ihn geschrieben worden sei.‹
Der Ruhm der Buchhändler und der Verleger ließ die Kunsthändler nicht ruhen. Zu ihrer Ehre sei es gesagt, daß sie es hauptsächlich genau wie auch die Verleger nur zum höheren Ruhme des genialen Feldherrn taten. Daß sie damit nebenbei verdienten, tat ja dem Ruhme des Feldherrn keinen Abbruch. Aber seiner Beliebtheit bei den jungen Mädchen. Denn gut waren die Bilder. Sie waren so gut, daß die eigene Frau des Generals, als sie in einem Laden das Bild eines ihr fremden Generals sah und man ihr mit leicht zur Seite geneigtem Kopfe und geschäftsgewandtem Lächeln erklärte, das Bild kenne doch jedes Kind bereits, das sei der General von Feltes, zur Antwort gab: »Entschuldigen Sie, bitte, ich hatte ihn mir anders vorgestellt.« Worauf man ihr erwiderte: »Dann kennen ihn die werte Dame nicht, denn dieses Bild ist von einem allerallerersten Künstler angefertigt worden, wobei der Herr General die Freundlichkeit gehabt, dem Künstler mehrere Stunden zu sitzen, und sich dann nach Fertigstellung in höchst liebenswürdiger Weise und in Worten der größten Anerkennung hinsichtlich der Naturtreue ausgesprochen hat.«

Aber die kleinen Mädchen: Erna Gänsemann, die noch lange Zöpfe trug, träumte trotzdem Tag und Nacht von jenem Helden, der sie dereinst entführen und auf sein fernes Schloß heimführen würde, aber ein Offizier sollte es sein, wenigstens. Und wenn sie sich im Geiste jenen Helden vorstellte, ihren dermaleinstigen Herrn und Gebieter, dem sie gehorsam und untertan sein wolle bis zur Selbstaufgabe, so konnte er nur so aussehen wie General von Feltes. Nur so sah ein Held aus, ein Held konnte nicht anders aussehen. Und da sah sie eines Tages sein von einem allerallerersten Künstler gemaltes Bild. Sie sagte nichts weiter als nur: »Pfui!, pfui!, und noch mal pfui! So sieht dieser Mensch aus?! Pfui!« Und von Stund an gab sie dem Helden ihrer Träume ein anderes Gesicht und eine andere Gestalt, und sie schämte sich im stillen, daß ihr Held einmal so ausgesehen hatte wie dieser – na – nochmals pfui!

Und in Wirklichkeit war General von Feltes trotz seines Alters ein wundervoll aussehender Mann, eine Heldengestalt wie aus einem Buche der Götter- und Heldensagen geschnitten. Aber die Blitzmaler und die geschäftseifrigen Händler, o weh!

Mit diesem Vorkommnis hatte der General seines Unterganges zweite Stufe erreicht.

Die dritte Stufe waren die Zigarrenhändler und Zigarettenverfertiger. Sorten, die niemand kaufte und denen jeder in weitem Bogen aus dem Wege ging, sie waren es in allererster Linie, die mit Vorliebe mit dem Namen des Generals getauft wurden. Und die Händler machten reißende Geschäfte. Aber es gab viele Leute, die ehrlich genug waren, es dem General sehr zu verübeln, daß er seinen berühmten und beliebten Namen dazu hergab, gerade das ungenießbarste Kraut handelsfähig zu machen. Und obgleich der arme General gar nichts dafür konnte, so galt bei jeder schlechten Zigarre der erste Wutausbruch doch immer seinem Namen, wenn man auch die kohlende und Gift und Pestilenz ausatmende Zigarre meinte.

Und dann ging es mit Riesenschritten und unaufhaltsam bergab.

Weil die drei ersten, die in solchen Fällen immer das Vorrecht beanspruchen, so Riesenerfolge buchen konnten lediglich mit dem Namen eines Mannes, der ein ganzes Volk vor dem Untergang gerettet hatte, stürzte sich alles, was ein Geschäft machen wollte, auf den Namen, der jedem Menschen heilig sein sollte. Aber weil die energische Hand fehlte, die den Mut gehabt hätte, die Geldwechsler aus dem Tempel zu peitschen, so erlebte man die bejammernswürdige Tatsache, daß Stiefelwichse und Chlorkalk, Mastpulver und Kunstdünger, Zahnbürsten und Unterhosen, Scheuerlappen und Hühneraugenpflaster, Pillen zur Wiederauffrischung geschwächter Männernerven und Kragenrandglätter, Korsetts und Plattfußeinlagen, Lutschproppen für Säuglinge und Schnapsflaschen für Quartalssäufer als Schutzmarke und Erkennungsstichwort den Namen des größten Mannes seines Landes trugen. Und was das Schlimmste war: niemand schämte sich dessen, und jeder Krämer und jeder Fabrikant glaubte noch wunder, welche Ehre er dem General antäte und wie sehr er dazu beitrüge, der Beliebtheit des Generals sichtbaren Ausdruck zu verleihen.
Und die Gastwirte rissen ihre alten Wirtshausschilder ab und schrieben auf das neue ›Zum Ruheplätzchen des Generals von Feltes‹ oder ›Schnapsdestille zum General von Feltes‹, und sie waren offenbar der Meinung, wenn sich ein Irgendjemand in einer solchen Kneipe bis zur Sinnlosigkeit besaufe, so sei das bei weitem nicht so unwürdig, als wenn sich dieser Irgendjemand woanders seinen Rausch hole.
Und vor all dieser öffentlichen Ehrung wollte die Privatindustrie nicht zurückstehen, und es entstanden Sofakissen mit dem verzerrten Antlitz des Generals, der darauf immer aussah, als hätte ihn der Schlag getroffen, und Holzbrandstümper feuerten seinen Körper auf Buchenbretter, daß man nicht mehr wußte, was oben und was unten sei. Es gab schließlich keine Stelle mehr, ob draußen oder drinnen, wo einen nicht der Name und das Bildnis des Generals in einer so skandalösen Form überfiel, daß man immer mehr bedauerte, warum solche Industrielle nicht wegen öffent-

licher Beleidigung, Verächtlichmachung und Entwürdigung im staatlichen Dienste stehender Männer auf das Schafott gebracht werden.
Dann mußte der General eine Dienstreise unternehmen. Er sah sich selbst in allem, was in den Schaufenstern und in den Läden feilgehalten wurde. Bei einem Bilde sagte er zu seinem Adjutanten: »Sehen Sie mal, da sitze ich auf einem Fahrrade. Wie hat der Maler das bloß fertiggebracht? Ich habe nie in meinem Leben auf einem Fahrrade gesessen.«
Und auf einem Pfeifenkopf sah er sein Bild mit dem Sprüchlein:

Wie die Feinde der General von Feltes,
So fest mein Herz das deine hält es.

Er war erhaben genug über solchen Unfug, daß er sich darüber halb totlachen konnte; und so wenig betrübte ihn die entsetzenerregende ›aktuelle‹ Industrie, die auf die Raschheit ihres Geschäftsgeistes noch stolz zu sein schien, daß er es wahrhaftig fertigbrachte, kein Schaufenster einzuschlagen und keinen Händler und keinen Käufer windelweich zu prügeln, wie sie es eigentlich von Rechts wegen verdient hätten. Denn solange sich die Erde um die Sonne dreht, ist selbst Name und Person eines zehnfachen Raubmörders noch nicht so vogelfrei gewesen wie Name, Antlitz und Person eines der größten Feldherren, die die Weltgeschichte kennt.
Da mußte eines Tages der General in einem Orte, der vom Feinde zerstört worden war, übernachten. Dank seiner genialen Tatkraft war es gelungen, den Feind so weit hinwegzutreiben, daß der Ort schon beinahe vollständig wieder aufgebaut worden war. Und der General wohnte in dem neuen Hotel. Die Neuheit des Hauses war wohl schuld daran, daß er sich hier nicht auf Schritt und Tritt selbst begegnete; denn die Wandbilder waren noch nicht eingetroffen, und die Zigarren und Liköre stammten noch aus geretteten Restbeständen. Und als er dann nach einem kurzen Imbiß sich

auf sein Zimmer zurückziehen wollte, um sich ein paar Stunden auszuruhen, blieb er vor der Zimmertür mit einem Ruck stehen wie festgerammt. Vor der Schwelle lag ein wundervoll dicker Fußabtreter. Er war wirklich wundervoll. Dick, struppig und doch widerstandsfähig, wie man es von einem guten und brauchbaren Fußabtreter verlangen kann, der unter keinen Umständen zugeben darf, daß auch nur ein einziges Stäubchen des oft sehr zähen und anhänglichen Schmutzes kleinstädtischer Straßen mit auf die nagelneuen Teppiche und spiegelblank gebohnerten Fußböden der äußerst elegant eingerichteten Hotelzimmer verschleppt wird. Und der Fußabtreter war so gut und so modern, daß ihm – friedliche Zeiten vorausgesetzt – nichts anderes sonst gefehlt hätte als ein so unpassend wie möglich gewählter französischer oder englischer Name. Aber das hatte man denn doch nicht gewagt. Die Käufer – und auf die allein kam es ja nur an – hätten vielleicht oder vielleicht auch nicht daran Anstoß nehmen können, und der Absatz hätte womöglich darunter leiden können. Aus diesem sehr naheliegenden Grunde hatte sich der Fabrikant bemüht, seine Zeit richtig zu verstehen und der Geschmacksrichtung seiner Zeitgenossen mit tiefem Verständnis und nachdrücklichster Betonung ihrer Gedankenlosigkeit entgegenzukommen. Denn den General packte, als er vor diesem Fußabtreter stand, der Menschheit ganzer Jammer an: in den wundervollen Fußabtreter war in herrlich leuchtenden, grellen Farben sein Bild eingewebt, versehen mit allen Ordenssternen, dem Marschallstab, den ihm sein König mit Worten aufrichtigster Dankbarkeit verliehen, in der Hand.

Gütig und einladend lächelte ihm sein Bild entgegen; und damit auch niemand irgendwelche Zweifel haben sollte, stand in deutlichen Lettern darüber: Eingetragene Schutzmarke: Generalfeldmarschall von Feltes.

»Und darauf«, sagte der General zu seinem Adjutanten, der ihm eines Befehlsempfanges wegen gefolgt war, »und darauf soll ich mir meine dreckigen Stiefel abtreten? Auf meinem eigenen Gesicht? Soll mir selber einen Tritt in die eigenen Zähne geben? Mensch, was sagen Sie bloß dazu?«

»Ja, was soll man dazu sagen!« gab der Offizier zur Antwort. »Es ist traurig, sehr traurig, berühmt zu sein.«

Aber er konnte das Lachen nicht verkneifen. Und als er sah, daß auch dem General ein leises Lachen um die Lippen spielte, brachen sie beide in ein so befreiendes Gelächter aus, daß der Hotelwirt eiligst herbeigestürzt kam.

Aber der war wie alle, die diesem großartigen Entwicklungsgang der Industrie gedankenlos und widerspruchslos zusahen, ohne das geringste Verständnis dem Gelächter gegenüber, weshalb er, beinahe beleidigt, erklärte: »Aber dies ist zur Zeit der beste und der teuerste Fußreiniger, der überhaupt zu haben ist, durchaus vornehm und zweckentsprechend. Ich habe keine Kosten gescheut, mein Haus in jeder, auch in dieser Beziehung mit den erstklassigsten Häusern einer Großstadt wetteifern zu lassen.«

»Ja, ja, lassen Sie nur, es ist schon gut«, lachte der General und fügte, zu seinem Adjutanten gewendet, hinzu: »Na dann, mein Lieber, Sie sehen, es bleibt mir wohl nichts anderes übrig. Also hadern wir nicht lange mit dem Schicksal, treten wir diesem gemalten Kerl da mit einem ehrlich dreckigen Militärstiefel ordentlich eins zwischen die Backenknochen. Es hätte noch um eine einzige Stufe schlimmer kommen können. Und das ist ein Gedanke, der mich tröstet.«

Was er sonst noch in bezug auf die übereifrige, sich vaterländisch gebärdende Industrie sagte, der nichts anderes heilig ist als der Verdienst, und was er ferner sagte in bezug auf das Volk, das sich dagegen nicht kraftvoll wehrt und solche Geschmacklosigkeiten und Entweihungen noch durch Kauf und Nachfrage unterstützt, wäre in einem halben Dutzend Worte restlos wiedergegeben.

Aber das kann man hier nicht erzählen, obgleich es ihm von Herzen kam. Ebenso von Herzen kam wie einem bekannten Kriegsmann des Mittelalters bei einer anderen Gelegenheit.

Das Mitleid

Es geschah, daß man Gottlieb Blankerts ins Lazarett brachte. Nachdem er vom Operationstische wieder in sein Bett getragen und am späten Nachmittage zum Bewußtsein gekommen war, kannte seine Wut keine Grenzen.

»Warum habt Ihr mich denn nicht sterben lassen?« schrie er jeden an, der in seine Nähe kam, ob Arzt oder Schwester. Dann gab er sich redlich Mühe, die Verbände abzureißen, die Nahrungsaufnahme zu verweigern, das Aufstehen zu versuchen, sich ununterbrochen herumzuwälzen, na kurz, immer das Gegenteil von dem zu tun, was seine Heilung beschleunigen sollte. Man muß ihm nachsagen – auch wenn man ihm nicht wohlwill –, daß er kein Mittel unversucht ließ, sein Ende rasch und sicher herbeizuführen.

Wenn ein Mensch absolut und durchaus sterben will, so soll man ihn daran keineswegs hindern. Aus Achtung vor der Willensfreiheit seiner Mitmenschen. So denke ich. Aber so dachten nicht die Ärzte und auch nicht die Schwestern. Sie wissen jedenfalls aus Erfahrung, daß jeder zuerst immer sterben will und später seinen hilfsbereiten Mitmenschen aus vollem Herzen dankt, wenn sie ihn an seinem guten Willen mit Kraft und Nachdruck gehindert haben.

Als Blankerts sich derartig selbstherrlich benahm, band man ihm so lange die Hände an den Bettstangen fest, bis er windelweich war und die Verbände die kleinen, von ihm beliebten Scherze in jeder Hinsicht vertrugen. Wohl oder übel mußte er sich den Absichten der Ärzte fügen.

Aber die ganze Geschichte, die überwunden zu sein schien, ging von neuem los, und bei weitem stärker als vorher, nachdem er aufgestanden war und sich seiner armseligen Hilflosigkeit in ihrer ganzen Größe und in ihrem ganzen Umfange bewußt wurde. Ein baumstarker Mensch wie er und ein sehr geschickter Handwerker, der manche liebe lange Stunde damit verbracht hatte, mit seiner Kraft und seiner Geschicklichkeit zu prahlen, und dessen ganzes Lebensgefühl und Lebensbewußtsein nur darin bestand, tüchtig zupacken zu können, mußte sich vollständig überflüssig vorkommen, als er sah, daß ihm das rechte Bein fehlte, der rechte Arm bis über das Ellbogengelenk abgenommen und die rechte Gesichtshälfte wie ein alter Stiefel zusammengeflickt war. Und auch das letztere tat weh, sehr weh; weil er bei den Mädchen immer ein beneidenswertes Glück gehabt hatte und immer Hahn im Korbe war. Eines Mittags kam die Schwester genau zwei Minuten zu früh, um ihn nicht zu spät am Fensterriegel hängend zu finden. Einige Tage später suchte ein Kamerad sein Rasiermesser. Er fand es endlich in der Schublade des Blankerts. Darüber war er sehr erstaunt, denn er sagte mit Recht: »Menschenskind, du brauchst doch kein Rasiermesser. Allein kannst du dich doch nicht rasieren. Also gib es nur wieder her.«

Da wußten die Ärzte ganz genau Bescheid. Und die Oberschwester, eine sehr feinfühlige Dame, bekam den Auftrag, ihm solche Gedanken auszutreiben. Es war ein schweres Stück Arbeit. Und eine solche Arbeit zu leisten, das vermochte nur die unendliche Geduld einer Frau, die ganz durchdrungen ist von der Pflicht, einen Menschen wiederaufzurichten, der für das Land seinen Lebensmut und alles, was er sonst an Werten besaß, hingegeben hat. Die Glieder konnte ihm keine irdische Macht ersetzen. Nur ein Umweg war möglich: ihn geistig zu beeinflussen und ihm klarzumachen, daß der wirkliche Wert eines Menschen durchaus nicht in der Körperkraft und Körpergeschicklichkeit beruhen muß. Und das einem Menschen begreiflich zu machen, der nie in seinem Leben über den geistigen Wert eines Menschen nachgedacht hat und nur die äußerliche Kraft schätzt, ist so ziemlich die am schwersten herzustellende Arznei.

Jede dritte Antwort von ihm war: »Ja, was nützt mir das alles? Meine gesunden Knochen gibt mir kein Mensch zurück.«

»Aber nun bedenken Sie doch, daß Sie dieses gewiß sehr große Opfer für Ihr Vaterland gebracht haben, für eine Sache, der im rein äußerlichen Leben sonst nichts gleichkommt.«
»Das ist schon richtig, und das ist auch wahr, und das muß auch so sein. Dafür ist man ja ein Mann und kein altes Weib.«
»Na sehen Sie.«
»Nein, sehen *Sie*, und darum soll man mir doch ruhig meinen Willen lassen. Ein Krüppel gehört nun mal nicht auf die Welt, der hat hier gar nichts verloren, der steht nur überall im Wege herum.«
»Ein Krüppel kann für sein Vaterland noch ein sehr nützlicher Mitarbeiter sein. Er kann viele, viele Arbeiten ausführen, die notwendig sind, die sonst ein kerngesunder Mensch tun müßte, der aber jetzt entsprechend seinen körperlichen Fähigkeiten viel besser verwandt werden kann. Abgesehen davon, daß unzählige bedeutende Menschen Krüppel waren.«
»Aber ich will ja gar kein bedeutender Mensch sein. Ich kann nicht spintisieren, ich kann nur tüchtig arbeiten und feste zugreifen.«
»Wir werden auch für Sie eine Arbeit finden, die Ihnen viel Freude macht und die Ihnen das Bewußtsein gibt, daß Sie notwendige, ja unentbehrliche Arbeit im Interesse des Volksganzen verrichten.«
»Das glaube ich Ihnen herzlich gern. Und warum soll das nicht möglich sein?«
»Na sehen Sie.«
»Ja, aber –«
»Über die weiteren ›Aber‹ sprechen wir morgens aufs neue.«
So ging das nun jeden Tag. Und die Oberschwester machte zu ihrer großen Freude die Wahrnehmung, daß die Einwände Blankerts immer seltener und immer unsicherer wurden. Immer mehr gewöhnte er sich daran, in seiner körperlichen Hilflosigkeit keinen Hinderungsgrund zu sehen, noch ein recht angenehmes Leben zu verbringen. Es kam sogar schon vor, daß er in seinem Zustande ein Mittel erblickte, sich weiter fortzubilden und mehr Bücher zu lesen, weil er gerade jetzt, wo er nicht soviel abgelenkt wurde, einzusehen begann, welchen Genuß gute Bücher verschaffen können.

»Das ist eigentlich recht gut, Schwester. Jetzt habe ich etwas, das mir früher immer gefehlt hat.«
»Und das wäre?«
»Sitzfleisch. Das habe ich schon in der Schule nicht gehabt, deshalb stolpere ich auch jetzt beim Lesen einer Zeitung zehnmal hintereinander über Sachen, die ein zwölfjähriger Junge besser weiß. Aber nun mache ich mich dahinter. Sie sollen mal sehen, wie schnell das geht.«
Und endlich hatten sie ihn mit unglaublicher Geduld, Zähigkeit und unsentimentaler, aber nützlicher Menschenliebe so weit, daß sie ihn als Musterbeispiel hätten vorführen können, wie gut man einen völlig erledigten Menschen heilen kann. Ohne daß ihn jemand aufgefordert hätte, ging er eines Tages zum Oberstabsarzt und dankte ihm dafür, daß er sich seinetwegen soviel Mühe gegeben habe und daß er jetzt ebensoviel Freude am Leben hätte wie vorher, und daß er eigentlich überhaupt froh sei, daß er wenigstens das Leben habe, während doch so viele seiner Kameraden hätten daran glauben müssen und sich so jung davonmachen mußten.
Da betrachtete man ihn endgültig als geheilt.
Man ließ ihn ausgehen.
Auf die Straße und unter Menschen.
Er hatte ganz und gar das Gefühl dafür verloren, daß er früher einmal auf zwei gesunden Beinen gegangen war und mit zwei gesunden Armen in der Luft herumgefuchtelt hatte. Die Krücke hatte man mit einem Riemen an seinen halben Oberarm befestigen müssen; es sah ein wenig ungeschickt aus, aber dank seiner Körperkraft ging es doch ganz vorzüglich. »Schwester«, sagte er vor seinem Fortgehen übermütig, »ich glaube, ich könnte sehr gut mit Ihnen jetzt einen Walzer tanzen, wollen wir es mal probieren?« Er faßte sie lustig um die Hüfte. Sie wehrte lachend ab und sagte: »Ja, ja, Blankerts, ich glaube es Ihnen schon, Sie machen uns allen noch was vor.« Und er sagte, während sie ihm eine Zigarre zwischen die Lippen zu schieben versuchte: »Das soll wohl so sein.«

Als er draußen stand, die Wagen vorüberrasselten und die Leute achtlos an ihm vorbeihasteten und er eine Weile mit der Nase in der Luft herumgeschnuppert hatte, war ihm, als sei ihm nie ein Tag so sonnig und das vor ihm liegende Leben noch nie so reizvoll erschienen wie jetzt, wo er ohne fremde Hilfe draußen in der Welt herumspazieren konnte. Kreuz und quer, wo es ihm beliebte.
Ab und zu blieb er stehen; drehte mit der freien Hand die Zigarre im Munde herum und sagte alle zwei Minuten zu dem ihn begleitenden Kameraden: »Na Karle, nu sag doch bloß mal, is denn das nich schön? Ja, is denn das nich schön?«
Und Karle blieb stehen und antwortete auch immer nur das gleiche: »Na und ob das schön is.«
»Das is doch, als wär' man geradewegs vom Himmel heruntergefallen. Ja, nu sag mal, is es denn nich so?«
Und Karle sagte ebenso ehrlich überzeugt: »Freilich is es, und noch ville schöner.«
Dann marschierten sie tapfer weiter. An jedem Fenster blieben sie stehen und an jeder Straßenecke und betrachteten alles und jedes mit einer staunenden Bewunderung, als sähen sie alles zum erstenmal im Leben.
»Soll ich mal über den Rinnstein springen, Karle? Denkste denn, das könnte ich nicht? Du wirst dich schneiden. Sollst mal sehen, wie das geht. – Hoppla! – Na, hast du das gesehen, ja? Was sagst du nun? Nun sagst du gar nichts mehr und bist ganz still.«
Und sie vergnügten sich eine Weile damit, über den Rinnstein hin und her zu springen, wie ein paar Jungen, die ihre überschüssige Kraft nicht loswerden können. Und Karl, der zwei gesunde Beine hatte, bemühte sich, immer ungeschickter zu springen als sein Kamerad.
Da kamen zwei Damen in Begleitung eines Herrn vorüber. Sie hatten trotz des Krieges alle drei nichts zu tun. Sie lebten von Ästhetik, was ja unter Umständen auch ein Beruf sein kann. Deshalb sagte die eine, stehenbleibend, ganz laut zu der anderen: »Ach Gott, Lydia, sieh doch nur mal den armen, armen, bedau-

ernswerten Menschen. Ja, ist denn so etwas nicht herzzerreißend?«

Und Lydia blieb auch stehen und wimmerte: »Das ist ja furchtbar, der arme, arme Mensch.«

Und da sagte die erste wieder zu dem Herrn: »Ach lieber Alexander, geben Sie doch dem armen Menschen etwas.«

Blankerts war stehengeblieben und sah auf. Er guckte immer seinen Kameraden Karl an, weil er glaubte, der sei gemeint. Aber Karl sah nach halblinks hinüber und tat, als hörte er überhaupt nichts. Und der Herr Alexander kam auf Blankerts zu, zog die Brieftasche und sagte sehr höflich: »Darf ich Ihnen vielleicht eine kleine Freude machen?« Aber er besann sich und fügte hinzu: »Eine sehr, sehr gute Zigarre.«

Jetzt erst schien Blankerts zu merken, daß man ihn meinte; denn der Herr stand dicht vor ihm und reichte ihm die Zigarrentasche hin.

Über Blankerts kam eine seltsame Müdigkeit. Seine Augen wurden ganz matt. Er ließ sich ohne Widerstreben zwei Zigarren zwischen die Rockknöpfe stecken. Er sagte nicht ›Danke!‹, und der Herr entfernte sich grüßend.

Und die eine Dame sagte: »Hast du das gesehen, Lydia? Wie lieblos solche Menschen noch dazu behandelt werden. Der arme Mensch war ganz verwirrt, es hat ihm gewiß noch kein Mensch ein teilnehmendes Wort gesagt. Er ist es gar nicht gewöhnt, daß ein Mensch lieb und teilnahmsvoll zu ihm ist.« –

Karl sagte: »Na komm, Gottlieb, wir wollen wieder ein Stück marschieren. Wir gehen dann noch ein Glas Bier trinken. Sollst mal sehen, das schmeckt draußen viel besser.«

»Nee, nee, laß man, ich glaube, wir kehren lieber um.«

Als sie ein Stück gegangen waren, blieb Blankerts stehen, als müsse er sich auf etwas besinnen.

Dann wußte er es. Und er zog die beiden Zigarren hervor und legte sie auf ein Fenstersims.

Am selben Abend machte ein Kamerad rein zufällig die Entdek-

kung, daß ihm sein Rasiermesser abhanden gekommen sei, frühmorgens habe er es noch gehabt.
Die aufsichtführende Schwester fand es auch sofort, und der Oberstabsarzt sagte, als man ihm die Angelegenheit gemeldet hatte: »Die ganze lange, mühevolle Arbeit von uns allen ist umsonst, also müssen wir wieder von vorn anfangen. Die Aasgeier sind schlimmer als Wundfieberbazillen. – Gegen ihre Feinde haben sie sich zu wehren verstanden, um sich gegen Freunde zu schützen, das müssen sie noch lernen.«

Zwei Väter

Hamburger Landwehrmänner, zweiten Aufgebots. Sie lagen seit Monaten im Westen. Im Stellungskampf. Ein Bewegungskrieg wäre ihnen lieber gewesen. Nicht deshalb, weil sie kampfeslustig waren, so besonders herausfordernd angriffswütend, nein, das war es nicht. Das lag ihnen fern, wenn sie wirklich ehrlich gegen sich selbst sein wollten. Das tolle, unüberlegte Draufgängertum gehörte nicht zu ihrem Wesen. Dazu waren sie an und für sich zu gesetzt und zu ruhig. Zudem waren sie durchweg Arbeiter und Familienväter, keiner von ihnen hatte weniger als drei Kinder. Und da läßt man dumme Streiche. Wenn es aber einmal ernst wurde, dann waren sie die Zähesten. Damals bei der großen Offensive im Herbst des ersten Kriegsjahres waren manche Regimenter, darunter sogar Kerntruppen, vor der Übermacht des Gegners ins Wanken gekommen und zurückgeflutet. Aber die alten Knaben der Hansestädte behielten ihre unerschütterliche Ruhe und standen wie eine Mauer. Bei ihnen wurde kein Meter zurückgegangen. Gegen Abend war dann der Befehl gekommen, die Stellung aufzugeben, weil die Möglichkeit vorlag, daß sie abgeschnitten würden. Aber sie überhörten den Befehl und gingen nicht zurück. Deshalb war es auch möglich, am andern Tage von diesem Stützpunkt aus die verlorengegangenen Stellungen zurückzuerobern.

Nein, standhalten konnten sie. Und wenn sie doch lieber einen Bewegungskrieg gehabt hätten, so war das nur deshalb, weil sie von ihm eine schnellere Beendigung des Krieges erhofften. Denn keiner war unter ihnen, der sich nicht mit allen seinen Gedanken nach Hause gesehnt hätte, zu Frau und Kind und seiner Arbeit. Dieser langweilige und unabsehbare Stellungskampf war ihnen überhaupt nur dadurch einigermaßen erträglich geworden, daß sie es sich so gemütlich eingerichtet hatten, wie das eben nur deutsche Familienväter fertigkriegen. Alles und jedes erinnerte an da ›oben‹. Es gab bei ihnen einen Alsterpavillon, einen Jungfernstieg, eine Blohm-und-Voß-Kantine, eine Hafenschenke ›Zum steifen Grog‹, eine Güldenkammer und was dergleichen heimatliche Erinnerungsruhepunkte mehr waren. Sie gingen regelrecht zueinander auf Besuch und machten ihre gewohnten Sonntagsausflüge ans ›Water‹ oder ›in'n Sand‹, womit sie die heimatlichen Ausflüge nach der Heide zu meinten. Im übrigen taten sie ihren Dienst; freilich immer mit einer gegen den Feind gerichteten stillen Wut, die in ihrer beinahe kindlichen Sehnsucht nach ›zu Hause‹ unausgesetzt neue Nahrung fand. Daß es denen auf der Gegenseite, soweit sie Familienväter waren, genau ebenso ging, hatten sie oft genug von den Gefangenen erfahren. Aber das waren auch auf beiden Seiten die Ursachen, daß sich die Wut immer mehr anhäufte und daß sie nichts sehnlicher wünschten, als aufeinander losgelassen zu werden, um die Wut abzukühlen. Vom rein menschlichen Standpunkt aus beurteilt, war das auch durchaus erklärlich. Aber es half nichts, sie mußten warten, bis sie an die Reihe kamen.

Die Liebesgaben liefen hier nicht so dick ein wie bei anderen Truppenteilen, denn die daheim hatten ihre liebe Mühe und Not, um selbst mit den Kindern zurechtzukommen. Aber die Väter im Felde schienen das auch gar nicht zu erwarten. Ihre ganze Löhnung schickten sie heim, beinahe ungeschmälert. Sie wußten, wie schwer es ›Mutter‹ daheim hatte. Und wenn dann der eine oder andere doch etwas von zu Hause bekam, so gehörte es allen mit einer Selbstverständlichkeit, über die man nicht erst lange sprach. Wer am seltensten etwas erhielt, war Heinrich Holtbaum. Er war Hafenarbeiter in Hamburg, stark und stämmig wie ein Stier. Dabei von einer Gutmütigkeit und Hilfsbereitschaft, die etwas Rührendes an sich hatte. Wenn einer der Kameraden in Gefahr kam, so war sicher Holtbaum der erste, der zupackte. Man konnte die Fälle, wo er durch seine Kraft, seine Schnelligkeit und durch unbekümmerte Preisgabe seiner Lebenssicherheit einen Kameraden aus größter Gefahr gerettet hatte, kaum noch nachzählen. Bald hatte er einen Betäubten aus gasvergifteter Luft in Sicherheit gebracht, bald einen andern aus einem zusammengeschossenen Unterstand herausgebuddelt, wieder einen Verwundeten aus dem offenen Schußfeld geholt, einen andern, der bis zum Halse schon im Lehm steckte und vollkommen mit sich fertig war, herausgezerrt, und was der Fälle mehr waren. Das aber war nicht das am meisten Bewunderungswürdige daran, sondern es war das: er hatte daheim neun Kinder, von denen das älteste gerade fünfzehn Jahre alt war. Und er hing mit einer Liebe und einer Zärtlichkeit an seiner Familie, die man dem starkknochigen Manne mit seinen groben, harten Händen nicht zugetraut hätte, wenn man ihn so oberflächlich ansah. Und darum war das Opfer, das er seinen in Gefahr befindlichen Kameraden brachte, unendlich größer als das eines andern. Er hatte das Eiserne Kreuz bekommen. Aber er schien sich nicht viel daraus zu machen. Meist vergaß er es anzulegen. Und wenn er es tragen mußte, so war das Band immer so tief im Knopfloch verrutscht, daß man es gerade noch so ahnte.

Leicht hatte er es im Frieden wahrhaftig nicht. Außer sich und seiner Frau neun immer hungrige Mäuler zu stopfen und ebensoviel Menschenkörperchen zu bekleiden ist schon eine Sache. Aber er war nüchtern und verdiente ganz gut. Es ging schwer, sehr schwer; aber es ging.

Seine Frau, die sich in einer Metallwarenfabrik Stellung gesucht hatte, um mit Hilfe der Kriegsunterstützung so einigermaßen über Wasser zu bleiben, hatte ihm ein paar Mal schon ein kleines Liebespaket geschickt. Das hatte er dann mit einer Andacht und einer Behutsamkeit geöffnet, als wäre es etwas unbezahlbar Kostbares. Natürlich verteilte auch er redlich alles. Die Kameraden wollten von seinen zehn oder zwölf armseligen Zigarren, von dem Täfelchen Schokolade, von den paar Honigkuchen am liebsten nichts nehmen. Aber da sie in reinstem Kommunismus lebten, wäre es für ihn eine Beleidigung gewesen, hätten sie die Annahme verweigert. Und waren, was meist der Fall war, noch ein paar

wollene Strümpfe dabei, einige Taschentücher oder sonst eine ähnlich, lang andauernde Gabe, so war sein Glück und seine Freude vollkommen. Denn er sah nicht die Sachen selbst in ihrem toten Wert; sie besaßen für ihn etwas Lebendiges, das nur er fühlen konnte, weil er wußte, daß die Gaben seiner Frau und den Kindern vom Munde abgespart waren, um ihm soviel Liebes zu erweisen, wie nur irgend in ihren Kräften stand. Seine Frau schrieb immer nur wenige Worte; ihre arbeitsgewohnten Hände vermochten keine geläufigen, redseligen, langen Briefe zu schreiben. Ihm ging es kaum besser. Mit vier Zeilen hatte er die Karte schon immer voll. Aber das, was sie ihm alles sagen wollte, aber nicht schreiben konnte, lag in den kleinen, seltenen Paketchen.
Er redete auch sonst nicht viel. Aber es fiel kaum sehr auf, weil er eigentlich immer beschäftigt war. Er zimmerte an den Unterständen herum und machte sie von Tag zu Tag wohnlicher. Das schien ihm Bedürfnis zu sein. Dann baute er Blumen an, besaß einen Karnickelstall mit guter Zucht und hatte mit diesen nützlichen Dingen so viel Arbeit, daß er den Dienst zuweilen als höchst unliebsame Störung empfand.
Da kamen so im Laufe der Zeit die verschiedenen Offensiven der Franzosen und Engländer, die lange vorher öffentlich und nicht öffentlich zur Genüge angekündigt waren und deshalb doch nicht erfolgreicher für die Angreifer verliefen. Die Offensive gelangte nie bis über die vordersten Beobachtungsgräben hinaus, und der Schaden war nach einigen Tagen immer wiedergutgemacht, was die Landwehrleute hier für so absolut selbstverständlich hielten, daß sie es nie als etwas Besonderes erwähnten.
Aber das schien dem Groß- und Alleinpächter des Elans auf die Dauer zu langweilig zu werden, und er tat sich mit seinem Spießgesellen zusammen, und sie überlegten hin und sie überlegten her, bis sie schließlich auf den funkelnagelneuen, von ihnen ausgeheckten Gedanken kamen, es genauso zu machen, wie es ein anderer General in Galizien auch schon gemacht hatte. Und weil von allen Wissenschaften die Mathematik diejenige ist, die irgendwelche

Zweifel an den für wahr und richtig erkannten Grundsätzen unter keinen Umständen zuläßt, so bauten sie einen neuen großen Plan auf einer sonst ganz einwandfreien Formel auf, die, ins Gemeinverständliche übertragen, etwa so lautete: Derselbe Plan in genau derselben Weise ausgeführt muß genau dasselbe Resultat ergeben. Das hätte nun vielleicht auch gestimmt, wenn die beiden Mathematiker eine wichtige Größe mit in ihre Berechnung gezogen hätten, nämlich: an dem genau gleichen oder wenigstens ähnlichen Objekt. Aber das übersahen sie. Trotzdem schienen sie dem Resultat anfangs etwas näher zu kommen, was sich darin zeigte, daß, wie viele andere, auch die standfesten Landwehrleute von der Unterelbe und Umgegend die vordere Linie aufgeben mußten. Aber nur für eine Nacht und für einen Vormittag. Denn gegen Mittag sagte der Kompanieführer, Leutnant Küppers, der im Frieden in Chemie herummanschte und bis Ausbruch des Krieges nie von sich geglaubt hatte, daß er fähig sei, acht gesunde und vernünftige Soldaten ordnungsgemäß und genau nach der Exerziervorschrift über einen glatten Kasernenhof zu führen: »Kinder, ich glaube, wir holen uns unseren Graben heute nachmittag vor dem Kaffeetrinken wieder. Wenn wir erst so lange warten, bis uns die Artillerie helfen kann, dann ist die Bagage da drüben schon so fest eingenistet, daß sie von selber nicht mehr rausgeht. Na, was denkt ihr denn darüber? Ihr müßt's ja machen, dann könnt ihr auch eure Meinung sagen. Na also?«
Und da sagte Nikolaus Sinnweil, ein Kesselschmied von Blohm & Voß: »Dat wird jemacht, Herr Leutnant, dat wird uns kaum mehr Arbeit machen als wie 'ne kalte Niete.«
»Stimmt«, sagten die andern darauf, »dat machen wir!«
Da gab der Leutnant Küppers allen genaue Aufklärung, wie er sich das so ungefähr gedacht hatte, und was die Landwehrleute aus eigener Erfahrung sich besser dachten, gaben sie dazu, und mit dieser wundervollen Ausrüstung, daß jeder sein gutes Teil auch zu den Vorbereitungen und zum Kriegsplan beigetragen hatte, gingen sie um 1 Uhr 25 zum Angriff vor. Der zweite Zug

sollte zuerst und allein angreifen, der erste und der dritte nach bestimmten Zeichen oder, wenn die nicht gegeben werden konnten, nach der Uhr nachrücken. Entgegen aller sonstigen Gepflogenheit stellten sie schon von 11 Uhr an das mäßige Schützenfeuer ganz ein, so daß der Gegner völlig im unklaren blieb. Er erwartete auch den Angriff; als der aber Stunde um Stunde ausblieb, glaubten sie nicht mehr an eine noch kommende Überraschung und beschäftigten sich in der Hauptsache mit dem Befestigen der eroberten, aber arg zusammengeschossenen Gräben. Und gerade in den Augenblick ihrer größten Unaufmerksamkeit fiel der Zeitpunkt 1 Uhr 25. Der zweite Zug hatte sehr weiten Abstand genommen und setzte in einem einzigen Laufe durch bis an die besetzten Gräben. Der Angegriffene hatte keine Zeit gehabt vor lauter Verwunderung, überhaupt zu schießen. Und als er hätte schießen können, sah er ein, daß es zwecklos sei. Infolgedessen sprangen die Leute aus den Gräben mit dem, was sie gerade in der Hand hatten, mit Spaten, Holzstützen, Messern, Dolchen und einigen Revolvern. Und vor dem Graben, auf dem noch erdweichen Damme, kam es zu einem wütenden Handgemenge. An einzelnen Stellen kamen die Aneinandergeratenen so in Erregung, daß sie alle Waffen fortwarfen und nur noch mit den Händen kämpften, wobei sie in erster Linie versuchten, sich zu erwürgen. Man hörte keinen Laut, keinen Schuß und kein Wort. Nur ein halbunterdrücktes Keuchen, Stöhnen und Knirschen.
Heinrich Holtbaum hatte eine der härtesten Stellen erwischt. Hier waren die Leute dick wie ein Fliegenschwarm nebeneinander, und alle gingen auf ihn los. Es war, als hätten sie sich alle gerade an ihm festbeißen wollen. Wie ein Klumpen hingen sie an ihm herum, und er spürte, daß Messerstiche ihn in die Arme und in den Rücken trafen. Mit einem winzigen, zurückgebliebenen Restempfinden fühlte er das warme Blut an seinem Körper und wie es seine Leibwäsche mit der Haut verklebte. Die Kameraden hatten jeder so mit sich mehr als genug zu tun, daß er von ihnen keine Hilfe erwarten konnte.

Da glückte es ihm auf einen Augenblick, den rechten Arm freizukriegen, und mit der geballten Faust schlug er zweien, die ihn von vorn am heftigsten bedrängten und schon halb in die Knie gezwungen hatten, die Kinnladen durcheinander, daß sie den Damm hinunterkugelten. Dadurch bekam er auch den andern Arm frei und dann dauerte es nur einen Augenblick, und er hatte nur noch einen, mit dem er rang. Der hatte ein Messer, und als er damit ausholen wollte, fing es Holtbaum ab. Als der andere das Spiel verloren sah, sank er in die Knie, hob flehentlich die Hände und sagte: »Pardon, Kamerad gut, pardon, ich 'aben in 'aus vier Kinder. Pardon!« Holtbaum hatte seine Hand auf des andern Schulter gedrückt, er hielt ein, als wollte er überlegen, während der andere das ›Pardon!‹ sprach, aber als er das mit den Kindern hörte, überkam ihn die ganze Sehnsucht nach den Seinen daheim mit einer so plötzlichen Macht und einer so grausamen Wut auf den Krieg, der ihn von seinen Kindern fortgerissen hatte, daß er in sinnloser Qual die Schulter des andern fester umkrallte, als könnte der ihm noch entlaufen, und mit rauhen Kehltönen schrie: »Ab du Hund, du niederträchtiger, ich habe *neun* Kinder daheim!« Die drei letzten Worte schluchzte er beinahe, denn es lag ein Weinen in der Stimme wie ein plötzlicher Krampf. Und mit unnötig heftiger Wut wollte er ihm das Messer in die Brust stoßen, denn so schnell gingen seine Gedanken in dieser Sekunde: ›Läge ich jetzt vor dir, wie du vor mir, du hättest kein Erbarmen mit meinen neun Kindern.‹ Und er ließ den erhobenen Arm mit dem Messer sinken und sagte: »Na gut. Deiner Kinder wegen gefangen! Tu das Koppel ab!«

Und während der Franzose noch kniete, weil er zu verstehen schien, daß er sich gefangen geben sollte, streckte er die Hand hinauf, um sie dem Stärkeren zu reichen.

In diesem Augenblick hatte sich einer von denen, die Holtbaum abgeschüttelt hatte und die nun von ihm nicht beachtet worden waren, aufgerafft, ein Gewehr ergriffen und es abgedrückt.

Die Kugel traf Holtbaum und zerriß sein Herz.

Aber das genügte ihr nicht. Sie sprang aus dem Herzen des einen Vaters und zersplitterte den Kopf des anderen.
Sie kannte kein Erbarmen mit Vätern und tat ihre harte Pflicht.

An das Fräulein von S. . . .

Das Fräulein erhielt diesen Brief:

Sehr geehrtes gnädiges Fräulein! Ich sehe mich vor die wenig beneidenswerte Aufgabe gestellt, Ihnen mitteilen zu müssen, daß – – am Sonntag morgen fünf Uhr bei einem Sturmangriff gefallen ist. Herzschuß. Vielleicht ist es ein geringer Trost für Sie, zu wissen, daß dieser Angriff einen unerwartet großen Erfolg bedeutet, der durch seine für den Gegner äußerst nachteiligen Folgen ein entscheidender Sieg für uns wurde. Sie werden in Ihrem begreiflichen Schmerze das kaum nachfühlen können und gegenwärtig nur einen *Gedanken haben: Was nützt mir das alles, wenn er tot ist! Und ich könnte Ihnen beim besten Willen einen solchen Gedanken nicht als Mangel an Vaterlandsliebe auslegen.*
Ich weiß nicht, in welchem Verhältnis Sie zu dem Gefallenen stehen; denn er hat Ihren Namen nie genannt. Ob er Eltern oder sonstige Familienangehörige besitzt, weiß ich ebensowenig. Er ist, wie überhaupt in allen Dingen, die ihn rein persönlich angingen, auffällig verschwiegen gewesen. Diese große Verschwiegenheit war es auch, daß niemand zu ihm in irgendeine engere freundschaftliche Beziehung treten konnte. Und erst am Abend nach seinem Tode, als ich mit mehreren Kameraden zusammensaß und wir über ihn sprachen, machten wir die seltsame Entdeckung, daß sich keiner von uns erinnern konnte, ihn je lachen gesehen zu haben. Im täglichen Umgang fällt einem so etwas nicht auf, noch dazu im Felde; aber während er lebte, ist es uns nie zum Bewußtsein gekommen, daß er nie lachte oder auch nur lächelte. Ich und wir alle vermuten, daß übergroße Sehnsucht nach jemand, den er in der Heimat zurückgelassen hatte, die Ursache war. Und weil sich in seinen Taschen nichts anderes und kein sonstiger Anhaltspunkt fand als lediglich dieses kleine, versiegelte Päckchen mit

Ihrer Adresse, nehme ich an, daß Sie seiner Sehnsucht galten. Obgleich es im allgemeinen nicht Sitte ist, daß Briefe ungeprüft aus der Front zur Heimat gehen, glaube ich es doch mit meinem Gewissen verantworten zu können, Ihnen beiliegend das Päckchen uneröffnet – weil es mit ein Vermächtnis des Toten zu sein scheint – zuzustellen. Die beiden Kreuze, das zweiter und erster Klasse, die wir ihm abnahmen, um sie Ihnen als Erinnerung zu überlassen, sind ebenfalls beigefügt.

Ich muß hier noch das eine sagen, und sage es gleichzeitig an Stelle des sonst üblichen Ausdrucks der aufrichtigen Teilnahme: Solange ich im Felde bin – und das ist seit dem ersten Mobilmachungstag –, erinnere ich mich nicht, einen Soldaten gesehen oder von einem gehört zu haben, der eine derartige alle Begriffe der weitgehendsten Phantasie übertreffende heldenhafte Tollkühnheit besessen hat als der Tote. Bis zu seiner Todesstunde galt er im Bataillon als kugelfest; aber nun war er wohl doch an der Reihe. Lassen Sie mich Ihnen die Versicherung geben, daß sein Andenken bei mir und bei allen meinen und seinen Kameraden unauslöschlich ist und daß sein Name mit dem Namen unseres Regiments untrennbar verknüpft ist, solange es ein deutsches Heer geben wird. Wir trauern mit Ihnen um einen Helden, wie sie selbst in einem Heer von Helden selten sind.

In ausgezeichneter Hochachtung *Ihr ergebener*
Nikolaus B.
Hauptmann und Kompaniechef.

Das Fräulein sah nachdenklich eine Weile vor sich. Daß sie an ihn auf diese Art erinnert wurde, schien nur langsam ihr Bewußtsein zu erfüllen. Dann öffnete sie das Siegel.

Sie fand ein schmales in Leder gebundenes Buch, sämtliche Blätter bis zur letzten Seite eng vollgeschrieben. Auf dem letzten Blatte unten stand:

›Ich habe nichts mehr zu sagen. Alles ist erfüllt. Mein Leben und ich. Meine Gedanken, alle sind bei ihr. Morgen kommt der Tod. Er kann mir nichts nehmen, da es nichts mehr zu nehmen gibt und all sein Suchen vergeblich ist. Der Triumphator bin jetzt ich!‹

Das Fräulein blätterte zurück zur ersten Seite:
– Ja, was denn? Wirklich Mobilmachung? Und Kriegserklärung? Ist es denn nur weltenmöglich, daß es neben einem einzigen sicheren Weg noch einen anderen gibt? Diesen Weg? Diesen wundervollen Weg, an den zu denken so außerhalb des Bereiches aller Möglichkeiten lag?
Draußen ziehen sie durch die Straßen mit einer jubelnden Begeisterung. Alle die kleinen Menschen mit ihren noch kleineren und armseligeren Lebensempfindungen wachsen über sich selbst hinaus und bekommen eine überlebensgroße Aufgabe, ein Ziel, durch das sie geschichtlich werden; sie, die sonst alle ohne Ausnahme im Menschheitsgedenken verkrümelt wären wie Flugaschestäubchen im Meer.
Und ich? Ich stehe nur vor einem Gedanken. Was schiert mich Leben und Vaterland? Was ist mir Krieg und was das brausende Erwachen eines ganzen Volkes zu einem einzigen gewaltigen Willen? Denn ich bin allein, mutterseelenallein! So allein und einsam, wie es nur ein Mensch sein kann, der plötzlich wach wird und wie eine Erleuchtung empfindet, daß niemand auf Erden, kein einziger Mensch, selbst seine Mutter nicht, mit ihm in letzter Phase des Daseins verwandt ist, daß alle Liebe und Treue nichts sonst als nur reiner Egoismus ist.
Mag sein, daß ich einen unverzeihlichen Fehler beging, dadurch, weil ich es aus Takt vermied, ihr zu sagen, wie sehr ich sie liebe. Ich kann freilich nicht verlangen, daß sie das hätte fühlen müssen. Aber wenn man Monate hindurch, weder sie noch ich, auch nicht einen Gedanken hat, der nicht beiden gehört, so läßt das doch keinen anderen Schluß zu. Also eine alltägliche, langweilige Liebesgeschichte, würde jeder sagen, dem ich es erzähle. Und er

würde die Geschichte und mich noch mehr furchtbar lächerlich finden. Ja. Und ich gebe ihm vollkommen recht. Kann man mehr tun, um einwandfrei zu beweisen, daß man lächerlich ist und die Geschichte sich von tausend andern ähnlich unterscheidet? Das gebe ich alles zu und noch viel mehr, alles was man will und was man von mir verlangt. Und dennoch weiß nur ich, daß sie allein, nur diese mein Leben oder mein Tod ist.

Mein ganzes Leben hindurch hätte ich in diesem Zustand der letzten Monate bleiben können, nicht das geringste hätte sich in unserem Verhältnis zu ändern brauchen, und ich hätte mich unsagbar glücklich gefühlt, hätte keine Sehnsucht gehabt und hätte nichts entbehrt.

Uneinnehmbar!

Kein anderer Begriff steht vor meinen Augen. Wohin man sieht und wohin man denkt: überall flammt das Wort. Auf den schmutzig-weißen Betonköpfen, die man nur vom Fesselballon aus sehen kann, findet man das Wort gezeichnet; in dem Flusse, der sich um die Feste windet, schwimmt es, es hängt in dem grünen Grase der Wälle, das nie eine Sense berührt; es liegt in den gleichgültigen und in den ironischen Blicken der Bevölkerung; und es macht sich breit in den Büchern über Fortifikation und Militärwesen, sowohl in den vergilbten und verwitterten Schmökern, die tausend Jahre alt sind und die nur alte Gelehrte zu lesen verstehen, die kaum eine Kanone von einem Gewehr unterscheiden können, als auch in den funkelnagelneuen Bänden, die von Männern verfaßt sind, bei denen man nie weiß, ob sie überaus tüchtige Gelehrte sind oder ebenso tüchtige Soldaten.

Aber die Offiziere der Belagerer lachen hell auf, wenn sie das Wort hören; mit einem fröhlichen, unbekümmerten Lachen die jungen und mit einem schwergeruhigen überzeugten Lachen die alten.

Und in der Nacht sollen wir sie nehmen. Ohne Vorbereitung. Durch Überfall. Warum habe ich das nicht getan? Durch Handstreich? Durch Überfall? Und danach sterben. Der Tod wäre ja geschenkt gewesen dafür.

»Gehen Sie sofort mit fünf Mann da drüben zu dem Wäldchen. Das Wäldchen wird von der Festung aus die Nacht hindurch unter Sperrfeuer gehalten. Aber was auch kommt, Sie haben die Waldecke zu halten.« – »Zu Befehl, Herr Hauptmann!«

Der nächtliche Überfall ist nicht geglückt. Und ich freue mich dessen, weil es mir beweist, daß ein Überfall auch nicht glücken kann und ich mir einer Unterlassung wegen nun keine Vorwürfe zu machen brauche; denn das Nichtglücken wäre ein schmachvolles Verbrechen gewesen. Und weil die Festungsbesatzung das Wäldchen für einen Platz ansah, der uns bei dem bevorstehenden Sturmangriff als Stützpunkt hätte dienen können, war beim Morgengrauen kein Baum und kein Moosfäserchen mehr davon vorhanden. Die Erde war auf der ganzen Fläche viele Meter tief umgepflügt, von einem Riesenpflug, der darübergegangen war.
Meine fünf Leute waren tot. Ihr Blut und Teilchen ihrer Körper klebten an meiner Uniform. Ich war unverletzt. Und eine vorgeschobene Patrouille des Gegners, die am Morgen kam, um als Vorposten das Waldplätzchen zu besetzen, konnte ihre Aufgabe nicht erfüllen. Als mein erster Schuß fiel, blieben sie wie erstarrt stehen, so verwundert waren sie, daß an dieser Stelle noch ein Lebender und Kampffähiger war. Sie versuchten zu fliehen, aber es kehrte keiner zurück.
Meine Kompanie kam in einigen Riesensprüngen herangestürmt und besetzte den Platz, der infolge des aufgewühlten Erdbodens und der unzähligen großen Löcher eine wundervolle Deckung bot. Als der Hauptmann mich sah, sagte er: »Was denn? Sie leben noch? Ich dachte –«. – »Ja«, gab ich zur Antwort, »das hat seinen besonderen Grund.« – »Wieso?« fragte er und sah mich an. Er hatte aber keine Zeit, meine Antwort abzuwarten.
Wir graben, bis wir alle keuchen und dampfen. Und dazwischen hinein hageln die Granaten. Dann sitzen wir in sicheren Löchern, und wir rufen uns zu in der freudigen Ermattung nach getaner Arbeit: »Aber geschafft haben wir's doch!«

Es schien, daß erst jetzt die Besatzung gemerkt hatte, daß ihr Vorposten uns nicht aufgehalten haben konnte. Von der Wichtigkeit dieses Stützpunktes überzeugt, richtete nun die Festung ein verheerendes Feuer auf unsere Stellung. Aber wir saßen gut. – –
Es ist dicke schwere Nacht. Von drüben langen die Scheinwerfer herüber und holen uns aus unseren Löchern hervor. Alle, jeden nach der Reihe, daß wir das Gefühl haben, als säßen wir mitten in einer Zirkusarena, auf weißen Sägespänen, völlig angekleidet von einem grellblendenden Lichte und hart und mitleidslos angestarrt von einem unübersehbaren Meer grausam neugieriger Augen. Wir bekommen eine grauenhafte Angst vor dieser Helle und vor diesen Augen. Wir wagen nicht zu sprechen, nicht zu atmen, haben nur einen Gedanken, uns immer tiefer zu verkriechen, und haben doch nicht den Mut, auch nur die geringste Bewegung zu machen.

In einer so blendend weißen Helle fühlte ich mich, als sie ihr Auge mit aufpeitschender Gleichgültigkeit auf mich gerichtet hielt, während ich am Fenster lehnte und Inges wuscheliger Jungenskopf an meiner Brust lehnte. Sie war menschlich viel zu groß, um den Begriff der Eifersucht auch nur zu kennen. Aber nur eine halbe Stunde vorher saßen wir zusammen im vertrautesten Beieinander. So wie es nur Mann und Frau können, in jener Zeit, wo ihnen kein anderer Begriff möglich erscheint als nur innige Freundschaft und sie von dem einzigsten Gedanken beherrscht werden: Möchte das zwischen uns Unausgesprochene doch niemals gesagt, niemals erfüllt werden! Und wo dennoch beide bebend dahintaumeln möchten zu der großen Wandlung: Und der Gedanke sei ausgesprochenes Wort!

Und in jener Stunde, in der man vor der Erfüllung zittert, weil man nicht weiß, ob sie den schöneren und vollkommeneren Zustand zerstört, war es, daß sie sagte: »Ich habe vor Ihnen eine Achtung und besitze zu Ihnen ein Vertrauen und einen unbegrenzten Glauben an die innere geistige Vornehmheit Ihres Menschen, daß ich es nicht für möglich halten würde, Sie könnten eine Liebschaft unterhalten von jener alltäglichen Art, die man nimmt und abtut je nach Laune und Bedürfnis. Sie sind von jener ausgestorbenen Art, die nur zwei Begriffe kennt: entweder – oder.«

Sie sagte es nicht als Schmeichelei. Das konnte sie überhaupt nicht. Sondern sie stellte den Satz, der zwischen den Zeilen unendlich mehr enthielt, was nur wir beide wußten und verstanden, als eine abgeschlossene Tatsache hin, zu deren Ergebnis sie durch eingehendes Beobachten meiner Person gekommen war. So stolz wie ein Chemiker sein muß, der beim Besuch im Laboratorium findet, daß seine am Schreibtisch gemachten Berechnungen restlos aufgehen, so stolz mußte sie gewesen sein, als sie dieses abschließende Urteil fällte.

Und was mich so über mich selbst erhob und mich so unendlich beglückte, war, daß ich zum ersten Male in meinem Leben einen Menschen gefunden hatte, der sich bemühte, in meiner Seele zu lesen und das in meinem Wesen zu verstehen, worüber ich mir selber noch nicht klar war. Ich gewann einen starken Glauben an mich, und ganz neue, ungeahnte Kräfte bedrängten mich, alles, was mir bisher unmöglich erschien, fest anzupacken und längst fortgeworfene Pläne wiederaufzunehmen und rücksichtslos durchzuführen.

»Ja, Sie haben recht«, sagte da der neben mir liegende Feldwebel, »Sie haben ganz recht, wenn wir das nicht rücksichtslos durchführen und in der nächsten halben Stunde fest zupacken, sind wir Brei.«

Ich lag mit dem Feldwebel und mit einem Gefreiten etwas weit vor der eigentlichen Front. Wir bedienten den Fernsprecher. Der Feldwebel lag am Schallbecher und hatte den Hörer in der Hand, und ich machte die Aufzeichnungen. Der Gefreite beobachtete das Gelände.

Die Sonne kam hoch. Vor uns tasteten einige Granaten den Erdboden ab. Sie entwickelten auffallend viel Rauch, und wir kamen zu der Überzeugung, daß der Gegner versuchte, sich für den am Tage zu erwartenden Sturmangriff einzuschießen. Wie ein dicker Finger bohrten sich die Geschosse in die Erde. Sie waren von einer überlegenen Ruhe wie alte Philosophen. Immer, wenn sie sich genügend eingebuddelt hatten, explodierten sie mit einem berstenden Knall. Es sah aus und hörte sich an, als könnte das gar nicht weh tun und als sei dieses Abtasten eine ungefährliche niedliche Spielerei. Der Feldwebel zuckte aber doch jedesmal zusammen, und der Gefreite steckte den Kopf bei jedem Sausen in die aufgewühlte Erde. Ich sagte zu ihm: »Warum machen Sie immer eine solche Verbeugung?« Er sah mich an, aber er sagte kein Wort. Sein Gesicht war ganz weiß.

Die Granaten zeichneten eine beinahe schnurgerade Linie. Man konnte sich vorstellen, daß die Artilleristen drüben, nach jedem Treffer und nach jedem Einschlag wie auf einem Schießstand, sowohl die Stellung und Richtung des Geschützes als auch die Schallzeit genau einschreiben in einem danebenliegenden grauen Heftchen. Da ihnen das umliegende Gelände im Umkreise von wenigstens zwölf Kilometern bis auf den Zentimeter bekannt war, so schienen sie jetzt nur eine Nachprüfung vorzunehmen.

Da sagte der Feldwebel: »Ich weiß nicht, aber ich glaube, die Leitung ist unterbrochen, denn ich bekomme seit einer Weile keine Antwort mehr. Was machen wir nur?« – »Die Leitung absuchen, was weiter?« antwortete ich. Und der Feldwebel: »Bei diesem Feuer? Auf tausend Meter vor uns liegt Infanterie in Vorstellung, das haben Sie doch hoffentlich schon gesehen. Glauben Sie, daß die ein Ziel durchlassen werden?«

»Nein, das glaube ich freilich nicht. Da wären sie ja auch schöne Soldaten. Aber ich gehe, das kommt mir sehr gelegen!« sagte ich und stand auf. Ich hätte kriechen können. Aber was hätte das für einen Zweck gehabt? Es würde die Notwendigkeit ja doch nur um einen Tag verzögert haben oder um zwei oder um drei.

Sofort war meine Helmspitze angegriffen; dann spürte ich eine rasche Bewegung unter dem Kniegelenk, wo die Hosen in den Stiefeln stecken. Ich sah nach und fand drei Finger breit übereinander zwei Geschoßlöcher von Gewehrkugeln. Dann bekam ich einen Schlag gegen den Stiefelabsatz, ein Geschoß hatte sich in dem Absatz verkrochen. Aber mich kümmerte nur, daß sie an jenem Tage sagte: »Ich habe mich selbst belogen. Wissen Sie, wie sehr man sich dessen schämt? Daß man sich da vorkommt, als hätte man ein widerwärtiges Verbrechen begangen? Das vergißt man nicht, eine solche Demütigung.«

Das entschied.

Bis jetzt ist das Kabel nicht unterbrochen. Ich sehe diesen dicken, grauen Faden auf dem Erdboden dahinschleichen. Der Faden, in dessen dünnem rotem Nervenstrang Tod und Leben nebeneinander um die Wette laufen, immer hin und her. An einer Stelle hat er eine Granate bekommen. Aber er ist nur in den Erdboden eingedrückt, und als ich ihn herausziehe, sehe ich, daß er unverletzt ist. Er ist nachgiebig und zäh.

Ich hätte es auch sein sollen. Ob ich jetzt glücklicher wäre? Ich glaube nicht. Wenn einmal etwas gewankt hat, das man bis in alle Ewigkeit für unerschütterlich hielt, dann ist es zwecklos, es aufhalten zu wollen. Das nächste Mal wankt es schon um einen Grad mehr. Ich hätte ihr doch sagen können, daß Inge, die in rasendem Übermut die Treppe heraufgelaufen war, um ihr irgendeine harmlose Neuigkeit zu berichten, plötzlich von einem Unwohlsein befallen wurde und auf das Fensterbrett aufgeschlagen wäre, wenn ich dort nicht gestanden hätte. Und in diesem Augenblick kam sie herein. Sie dachte ebensowenig wie ich etwas, das anders ausgelegt werden konnte. Dessen bin ich überzeugt. Und gerade weil ich dessen so sicher war, konnte ich nicht unbefangen tun. Meine Gedanken waren noch unausgesetzt bei unserem letzten Gespräch. Auch die ihren. Und zwischen diesen mich so seltsam beglückenden Worten und meiner Antwort: dieses unschuldige Weib. In ihrem Blick lag kein Erstaunen oder Überraschtsein; aber ich sagte: »Fräulein Inge wäre in ihrer Hast beinahe hingestürzt, wenn ich hier nicht gestanden hätte.« Sie fühlte sofort die Beleidigung, die ich ihr, ohne es zu wollen, angetan hatte. In meiner Stimme lag auch ein so eifriger, entschuldigender Ton, daß sie den Schmerz doppelt fühlen mußte. Sie wurde blaß, und ich sah, wie sie rasch zum Tisch gehen mußte, um für den ersten Augenblick einen Stützpunkt zu haben. Aber gleich darauf sagte sie: »Na, Kind, was hast du denn? Komm mit uns, wir wollten soeben ausfahren. Dabei kannst du dich erholen.«

Das Kabel war heil. Aber der Hauptmann, der Unteroffizier und die zwei Mann, die hier am Apparat saßen, waren tot. Eine Granate hatte sich mitten hineingesetzt. Ich untersuchte den Apparat. Er war vollständig in Ordnung. Ich unterließ es, die Toten beiseite zu schaffen, weil sich dafür noch später genug Zeit fand. Jedenfalls mußte ich mitten zwischen sie treten, um an den Apparat zu kommen. Ich sprach nun mit dem Feldwebel, der froh zu sein schien, eine menschliche Stimme zu hören. Seitdem er seinen Apparat nicht gebrauchen konnte, hatte er das Gefühl, auf einem verlorenen Posten zu sein. Und das ist ein entsetzliches Gefühl, das dem der Einsamkeit am nächsten kommt. Ich sagte ihm aber nicht, daß hier die Leute alle tot seien, ich sagte vielmehr, es sei nur einer hier, und der sei verwundet. Dann lief ich zurück zum Bataillonsstab. Mir kam schon jemand entgegen, der sich auch der unterbrochenen Sprechleitung wegen erkundigen sollte. Denn von dem Apparat, an dem sich der Hauptmann befand, ging eine Leitung zur Kompanie, die Vorpostenstellung innehatte, und die andere ging zum Bataillonsstab.

Dem Soldaten erklärte ich, was vorgefallen sei, und schickte ihn zur Kompanie mit der Weisung, sofort neue Sprechverbindung abzuschicken und dem Bataillon alles Nähere mitzuteilen. Ich kehrte zu meinem Posten zurück. Der Gefreite hatte einen Beinschuß bekommen und konnte sich nicht rühren. Er machte ganz den Eindruck, als sei er sehr froh darüber, weil er nun in die Heimat gebracht würde. Trotz seiner Schmerzen mußte er aber hierbleiben, weil wir ihn für den Fall, daß uns etwas zustoßen sollte, nicht entbehren konnten.

Als ich einmal aufsah, kam es mir vor, als bewege sich das Gelände. Eine Patrouille schlich sich auf dem Bauche kriechend heran. Sie war nur fünf Mann stark. »Wenn sie nicht zu nahe kommen, daß sie uns sehen, lassen wir sie ruhig gewähren«, sagte der Feldwebel, »dann kommen die übrigen um so sicherer nach.« Die Patrouille verzog sich seitwärts. Dann ging das Schießen wieder von neuem los. Genauso langsam und bedächtig abtastend wie am Morgen. Eine halbe Stunde später nahm ich den Apparat zur Hand und meldete: »Feldwebel Schütz ist soeben gefallen.« Zurück kam: »Sind Sie allein am Sprechposten?« – »Jawohl«, antwortete ich, »der Gefreite Klein, der schweren Granatschuß im Bein hatte, ist inzwischen gestorben. Beim Versuch, ihn, der am Verbluten war, zu verbinden, ist der Feldwebel getroffen worden.« – »Sonst nichts?« – »Nein.«

Und dann kam die Nacht. Ich wartete auf zwei Hilfsmannschaften, die mir zugesagt waren. Aber sie kamen nicht. Neben mir lagen die beiden Toten. Ich mußte immerfort zu ihnen hinsehen. Ich wollte nicht, aber ich mußte. Immer dachte ich, daß wenigstens einer von ihnen aufwachen würde, weil es so unerklärlich erschien, daß sie nun bis in alle Ewigkeit kein Wort mehr sprechen sollten, daß für sie alles nun vorbei sei. Was hatten sie, diese beiden, nun von einem Sieg oder von einem Untergang! Empfindung hat doch immer nur der Lebende. Und ich bin Egoist. Nichts sonst als überzeugter Egoist. Was kümmert mich der Krieg? Ich weiß, warum ich mit Bewußtsein hier bin. Und ich kann es nicht erwarten. Ich kann mich doch nicht besser machen, als ich bin, und ich werde mir doch nicht selbst eine verlogene Komödie vorspielen? Vor allem nicht in diesen Blättern, die man nicht vor meinem Tode lesen wird; denn gefangen werde ich nicht, lebendig nicht. Andere sind edler. Nach ihrer Meinung. Sie haben recht. Aber sie sollen mir zugestehen, daß ich auch recht habe.

Ich liege in einem Meer von Licht. Von drüben kommen die langen weißen Fahnen, und hinter meinem Rücken kommen sie her. Aber die zwei Hilfsmannschaften kommen nicht. Vielleicht sind sie auf dem Wege gefallen, oder sie haben sich verlaufen. Ich frage jedenfalls nicht an. Und da man mich auch nicht anfragt, so brauche ich

auch keine Antwort zu geben. Hoffentlich unterläßt man es überhaupt, mir Gesellschaft zu schicken. Ich kann sie wahrhaftig entbehren. Sie langweilen mich alle. Manchmal tut es mir leid, daß sie keine Freunde sind.
Gewiß, ich hätte mir können eine neue, eine andere Lebensaufgabe suchen, einen anderen Lebenszweck. Aber ich wollte einfach nicht. Warum auch? Sollte ich nun vielleicht eine Menge Worte machen und das, was zwischen uns beiden so leise in der Luft glitterte wie Sonnenflirren, durch Auseinandersetzungen und Erklärungen erst recht betonen? Ich sah den Grund nicht ein. Was zerstört ist, das ist eben zerstört. Und was sich durch Erklärungen und lange Sätze über Andersgemeintsein wieder eingerenkt hätte und vielleicht gar aufs neue angeknüpft worden wäre, konnte nichts anderes sein als eine kunstvoll zusammengeflickte Sache. Aber ich hätte den Flicken immer und immer gesehen und sie auch. Wir hätten in ewiger Angst gelebt, daß eines Tages an anderer Stelle ein neuer Flicken notwendig werden könnte. Und weil ich nicht von diesen Angstgefühlen um einen endgültigen, tödlich treffenden Verlust hin- und hergeworfen werden mag, weil ich mir zu gut bin, Pendel zu sein, deshalb blieb mir nur ein letzter Weg. Aber wie?
Und so ist es mir ganz gleichgültig. Ich stehe auf, nehme mein Gewehr in den Arm und gehe vorwärts, der Festung zu. Das ist der kürzeste und sicherste Weg. Die Scheinwerfer stoßen wie eine blitzschnell vorgestreckte Faust in die Landschaft. Sie ziehen die Faust wieder ein und stoßen sie an einer anderen Stelle ebenso blitzschnell wieder vor. Und wie eine märchenhafte Zauberlandschaft steht urplötzlich an den Stellen, wo die Faust ruht, mitten aus dicksatter Finsternis gerissen, das wunderbare Bild: weißsilbriges Gras, hellblaue Ackerfurchen, rubinrote Sträucher, alles in grellen, harten Umrissen, in schmerzhafter Schärfe und eingeschlossen in die unwahrscheinlichsten Farben und in grauenhaft unirdische Schatten.
Wenn ich in einer solchen Faust stehe, dann kommt die Kugel.

Denn warum sollte ich mir selbst die Mühe machen? Ich überlasse das irgendeinem, und ich bin unschuldig. Oder vielleicht doch nicht? Nun gut, dann will ich mir die Kugel ehrlich verdienen. »Halte-là! Qui vive?« höre ich da plötzlich vor mir. »Esel« schreie ich und bleibe stehen. Und vor mir ertönt es: »Approchez!« Und ich denke bei mir, den Gefallen werde ich dir denn doch nicht tun. Ich werfe mich nieder. Alles ist wieder still, und die dicke Finsternis macht, als läge man in einem Meer des Nichts. Während ich überlege, was nun eigentlich weiter werden soll, sage ich mir, daß ich ebenso gut auch noch eine Stunde warten kann. Und in dieser Stunde kann ich der Kompanie mitteilen, daß hier in einer Breite von wenigstens drei Kilometern ein ganzes Bataillon eingegraben ist und daß ohne weitere Vorbereitung der um ein Uhr nachts angesetzte Sturmangriff nicht glücken kann. Was können alle die tausend jungen Kameraden dafür, daß mir das Leben gleichgültig ist?
Ich warte. Aber es rührt sich nichts. Sie sind sich nicht klar. Vielleicht glauben sie, daß es einer der Ihrigen war, der sich verbummelt hat. Sie schießen nicht, um nicht die Stellung zu verraten. Am Tage haben sie nicht dort gelegen. Das weiß ich bestimmt. Und die Scheinwerfer hatten den wichtigen Zweck, das Einnehmen dieser Stellungen abzublenden. Hinter den Fäusten ist die Finsternis um so dicker und undurchdringlicher.
Ich habe jetzt auch nicht das geringste Interesse mehr an mir selbst und an meiner eigentlichen Absicht. Das wußte ich erst, als ich plötzlich das ein wenig unheimliche Gefühl bekam, daß zwei Schritt vor mir ein Mann lag. Ich spürte seinen Atem, deshalb vergrabe ich den meinen in die Erde. Nun ist der seit vielen Wochen längst und sehnsüchtig erwartete Augenblick gekommen. Ich brauche nur stillzuhalten, und es ist gut so. An meine soldatische Pflicht denke ich jetzt nicht im geringsten, auch nicht an das Vaterland. Mir erscheint das alles wie auch mein Egoismus in eine ewig unerreichbare, nebelhafte Ferne gerückt. Ich kann nicht einmal das Wesen des Begriffes an sich irgendwie bestimmen. Aber

ich ziehe unendlich langsam und vorsichtig das Seitengewehr, schiebe mich, ohne zu kriechen, nur in meinen Muskeln und Sehnen voran und wühle mein Seitengewehr in die vor mir lastende atmende Masse. Es läuft mir warm über die ausgestreckte Hand. Einen Schritt schiebe ich mich weiter und trenne mit scharfem Ruck von der schwerfälligen Masse die beiden Achselklappen herunter. Und als ich auch das Käppi besitze, krieche ich zurück, stehe nach zehn Schritten auf und gehe rasch, während ich die Schritte genau zähle, in meine Stellung. Ich konnte sie nur finden, weil ich über den Gefreiten stolperte.

Die weißen Fahnen flackerten wie unheimliche Gespenster über das schwarze Feld. Dicht neben mir lagen die beiden Toten. Und nachdem ich meine Laterne angeknipst hatte, wischte ich von meinem Seitengewehr die Röte an meiner Hose ab. Das meiste jedoch ging nicht fort, sondern klebte fest.

Ich sprach nun mit dem Kompanieposten. Man hatte mehrfach angerufen und schon geglaubt, daß ich tot sei. Die beiden Leute zur Bedienung waren noch immer nicht gekommen. Ich ließ mich mit dem Bataillonsleutnant verbinden. »Was sagen Sie da?« schrie der Oberstleutnant ganz aufgeregt in den Apparat. »Was, die Vorgeländestellung der Forts elf und dreizehn ist mit Infanterie besetzt?« – »Jawohl, Herr Oberstleutnant, mit Infanterie und Maschinengewehrabteilungen, soweit ich es beobachten konnte, auf je hundert Meter etwa ein Maschinengewehr.« – »Sollten Sie sich nicht getäuscht haben? Wir haben das Gelände abgesucht, es hat keine Patrouille eine ähnliche Entdeckung gemacht.«

Mir lag nichts daran, den Oberstleutnant davon zu überzeugen, daß seine Patrouillen geduselt hatten. Und ich sagte: »Von meinem Stande aus sind es genau neunhundert Schritte bis zum besetzten Gelände.« Und der Oberstleutnant sagte hierauf: »Mann, wenn das wahr ist, was Sie da sagen, dann verdanken wir Ihnen die Eroberung der beiden Forts, und wenigstens viertausend Kameraden verdanken Ihnen Leben und gesunde Glieder.«

Ich sah nach der Uhr. Es war zwölf. Es konnte gar nicht anders sein, als daß der Gegner eine Patrouille von uns abgefangen hatte und die Burschen in ihrer Dummheit sich durch geschickte Kreuz- und Querfragen hatten verleiten lassen zu sagen, daß heute nacht der Handstreich auf die Außenforts unternommen werden sollte. Denn der Festungskommandant hatte sicher mit keinem Gedanken daran gedacht, daß wir ankommen würden und ohne weiteres gleich die Nacht darauf ohne große Artillerievorbereitung einen Sturm versuchen könnten. Er hatte mit vier Wochen zweifellos gerechnet.

Es herrscht eine entsetzliche Stille. Am Abend zirpten wenigstens noch die Grillen, und in irgendeinem Tümpel schwätzten die Frösche. Aber jetzt huschen nur wie weiße Nebelfrauen die langen Lichtlatten durch die Nacht, werfen ihre Zauberlandschaften wie Spielbälle bald hierhin, bald dorthin. Es ist schließlich so still, daß ich Angst bekomme vor meinem Herzklopfen und alles Denkbare versuche, um das Atmen zu unterdrücken. Ich lausche in schwüler Spannung, um zu hören, daß sich einer der beiden Toten bewegt und zu sprechen beginnt. Denn noch immer nicht kann ich es glauben, daß sie von der Welt ausgeschaltet sind und nicht mehr dazugehören. Und weil ich so gar nichts höre, denke ich, daß sie nicht mehr dort sind. Ich möchte mit meiner Laterne nach ihnen suchen, aber man würde das Licht drüben bemerken. Und als ich es nicht mehr ertrage, nehme ich das Gewehr und schiebe es in die Richtung, wo die beiden liegen. Sie liegen noch da. Alle beide. Und mir wird etwas wohler zumute.

Dann höre ich über mir ein Rasseln. Es könnte beinahe eine Wachtel sein. Und ein donnernder Knall kommt hinterher gehinkt, als hätte er sich versäumt, und eiligst rennt er davon, daß man ihn nur ganz hinten irgendwo verflackern hört. Es ist wie eine Erlösung nach dieser furchtbaren Stille. Ich fühle mich nicht mehr allein, ich fühle, daß hinter mir noch Menschen sind, die zu mir gehören. Das gibt mir eine Freudigkeit, wie ich sie bis zu dieser Stunde nicht hatte. Und nun geht ein Brüllen in den Lüften an, daß einem immerwährend die Atemzüge verschlagen werden. Aber nachdem es eine Stunde währt, bekomme ich dasselbe grauenhafte Angstgefühl des Allein- und Verlassenseins wie vorhin bei der Stille. In diesem furchtbaren Gebrüll komme ich mir so winzig klein vor, so einsam und so von Gott und aller Welt verlassen, daß ich zu weinen anfange wie ein kleines Kind. Es ist keine Furcht, und ich würde mir nichts daraus machen, getroffen zu werden. Aber von drüben antworten die schweren Festungsgeschütze, und hinter mir krachen die unseren. Und ich liege so grenzenlos allein und vergessen dazwischen. Ich habe jetzt keine Freunde und keinen Feind mehr, und mich überfällt eine unsagbare Traurigkeit. Ich habe nur einen Wunsch: Möchte mich doch eine mitleidige Granate treffen! Und zum ersten Mal habe ich diesen heißen Wunsch nicht aus Egoismus, und zum ersten Mal sehe ich nicht eine Erfüllung meiner Absicht darin, wenn ich getroffen werde. Und der Gedanke, den ich seit dem Tage hatte, als mein Leben mit ihr zu Ende ging, der kommt mir jetzt, wo ich es vor allen Ewigkeiten lachenden Herzens verantworten könnte, nicht einen Augenblick.

Die langen weißen Lichtfackeln sind erloschen. Vor mir und hinter mir. Sie sind jetzt ganz überflüssig. In dieses Sperrfeuer kommt weder von uns noch von drüben ein Angriff. Die Geschütze sind so gut verborgen, daß es nicht möglich ist, das Feuer des Abschusses zu sehen. Ich habe mich so an das Gebrüll gewöhnt, daß ich es durchaus überhöre und voll des Glaubens bin, ich müßte in diesem Donner das Knacken eines niedergetretenen dürren Astes hören. Ich sehe mich um und erblicke eine dicke Masse breit und wuchtig auf mich zukommen. Sie hebt sich schwarz und undurchdringlich und drohend von dem mattglänzenden Nachthimmel herab. Dann höre ich inmitten des Donners wie im Dämmerschlaf ein heißes Keuchen und ein rasendes Stampfen. Es erinnert mich an das mit nichts anderem vergleichbare wahnsinnige Stampfen und Keuchen einer vor dem Präriebrande fliehenden Büffelherde.

Ich springe auf und schreie: »Kameraden! Kameraden!« Aber ich bin schon niedergerannt und niedergetreten. Über mich hinweg stampfen die Unseren. Einer fällt und verfängt sich in unserer Deckung. Zwei andere stürzen über ihn, und ich liege nun unten und bin beschützt vor den nachfolgenden dritten, vierten und fünften Linien. Aber das dauert nur einen kurzen Augenblick, dann springen die über mich Gefallenen auf und rennen ihrer Truppe nach. Kein Wort höre ich und kein Kommando, aber als sie ungefähr dreihundert Schritte von mir sind, höre ich einen schrillen Pfiff. Und beinahe gleichzeitig setzt vorn ein brausendes »Hurra!« ein.

Sie haben die Vorgeländestellung des Gegners, die von der Artillerie schon angefressen war, im ersten Ansturm überrannt. Aber an den Wällen der Forts zerbrach der Ansturm und knickte zusammen wie ein lawinenüberschütteter Wald. Es ging nicht weiter mit dem Körper, wo der Wille schon zweitausend Meter darüber hinaus war. Die Wälle waren gespickt mit Minen, mit Fallen, mit Maschinengewehren und mit ausgeschlafenen und sattgegessenen Soldaten, die in ihren betonierten Löchern in so ruhiger Sicherheit saßen, daß es für die ein lustiges Schützenfest war.

Die erste Linie verblutet, die zweite will die Kameraden rächen und stürzt in blinder Wut beinahe wehrlos in die Bajonette und spitzen stählernen Gitter. Sie kollern von den starken Wällen wie Säcke herunter, den Mannschaften der dritten Linie in die Arme und zwischen die Füße. Und die dritte Linie verliert dadurch ihre Wucht und ihren gestreckten Lauf und bildet Klumpen und Knäuel. Und diese Klumpen und Knäuel reißen die vierte Linie in hilflose Stücke auseinander, bringen die heranstürmenden fünften und sechsten Linien in unlösbare Verwirrung, stemmen sich mit Körpern, Fäusten, Waffen und Stiefelabsätzen der siebenten Linie entgegen. Und der ganze große lange Gebirgszug schreiender, blutender, kämpfender, fliehender, stöhnender menschlicher Leiber stürzt sich in wahnsinniger Angst auf die folgenden drei Linien, die in jubelndem Gesang herangeführt werden, ihre in Bedrängnis geratenen Kameraden vor dem Untergang zu retten und den Kampf zu ihren Gunsten zu wenden. Aber während an einzelnen Stellen der Gesang noch jubelnd und siegesbewußt und triumphierend die Luft erfüllt und in seiner schauerlich erhabenen Größe den Donner der Geschütze zu übertönen versucht, mischt sich an anderen Stellen der Gesang mit dem Wahnsinnsgeschrei der von sinnlosem Grauen ergriffenen durcheinandergeknäulten Masse fliehender Soldaten. Und das Singen birst und zerstiebt wie ein sich zu Tode flackerndes Feuer. Und an die Stelle des jauchzenden Singens der letzten Linien tritt Wut, die heulende Wut der Enttäuschten. Aber indem sie nun mit Gewalt den Wahnsinn bezwingen wollen, werden sie ohne sonderliche Anstrengung von einer großen, kühlen, gleichgültigen Hand mit in die wilde, unaufhaltsame Flucht der gerade durch die Masse unberechenbar gewordenen Menschenhaufen geschleift. Und hinter ihnen her keilen sich Granaten, Schrapnells und Gewehrkugeln um den Vorrang. Es war das Mensch gewordene Entsetzen, das große unfaßbare Grauen. Und das Grauen war erleuchtet von den langen Lichtstäben, die von hüben und drüben hin und her schwirrten, ein Bild brutal herausrissen aus dem schwarzen Nichts, es wie mit einer Zange festpackten, dann durcheinanderschüttelten und endlich losließen und wieder zurückwarfen in die Nacht.

Ich will nicht behaupten, daß ich mich nicht hätte in dieser sinnlos gewordenen Masse so widerstandslos mit fortreißen lassen. Darüber kann nur jemand sprechen, der in dem Haufen mittendrinnen war. Aber ein Massengedanke, selbst wenn er der Tat gewordene Wahnsinn ist, läßt den einzelnen Gedanken, und wäre er ein unmittelbar von Gott gekommener, nicht zur Geltung gelangen. Der einzelne ist hier nur das machtlos winzige Körnchen in dem vom Sturm dahergepeitschten Straßenstaub, das armselige Tröpfchen in der Meeresbrandung. Aber versucht hätte ich es jedenfalls, nicht dem Wahnsinn zu verfallen. Und wenn ich es nur darum hätte tun sollen, um meinen eigenen Willen der Mehrheit entgegenzusetzen. Ich hörte später, daß sich die Leute zu Tode geschämt haben über ihre ihnen am nächsten Tage ganz unbegreiflich erscheinende plötzliche Verwirrung.

Ich war in meinem Loch geblieben und konnte mit dem Glase sehr gut sehen. Bald wurde die eine Stelle grell hervorgehoben und unmittelbar darauf in tiefste Nacht getaucht. Wenn diese Stelle dann wieder blendend aus dem Nichts herausgerissen wurde, war das Bild jedesmal bis ins kleinste verändert. Aber immer war es ein wimmelnder Haufen von Menschenleibern. Und immer dachte ich, das sei nicht wahr, das sei ein grausiger Traum. Aber dann surrte der Sprecher, ich hörte Befehle und gab Berichte und wußte, daß ich wach war.

Dann wollte ich mit vorstürmen; ich hielt es nicht mehr aus. Aber da kam der Befehl: »Unter keinen Umständen verlassen Sie den Posten, selbst wenn eine Zurücknahme unserer Linie notwendig werden sollte; der Sprechposten muß besetzt bleiben. Neues Losungswort für jede beginnende Meldung ›Rummelsburg‹, nach jedem letzten Wort jedes zweiten Satzes Sicherungswort ›Müritz‹. Beim geringsten Verdacht, daß Losungswort an Horcher verlorengeht, sofort Meldung. Verstanden?« – »Jawohl, Herr Leutnant!«

Die Massen kamen blind zurückgeflutet. Sie überrannten mich, zerstampften unser so mühsam erbautes Loch, traten mich blutig und schlugen mir mit den Stiefeln und den nachschleifenden Gewehrkolben Beulen an den Kopf. Einer kam vorüber, dessen Brotbeutel halb abgerissen herunterhing. Der war dick gefüllt, und mir fiel ein, daß ich seit beinahe zwölf Stunden nichts gegessen hatte. »Gib dein Brot her!« schrie ich ihn an. Und weil er nicht hörte, faßte ich den Brotbeutel, um ihn ganz herunterzureißen. Er riß nicht sofort ab. Und der Fliehende glaubte, daß ich ihn festhalten wolle. Er drehte sich um, schrie wie ein Wahnsinniger: »Hund du!« und stieß mich mit dem Bajonett. Er traf mich in den Arm. Das Gewehr bekam er nicht schnell genug wieder in seine Gewalt. Er wollte es im Stich lassen. Aber im selben Augenblick kam über ihn etwas von der eingedrillten Manneszucht. Er bückte sich nach dem Gewehr. Ich sah sein Gesicht. Es war in grauenhafter Angst verzerrt. Als er nun eine knappe Sekunde so bei mir war, sagte ich zu ihm: »Kamerad, warum stichst du mich?« Nun kam er einen

Augenblick zur Besinnung. Er guckte mich mit den großen, verwirrten Augen eines Fieberkranken an, und als er sah, daß er in dem Glauben, von dem Feinde festgehalten zu sein, einen Kameraden gestochen hatte, schrie er: »Ach, lieber, lieber Kamerad!« Und dann raffte er in überstürzender Hast sein Gewehr auf, packte mit der anderen Hand den Brotbeutel fester, weil der ihm zwischen die Beine kam, und rannte in der plötzlich wieder über ihn gekommenen Todesangst wie toll über das Feld.

Der Schmerz, der in seiner Stimme gezittert hatte, tat mir bitterlich weh. Ich hätte was darum gegeben, hätte ich mich einen Augenblick gehenlassen können, um zu heulen. Es lag mir im Herzen, in der Kehle und in den Augen.

Nun verstand ich alles und alle. Als ich sie zuerst so daherrasen sah, dachte ich: Schlappe Bande! Jetzt aber dachte ich es nicht mehr.

Das Überfluten der Massen ließ nach. Ich begann, das Loch wieder ein wenig instand zu setzen und mich vorzubereiten auf das, was mir bevorstand. Denn daß die Festung keinen Ausfall machen würde, um es der gesprengten Truppenmacht zu erschweren, sich neu zu ordnen, war im höchsten Grade unwahrscheinlich.

Nun kommen welche, die nicht so schnell rennen konnten, weil sie etwas abgekriegt hatten. Jeder, der in meine Nähe kommt und mir durch Anrufen erreichbar wird, ist mir verfallen. Als mir der erste Gedanke dieser Art kommt, denke ich es lediglich aus Spaß zu tun, um mir die Zeit zu vertreiben. Aber dann, als ich bemerke, daß hier unter Umständen sehr wichtige Dinge auf dem Spiele stehen, mache ich nicht viel Federlesen. Und selbst auf die Gefahr hin, wegen Überschreitung meiner Machtbefugnisse bestraft zu werden, gebe ich meine Absicht nicht auf.

»Heda! Wo willst du denn hin?« schreie ich den ersten an, der vorbeigehinkt kommt. Der hat nur einen Stiefel an, der andere Fuß ist mit irgendeinem blutigen Fetzen umwickelt. »Zur Kompanie zurück!« – »Nichts da«, sage ich. »Daraus wird nichts. Du bleibst hier mitsamt deinem Gewehr, bis ich dich gehen heiße.«

»Du hast mir gar nichts zu sagen, verstehst du mich!«
»Wenn Sie noch einen Schritt weitergehen und nicht im selben Augenblick hierherkommen, schieße ich Sie nieder!«
Er nimmt Haltung an und antwortet dann rein maschinenmäßig: »Zu Befehl!«
Ich lasse ihn das Loch erweitern. Inzwischen gebe ich acht, noch mehr von dieser Sorte zu erwischen. Jeder einzelne will sich davonmachen. »Ich habe Befehl, sofort zur Kompanie zurückzukommen«, sagt der nächste. Ich kann mir lebhaft denken, daß kein Mensch Zeit gefunden hat, in dem Durcheinander der Flucht diesen oder irgendeinen andern Befehl zu erteilen. Nichtsdestoweniger gebe ich mir den Anschein, als glaube ich es, und sage: »Sie wissen, daß immer der letzte Befehl gilt.« Jetzt wird er gefügig und kommt. Der nächste, der eine ähnliche Ausrede hat, bekommt zur Antwort: »In der Kompanie vermißt Sie kein Mensch, Sie können ebensogut gefangen wie gefallen sein.« Einer hinkt weiter und kümmert sich gar nicht um das, was ich sage. Als ich ihm nachrufe, daß ich augenblicklich schießen würde, falls er nicht sofort käme, kehrt er sich nicht im mindesten daran. Ich schieße in der Tat und treffe ihn ins Bein. Jetzt ist er windelweich und kommt nun, da er beide Beine verwundet hat, mühsam herangekrochen und bittet um Entschuldigung.
»Wenn ich Sie nicht wegen Gehorsamsverweigerung im Felde zur Meldung bringe, können Sie Gott danken.«
Keiner muckt.
Sie gucken mich an und wissen anscheinend nicht, was sie aus mir machen sollen, und da ich sie jetzt nicht mehr duze, glauben sie, einen Offizier vor sich zu haben, der in einer gewöhnlichen Uniform steckt irgendeiner Kriegslist wegen. Sie tun alles, was ich anordne. Und weil sie das Bewußtsein haben, wieder unter einem Befehl zu stehen, bekommen sie den schönsten Teil ihrer alten Soldatensicherheit zurück. Ich lasse jeden einzelnen erst verbinden, so gut es geht, und dann wird geschaufelt wie toll.
»Schämt ihr euch denn gar nicht, ihr Schafsköpfe, davonzu-

rennen wie die alten Weiber? Und auf welch dreckigem Kasernenhof habt ihr denn das gelernt?«
»Ja, die andern rannten alle, und da sind wir mitgerannt.«
»Wie eine Hammelherde!«
»Wir wurden mitgerissen.«
»So! Und das werden alle erzählen. Jeder einzelne. Auf euch kann man ja höllisch stolz sein.«
»Ich weiß auch nicht, wie das kam. Ich bin doch wirklich kein Angstmeier. Aber als das dann losging, das Gerenne, da wußte man zuerst gar nicht, was eigentlich los war. Es war alles durcheinander, und man rennt eben mit, weil man doch allein nichts gegen eine Festung machen kann.«
Sie hatten schon ganz recht. Anders wird es nicht gewesen sein. Bei einem Feuerruf im Theater, selbst wenn kein Mensch ein Fünkchen Feuer sieht, ist es ebenso. Warum soll es im Kriege, wo der Nerv eines jeden noch ganz anders angespannt ist, und inmitten eines Donners und Lärmens, das sich nicht überbieten läßt, wesentlich anders sein. Es sind ja doch die gleichen Menschen.
»Wir schämen uns!« sagten zwei.
»Jetzt habt ihr Gelegenheit, es wiedergutzumachen, was die andern, die hinten beim Bataillon sind, nicht können. An der Stelle, wo wir stehen, kommen sie nicht durch. Die Stelle wird gehalten.«
»Jawohl, Herr Leutnant, die wird gehalten.«
Ich stellte das mit dem Leutnant nicht richtig; denn es fiel mir dabei ein, daß es mir nützlich sein könnte. Es hätte doch der Fall eintreten können, daß sie mir widerspenstig wurden und infolge ihrer Übermacht – und weil ich ihnen ja nicht beweisen konnte, inwiefern ich berechtigt war, Befehle zu erteilen – einfach davonliefen.
Inzwischen sind wir siebzehn Mann. Einige sind mir nach dem Anrufen entwischt, weil ich ihnen in die fortwährenden Lücken der weißen Lichtfahnen ja nicht folgen kann. Aber wer einmal hiergeblieben ist, bleibt hier. Ich bekomme die wundervolle Sicherheit, daß ich mich auf jeden unbedingt verlassen kann. Aus

Ärger über ihre Schlappheit bekommen sie eine Art von Verbissenheit, zu beweisen, daß sie auch anders können. Sie helfen jetzt bereits, neue Leute hinzuzufangen. Ich ordne rasch Gruppen und ernenne Gruppenführer. Der Graben zieht sich immer mehr in die Länge.

Im Sprecher wird mehrere Male angerufen, ob noch Truppen von uns im Vorgelände seien. Man will mit der Beschießung beginnen, um das Vorgelände unter Sperrfeuer zu halten, weil man einen Ausfall fürchtet. Und mit den Reserven stimmt etwas nicht.

Aber von drüben hat das Getöse der schweren Geschütze noch keinen Augenblick aufgehört. Erst jetzt fällt es mir wieder auf, als im Sprecher von unserem bevorstehenden Feuer gesprochen wird. Ich hatte es vollkommen überhört, daß während der ganzen Zeit ununterbrochener Geschützdonner war.

Von beiden Seiten streifen die Scheinwerfer das Feld ab. Die Unsrigen, um den Zurückkommenden den Weg zu weisen, und die anderen, um in den Fliehenden ein besseres Ziel zu haben. Ganze Gruppen stürzen. Wir aber liegen verhältnismäßig sicher.

Ich ärgere mich im stillen, daß mich niemand durch den Sprecher einmal fragt, ob ich es noch aushalte oder ob ich abgelöst werden möchte oder ob ich noch zu essen habe. Aber dann denke ich, daß ich zu einem richtigen Ärger darüber eigentlich keinen Grund habe, denn die da hinten haben jetzt sicher an wichtigere Dinge zu denken und kommen wohl auch weder zum Essen noch zum Ruhen, und es ist selbstverständlich, daß man auf seinem Posten bleibt. Aber fragen hätten sie doch mal können, denn ich bin doch kein Vieh.

Nein, ich bin wahrhaftig kein Vieh und habe so gut mein Anrecht an das Leben wie jeder andere, und nicht nur an das Leben selbst, sondern auch an das Lebensglück. Ich hätte das ja damals nicht so sehr tragisch zu nehmen brauchen, hätte mich damit abfinden können, wie es alle anderen Menschen auch tun. Ohne ein gegenseitiges Damitabfinden kommen Menschen überhaupt nicht miteinander aus. Ich hätte sollen ruhig auf meinem Posten bleiben.

Aber ich fühlte doch, daß der Posten ein verlorener war. Das ist der schlimmste Fehler, den Menschen begehen können, daß sie immer wieder und wieder versuchen, etwas zusammenzukleistern, das absolut und unter allen Umständen reißen will. Man soll es reißen lassen und soll es noch beschleunigen, aber nicht verkleben. Und wenn man es nicht ertragen kann, so soll man sich auf und davon machen. Ich bin aber nicht robust genug, um zu vergessen und Ersatz zu suchen. Bleibt mir also nur eines übrig. Und der Entschluß steht fest, unwiderruflich.
Nun mögen sie kommen von drüben. Ich gehe nicht einen Fuß breit zurück. Wozu? Da das Endresultat doch immer das gleiche für mich ist, warum soll ich da nicht meine Endabsicht damit verknüpfen, die Angelegenheit etwas verwickelt zu machen? Es ist doch mal etwas anderes, und nicht viele Menschen haben je eine so wundervolle Gelegenheit gehabt, das Notwendige mit dem Heldischen zu verknüpfen.
Ich werde in meinen Gedanken aufgeschreckt dadurch, daß drüben das Geschützfeuer sich so nachdenklich bemüht, schlafen zu gehen. Alles wird einmal müde. Mir ist es ein sicheres Zeichen, daß nun etwas vor sich gehen wird. Und als eine Lichtlatte ein wenig länger als beabsichtigt an einer Stelle im Gelände lagert, bemerke ich im Glase, daß man drüben mit der Sammelarbeit fertig ist und die Ausfallmannschaft vorsichtig heranzuführen beginnt. Sie müssen sich beeilen, wenn sie noch den Deckmantel der Nacht benützen wollen, denn in einer Stunde wird es Morgen sein.
Wir sind nun neunundzwanzig Mann. Weil der Graben zu lange Zeit in Anspruch nahm, ließ ich nur noch mannstiefe Löcher graben, die ich aber weit verstreute. Die Leute verstanden das viel besser, als ich es hätte anordnen können.
Sie hätten von drüben den Ausfall auf einem Umwege machen sollen, dann wären sie besser daran gewesen. Aber die gingen genau denselben Weg, den unsere zurückgefluteten Massen genommen hatten. Ihre Voraussetzung war richtig. Auf diesem Wege war ohne Zweifel unsere wundeste Stelle zu suchen.

Niemand von ihnen hat daran gedacht, daß sie auf ihrem Wege, und zwar so dicht vor ihrer Front, ein solches Hindernis finden könnten. Mit ihren scharfen Lichtern hatten sie das Feld hinter den Fliehenden abgeleuchtet, und sie konnten nichts anderes sehen als den verwirrten Rückmarsch.

Aufrecht kommen sie, mit dem Gewehr in der Hand, ihres Erfolges im voraus sicher, beinahe ohne Vorsicht und völlig sorglos. Ihre Scheinwerfer liegen ganz hinten auf unserer Front, um sie selbst im tiefsten Dunkel zu lassen. Und unsere Lichter huschen und flackern nur zaghaft über das Gelände. Man glaubt den Ausfall nicht so dicht auf den Fersen.

Ich renne die dreihundert Meter oder mehr, die wir jetzt innehaben, halb gebückt herunter, gebe den Flügelrotten den Befehl, weit nach links und rechts hinaus zu halten, um so den Anschein vorzutäuschen, als hätten wir wenigstens die doppelte Frontbreite inne. Die Kameraden sind in einer fieberhaften Aufregung, daß sie Gelegenheit haben, wieder Soldaten zu sein. »Wir gehen nicht weg, darauf können Sie sich verlassen«, sagen sie zu mir. Und ich antworte: »Das ist doch selbstverständlich.«

Die von drüben sind auf etwa vierhundert Meter heran. Ich müßte jetzt zurücksprechen und melden, daß hier der Teufel los ist. Aber ich kann es nicht; ich bin pflichtvergessen, weiß es und schäme mich dessen und tu' es doch nicht. Ich gebe ja sowieso keinen roten Pfennig um meine vollkommen erledigte Persönlichkeit. Warum also aufhalten!

Von drüben wird das Feuer verlegt, weit hinter meine Linie. Es muß unmittelbar vor unserer Hauptfront liegen und soll dafür sorgen, daß wir nicht zum Sammeln und Neuordnen Zeit und Ruhe finden. Aber unsere Kanoniere haben ausgedöst und knallen drauflos. Natürlich zu spät. Wären sie eine halbe Stunde früher so tüchtig gewesen, dann hätten sie freilich viele unserer eigenen Leute getroffen. Das wäre unvermeidlich gewesen. In diesem besonderen Falle aber, in dem sie den Ausfall verhindert hätten, ist eine solche Rücksicht vom Übel.

Sie sind auf dreihundert Meter heran. Ich höre schon halblaute Kommandos, wenn in dem Geschützdonner plötzlich eine Lücke entsteht. Unsere Leute mucksen nicht, und mir selber kribbelt es in den Fingern, loszubrennen. Zweihundert Meter. Ich rufe: »Hallo!«, unser verabredetes Zeichen, und gebe den ersten Schuß. Gleichzeitig wie eine gut kommandierte Salve krachen neunundzwanzig Gewehre los.

Ach!, hätte ich doch nur ein einziges Maschinengewehr! Aber es geht auch so. Die Unsrigen feuern so rasend, daß ich selbst glaube, wir seien wenigstens zwei ganze Kompanien. Was die Patronen nur hergeben, wird ihnen ausgepreßt. Die von drüben haben geduselt. Statt sich sofort hinzuschmeißen auf unseren ersten Schuß, bleiben sie stehen und gucken sich nach allen Richtungen um. In der teilweise vollständigen Finsternis und dem teilweisen Flakkern der Scheinwerfer, wodurch Bäume, Sträucher, Hügel, Pfähle wie Menschen erscheinen, wissen sie in den ersten Minuten nicht, ob sie von vorn, von hinten oder von irgendeiner Seite angegriffen werden. Sie beginnen nach dem kurzen Zeitraum der Erstarrung durcheinanderzulaufen. Dann gleich darauf geht ein Kommandieren, Schreien, Brüllen, Wimmern und Fluchen los, das sich von dem, was unsere Leute vor einer knappen Stunde erlebten, in nichts unterscheidet. Und von uns wird so hineingefeuert, daß ich gegen den matten Himmel deutlich sehe, wie die Lücken zu klaffen anfangen. Einzelne werden vernünftig und werfen sich nieder und beginnen gleichfalls zu feuern. Aber die übrigen, durch das erhöhte Feuer noch mehr verwirrt, glauben jetzt, wir seien schon mitten unter ihnen.

Kein Kommando hilft mehr. Die vor uns befindliche Linie beginnt kehrtzumachen. Zuerst geschieht es langsam und unschlüssig; aber mit einem Male platzt zwischen ihnen eine verirrte Granate, die ebensogut von uns wie von ihnen sein kann, und da entscheidet sich ihre Unsicherheit zur unaufhaltsamen Flucht. Die Offiziere schreien und kommandieren mit spitzen Kopfstimmen, und soweit sie nicht selbst in den Strudel gerissen werden, schießen sie

mit ihren Pistolen auf die Fliehenden, um den inhaltslos und leer gewordenen Befehlen noch einen letzten Nachdruck zu verleihen. Das Licht sammelt sich mehr auf die Stellen, weil auf beiden Fronten nach der Ursache des Infanteriefeuers gesucht wird. Gegen den grau werdenden Morgenhimmel sehe ich die letzten Zukkungen des zusammensterbenden Angriffs. Ein Offizier, der den Degen hoch in der Luft schwingt, Kommandos schreit und in der anderen Hand mit dem Revolver knallt, wird von einem seiner eigenen Leute mit dem Gewehrkolben erschlagen. Und weiter nach links steht ein Offizier, allein, von seinen Leuten verlassen. Er ist der einzige, der sich still von der Dämmerung abhebt. Es ist, als könne er das nicht begreifen. Er schämt sich, mit den Leuten zu fliehen, und aufrecht stehend findet er einen Ausweg, der ihm würdig genug erscheint.
Je heller es wird, um so deutlicher kann ich bemerken, daß die von ihnen angesetzte Front eine sehr ausgedehnte Breite hat. Aber die fliehende Mitte reißt die ganze lange Front zusammen, zerstört Pläne, zerbricht Hoffnungen, macht einen tüchtigen General zum Dummkopf, der die Anwartschaft bekommt, von den daheim gebliebenen Schwätzern guillotiniert zu werden. Und nur: weil die Front fünfhundert Meter früher angegriffen wurde, als sie berechnet hatten.
Nun kommen von uns zwei Züge angerückt. Es bleibt ihnen aber nur die Arbeit, die verwundeten Gefangenen aufzulesen. Es waren achtundsiebzig. Die Toten haben wir nicht gezählt.
Mein Sprechposten wurde aufgehoben, weil er für die Vorarbeiten der nächsten zwei Tage nicht notwendig war. Die Kameraden, die mir geholfen hatten, wurden mit Hurra- und Hochrufen an der Front empfangen.
Dieses Rufen hörte ich nur wie aus weiter Ferne; denn als ich ankam, legte ich mich glatt auf den Erdboden und schlief ein. Ich träumte, daß der Feldwebel und der Gefreite, die vor meiner Grube doch längst gefallen waren, wütend mit mir rangen und mich anschrien und mich in eine entsetzlich tiefe Felsenschlucht

werfen wollten. Ich kann aber nicht sagen, ob es ihnen geglückt ist. Von meinem Bataillon waren nur noch so viel Leute übrig, daß sie eine ganze Kompanie und zwei Züge bildeten. Was fehlte, war tot, verwundet oder gefangen. Von meinen neunundzwanzig Mann war keiner tot, und nur fünf Mann hatten noch eine Verwundung hinzubekommen. Aber lebensgefährlich war keine.
Zwei Tage dauerte es, bis die schweren Geschütze und Mörser kamen. Und die taten gute Arbeit.

Eines Abends, es war noch hell, wurde angetreten. Wir wußten, jetzt wird der zweite Sturm befohlen. In den zwei Tagen, die dazwischen waren, haben die Leute unseres Bataillons eine fiebrige Angst ausgestanden, daß man sie nicht mehr für würdig halten könnte, am zweiten Sturm teilzunehmen. Es hieß auch, daß das Bataillon ganz zurückgenommen werden sollte, um in der Heimat den Grundstock für ein neu zu bildendes Ersatzbataillon zu stellen. Unter sich erklärten sie hartnäckig, daß sie sich weigern würden, verladen zu werden. Sie glaubten nicht, daß sie bei dem Wirrwarr dabeigewesen seien, und es waren viele darunter, die ganz ernsthaft behaupteten, das sei alles nicht wahr und nicht wirklich, das sei nur geträumt gewesen.
Aber der Kommandeur dachte wohl besser von ihnen, als sie je geglaubt hatten.
Der Oberstleutnant war gefallen, und ein überzähliger Major unseres Bataillons sollte das Kommando erhalten. An dem Abend erschien aber der Oberst des Regiments persönlich, um der Befehlsausgabe beizuwohnen. Er stand vor der Mannschaft und sagte unmittelbar nach der Meldung des Majors: »Guten Abend, Kameraden!« Wir wußten nicht, was kommen sollte, und antworteten ziemlich kleinlaut: »Guten Abend, Herr Oberst!«
Dann sagte er: »Kameraden! Es ist da neulich in der Nacht etwas vorgekommen, was einem deutschen Soldaten im allgemeinen nicht passiert. Aber wir sind nur Menschen und sind als Menschen auch menschlichen Schwächen unterworfen. Wenn einer

den ganz und gar unsoldatischen Vorgang der Nacht vom rein menschlichen Standpunkt aus versteht, so bin ich es. Aber ich füge gleichzeitig hinzu: Vom militärischen Standpunkt aus betrachtet, verstehe ich ihn nicht. Für unser Volk handelt es sich hierbei nicht um Spielerei, für unser Vaterland steht das Höchste auf dem Spiele, nämlich: Weiterbestand oder Untergang. Vergeßt das nicht! Wer soll das Land schützen, wenn ihr es nicht tut, wenn ihr es nicht könnt? Es war der Befehl vom Oberkommando ergangen, daß ihr als unzuverlässig zu betrachten seid und bei einem zweiten Sturm nicht verwendet werden sollt. Ich aber habe mein Wort dafür eingelegt, weil ich euch besser kenne, daß ihr ein zweites Mal nicht anders zurückkommt denn als Sieger oder gar nicht. Von unserem braven Regiment ist nur ein Teil übriggeblieben, aber ich bin stolz darauf, euch sagen zu dürfen, daß mir der Befehl erteilt wurde, diese Truppe abermals gegen die Feste zu führen. Euch und mir ist damit die Gelegenheit gegeben, die Ehre unseres Regiments wiederzuholen –«

Trotzdem ›Stillgestanden!‹ kommandiert war, setzte hier bei uns allen ein brausendes Hurra ein.

Der Oberst fuhr fort: »– und die Ehre unserer gefallenen braven Kameraden wiederherzustellen, daß sie in ihren Heldengräbern ruhig und in Frieden schlafen können. Glaubt nicht, weil ihr inzwischen den Donner unserer schweren Geschütze hörtet, daß es diesmal leichter sein wird. Es wird um nichts leichter sein, und ihr dürft dessen sicher sein, daß nicht viele von uns wiederkommen werden. Und ich will nicht nur an eurer Spitze euch vorangehen, ich will auch mitten unter euch fallen. Gott mit uns! Es lebe unser Regiment! Hurra!«

Wir haben vor Erregung nicht geschlafen. Um ein Uhr in der Nacht rückten wir an. Am Morgen, als die Sonne aufging, waren vier Forts in unseren Händen, mittags schon vierzehn, am nächsten Tage ergab sich die Festung.

Unser Regiment hatte den Sieg teuer erkauft.

Beim Antreten mußte weit rauf angeschlossen werden.

Der Oberst war tot, und viele, viele Offiziere waren ausgefallen. Aber ich lebe und bin unverwundet. Ja, ist das nicht, um allen Glauben zu verlieren!
Ich werde einem neugebildeten Bataillon zugeteilt, werde befördert und erhalte das Eiserne Kreuz.
Aber da ertrage ich es nicht mehr. Ich lasse mich beim Bataillonskommandeur melden.
»Sie wünschen?«
»Ich möchte das Eiserne Kreuz zurückgeben.«
»Weshalb?«
»Ich bin dessen unwürdig.«
»Inwiefern?«
»Ich will ein ehrlicher Mensch sein, und als solcher muß ich erklären, daß ich mich nur darum so tapfer gezeigt habe, weil ich Selbstmord begehen wollte und mich deshalb überall dorthin gedrängt habe, wo ich meine Absicht am sichersten zu erreichen hoffte.«
»Warum wollen Sie nicht mehr leben?«
»Wegen – aber das könnte ich Herrn Major nicht klarlegen, Herr Major würden den Grund nicht schwerwiegend und nicht stichhaltig genug finden. Für mich aber ist der Grund absolut und unwiderruflich zwingend.«
»Der Grund tut ja auch eigentlich nichts zur Sache. Das ist Ihre ureigene Privatangelegenheit. Ich will mich da nicht als Richter aufwerfen oder Sie in Ihren Plänen stören. Machen Sie das mit sich selber aus. Aber das Kreuz wird nicht zurückgenommen, auch die Beförderung nicht. Für mich ist maßgebend, daß Sie sich so tapfer benommen haben, daß ich Sie als ersten zur Auszeichnung vorgeschlagen habe. Die Beweggründe gehen mich nichts an, ich halte mich lediglich an die Tat. Im übrigen erkläre ich ihnen: Sie sind total verrückt, junger Mann! Kommen Sie mir nicht mit solchen Firlefanzereien, in Zukunft habe ich hierfür keine Zeit. Kehrt! Wegtreten! Marsch!«
Also man glaubt mir nicht. Man hält mich für tapfer, wo ich es gar nicht bin und wo mir alles völlig gleichgültig ist. Nun gut. Meine

Absicht soll dadurch nicht erschüttert werden, und jetzt erst recht will ich sie zur Bedingung meines Lebens erheben.
Ich komme mit meinem Bataillon in Reserve. An der Front nehmen sie inzwischen schon wieder eine Feste. Welch eine gute Gelegenheit habe ich da verpaßt! Wir rücken nach, bleiben aber immer so weit hinter der Kampffront, daß wir kaum etwas vom Kriege ahnen würden, sähen wir nicht zerschossene und niedergebrannte Städtchen und Dörfer, und träfen wir nicht stündlich die ungezählten Massen fliehender, friedlicher Bewohner.
Das geht Wochen und Wochen. Vorn hat sich allerlei zugetragen. Das Ganze steht und mauert sich fest.
Dann wird mit einem Male geredet und gerüchtet. Man weiß nichts Bestimmtes. Es schwirrt so um einen herum, kriecht einem zwischen die Füße und würgt hängend in der Luft. Man hat endlich das angenehme Gefühl: Es ist irgendwo und irgend etwas nicht in Ordnung. Aber dann denkt man wieder: Was geht's dich denn an; schließlich wird es dadurch allein, daß man es weiß, ja doch nicht geändert. Zuletzt sagt man sich denn auch: Wirf alle Deine Sorge auf ›Ihn‹! Auf den ›Ihn‹, der die Befehle zu verantworten hat.
Dann begann unter dem Grölen der Geschütze das Ausschachten und Ziehen von Gräben. Wir hatten zuerst sehr wenig Übung darin. An solche Dinge hatte im Frieden kein Mensch gedacht. Wir ließen die Gräben aber hinter uns. Sie sollten als Deckung dienen, falls es anders käme.
Wir lagern, haben die Zelte aufgeschlagen, kochen, liegen um die Feuer und singen.
Plötzlich kommt ein Mann gelaufen von der Vorpostenwache. Mit bleichem Gesicht, Todesangst in allen Mienen. »Wasser kommt! Wasser kommt! Eine Sturmflut! Unsere Wache ist fortgeschwemmt. Das Wasser ist in drei Minuten hier!«
Der Mann ist wahnsinnig. Er schreit und schreit. Unser Hauptmann geht auf ihn zu und sagt: »Nun reden Sie doch im Zusammenhang, was ist los?« Der Mann zittert und schlottert und schreit

dann wieder ganz unnatürlich laut: »Das Wasser kommt! Das Wasser ist hinter mir!«
Der Hauptmann gibt ihm aus seiner Flasche einen Schluck Kognak. Wir stehen alle um ihn herum. Der Hauptmann sagt zu dem neben ihm stehenden Oberleutnant: »Soll man das nun dem Stab melden?« – »Da ist etwas nicht in Ordnung«, sagt der Oberleutnant, »ohne Zweifel ist da was passiert. Aber aus dem Mann ist ja nichts weiter herauszubringen als ›Wasser‹. Ich mache den Vorschlag, daß wir drei Mann zur Feldwache schicken, im Laufmarsch.« Und der Hauptmann: »Ich werde aber doch auf alle Fälle Meldung beim Bataillon erstatten. Es kann ja an dem konfusen Zeug etwas Wahres sein.«
Drei Mann sind aufgesprungen. Aber als sie das Gewehr von der Pyramide holen, hören wir von einer Seite Geschrei. Wir verstehen erst nichts und glauben, wir hätten noch die Worte des Postens im Ohr, der mit geschlossenen Augen am Erdboden liegt. Aber dann hören wir immer deutlicher: »Das Wasser kommt! Überschwemmung! Das Wasser!«
»Ja, Himmeldonnerwetter noch einmal«, sagt der Hauptmann, »sind wir denn auf dem Hexensabbat? Was ist denn da los?«
Da rennt der Feldwebel herbei und ruft atemlos noch im Laufen: »Herr Hauptmann, wir sind von einer Überschwemmung umgeben.« Der Hauptmann hat den Mund ein wenig geöffnet und lächelt halb ungläubig. Aber mit einem Ruck vereist das Lächeln. Er reißt die Augen weit auf, vermag jedoch kein Wort zu sagen, wankt mit dem Körper etwas, strafft sich sofort wieder und deutet wortlos mit ausgestrecktem Zeigefinger vor sich.
Wir drehen uns um und sehen in der untergehenden Sonne ein Meer. Ein Meer, wo noch vor einer Stunde trockener Boden war. Das ist ein so grausiger Anblick, daß wir alle wie gelähmt stehen. Die blutrot untergehende Sonne spiegelt sich in dem Meer, und wir können sehen, daß es unermeßlich ist; denn bis weit hinten am Horizont, wo die Sonne verschwindet, ist nichts als Wasser, und die Sonne taucht mit ihrem unteren Rande ins Meer.

Es ist einen Augenblick totenstill im Lager, und wir hören in der Stille das schlürfende Glucksen des Wassers. Es kommt näher und weicht wieder zurück. Es nimmt immer erst einen Anlauf, ehe es endgültig Besitz ergreift. Aber wenn die erste Welle auch noch unsicher tastend zurückglittert, die nächste hält fest und gibt das Errungene nicht mehr auf, und die übernächste Welle ist schon wieder einen Schritt weiter. Es kommt mit einer so unwiderstehlichen, unaufhaltsamen Allgewalt, daß unser aller erstes Gefühl ist: Fliehen zwecklos, es bekommt uns nicht sofort, aber bekommen tut es uns, und wenn wir laufen bis an der Welt Ende! Eine schmale Seite bleibt hinter uns, wo wir vorläufig Gelegenheit finden, wegzukommen.
Mit ruhiger, unbewegter und gewohnter Stimme ist schon der Befehl ergangen: »Zelte abreißen, im Marschieren aufrollen!« Gleich darauf: »An die Gewehre!« Die Offiziere und Unteroffiziere eilen durch das wimmelnde und hastende Lager, daß nichts zurückbleibt.
Wir stehen mit den Füßen schon in Pfützen und Lachen. Der Hauptmann studiert die Karte und schüttelt immerwährend mit dem Kopf. Es scheint, daß er augenblicklich noch nicht weiß, nach welcher Richtung er sich wenden soll; denn es ist nicht nur Wasser, an der einen Seite ist auch mit dem Feinde zu rechnen, und zwar mit Sicherheit.
Vom Bataillonsstab kommt der Adjutant herangerast. Unsere Meldung ist eben eingetroffen und wird nicht verstanden. Aber der Adjutant hat schon vom Pferde aus gesehen, daß wir abgebrochen haben und daß wir uns bereits bis an den Knöcheln im Meere befinden. »Anschluß beim Bataillon suchen!« ruft er vom Pferde und jagt zurück. Als wir aber dort ankommen, wo das Bataillon lag, ist nichts mehr davon zu sehen; nur niedergetrampelte Kochgruben, kohlendes Holz und leere Konservenbüchsen.
Es ist nun auch noch stockfinster geworden. Wir folgen den deutlich ausgetretenen Wegen des Bataillons und treffen spät in der Nacht auf Verbindungsgarden, die aber selbst den Anschluß ver-

loren haben. Unsere so schön ausgeworfenen Schützengräben waren nicht imstande, uns in diesem Rückzug aufzuhalten; denn auf einen solchen Feind waren sie nicht eingerichtet. Aber wir waren schneller als das Wasser. Und das war unser Glück.

Nun liegen wir Wochen und Wochen in ein und derselben Stellung. Achtundvierzig Stunden im Graben, achtundvierzig Stunden in Scheunen, Baracken, Lehmbuden, Kellern und halbeingestürzten Wohnstuben. Mit den Ratten stehen wir auf du und du. Wir haben mit ihnen einen ungeschriebenen Vertrag abgeschlossen: solange sie uns nicht persönlich zu Leibe rücken, tun wir ihnen auch nichts. Aber zu kurz kommen wir bei diesem Vertrag auf jeden Fall, wie ausgeklügelt wir auch die einzelnen Punkte festlegen; denn wir sind in einer erschreckenden Minderheit. Schließlich werden sie so anhänglich, daß sie uns bis in die vordersten Gräben folgen und der guten Pflege wegen, die wir ihnen hier angedeihen lassen, neue Völker gründen.
Drüben erwartet man anscheinend, daß wir etwas unternehmen. Aber wir denken ja gar nicht daran. Wir liegen hier lange gut. Meinetwegen können wir hier liegen bis zum Jüngsten Tage. Wenn die da drüben kein Interesse haben, uns aus ihrem Lande hinauszuwerfen, wir haben noch lange keins, so ohne weiteres freiwillig hinauszugehen. Und so wird langweilig hin und her geplänkelt. Man steht an seinem Gewehr, die Hände in den Taschen, guckt sich durch ein kleines Loch die Landschaft an und raucht eine Zigarre nach der anderen. Drüben macht man es ebenso. Mit Pfeil und Bogen schießen wir uns angenehme Redewendungen hinüber. Die von drüben beginnen ausschließlich und immer mit ›M‹, die von uns mit ›L‹. Aber auf die Dauer wirkt das nicht, und wir werden kultivierter und bombardieren uns mit Zeitungen. Auf beiden Seiten werden die ausgesucht, die dem Gegenüber die meiste Herzensfreude bereiten müssen. Wir kommen hierbei am wenigsten in Verlegenheit, weil das Bitterste noch immer die Wahrheit ist. Wenn sich mal einer unvorsichtigerweise sehen läßt,

betrachtet man es als unvereinbar mit dem guten Ton, sogleich drauflos zu knallen.
Aber wir haben einen frischen Leutnant der Reserve gekriegt. Unter großen Mühen ist er erst jetzt über die Schweiz hereingekommen und hat keine blasse Ahnung von einem wirklichen Krieg. Er ist noch nicht eingewöhnt und kennt den Wert seines Lebens ganz genau. Viel besser als wir. Wir gehen auf dem Damm spazieren, setzen uns ein paar Minuten, um den Knochen eine kleine verdiente Abwechslung zu geben, auf den oberen Grabenrand, gehen hocherhobenen Hauptes zu unserem Karnickelstall und rupfen Kraut- und Grasblätter hinter unserem Graben für die Viecher zusammen; stellen uns auf die Brüstung, blinzeln vergnüglich in die Sonne, als wären wir auf unserem eigenen Grund und Boden, und lungern nach den Essenträgern, die sich irgendwo unterwegs ausruhen, damit wir uns ja nicht etwa an dem heißen Erbsenbrei den Mund verbrennen, und tun im großen und ganzen so, als bemitleiden wir niemand auf der weiten Welt mehr denn die Scharfschützen von drüben. Und drüben macht man es ganz genauso. Je nach der Sachlage ärgern sich mal unsere Schützen, mal die von drüben.
Der neue Reserveleutnant, ›der Ausländer‹, hat aber noch keine poetische Ader für diese Späße. Er findet das dumm, überflüssig und sagt eines Tages etwas von ›dem Vaterland unnötigerweise die wertvollen Kräfte entziehen‹. Und er hat durchaus recht. Aber wie gesagt, er ist noch nicht eingewöhnt; ihm fehlt die Poesie, die das Leben hier überhaupt erst erträglich macht, damit man nicht dem Stumpfsinn verfällt.
Und da sagt ein ganz junger Fähnrich, blanke Jungensaugen und blühende Wangen, der auf der Brüstung hockt, die Beine herunterbammeln läßt, eine qualmende Zigarette zwischen den Zähnen hin und her quirlt und im übrigen die da drüben einladet, ihn ausgiebig von seiner Rückenseite aus zu betrachten: »Ja, Herr Leutnant, wenn man sich ein wenig die liebe, goldene Morgensonne auf den Buckel scheinen lassen will, muß man besagten

Buckel schon in die erwähnte liebe, goldene Morgensonne halten, da bleibt einem weiter nichts übrig. Man kann von der alten guten Dame da oben nicht gut verlangen, daß sie in unsere stinkige Jauchegrube runterkrabbelt. Da muß man sich schon hinauf bemühen. Aber na ja, der eine tut's halt und der andere tut's halt nicht. Das ist Veranlagung, und für Veranlagung kann der Mensch nun mal nicht.«

Der Reserveleutnant kneift die Lippen zusammen und beweist damit: er hat gut verstanden. Er reckt den Kopf über die Brüstung, so daß man von drüben kaum den Mützenrand gesehen haben konnte. Eine Sekunde darauf fällt der Leutnant auch schon zurück. Kopfschuß.

»Aber Herr Leutnant –«, ruft der Fähnrich ganz verständnislos, springt von der Brüstung, faßt den Leutnant um den Hals und sagt immer wieder: »Aber Herr Leutnant, so habe ich das doch nicht gemeint. So hören Sie doch, Herr Leutnant; so habe ich das doch gar nicht gemeint.«

Doch der Leutnant war bereits tot.

Und ich weiß nicht, ich kann den Kopf den ganzen lieben langen Tag über die Brüstung halten, mir auf dem Damm die Beine vertreten und wer weiß, was sonst noch alles, an mir schießen sie immer vorbei. Rein aus Bosheit.

So, das ist ja schön. So habe ich es gerade gern. Wir können nicht abgelöst werden und haben in zwei Tagen nur einmal etwas zu essen bekommen. Hinter uns ist der Weg gesperrt. Mit platzenden Granaten. Sechs Essenträger sind gefallen. Es bleibt uns schon nichts weiter übrig, als auszuhalten. Helfen kann uns kein Kaiser. In der Nacht bekommen wir wieder Brot und ein halbes Geschirr irgendeiner Pampe mit Fleisch. Aber die Ablösung kann nicht kommen. Es sind wieder Essenträger gefallen. Das Sprechkabel ist zerstört.

»Wer meldet sich freiwillig zur Ausbesserung des Kabels?« fragt der Leutnant. Ich melde mich und ein Soldat. Warum ich mich

melde, weiß ich ganz genau. Der Soldat tut es aber, wie er mir erzählt, weil es gemacht werden müßte und weil von einem solchen Kabel sehr viel abhängen kann. Es ist bei ihm tatsächlich Vaterlandsliebe. Und ich ärgere mich, daß das bei mir nicht der Fall ist. Aber alle glauben, es sei besondere Tapferkeit, daß ich es unternehme; weil es auch zwei Gemeine tun könnten. Sie ist der Grund, kein anderer als sie; und wenn ich denke, so ist sie es auch wieder nicht. Es ist etwas, über das wir eben nicht Herr sind, weil wir es nicht begreifen.
Die verletzte Stelle des Kabels liegt natürlich mitten im Feuer, sonst könnte sie ja auch nicht verletzt sein, weil das Kabel eingegraben ist. Der Soldat kommt nicht einmal ganz mit hin bis zur fraglichen Stelle. Sein Bein ist fort. Er hat keine Schmerzen und liegt ganz ruhig mit großen Augen da. Ich sage ihm, daß ich ihn auf dem Rückwege in den Graben schleppen würde. Er ist überglücklich. Nur nicht allein und verwundet im Felde liegen! Ich finde die Stelle, verbinde die Drähte, isoliere gründlich und grabe das Kabel wieder ein. Rund herum sieht es aus wie auf einem steinigen Acker vor lauter Granatsplittern. Ich habe den Soldaten dann auch in den Graben bekommen. Wir haben ihn gut verbunden. Einen Tag kann er es unter Umständen aushalten.

Drüben macht man zum Sturm fertig. Sie sind ihrer Sache vollkommen sicher. Schließlich, warum sollen sie nicht auch einmal ein Vergnügen haben, wir haben ja so oft eins gehabt und immer auf ihre Kosten. Unser Graben ist an einzelnen Stellen zusammengebrochen. Aber in der Hauptsache steht er bombenfest, und Verluste haben wir bis jetzt keine. Schlau fangen sie es an, das muß man ihnen schon lassen. Das Sperrfeuer erlaubt auch nicht eine einzige Gruppe Verstärkung heranzuführen. Und sie denken, wir seien hier bereits windelweich. Aber sie werden sich schneiden. Wir schießen schon stundenlang nicht mehr. Durch den Sprecher kommen Befehle und Anordnungen, aus denen wir ersehen, daß man gar nicht damit rechnet, wir könnten die Stellung halten.

Tapferkeit, auch die allergrößte, gibt nicht immer den Ausschlag. Das Feuer verflackert sich allmählich aus unseren Gräben und ist dann plötzlich wie nach der Uhr weit hinter unseren Graben gesprungen. Also wissen wir, woran wir sind. Drüben springen sie über die Brüstungen, hüpfen durch die engen Gassen der Verhaue, breiten sich in Schwarmlinie aus und kommen in hellen Haufen. Die Sonnne funkelt in den blanken Bajonetten. Zwei, drei, vier Linien hintereinander.

Wir können jetzt die Gesichter sehr gut unterscheiden, sehen, ob es alte oder junge Knaben sind. Es sind in der Hauptsache ältere. Hundertfünfzig Meter. Unsere Maschinengewehre beginnen zu klackern. Die ersten paar Schüsse schläfrig, wie bei Rekrutenübungen. Und dann aber! Wir stehen im Graben und ziehen durch mit einer Ruhe, über die wir selbst ganz erstaunt sind. Die Ruhe der höchsten Gefahr. Wir wissen, daß jeder Fehlschuß um einen Punkt unsere Lebensmöglichkeit mindert. Die drüben sind im Nachteil. Sie können nicht schießen, nur laufen. Und sie laufen in unser Feuer. Die erste Linie, die zweite, die dritte. Sie brechen zusammen, wanken und springen. Aber sie gehen nicht zurück. Nicht einer. Sie sind zähe und tapfer und lassen nicht locker. Bei uns werden sie infolge dieser Zähigkeit und dieser unaufhaltsamen Schwärme unsicher. Man merkt es an dem nervösen und zu hastigen Schießen. Nur die Maschinengewehre behalten ihre Einförmigkeit. Dafür sind es ja auch Maschinen.

Nun sind sie zwanzig Schritt vor unseren Verhauen. Einzelne sind schon weiter und schneiden und trampeln die Drähte nieder. Da kreischt endlich der Pfiff des Hauptmanns durch die Luft. Der Fähnrich ist der erste oben auf der Brüstung. Ich habe ihn im Verdacht, daß er schon halb oben gelegen hatte, sonst war es nicht möglich. Wir krabbeln im Nu heraus. Alle. Und wir sind noch viele. Es geht so rasch, daß manche über unsere eigenen Verhaudrähte fallen, weil sie in der Eile die Gassen übersehen. Und jetzt sind wir wieder im Vorteil. Die von drüben sind atemlos. Dazu völlig überrascht von unserem Ausbruch und unserer großen

Zahl. Wir drücken sie immer weiter zurück. Es geht langsam. Aber bald sind sie in ihren Gräben. Sie gehen weiter. In die zweiten Gräben. Hier stehen sie, und wir müssen zurück. Müssen auch über ihren ersten Graben wieder zurück. Zu halten wäre er doch nicht; er ist von beiden Seiten stark flankiert.
Dann sind wir wieder in unserem Graben. Völlig erschöpft. Und wir sind überzeugt, heute oder morgen versuchen sie keinen zweiten Angriff. Er war zu kostspielig.
Der Fähnrich hängt im Drahtverhau vor ihrer ersten Linie. Wir denken, er ist tot. Aber einer sagt plötzlich, indem er eine Weile durchs Glas sieht: »Er lebt noch!« Und dann sehen wir, wie der arme Kerl darin herumzappelt. Er ist verwundet und kann sich nicht selbst herausarbeiten. Denen drüben ist das ja ganz egal. Der Hauptmann sieht es eine Weile mit an. Dann sagt er mit todernstem Gesicht: »Es bleibt nur eins; also wer hat das Fünkchen Mitleid für den Jungen, es kurz zu machen?« Er guckt keinen dabei an und sieht vor sich in die Erde. Der Fähnrich winkt und zeigt aufs Herz. Wir verstehen beide, den Hauptmann und den Fähnrich, sehr gut und wissen schon jetzt, wie dankbar wir in gleicher Lage für diesen kleinen Funken Mitleid wären. Wir warten auf den Schuß. Aber er fällt nicht, und alle scheinen statt dessen auf ein Wunder zu warten. Und drüben der windet sich, daß es einem heiß aufsteigt und man nicht mehr den Mut hat, länger hinzuschauen.
Und mir ist es auf jeden Fall egal. Ich habe ja gar nicht die Absicht, Wiedersehensfreuden zu feiern und irgendeinen Alltagsunsinn nach dem Kriege aufs neue zu beginnen. Aber warum soll ich den Fähnrich daran hindern, später noch einen Berg voll Unsinn zu begehen? Er weiß ja noch gar nichts vom Leben; und über das Schönste, was es gibt, hat er bis jetzt nur schläfrige oder schwüle Gedichte gemacht, die er sich abgewöhnen wird, wenn er die Sache erst kennt. Er ist durchaus der Mensch, der leben und recht viel Dummheiten machen will. Denn die Dummheiten allein sind die Würze des Lebens. Und ich sehe nicht ein, warum ich nicht auf

eine so angenehme Art tauschen soll. Philosophen sind die Überflüssigsten. Nach dem Kriege erst recht; denn da wird nur gearbeitet und getanzt.

»Ich hole ihn herüber«, sage ich laut, um irgend jemand vor dem Mitleid zu bewahren. Sie gucken mich alle groß an und denken offensichtlich, daß ich beim Sturmangriff geistig gelitten habe; denn es ist ja Verrücktheit und aussichtslos obendrein.

Auf einer Theaterbühne kann man schwerlich eine größere Aufmerksamkeit auf sich lenken als auf dem Wege zu dem Drahtverhau am hellichten Tag. Der zweite Graben, in dem die da drüben jetzt liegen, ist nur fünfzig Schritte hinter ihrem ersten. Sie können mich wunderbar auf die Kimme setzen und Scheibenschießen machen. Sie knallen auch schon los, ehe ich überhaupt am Verhau bin. Sie können es gar nicht erwarten und streiten sich offensichtlich um den Treffer. Na, mir kann es gleichgültig sein. Und überdies sind sie viel zu aufgeregt, um einen gutgezielten Schuß draufzubrennen.

Der Fähnrich sitzt sehr fest. Durch seine Versuche, herauszukrabbeln, hat er sich ganz verwickelt. Teils schneide ich ihn aus seinen Kleidern, teils muß ich mit aller Vorsicht den Draht durchkneifen, weil er ihm im Fleische sitzt. Der Junge ist wie leblos. Voller Blut. In den Schenkeln und in der Hüfte hat er tiefe Stiche. Aber es scheint nicht sehr schlimm zu sein. Drüben ballern sie vergnügt herüber; ich weiß nicht, ob aus Dummheit oder aus Brutalität oder aus Angst. Der Fähnrich bekommt noch einen harmlosen Schuß durch die Wade. Aber ich bringe ihn in den Graben. Er und der mit dem zerschossenen Bein konnten heute abend in Sicherheit zum Feldlazarett gebracht werden.

Wir wurden abgelöst, und vierzehn Tage später werde ich abermals befördert und erhalte für eine mir ganz selbstverständlich erscheinende Angelegenheit anläßlich einer Minensprengung auch noch das andere Kreuz.

Ich hätte es bleibenlassen sollen. Aber ich hätte mich geschämt, für eine mir angedichtete Tapferkeit schon wieder eine und diesmal eine noch höhere Auszeichnung anzunehmen, die ich nicht verdient habe. Denn ich habe keine belohnungswürdige Tat begangen, sondern wie immer, auch in dieser letzten Zeit, aus reinem Eigennutz gehandelt, ohne an Pflicht oder Vaterlandsliebe auch nur im entferntesten zu denken. Ehrlich will ich nun doch auf jeden Fall bleiben, wenngleich auch dieser Begriff anfängt, mir höchst problematisch zu werden.

»Wissen Sie«, sagte der Oberst, »daß Sie eigentlich ein Deserteur sind, der von Rechts wegen verdient, kriegsgerichtlich abgeurteilt und erschossen zu werden?«

»Nein, Herr Oberst, das weiß ich nicht, und ich bitte Herrn Oberst, widersprechen zu dürfen, aber für einen Deserteur halte ich mich nicht und niemals.«

»Jemand, der versucht, seine Truppe im Felde um seine Person zu schwächen, ist ein Deserteur. Auf welche Art er flieht, auf welche Art er auch versucht, sich seiner Pflicht zu entziehen, er ist ein Deserteur. Die Art der Pflichtentziehung ist gleich, entscheidend für das Verbrechen ist die Absicht schon allein.«

»Verzeihen, Herr Oberst, aber wenn ich falle, wenn ich an meinem ersten Kriegstage schon gefallen wäre –«

»Dann hätte Sie eine höhere Gewalt an Ihrer Pflichterfüllung, die Sie im Fahneneide gelobt haben, gehindert; eine höhere Gewalt, der wir uns alle zu beugen haben und über die hinaus niemand eine Pflichterfüllung von Ihnen fordern wird.«

»Dann ist ein Selbstmörder ja auch ein Deserteur dem Leben gegenüber.«

»Mag sein, aber hierüber meine Privatmeinung zu sagen, liegt kein Anlaß vor und hat zuallerletzt etwas mit der rein militärischen Angelegenheit zu tun, um die es sich hier handelt.«

»Ich bitte aber trotzdem ganz gehorsamst, Herr Oberst, die beiden Auszeichnungen und die Beförderung ablehnen zu dürfen, als ehrlicher Mensch darf ich sie nicht annehmen.«

»Ach, das ist ja alles Quatsch! Verschonen Sie mich gefälligst mit solchem Blödsinn. Sie scheinen geistig nicht mehr ganz auf der

Höhe zu sein. Dann gehen Sie zum Herrn Oberstabsarzt, aber lassen Sie mich mit solchem hanebüchenen Unsinn in Ruhe. Verstanden?«
»Jawohl, Herr Oberst!«
»Was sind Sie denn im Zivilberuf?«
»– Philosoph.«
»Ach so. Na, dann wird mir manches klar. Also es ist gut. Sie können gehen. Guten Morgen!«
Er gab mir zum Abschied die Hand und schüttelte sie. Kann sein, daß wir uns als Menschen besser und leichter verstehen denn als Soldaten.
Aber ich kann mich doch mit dem besten Willen nicht umkrempeln. Irgendeines Menschen oder irgendeiner Sache zuliebe. Sei sie auch noch so erhaben. Die Ideale anderer Menschen müssen doch nicht notgedrungen auch die meinen sein. Ich kann ja zum Beispiel da anbeten, wo ein anderer anspuckt. Ich bin doch deshalb nicht weniger Mensch als jeder andere. Ich bin ja auch gar nicht imstande zu verfolgen, warum meine Geistes- und Gedankenwelt einen entschiedenen Gegensatz zu der vieler, vielleicht der meisten anderen bildet.
Wir sind versetzt worden. Nach einer neuen Stellung. Hier haben wir ausschließlich Engländer vor uns.
Wir kennen bald nur noch eine Waffe: Handgranaten. Ab und zu, aber lediglich der Abwechslung wegen: Gasangriffe. In der Mitte liegt ein riesiger Sprengtrichter, der links und rechts zu einem ganz ansehnlichen Graben ausgebaut worden ist. Mal sind wir im Besitze des Trichters und bauen den Graben weiter aus; das nächste Mal erfreuen sich die anderen am Besitze des Trichters und bauen den Graben aus. Mal wechselt der Trichter an einem Tage zwölfmal den Besitzer.
Aus Interesse und um hinter den einfachen Soldaten nicht zurückzustehen, habe ich Granatenwerfen gelernt. Es sind allerliebste Spielzeuge. Wirft man eine zehntel Sekunde zu spät, so findet man sich in dieser Welt nicht mehr zusammen, wirft man dagegen eine

zehntel Sekunde zu früh, so kann sie der da drüben unter Umständen in aller Gemütsruhe in die Hosentasche stecken und damit spazierengehen, bis er sie bei uns wieder anbringen kann.
Einer von drüben ist ganz allein bis dicht zum Trichterrand gekommen. Zufällig ist mal keiner im Trichter. Und wir warten beide auf den günstigen Augenblick, wo einer von uns zuerst im Trichter sitzt und den anderen überrumpelt. Ich habe den Arm voll Granaten und er auch. Ich habe es aber nicht ausgehalten und mußte zurück. Er war mir über. Und ich lernte erkennen, was guter Sport heißt. Er gab genau acht und fing beinahe jede Granate, die ich warf, mit der Hand auf und warf sie mir im Augenblick zurück. Und natürlich platzten sie bei mir. Aber ich ging ihnen jedesmal behutsam aus dem Wege, nur weil ich es noch erleben wollte, wie das ausgehen würde. Wir hätten uns stundenlang in reiner ungetrübter Freude daran vergnügen können, aber sie bekamen den Trichter und da nahm die Herrlichkeit ein Ende.
Es wäre hier eine passende Gelegenheit gewesen, zum Ziele zu kommen. Aber dieses langweilige Hin und Her, das nun bereits zwei Wochen dauerte und weder Sieg noch Niederlage bedeutete, brachte mich zur Verzweiflung.

In der Nacht bringe ich eine Maschinengewehrabteilung heran und einen halben Zug Infanterie zur Unterstützung. Am Morgen sehe ich, daß wir abgeschnitten sind. Wir können mit dem besten Willen keinen Anschluß beim Bataillon bekommen, und drüben und rechts und links äußert man schon recht verständliche Glossen.
Aber die Freude mache ich ihnen nicht, das sollen sie nicht erleben; denn ich habe am wenigsten Ursache dazu.
Wir haben einen Landwehrmann, Heinrich Zietz. Er ist seit der Mobilmachung draußen. Er bat um Urlaub und bekam zehn Tage, um nach Hause reisen zu können. Er gehörte zu meinem Zuge. So etwas von Freude habe ich selten gesehen.
Wir lagen eines Nachts auf weit vorgelegtem Posten, und dabei

erzählte er mir so allerlei von sich und von daheim. Er ist Eisendreher in einer Maschinenfabrik und, soweit ich aus seinen Erzählungen entnehmen kann, ein sehr geschickter und außerordentlich gutbezahlter Arbeiter. Mit seiner Frau lebt er sehr glücklich. Sie muß ein Juwel sein, und er liebt sie mit einer Tiefe der Gefühle, wie ich sie bisher bei Leuten einfachen Standes nicht vermutet habe. Ich hielt diese Art feinverästelter Empfindungen immer für das ausschließliche Vorrecht der Angehörigen der gebildeten Volksschichten.

Er reist fort und ist nach drei Tagen schon wieder da. Er meldet sich beim Hauptmann. Der ist erstaunt, daß er schon wieder da ist; denn eher geschieht es wohl, daß jemand später zurückkommt, als sein Urlaub lautet; daß aber jemand früher kommt, ist meines Wissens noch nicht dagewesen. »Ich habe halt Sehnsucht gehabt nach der Front und den Kameraden«, sagt er dem Hauptmann, »man hat keine rechte Ruhe daheim, wenn hier alles auf der Kippe steht.« – »Na und Ihre Frau, die hat sich natürlich sehr gefreut, daß Sie wieder mal auf ein paar Stunden heim kamen?« – »Aber gewiß, Herr Hauptmann, das ist doch wohl klar.«

Und dann trat er wieder ins Glied.

Wir liegen den Tag über verhältnismäßig still. Die Engländer warten, und wir warten auch. Da sie keine Miene machen, anzugreifen, sehen wir keine Ursache, unsere kostbare Munition nutzlos zu verknallen. Wer weiß, wie lange und wie nötig wir jede einzelne Patrone brauchen! Die da drüben denken, sie haben uns sicher. Im großen und ganzen betrachtet, denken wir ja zufällig einmal geradeso wie die; denn vorläufig sehe ich keine auch nur entfernte Möglichkeit, aus diesem Kessel herauszukommen. Wenn sie Zeit haben, können sie uns sogar in aller Gemütsruhe aushungern. Wir haben zwar Brot, weil wir für einen längeren Marsch vorbereitet waren, und haben auch die doppelten eisernen Rationen. Das Beste ist, ein Bach fließt durch das Gelände hart an unserer Stellung vorbei, der trinkbares Wasser hat. Die Maschinengewehre brauchen es nötiger als wir selbst.

Der Tag vergeht, ohne daß sich etwas Besonderes zuträgt. Wir hören an allen Seiten Geschützfeuer. Ich schicke nach jeder Richtung Fühler aus, aber das Ergebnis ist immer das gleiche: rund herum zu, keine Maus kann durch! Das Gute ist, daß anscheinend keine der uns gegenüberliegenden Fronten merkt, daß wir abgeschlossen sind, weil nach einer Seite das Gelände derart ist, daß der Gegner nicht feststellen kann, ob wir Verbindung haben oder nicht. Des ferneren hat er keine Möglichkeit, unsere Stellung so einzusehen, daß er unsere Stärke auch nur annähernd berechnen könnte. In dieser Beziehung sind wir bei weitem günstiger dran. Nachmittags schlafe ich, um abends gut aufzusein. Gegen zehn Uhr nehme ich mir drei Mann, um mich persönlich davon zu überzeugen, ob es eine Möglichkeit gibt, durchzubrechen. In Betracht kommt nur der eine Bereich, wo die Verbindung des Gegners nicht ganz genau zu sein scheint, eben jener, von dem der Gegner vermuten muß, daß wir dort Verbindung haben.
Ich verteile die drei Mann, einen weit links, den andern weit rechts, und behalte mit einem die Mitte. Dieser eine ist Heinrich Zietz. Nach einer halben Stunde etwa sind wir in Fühlnähe derer von drüben. Sie schießen in langen Abständen mit Leuchtgranaten, scheinen aber nicht ganz bei der Sache zu sein. Es erweckt den Eindruck, als geschehe es rein zu Übungszwecken. Denn zweimal hintereinander stehen wir beide aufrecht mitten im Lichtschirm, und kein Abzugsbügel rührt sich. Der Beobachter wird jedenfalls von irgendeinem gutgeführten Fußballmatch dösen. Und den übrigen wird es schnuppe sein.
Dann sind wir ganz dicht bei den Posten. Wenn der Wind zufällig zu uns weht, bekommen wir die Nase voll ›Navycut‹, und wenn sich der leise Abendwind etwas dreht, ist es wieder ›Player's Honey Dew-Gold Leaf‹. Es erweckt unvergleichliche Erinnerungen des Friedens, an Jagden und Kaminfeuer in Hochschottland und an halbverträumte und halbverplauderte Abende am Nil.
Ich sehe nach dem Kompaß. Aber die Radioperle macht mich etwas unsicher. Ich knipse die Lampe an. Zietz blendet sie mit der

Mütze ab. Er ist dicht an meiner Seite. Die Karte liegt vor uns. Ich nehme den Bleistift, um eine Einzeichnung vorzunehmen, und gebe für diesen Zweck die Lampe an Zietz. Während ich sie ihm überreiche, fällt ein heißer Wassertropfen auf meinen Handrükken. Ich sehe auf und bemerke, daß ihm dicke Tränen aus den Augen kollern. Ich sage nichts, und er hat nicht bemerkt, daß ich es weiß.

Wir rücken dann weiter vor in der Finsternis. Die Leuchtgranaten hören auf, aber die ersten Posten von drüben sind so dicht vor uns, daß wir damit beginnen müssen, uns zurückzuziehen. Was ich sehen wollte, habe ich gesehen und weiß, daß es zu machen ist.

Wir gehen aber nicht weit; da wir einmal hier sind und hinten augenblicklich nichts zu versäumen ist, bleiben wir liegen. Es ist ja immerhin möglich, daß wir noch irgend etwas erfahren, was für uns auf die eine oder andere Art von Nutzen sein kann.

Wir liegen lange beieinander. Ich denke an den heißen Tropfen und sage zu Zietz nach einem langen Schweigen: »Was hat sie denn gesagt?« Er konnte nicht sprechen. Ich hörte aber, daß er ein furchtbar wehes Schluchzen unterdrückte, ich tat jedoch, als bemerkte ich es nicht. Ich wollte ihn nicht beschämen.

Es war eine wundervolle Frühjahrsnacht, eine Nacht voller Träume, voller Sehnsüchte und voller Lebenshoffnungen. Von weit hinten kam der Geschützdonner herüber. Er kam wie aus einer anderen Welt, und man hatte das Gefühl: Ach, wie froh bin ich doch, nichts mit dem Kriege zu tun zu haben; mögen sie dort hinten, in dem anderen Erdteil, Krieg machen, soviel sie wollen! So fern und weit und verloren klang der Donner. Drüben spielten welche auf dem Banjo, und man hörte so zwischendurch den eintönigen Tonfall kanadischer Songs. Die Erde atmete schwer und betäubend wie eine Frau in der Erwartung eines Erfüllens.

Da zersprengte es ihn, und er konnte nicht mehr zurückhalten: »Sie können sich ja nicht denken, wie ich mich auf den Urlaub gefreut habe. Denn ein glücklicheres und selig verliebteres Ehepaar, wie wir es waren, gab es auf der Welt kein zweites. Wir waren verliebt, als wären wir erst vierzehn Tage verheiratet. Ihre Briefe strömten über von Zärtlichkeit und Sehnsucht. Ich habe ihr kein Wort geschrieben, daß ich auf Urlaub käme. Denn ich wollte die Freude des Wiedersehens ganz haben, ganz für mich allein. Abends um neun komme ich an. Ich jage die Treppe hinauf mit ein paar Sätzen. Denn da ich Licht von unten gesehen hatte, wußte ich, daß sie daheim war, was mir ein gutes Vorzeichen schien; denn sie hätte ja ebensogut ausgegangen sein können. Vor der Tür muß ich erst zu Atem kommen. Mir schlägt das Herz bis zum Hals hinauf. Ich klingle. Ich höre sie zur Tür kommen. Sie öffnet. Auf dem Treppenflur war helles Licht. Sie sieht mich stehen und weiß kein Wort zu sagen. Ich werde etwas unsicher, als stünde ich vor einer fremden Person, und lache halb. Aber mir ist, als wenn dieses Lachen mein Gesicht zur ekelhaften Fratze verzerrt. Ich sage: ›Ja, da bist du wohl überrascht, was?‹ Sie starrt noch immer und weiß offenbar nicht recht, ob sie mich nun einlassen soll oder nicht. Aber sie sagt noch immer nichts, öffnet nur die Tür weiter und läßt mich ein. Sie geht mir voraus in die Küche. Ich folge ihr. Unschlüssig steht sie am Tisch und sieht mich an. Ich gehe jetzt auf sie zu, um sie zu umarmen. Sie läßt es geschehen, ohne aber den Kuß zu erwidern. Ich komme mir in meiner eigenen, unserer gemeinschaftlichen Wohnung plötzlich wie ein Fremder vor. Warum, weiß ich nicht. Dann sagt sie: ›Willst du denn heute nacht hierbleiben?‹ Die Ungeheuerlichkeit der Frage fällt mir zuerst gar nicht auf, und ich denke, sie meint, daß ich vielleicht nur auf der Durchreise zu einer andern Front auf eine Stunde herkomme. Ich sage: ›Ich habe zehn Tage Urlaub bekommen; das ist doch schön, nicht wahr? Ich bin der erste in der Kompanie, der Urlaub bekommen hat.‹ – ›Ja‹, sagt sie darauf, ›dann muß ich dir wohl reinen Wein einschenken: ich habe einen Mann kennengelernt, und wir haben uns sehr liebgewonnen; er kommt schon seit fünf Wochen her, und er – ist im Wohnzimmer nebenan.‹ Ich möchte mich setzen, habe aber das Gefühl, als könnte ich mich beschmutzen, wenn ich mich zufällig auf einen Stuhl setze, auf dem er schon gesessen haben mag. Um ganz sicherzugehen und zu wissen, welches Recht ich eigentlich noch in meiner eigenen Wohnung besitze, die ich vollständig von meinem Arbeitslohn erworben habe, frage ich: ›Und da bleibt er wohl auch abends und vielleicht auch noch länger hier?‹ Und sie gibt mir darauf zur Antwort: ›Aber ich habe dir doch schon gesagt, daß wir uns sehr liebgewonnen haben; dann kannst du dir doch sonst alles denken, du bist doch ein erwachsener Mensch. Du bist doch nicht von gestern.‹

Ich sah meine gewesene Frau noch einmal an und ging dann, ohne mehr ein Wort zu sagen, hinaus. Als ich auf der Treppe war, kam sie mir nachgelaufen und rief halblaut: ›Heinrich, geh nicht so von mir, sage mir wenigstens, daß du mir nicht böse bist.‹ Aber ich ging, ohne mich noch einmal umzudrehen, weiter.

Unten im Hausflur habe ich dann gestanden, an die Wand gelehnt, und habe geweint wie ein Junge; ich hatte ja in diesem Augenblick alles verloren, was ich besaß: Heimat, Eltern, Sehnsucht, Glauben an Menschen, alles, alles; denn sie war mir ja alles gewesen, was das Leben für mich Lebenswertes überhaupt hat. Dann bin ich auf den Bahnhof gegangen und habe dort in der Liegehalle auf der Pritsche gelegen, bis der nächste Zug wieder zur Front abging. Und da bin ich. Ich weiß, daß ich meine verlorene Heimat wiederfinde. Alles übrige ist für mich wertlos geworden. Nun können Sie sich wohl denken, wie mir so ungefähr zu Mute ist.«

Schwerlich, daß es sich jemand besser denken konnte als ich. Und den Mann, den ich an einem der nächsten Tage brauchte, den hatte ich nun gefunden. Denn er blieb bei der Stange und war auch für das Äußerste unbedingt zuverlässig. Er hatte ja nichts zu verlieren, sondern nur zu gewinnen.

Die nächsten beiden Nächte zogen wir wieder hinaus, und ich wurde meines Planes immer sicherer. Wenn es irgendwie zu machen war, dann nur hier an diesem schmalen Strich.

In der letzten Nacht nahm ich mehrere Leute mit, die eine größere Anzahl Minen, die wir aus unseren Materialien verfertigt hatten, an einer breiten Stelle eingruben und mit Zündung versahen, wo

wir einen Flankenangriff nur für den kurzen Zeitraum einer Viertelstunde auszuhalten brauchten, um die andere Flanke beiseite drängen zu können und den Durchbruch freizukriegen.
Ich habe dem Vizefeldwebel den linken Flügel übergeben. Für alle Fälle habe ich ihn mit meinen Absichten bekannt gemacht. Aber wenn es mir an meiner Stelle nicht glückt, ist die ganze Sache verkorkst; erstens merken dann die drüben, daß hier eine ungesicherte Lücke klafft, und zweitens können wir es keine zwei Tage mehr aushalten, ohne daß wir uns aus Hunger ergeben müssen.
Zietz und ich beginnen. Fünf Minuten nach ihrer Ablösung sind die acht Posten, die für uns am gefährlichsten werden können, erledigt. Ehe die nächste Ablösung kommt oder ein Rundgang zu erwarten ist, sind wir schon an der großen Arbeit. Leise bringen wir die Maschinengewehre in Stellung. Bei jedem Maschinengewehr stehen mehrere Mannschaften, um im gegebenen Moment das Gewehr wegzuschleppen, denn die Säule mitzunehmen, ist ganz zwecklos. Der Vize steht links mit zwei Maschinen. Rechts ist es am härtesten. Hier bin ich mit Zietz selbst am Gewehr. Es ist ein Glück, daß in unserem Rücken eine ziemlich heftige Beschießung anhebt. Es scheint, daß man zu unseren Gunsten einen Entsatzversuch unternimmt, wenn man nicht des Glaubens ist, daß wir schon lange abgefangen sind. Unsere Maschine setzt ein, so dicht denen von drüben auf dem Pelz, daß sie, ohne sich zur Wehr zu setzen, zurückgehen, um Entfernung zu gewinnen und über die Sachlage ins klare zu kommen.
»Zietz«, sage ich, »jetzt muß jemand zu den Minen. Wenn sie nicht zünden, dann mit einem Streichholz, aber brennen müssen sie, sonst sind wir fertig; denn sehen Sie da drüben, eben haben wir sie hier ausgeräuchert, aber sie haben den Zimt schon richtig erfaßt, sie brechen uns in den Rücken, und dann kommen wir ihnen nicht mehr los. Und wenn die Minen abgefahren sind, sofort mit Handgranaten drauf. Ein Mann genügt. In der Finsternis sehen sie nicht, ob da ein ganzer Zug steht oder nur ein Mann. Wiederkommen werden Sie wohl nicht, Zietz. Wollen Sie es machen?« –

»Ich mache es, und Sie sollen sehen, wie gut ich es mache.« – »Na, also dann drauf. Und, Zietz, wenn wir uns nicht wiedersehen sollten, behüt Sie Gott.« – »Ich danke Ihnen, gleichfalls.«
Ich blieb zurück, soweit das anging, weil die vorn schon im Flusse waren und so gut wie in Sicherheit und weil ich eine letzte Möglichkeit haben wollte, Zietz vielleicht noch, falls er am Leben blieb, mitzukriegen. Während ich hinten die Minen krachen hörte, wurde das letzte Maschinengewehr an mir vorbeigeschleppt, und zwei Gruppen Mannschaften, die im Gehen feuerten, folgten. Ich war der letzte. Ich hörte noch immer die Handgranaten von Zietz. Aber dann sah ich im Licht einer Rakete, weit hinten bei den Gegnern, die jetzt den Flankeneinbruch vollzogen hatten, an der Stelle, wo Zietz stehen mußte, einen Mann mit einem sonderbar gestreckten Sprung in die Höhe schnellen. Kopfschuß. Er hatte seine Heimat gefunden.
Eine gute halbe Stunde mußten wir mitsamt den Maschinengewehren durch das Wasser, das uns bis zur Brust stand. Dann ging es einen elend steilen und verkraxselten Waldabhang hinauf, der auch kein Ende zu nehmen schien. Oben konnten wir dann endlich ein wenig rasten. Die Sonne ging schon auf. Und zu meiner Überraschung machte ich jetzt erst die Wahrnehmung, daß unsere Leute, die die Spitze gehabt hatten, vierzehn Gefangene mitschleiften, denen sie das Maschinengewehr aufgepackt hatten. Sie selbst waren ganz gemütlich nebenhergegangen.
Und ich war immer noch da und wurde wieder befördert.
Diesmal sagte ich nichts. Wozu? Es versteht ja doch niemand, und wenn es einer verstehen sollte, dann will er es nicht zugeben.
Aber ein Deutscher sollte es verstehen.

Heute wurde ich dem Oberbefehlshaber vorgestellt. Er sah mich lange und aufmerksam an, sagte kein Wort, gab mir nur die Hand, schüttelte sie zweimal kräftig und nickte, mich ununterbrochen ansehend, nachdenklich mit dem Kopfe, als wenn er mich etwas fragen wollte und nicht darauf kam, was es sei. Ich habe mich zu

Tode geschämt, als ich in seinem Blick eine so ruhige Bewunderung fühlte. Laut hätte ich es hinausschreien mögen, daß ich nicht lügen mag, gerade diesem Manne gegenüber nicht, und daß ich durchaus nicht der allertapfersten Kerle einer bin, für den mich jeder hält und wie jeder sagt, der mich sieht. Was kann ich denn dafür!

Aber ein einziger Mensch soll die Wahrheit wissen; der einzige, der glauben wird, weil er versteht. Ich will meine Lüge nicht mit auf den unbekannten Weg nehmen. Vielleicht gelingt es diesem, dem einzigen, der mir wert genug ist, daß ich ihm meine Gedanken und meine Empfindungen sage, später einmal zu beweisen, daß ich in keiner Faser meines Wesens ein Held bin und daß die Beweggründe des kriegerischen Heldentums auch andere sein können, als man gemeinhin glaubt. Viel, viel später einmal, wenn sich die Begriffe hinsichtlich des menschlichen Heldentums von Grund auf geändert haben werden.

Ihr will ich dieses Buch schicken. Wenn sie es in Händen hält, wird sie wissen, daß ich nicht mehr bin; daß ich nicht mehr sein konnte, weil sie mein Leben war und ich dieses Leben verlor. Dieser, der nach jener verhängnisvollen Stunde noch atmete, war eine Maschine. Denn all mein Tun nach jener Stunde war ein Tun in völliger Bewußtlosigkeit. Nur wer das Leben über alles liebt, sich der ihn umgebenden Gefahren in ihrer ganzen Größe und in allen ihren grauenhaften Möglichkeiten vollkommen und unausgesetzt bewußt ist und immer bewußt bleibt, allen Menschen aus schlichtester Überzeugung die gleichen Lebensrechte zugesteht wie sich selbst und trotzdem dann allen diesen Gefahren offenen Auges entgegengeht, nur der darf von sich sagen, er sei ein wahrhaftiger Held. Wer nennt ein Kind mutig, das mit Wölfen spielt! – –

Am ersten Tage, an dem ich erkenne, daß mein Tun für eine größere und höhere Sache als die meine von Wichtigkeit ist, wird mein Leben erfüllt sein.

Und wessen Leben erfüllt ist, der stirbt.

Vorher stirbt kein Mensch, auch nicht im Kriege. –
Tage, Tage und Tage – – – Gedanken und Gedanken – – – in nimmermüder Rastlosigkeit einander hetzend, jagend, quälend und trollend. Und ehern dazwischen wie Glockendröhnen das Ewige, das Lauteste, das Weheste: Warum? Wozu? – Warum? Wozu? – – –
Und endlich ist ein Abend. Ich liege vorn in einem Erdloche. Ganz allein. Da kommt einer gesprungen, wirft mir einen verschlossenen Befehl hin: Morgen früh fünfzehn!
Dann bin ich wieder allein. Drüben geht die Sonne von dannen. In glührot lodernder Pracht. Oben ziehen Kraniche in gestreckten Keilen wie die Schatten der Vergessenen.
Hinten irgendwo eine verklingende Ziehharmonika: ›Feinsliebchen mein!‹ Eine Krähe flattert mit schwerem, schwarzem Flügelschlag über die Öde, krächzt und schnurpft und ist nicht mehr zu sehen.
Und da plötzlich weiß ich: ich habe nichts mehr zu sagen. Alles ist erfüllt. Mein Leben und ich. Meine Gedanken, alle, sind bei ihr. Morgen kommt der Tod. Er kann mir nichts nehmen, da es nichts mehr zu nehmen gibt und all mein Suchen vergeblich ist.
Der Triumphator bin jetzt ich! –

Nebel

Zuweilen, wenn er an nichts dachte, erinnerte sich Unteroffizier Karl Veek eines Traumes, den er einmal irgendwann gehabt hatte. Es kostete ihn Mühe, sich die Einzelheiten des schönen Traumes zurückzurufen: er sei Hochbauingenieur, lebe in den glänzendsten Verhältnissen, wohne in einer eigenen, prachtvoll eingerichteten Villa, sei verheiratet mit einer ebenso hübschen wie eleganten Frau, habe ein reizendes Töchterchen und führe die Lebensweise eines tüchtigen, friedfertigen und überaus glücklichen Mannes.

Es war ein Traum. Darum vielleicht so schön, weil er so unerreichbar ferne lag. Denn in Wirklichkeit war Karl Veek, solange er denken konnte, wenigstens seit seinem dritten Lebensjahr, Soldat. Er konnte sich nicht darauf besinnen, je etwas anderes getan zu haben, als im Schützengraben mit dem Gewehr auf den Feind gewartet zu haben. Von Zeit zu Zeit auf Befehl, der keiner Kritik unterzogen wurde, gegen den Feind mit dem Bajonett gestürmt zu sein und das Hirn durch und durch angefüllt mit dem einen Gedanken: jeder Mensch, der mir begegnet und einen anderen Anzug trägt als ich, tötet mich nur dann nicht, wenn ich ihn zuerst töte, und jedes Geräusch, das ich höre, es sei Donner, Knall, Sandknirschen, Blätterrascheln oder verhaltenes Atmen, heißt mit der denkbar größten Wahrscheinlichkeit: mein Tod!

Und das Gewehr vor sich auf der Brüstung, tastete er nach seiner Tasche. Er zog ein Bild heraus und einen Brief und dachte, wie merkwürdig es doch sei, daß dieses Bild eine ferne Ähnlichkeit mit jener Frau habe, von der er einmal geträumt habe, daß sie seine Frau sei. Und die scheinbar so unpersönlich hingeschriebenen Worte des Briefes, die an sich völlig leblos waren, weckten in seiner Seele einen Klang, der ihn an den roten Mund jener geträumten schönen Frau erinnerte.

Aber der Klang war so weit, als läuteten wundervolle Silberglokken leise tief unten in der Erde.
»Unteroffizier Veek!«
»Hier!«
Träume sind Schäume, dachte Veek, wie komme ich nur auf solchen Unsinn?
»Sofort zum Herrn Major, Unteroffizier Veek! Gefreiter Ehmig löst Sie ab!«
»Zu Befehl, Herr Leutnant!«
Der Gefreite trat an seine Stelle, er hängte das Gewehr um, ging im Laufschritt zu den Unterständen und meldete sich beim Major.
»Unteroffizier Veek, ich habe da eine schwierige Aufgabe. Erfordert Intelligenz. Etwas viel Intelligenz. Ich weiß niemand sonst zu schicken. Offizier kann ich nicht entbehren. Sehen also, wie wichtig mir die Sache ist. Seit zwei Tagen fällt von drüben kein Schuß. Bewegung irgendwelcher Art ist nicht beobachtet worden. Drei Möglichkeiten kommen in Betracht, entweder ist die Stellung geräumt, oder eine Falle, oder es geht drüben was vor. Wir müssen rauskriegen, was los ist. Nehmen Sie zwei Mann zur Unterstützung. Ohne Gewehr, nur Messer und Revolver. Aber von drüben darf niemand das geringste erfahren, daß wir Patrouille machen. Essen Sie etwas, und dann schwenken Sie los. Mit Einbruch der Dunkelheit sind Sie zurück. Alles richtig begriffen?«
»Jawohl, Herr Major!«
Es war noch heller Nachmittag.
Als Veek aber zwei Stunden draußen war, schwelte langsam ein dicker, schwerer Nebel breit über das Gelände.
Dann war der Nebel dick wie eine geweißte Wand.
Veek konnte zwei Schritt vor sich schon nichts mehr erkennen. Er ließ die beiden Leute zurück und markierte den Verbindungsweg zu ihnen mit dem Stiefelabsatz.
Er richtete sich auf und ging nun mit kurzen, zögernden Schritten tastend durch die dicke weiße Wand, die sich einen Schritt vor ihm bereitwilligst öffnete, ihn hindurchließ und sich unmittelbar hin-

ter ihm ebenso fest, wie sie vor ihm gemauert schien, schloß. Er nahm den Kompaß, um nicht zu fehlen, und verglich ihn mit der kleinen Kartenskizze.

Nun hob er wieder den Kopf und sah nicht zwei ganze Schritt vor sich einen französischen Offizier, der seinen Blick auffing und stehenblieb. Schreck kannten sie beide nicht, und Schreck lag auch nicht in ihrem Blick, aber ein tiefes großes Staunen. Sie sahen sich beide an, als hätten sie bisher allein auf Erden gelebt und sähen nun plötzlich vor sich den ersten Menschen. Beide dachten gleichzeitig, als sie die Uniform des anderen sahen, daß sie jetzt etwas ganz Bestimmtes, etwas ganz Gewohntes, etwas Alltägliches tun müßten, etwas das in ihnen wie ein Zwang herrschte, dem sie sich nicht entziehen konnten, nicht entziehen durften. Aber sie wußten beide nicht, was dies war, was dieser Zwang von ihnen beiden forderte. Es war ihnen, als schrie in ihnen eine Stimme: Handle, du weißt doch! Aber so nahe und so ruhig, so unerwartet und so einsam auf menschenleerer Insel waren ja beide noch niemals seit Jahren einem Andersgekleideten begegnet.

Sie fühlten einer den Atem des anderen, und jeder sah im Gesicht des anderen auch die am feinsten gezeichnete Linie.

Und da verwunderten sie sich sehr und begriffen plötzlich nicht mehr die Geschehnisse der Welt.

Und beide hoben gleichzeitig langsam die Hände an die Mützen, sahen sich an und machten eine leise, aber bewußt deutliche Verbeugung zueinander.

Ihre Gesichter waren todernst.

Aber in ihren Augen ruhte meilentief eine kurze Frage, die Menschen immer verstehen.

Langsam ließen sie die Hände wieder sinken.

Sie wollten gehen.

Da sprang von der Ewigkeit das winzigste Teilchen einer Sekunde hinzu, kleidete sie aus, und gedankenlos streckten sie sich beide gleichzeitig, dem gleichen größeren Willen gehorchend, die Hände entgegen, drückten sie sich, wie Freunde es tun, die sich für ewig trennen müssen, lösten die Hände ebenso rasch wieder und dann gingen sie beide ihres Weges zurück.

Was hätte denn jeder von ihnen sonst tun sollen, nachdem er erkannt hatte, daß ein Mensch vor ihm stand?

Aber sie waren beide mit Blindheit geschlagen und sahen nicht den Feind.

Was in Frankreich alles geschehen kann

Gaston Raille, der unter dem Decknamen ›Moqueur‹ die geistreichen Plaudereien schrieb, durch die das Blatt, dessen Mitarbeiter er war, so sehr beliebt war, zählte zu den besten Novellisten. So elegant und graziös wie er vermochte kein anderer die Psyche der Frau zu zergliedern. Jener Frauen, die in seinen Novellen die Heldinnen waren und darum stets unvergleichlich schön, mädchenhaft jung, knabenhaft schlank waren und sich mit einer so berauschenden Raffiniertheit und einer derart gewählten und vornehmen Eleganz kleideten, daß einem beim Lesen schon der Atem verging. Natürlich waren diese Frauen immer bis über die Ohren verliebt in ihren Freund oder so ähnlich, was unbedingt notwendig war, weil Herr Raille ja sonst eben nicht seine wundervollen Novellen hätte schreiben können und auch nie und nimmer der verhätschelte Frauenliebling geworden wäre.
Aber als dann der Krieg kam, wagte es kein Verleger und keine Zeitschrift, ihm seine galanten oder in der Form vollendeten Novellen abzunehmen oder gar zu veröffentlichen. Die Frauen dachten an andere Dinge, weil sie mußten, und die Zeitungen kümmerten sich nicht im geringsten um die schöne Literatur. Auch weil sie mußten. Außerdem hatte Paris bereits den Kanonendonner deutscher Geschütze gehört und war – schon aus Gewohnheit von früher her – den Siegesberichten der eigenen Heeresleitung gegenüber ziemlich mißtrauisch geworden. Und darum nahm es sich keine Zeit für den Dichter Gaston Raille. Was auch ganz natürlich war. Aber Gaston Raille mußte schreiben, damit man ihn nicht ganz vergäße.
Aber was? Und worüber?
Das ist augenblicklich vielleicht der einzige Berührungspunkt, den Deutschland und Frankreich miteinander haben: Wenn diese beiden Völker Krieg führen, so sind sie ganz bei der Sache, mit

allem Tun und mit allem Denken; und was mit dem Kriege nichts zu schaffen hat, davon wollen sie nichts wissen. Es blieb also Gaston nichts anderes übrig, als den Krieg in den Machtbereich seiner Feder aufzunehmen.

Anfangs fiel es ihm schwer, sich in diesem Gebiet menschlicher Tätigkeit zurechtzufinden; denn es lag dem seinen, wo er auch die verschwiegensten Wege und Stege kannte wie selten einer, welten- und zeitenfern. Aber nachdem es ihm geglückt war, mit Fürsprache eines vertrauten Freundes, der mit der Regierung auf dem Duzfuße stand, als Begleiter eines Liebesgabentransportes bis in die Schützengräben zu kommen und richtige, echte tote Soldaten zu sehen und ebenso echte deutsche Granaten einschlagen zu hören, da hatte er Stoff für Kriegsnovellen auf Jahre hinaus. Und das Anfertigen von spannenden Novellen wurde ihm so leicht, als lustwandele er in seinem alten Blumengarten. Und mit derselben atemlosen Gier, mit der man früher seine eleganten und graziösen Geschichten las, stürzte man jetzt über seine selbsterlebten oder einem wahren Erlebnis nacherzählten Kriegsnovellen her, in denen man im Blute – natürlich in dem der Deutschen – nur so watete und in denen das gutgezielte und immer sitzende Gewehrfeuer – natürlich das der Franzosen – und das Kichern der Maschinengewehre, das Heulen der Granaten, das Dröhnen der Hunderttausende von Zweiundvierzigzentimetermörsern – die hatten natürlich die Deutschen, darum konnte auch Joffre usw. – einen solchen Höllenspektakel machten, daß sich die Leser seiner Novellen die Finger bis zum Handgelenk in die Ohren hineinbohren mußten, nur weil sie den Donner der vielen Millionen wild gewordener Feuerschlünde nicht mehr ertragen konnten. Ja, es ist sogar mehrfach vorgekommen, daß ein allzu eifriger Leser plötzlich vom Stuhle fiel, weil er unter der Einwirkung der Suggestivkraft des Dichters glaubte, einige von den ungezählten Millionen Geschützen gleichzeitig abgefeuerte Kanonenschüsse hätten ein Erdbeben verursacht, dessen äußere sichtbare Wirkung der mit dem Leser umgefallene Stuhl war.

Da schrieb er eines Tages eine wundervolle Novelle, durch die er berühmt wurde. Beinahe ganz allein durch sie berühmt wurde, soweit das überhaupt noch möglich war. Aber ein anderer wurde durch diese wundervolle Novelle mit ihm berühmt, dieser andere, von dessen Dasein er keine Sterbensahnung hatte.
In dieser Novelle schilderte er das Erlebnis eines tapferen französischen Soldaten, der durch eine Tapferkeit und eine Intelligenz, wie sie bisher noch nie in der Weltgeschichte verzeichnet werden konnte und zu welcher Tat überhaupt nur ein französischer Soldat fähig war, kein anderer sonst, sich unvergänglichen Ruhm erwarb. Diesem tapferen Soldaten nämlich gelang es, durch Mut, Tapferkeit, Entschlußfähigkeit und sonstige Überlegenheit in einer Nacht ganz allein zwei deutsche Schützengräben zu erobern, vier deutsche Unterstände auszuheben und dreihundertzweiundsechzig Mann, neunzehn Offiziere, darunter zwei Brigadekommandeure und einen Regimentskommandeur, die gerade zueinander auf Besuch gekommen waren, sowie einen Major gefangenzunehmen, die dazu gehörenden Gewehre, sechzehn Feldgeschütze und vierundzwanzig Minenwerfer zu erbeuten. Er ganz mutterseelenallein. In einer einzigen Nacht. Ja. Das war so gut von Gaston wiedererzählt, so spannend geschildert, daß Leser in den Cafés oder auf der Straße laut ›Bravo‹ riefen, womit natürlich immer der Soldat gemeint war, der die ihn unsterblich machende gewaltige Tat vollbracht hatte. Und mehr als einer von denen, die den Ausgang des Krieges nur darum daheim abwarteten, um nachher um so besser schimpfen zu können, wie es hätte richtiger gemacht werden müssen, sagte mit vernehmlicher Stimme: »Hätten wir nur fünfhundert solcher Kerle, dann wären wir mit den Deutschen übermorgen fertig.« Und jeder, der so etwas hörte und die Geschichte las, mußte diesen Worten recht geben. So sehr können Menschen sich einig sein.
Überall wo sich diese Leute trafen, sprach man von der aufsehenerregenden Novelle des Gaston Raille; und man nannte sich gegenseitig wieder und immer wieder den Namen des Helden Jean

Bleuquottoirre. Man sprach den Namen so andächtig und ehrfurchtsvoll aus, wie man früher vielleicht das Vaterunser gesprochen hat. Man sog den harten Klang des Namens in sich hinein, man schlürfte seine spröden, gehäuften Konsonanten mit zitternden Lippen, indem man dabei die Augen verdrehte, als sollte man die Krämpfe bekommen. Und dann, wenn man sich genügend an diesem ungewohnten Namen berauscht hatte, gab man ihn von sich mit wilder Energie, mit Wutgestöhn, mit Überzeugung und mit deutlichem, rücksichtslosem Nachdruck, wobei man es nicht unterließ, hinzuzusetzen: »Warum ist dieser Mann nicht der Generalissimus? Warum? Weil er nur ein einfacher Mann ist, ein Mann aus dem Volke, ein Arbeiter. Ein Mann ohne Vermögen und ohne Protektion. Nur darum, O Unheil! O tausendfaches Unheil! Aber daran geht Frankreich zugrunde, weil es die Fähigkeit des einfachen Mannes mit Füßen tritt, weil es ihm den Ruhm nicht gönnt, Frankreich in seiner höchsten Not errettet zu haben. Lieber läßt man es zugrunde gehen. O Unheil! O tausendfaches Unheil! Verrat am Vaterland! Verrat! Verrat!«
Man kam zu Gaston und wollte von ihm die Regimentsnummer des Helden wissen, um ihn in Liebesgaben zu ersticken, um ihn dem Präsidenten für die Ehrenlegion vorzuschlagen. Aber Gaston schwieg. Und als man gar nicht lockerließ, erklärte er, er habe dem Manne sein Wort gegeben, nichts über ihn zu verraten, denn es sei ein bescheidener einfacher Mensch, der nichts weiter getan habe als seine Pflicht und nicht wolle, daß man einer solchen Lappalie wegen so viele Worte mache.
Eine Lappalie nannte dieser Heldensohn eine derartige Tat? Was muß das für ein Mann sein! Und welche großen Dinge dürfe man von dem noch erwarten, der das eine Lappalie nannte!
Nun lebte in dem kleinen hübschen Städtchen Montesgaiou in der Gaskogne ein Maire. Der las eines Tages die ›Revue‹ und fand die Novelle des Gaston Raille. Sein Kopf wurde beim Lesen ebenso heiß, wie es allen früheren Lesern ergangen war. Aber als er zu dem Namen Jean Bleuquottoirre kam, stieg blitzschnell ein

Gedanke in ihm auf. Er war alt und erfahren genug, um zu wissen, daß dieser ungewöhnliche Name mit seiner auffallend unorthographischen Schreibweise, wenn er überhaupt vorkam – nur einmal in ganz Frankreich zu finden sein konnte, und dieser einzige Vertreter dieses seltenen Namens lebte in seiner Gemeinde und war der Schuhmachermeister Pierre Bleuquottoirre.
Mit größter Eile, wie sie ja hier auch geboten war, lief er zu dem Bürger hin, der sich recht kümmerlich durchs Leben schlagen mußte.
»Ihr habt doch einen Sohn im Felde?« fragte er ihn noch unter der Tür.
»Drei, Maire. Mein Gott, es ist doch nicht einem davon etwas zugestoßen?« Der Alte war von seinem Arbeitsschemel aufgestanden und wischte sich an seiner Schürze die Hände ab. Er tat das ganz gewohnheitsmäßig, denn in seinen Augen stand die helle Angst.
Der Bürgermeister überhörte die Frage und sagte ohne weiteres: »Einer Eurer Jungen heißt doch Jean?«
»Ja doch, ja. Ach Gott, also der Älteste! Er war ein so guter, kluger Bursche. Oh, dieser elende, dieser elende verfluchte Krieg!«
»Dient bei der Infanterie?«
»Ja, bei dem Vierhundertsiebenundsechzigsten Linienregiment.«
»Steht augenblicklich?«
»Nach seiner letzten Karte vor Arras.«
»Ihr sagtet, er sei ein kluger, intelligenter Bursche?«
»Sehr klug.« (Welcher Vater würde seinen Sohn nicht für den klügsten aller Söhne halten.)
»Ist Maschinist?«
»Ja, in Marseille bis zur Mobilmachung.«
»Stimmt, stimmt, stimmt! Stimmt alles!« Der Maire sprang herum, als sei er verrückt geworden und schrie: »Unser Montesgaiou wird berühmt, und ich werde berühmt. Ich werde Offizier der Ehrenlegion, nur in meiner Stadt können solche Helden wachsen.« Dann schüttelte er den ängstlich gewordenen Pierre und

redete auf ihn ein: »Bürger, Bürger, Ihr wißt ja gar nicht – nein, das seid Ihr ja überhaupt nicht wert. Wie kann das nur sein?«
Und ohne dem Schuster eine Aufklärung zu geben, warf er die Tür hinter sich zu und rannte fort. Rannte auf kürzestem Wege in die Redaktion des Blättchens, das in Montesgaiou erschien.
»Ja, Herr Redakteur, lesen Sie denn nicht die ›Revue‹, oder was lesen Sie denn eigentlich für unmögliche Zeitungen?«
»Freilich lese ich die ›Revue‹«, sagte der ganz verblüffte Redakteur. »Wer wird die nicht lesen, ohne die kommt man doch gar nicht aus.«
»Und da haben Sie nicht von der gewaltigen Heldentat unseres Mitbürgers gelesen, von Jean Bleuquottoirre, dem Sohn des Schuhmachermeisters Bleuquottoirre in der Rue de la Croix? Dieses Helden, der im Vierhundertsiebenundsechzigsten Linienregiment dient und augenblicklich vor Arras steht?«
»Nein, das habe ich nicht gelesen. Wenn man so viele Zeitungen zu lesen hat wie ich, dann kann man schon einmal etwas übersehen.«
»Bitte, hier ist die ›Revue‹, ich habe sie bei mir.«
»Das ist doch eine Novelle und kein amtlicher Bericht.«
»Was tut denn das? Und überdies hat sie der bekannte Dichter Gaston Raille geschrieben, der selbst an der Front gewesen ist. Ja, glauben Sie denn vielleicht, der schwindelt? Das würde die Regierung doch auch gar nicht zugeben, daß Berichte in die Welt gesetzt werden, die nicht wahr sind. Nein, das müssen Sie unbedingt in die Zeitung bringen. Besonders wenn es sich um einen Bürger unserer Stadt handelt, ein Montesgaiouer Kind.«
Und der Redakteur kam zu der Überzeugung, daß es seine Pflicht sei, die Novelle abzudrucken und an den Kopf dieser Novelle die Notiz zu setzen:
›Der Held dieser Geschichte, der Infanterist Jean Bleuquottoirre im . . .sten Linienregiment, das sich an den blutigen Kämpfen vor Arras ruhmvoll beteiligen durfte, ist ein Montesgaiouer Kind, der älteste Sohn des Schuhmachermeisters Pierre Bleuquottoirre in der Rue de la Croix, der noch zwei Söhne im Felde stehen hat. Wir

rufen dem jungen Helden, der unserer geliebten Stadt so viel Ehre bereitet, hiermit ein ›Bravo! Du junger Held!‹ zu. Die Redaktion.
Daß nun die Montesgaiouer Zeitung in der nötigen Anzahl von Exemplaren an die dafür vorgesehenen Stellen gelangte, dafür sorgte schon der Maire. Und auch der Redakteur des Blattes, der gleichzeitig sein Verleger war und gern von sich und seinem Blatte reden machen wollte, hatte ein begreifliches und lebhaftes Interesse daran, daß die entsprechende Verbreitung unterstützt wurde.
Es war unter Berücksichtigung dieser und anderer Sachlagen deshalb kein Wunder, daß Generalissimus Joffre eines Tages den Kommandeur der Division, zu der das Vierhundertsiebenundsechzigste Linienregiment gehörte, zu sich berief und eingehenden Bericht über die Heldentat des Infanteristen Jean Bleuquottoirre einforderte und sich im übrigen sehr, aber sehr, sehr wunderte, daß der Kommandeur noch nicht genauer über den Fall orientiert sei und noch keine Gelegenheit genommen habe, besagten Infanteristen zur Dekorierung und zur Beförderung vorzuschlagen; solche Taten, besonders wenn sie von gemeinen Soldaten, die einfachen Kreisen entstammen, vollbracht werden, müssen ganz besonders anerkennend behandelt werden; sonst sehe es so aus, als sei nur die Tat der höheren Offiziere wichtig, und dann außerdem wegen der Nacheiferung des guten Beispiels und so.
Der Divisionskommandeur war etwas verlegen und entschuldigte sich damit, daß während der so großartig angelegten Offensive des Generalissimus (hierbei verneigte er sich leicht, aber deutlich) sich so viele Soldaten in hervorragender Weise ausgezeichnet hätten, daß es gar nicht möglich sei, die Namen und Einzelleistungen so rasch festzustellen; zudem halten viele Soldaten die Bescheidenheit und das Bewußtsein, nichts sonst als nur die Pflicht erfüllt zu haben, davon ab, sich zu einer Belobigung hervorzudrängen. Jedenfalls werde er aber sofort dafür Sorge tragen, daß ein ausführlicher Bericht schon morgen überreicht werden könne.
Dem Kommandeur der Brigade wurde bei der recht nervös vorgebrachten Berichteinforderung des Divisionskommandeurs schon

übler zumute; denn der Herr Divisionskommandeur sprach von ›einer geradezu unverantwortlichen Nachlässigkeit, die man sich bei gegebener Zeit ins Gedächtnis zurückrufen wolle‹. Das hatte zur Folge, daß der Oberst des Vierhundertsiebenundsechzigsten Linienregiments vom Brigadier derart liebenswürdig zur Rede gestellt wurde, daß der Oberst schwor, wenn nicht Krieg wäre, würde er als einzig mögliche Antwort auf diese Nichtachtung seiner Offiziersehre das Abschiedsgesuch einreichen. Daß er aber dennoch ein tüchtiger Offizier war, bewies er dadurch, daß er nun den Bericht nicht der langen Reihe nach von den folgenden Vorgesetzten einforderte, sondern daß er den Infanteristen Jean Bleuquottoirre persönlich zu sich befahl.

Im Grunde genommen war er stolz darauf, einen so tüchtigen Mann in seinem Regiment zu haben, der infolge seiner Tüchtigkeit das Vierhundertsiebenundsechzigste dem Generalissimus, dem Kriegsminister und dem Präsidenten so tatkräftig ›in Erinnerung gebracht‹ hatte, daß es so leicht nicht wieder vergessen werden konnte, vor allem nicht früher vergessen wurde, bis man sich auch den Namen des Obersten dieses Regiments unauslöschlich eingeprägt hatte. Denn der Soldat ist immer nur das Resultat seines Regimentsobersten; das wußte der Generalissimus aus Erfahrung, und den sonstigen Leuten, womit der Präsident und der Kriegsminister gemeint waren, mußte das in geeigneter und erfolgreicher Weise beigebracht werden.

Als dem Kapitän, dem unmittelbaren Vorgesetzten Jeans, der Befehl überbracht wurde, den Helden zum Herrn Obersten zu schicken, war ihm der Zusammenhang schon klargeworden. Denn auch ihm war die Montesgaiouer Zeitung zugegangen, und außerdem hatte er durch den Adjutanten des Divisionärs auf dem schnellsten Wege den Inhalt des Gesprächs zwischen dem Generalissimus und dem Divisionär in großen Umrissen erfahren, um nötigenfalls vorbereitet zu sein. Den Artikel in der Zeitung hatte er nicht ernst genommen und mit militärischer Kürze für ›Quatsch‹ erklärt. Aber jetzt, als der Herr Oberst den Infanteristen zu sich

befahl, war er völlig mit sich einig. Seine lange Dienstzeit hatte ihn zur Genüge gelehrt, daß es der größte Fehler eines Untergebenen ist, einen Vorgesetzten darüber aufzuklären, daß er sich geirrt habe. Denn ein Vorgesetzter irrt sich nie, und wenn er es doch tut, dann ist eben der Untergebene unfähig, einen wichtigen Posten zu bekleiden. Außerdem ist er ein Rhinozeros. Und nun alles in allem betrachtet und genau überlegt: Der Kapitän ist der unmittelbarste Vorgesetzte eines Soldaten, und wenn dieser Soldat etwas Hervorragendes leistet, so doch nur, weil er einen überaus tüchtigen Kapitän hat. Auch der tüchtigste und tapferste Soldat ist ohne einen noch begabteren Kapitän eine Null. Das mußten der Generalissimus, der Kriegsminister und der Präsident doch ohne weiteres begreifen. Es war doch auch wirklich sehr leicht zu begreifen.
Der Infanterist Jean Bleuquottoirre mußte sich in sauberem Anzuge bei seinem Kapitän melden. Und weil Jean in geistiger Beziehung ziemlich schwerfällig war und man ihm auf Grund seines gutmütig dummen Gesichts nicht viel zugetraut hätte, hielt es der Kapitän für geraten, ihn nicht mit schwierigen Problemen der ganz hohen Diplomatie, die mit lächelndem Verschweigen bedeutsamer Tatsachen die größten Erfolge erringt, zu belasten. Zudem: Tapferkeit und Dummheit sind meist Geschwister.
Und also: »Mein Sohn, du bist zum Herrn Obersten befohlen.«
»Jawohl, Herr Kapitän!«
»Ist dein Anzug gut ausgebürstet? Keine Dreckklumpen aus dem Graben daran herumhängen? Laß mal sehen – es ist gut. Also nun höre her, mein Sohn: du wirst vor dem Herrn Obersten keine Angst haben, hörst du. Nicht zittern, als ob er dir den Kopf abreißt. Der Herr Oberst meint es gut mit dir, verstanden!«
»Jawohl, Herr Kapitän!«
»Es ist möglich, daß du auch noch zu verschiedenen Herren Generalen geführt wirst.«
»Jawohl, Herr Kapitän!«
»Aber immer dreist sein, hörst du? Du bist doch ein Gaskogner Bursche? Da bist du doch stolz darauf. Die Herren meinen es alle

gut mit dir, sehr gut. Man wird dir vielleicht die Tapferkeitsmedaille verleihen. Du hast sie verdient, denn du warst immer ein tüchtiger Soldat, der seine Griffe gut gemacht hat und der nicht weggelaufen ist, wenn die Boches gekommen sind. Also keine Angst haben, hörst du?«
»Jawohl, Herr Kapitän!«
»Und wenn man . . . dich fragt, sagst . . . du immer nur ›Jawohl‹, nie etwas anderes, verstehst du? Dann werden die Herren böse, wenn du ihnen widersprichst. Du mußt ihnen immer recht geben und immer nur ›Jawohl‹ antworten, was sie auch sagen mögen. Sonst hast du dich um gar nichts zu kümmern. Verstanden?«
»Jawohl, Herr Kapitän!«
»Der Herr Oberst wird dich wahrscheinlich am meisten fragen und wird alles mögliche von dir wissen wollen, was du gar nicht weißt und auch auch gar nicht wissen kannst. Und wenn du bei dem Herrn Obersten überhaupt nicht mehr aus und ein weißt, dann gibst . . . du ihm diese Zeitung, die ich . . . dir hier in die Tasche stecke, und sagst nur: Hier, mein Herr Oberst, steht alles ganz genau drin, ich habe es vergessen. Hast Du verstanden?«
»Jawohl, Herr Kapitän!«
»Also, dann mache deine Sache gut, und wenn man dich nach deinem Kapitän fragt, dann sagst du laut und deutlich meinen Namen, hörst du.« Er schüttelte dem Soldaten die Hand, und damit der nicht erst lange zur Besinnung kommen sollte, kommandierte er: »Und nun Laufschritt zum Herrn Obersten, marsch, marsch!« Nach den ersten paar Minuten kannte der Oberst seinen Mann. Er ließ sich aber nichts anmerken, nahm ihm die überreichte Zeitung ab, klopfte ihm auf die Schulter und sagte: »Du bist ein braver Bursche.«
Und nachdem er sich telephonisch mit dem Instanzenweg verständigt hatte, fuhr er im Automobil mit dem Brigadier zum Divisionär, wo sich soeben der Generalissimus zur Besichtigung der Stellungen eingefunden hatte.
Jean wurde dem Generalissimus vorgestellt, und der schüttelte

ihm die Hand und sagte: »Brav, mein Sohn, brav, recht brav; von heute an bist du Sergeant, und ich hoffe, du wirst deinem ruhmvollen Regiment noch viel Ehre machen.« Dann wandte er sich zu einem der um ihn stehenden Offiziere, nahm ihm die ›Medaille militaire‹ ab und heftete sie Jean an den Rock. »Der Mann wird morgen im Tagesbefehl genannt.« Er gab ihm nochmals die Hand, und Jean durfte abtreten.

Dann schüttelte er dem Obersten die Hand und sagte: »Mein Herr, ich gratuliere Ihnen, Sie dürfen stolz sein, ein Regiment zu führen, das einen solchen Mann zu seinen Angehörigen zählt. Ich hoffe, daß Sie mir in kürzester Zeit an verantwortungsvollerer Stelle große Dienste leisten werden.«

Der Oberst wollte abtreten, als ihn der Generalissimus noch einmal anredete: »Ach, noch ein Wort, mein Herr, was ich fragen wollte: Wo sind die beiden gefangengenommenen deutschen Generale und der Oberst, die in dem Bericht erwähnt wurden, geblieben? Auch darin bin ich bisher nur recht ungenau unterrichtet worden. Das wäre mir doch aufgefallen!«

Der Brigadier wurde blaß, aber der Oberst blieb ruhig, ohne eine Miene zu verziehen. Vor den Augen des Generalissimus hatte er sich für diese Frage vorbereitet oder war er wirklich so geistesgegenwärtig, jedenfalls sagte er in seinem selbstverständlichsten Tone: »Die drei hohen deutschen Offiziere haben sofort nach der Gefangennahme mit ihren Dienstrevolvern Selbstmord begangen, weil sie es nicht verwinden konnten, von einem einzelnen, noch dazu gemeinen Soldaten gefangengenommen worden zu sein.

Wir wollten das in unserem Bericht nicht erwähnen, weil wir darin den deutschen Offizieren eine Ehrung erwiesen hätten, die Mißfallen bei der Bevölkerung erregt hätte; denn leider haben französische Offiziere hierzu nicht den Mut gehabt, auf diese Art der Gefangenschaft zu entgehen. Und da die drei Offiziere nun einmal tot waren, konnten wir sie auch nicht gut als Gefangene in den Listen führen, denn man hätte doch dann eines Tages von deutscher Seite aus nach ihnen gefragt.«

Es kann sein, daß jetzt auch dem Generalissimus die Sache etwas eigentümlich vorkam. Aber einen Rückzug gab es nun nicht mehr für ihn, denn er hätte sich unglaublich lächerlich gemacht.
Aber daß er zu zweifeln anfing, ging daraus hervor, daß er kurz abbrach: »Ich danke, mein Herr!« Mit einem Händedruck war auch der Oberst entlassen.

Wie das alles zusammenhing, konnte der Oberst nur leise ahnen. Er hätte sicher von dem Kapitän des Jean die Wahrheit erfahren können. Aber er hielt es für geratener, diese Angelegenheit überhaupt nicht mehr zu erwähnen. Und den Wunsch hatten beide schließlich, sowohl der Oberst als auch der Kapitän, nachdem sie einige Tage darauf zu Offizieren der Ehrenlegion ernannt und beide in eine höhere Stellung versetzt wurden. Möglich, daß der Generalissimus auf diese Weise alle Zweifel, die sich bei verschiedenen beteiligten Personen vielleicht hätten einschleichen können, zerstreuen wollte, um seiner selbst willen.
Und ein ähnlicher Gedankengang veranlaßte auch den Kapitän, den Sergeanten Jean Bleuquottoirre auf zwanzig Tage in die Heimat zu beurlauben, damit er von seinen Kameraden für die nächste Zeit entfernt wurde, die sich über seine Beförderung und Dekorierung schon allerlei Gedanken machten, aber doch nicht dahinter kamen, weil Jean ganz dumm tat und von nichts zu wissen vorgab und weil es immerhin ja möglich sein konnte, daß jemand auf alleinstehendem Posten etwas getan hatte, wovon die übrigen nichts erfahren konnten. Denn die Kompanie war ja nur selten in geschlossener Form beieinander. Da konnte in den kleinen Teilgräben der vorgeschobenen Beobachtungsposten mancherlei vorgegangen sein.
Erst in seiner Heimatstadt erfuhr Jean von seiner Heldentat. Und er hätte nicht bei aller äußeren Dummheit die pfiffige Verschmitztheit des Gaskogners haben müssen, um nicht zu begreifen, daß er besser daran täte, nichts abzustreiten und zu allem ›Ja‹ zu sagen, denn warum sollte er den Leuten die Freude verderben

und sich um alle die Vorteile bringen, die man einem Helden erweist? Na, und überhaupt: achtzehn Monate im Schützengraben liegen und drei blutige Angriffsschlachten mitmachen ist Heldentat genug.
Darum dauerte es nicht lange, und er warf sich in die Brust, wurde sehr stolz auf sich und seine unvergleichliche Tapferkeit und konnte stundenlang über die Einzelheiten seiner großen Tat sprechen.
Und das fiel ihm sehr leicht, denn er war eben aus der Gaskogne.
Aber irret euch nicht, daß so etwas nur geschehen kann, wenn man aus der Gaskogne ist. Paris ist näher, als ihr manchmal glaubt.

Die Maschine

Sie war ein Wunderwerk, die gewaltige Fräsmaschine. Sie hatte ein Vermögen gekostet, ein so großes Vermögen, daß man damit eine vollständige mittelgroße Maschinenfabrik hätte errichten können. Aber dafür besaß diese wunderbare Maschine auch Fähigkeiten, die jeden in Erstaunen setzten, der sie bei der Arbeit sah. Wenn man diesen Koloß betrachtete, so konnte man nicht glauben, daß er imstande war, an Setzmaschinen, an Maschinen für Optik und mikrometrische Instrumente, an Maschinen, bei denen eine haargenaue automatische Auslösung von solcher Bedeutung war, daß bei einem Versagen die monatelange Arbeit vieler tüchtiger Männer wertlos wurde, Nuten, Marken und Rillen von einer Feinheit und bewundernswerten Genauigkeit zu fräsen, wie sie kein noch so genialer Arbeiter fertiggebracht hätte.
Diese Maschine war der Stolz der Riesenfabrik, wo zwischen den gewaltigen Dampfhämmern, Pressen und Walzmaschinen es eine Fräsmaschine wahrlich schwer hatte, die Aufmerksamkeit in besonderem Maße auf sich zu lenken. Wenn hohe Besuche kamen, denen man die unvergleichliche Überlegenheit dieses Werkes allen andern ähnlichen gegenüber beweisen zu müssen glaubte, führte man ihnen die Fräsmaschine vor. Und die mußte dann einige besonders schwierige Kunststückchen zum besten geben.
So wurde nach und nach diese Fräsmaschine zum Wahrzeichen der Fabrik, und bald bildete sich ein Legendenkreis um die Maschine, der von den Arbeitern ausgegangen war, die Beamten umfaßte, schließlich sogar den allgewaltigen Direktor hineinzog und sich endlich über die ganze Industriegegend und das umgrenzende Land erstreckte.
Man traute zuletzt der Maschine alles zu, und kein Mensch hätte sich irgendwie verwundert, wenn eines Tages der Arbeiter, der die Maschine in ergebener Knechtschaft bediente, erzählt haben

würde, daß sie in menschlicher Sprache allerlei Wünsche geäußert habe.
Von diesem Arbeiter konnte man wohl sagen, daß er in der Fabrik eine seltene Ausnahmestellung einnahm. Aus der Art und Weise, wie der Direktor, der nie mit einem Arbeiter oder einem Unterbeamten sprach, mit diesem Arbeiter verkehrte, durfte man glauben, daß er mindestens im Range eines mittleren Fabrikbeamten stünde, wenngleich sein Lohn nur der eines gutbezahlten Arbeiters war. Selbst seine Kameraden, die sonst so leicht vor nichts Respekt haben, betrachteten den ›Mann an der großen Fräse‹ beinahe mit Ehrfurcht. Weil er immer einen gestärkten Kragen trug, auch während der Arbeit, und weil er mit seiner Maschine einen großen spiegelblank gehaltenen Raum für sich ganz allein hatte.
Der Arbeiter war seinerzeit von der Fabrik, die das Wunderwerk geliefert hatte, mitgeschickt worden, um sie auf ihrem neuen Platz aufzustellen. Er kannte die Maschine durch und durch und hatte von Anfang an beim Bau der Maschine gearbeitet. Darum war es ganz natürlich, daß der Käufer der Maschine den Arbeiter überredete, für einen guten Lohn gleich bei der Maschine zu bleiben. Es hatte einmal eine Zeit gegeben, wo dieser Arbeiter der wichtigste Mitschöpfer und somit der Herr der Maschine gewesen war. Aber seit die Maschine hier in Dienst stand, war der Arbeiter zuerst Freund, dann Gesellschafter, dann Mitarbeiter, hierauf Gehilfe der Maschine gewesen, um zu guter Letzt als ihr armseligster Knecht zu enden, der in rücksichtslosester Weise von ihr tyrannisiert wurde.
Dabei wurde der Arbeiter natürlich auch älter. Und eines Tages machte der Direktor die Entdeckung, daß der Arbeiterstamm unbedingt verjüngt werden müßte, weil Arbeiter, die über vierzig Jahre alt waren, für die Industrie untaugliche Wertobjekte seien. Stolz brauchte der Direktor auf seine Entdeckung nicht zu sein, denn unsere über vierzig Jahre alten Landstürmer, die sich allen, auch den schwersten Strapazen des Krieges gewachsen zeigen,

beweisen zur Genüge, daß diese ›Entdeckung‹ ein offenkundiger Unsinn war und daß der Direktor keine, aber auch nicht die geringste Berechtigung besaß, einen so einflußreichen Posten zu bekleiden. Eine mit Ernst arbeitende Industrie vergeudet nicht unsinnigerweise wertvolle Kräfte.

Zu denen, die der Verjüngung zum Opfer fielen, gehörte auch der ›Mann an der Fräse‹. Alle waren erstaunt. Die Arbeitskameraden, die Beamten und der Herr Direktor. Denn sie sahen alle ganz urplötzlich, daß dieser Mann, den sie bisher als etwas sehr Besonderes angestaunt und bewundert hatten, ein ganz gewöhnlicher und einfacher Arbeiter war. So bedeutungslos wie ein ungelernter Fabrikarbeiter. Jetzt, wo er nicht mehr in dem dreimal geheiligten Raum der großen Maschine stand.

Und ein anderer Mann trat an seine Stelle. Ein jüngerer, der auch viel weniger Lohn bekam und seine Arbeit ebensogut machte. Seine Arbeit. Wie lächerlich! Es war doch die Arbeit der Maschine. Er brauchte ja nur aufzupassen. Alles andere tat die Maschine von selbst. Der Direktor war wütend, daß er den bisherigen Mann so überschätzt und ihm alle die vielen Jahre den hohen Lohn gezahlt hatte. Und er belobte sich selbst dafür, daß er diese unnötige Verschwendung noch rechtzeitig eingesehen hatte.

Die Maschine tat ihre Arbeit. Tagein, tagaus. Und gut und sauber wie immer.

Aber während des zweiten Kriegsjahres wurde für die neukonstruierte Art der U-Boote ein Mechanismus nötig, der sich infolge seiner komplizierten Zusammenarbeit nicht herstellen ließ. Und daran scheiterte die ganze so wundervolle Neukonstruktion. Eine Maschine allein hätte helfen können. Aber die Herstellung dieser Maschine erforderte selbst bei der durchdachtesten Arbeitsverteilung wenigstens zwei Jahre. Und da erinnerte sich ein Marineingenieur an die große Fräsmaschine, die in ihrer Art einzig in der Welt dastand.

Der Ingenieur reiste sofort hin, und er traf eine Riesenfabrik in schwersten Nöten. Das Wunderwerk der Fabrik lag auf den Tod darnieder. Die Fabrik hatte eilige Torpedoteile in Auftrag bekommen, die sehr genau gearbeitet sein mußten. Es wäre auch gerade die richtige Arbeit für die Maschine gewesen. Aber plötzlich sagte die Maschine: ›Ach, was!‹ und blieb stehen. Der Arbeiter behauptete, sie hätte ›Knack‹ gemacht. Er verstand das nicht besser. Und nun war alles in hellster Verzweiflung. Die geschicktesten Techniker des Werkes waren zugegen und quälten sich ab wie Handlanger. Selbst der Direktor hatte den Rock ausgezogen, die weißen Manschetten zurückgeschlagen und klopfte mit einem Hammer überall herum. So ging das Tage und Tage. Aber die Maschine rührte sich nicht. Und wenn sie mal ein paar Armbewegungen tat, so waren die Materialteile, die sie bearbeiten sollte, auch gleich in Fetzen gerissen.

Niemand wußte mehr Rat; und die Fabrik, die das Wunderwerk geliefert hatte, mußte mitteilen, daß nichts anderes übrigbleibe, als die Maschine abzubauen und genau zu untersuchen. Der Direktor wurde cholerisch vor Nervosität, und als er einen Arbeiter an der Tür zu dem geheiligten Raum herumlungern sah, brüllte er ihn so furchtbar an, daß er beinahe den Schreikrampf bekam. Aber der Arbeiter blieb ganz ruhig und sagte: »Ja, Herr Direktor, wenn Sie mich so anbrüllen, dann soll mir auch alles egal sein. Was kümmert mich dann Ihre Maschine.«

»Bleiben Sie hier. Was meinen Sie denn?«

»Ich meine nur, Herr Direktor, man sollte mal zu Rukowski'n schicken, der weiß sicher Bescheid damit, darauf können Sie sich verlassen.«

»Ist ja wahr. Daß ich auch darauf noch nicht gekommen bin.«

Rukowski war der ›gewesene‹ Mann an der Fräse.

Er kam.

So liebenswürdig wie jetzt der Direktor zu ihm war, ist er in seinem ganzen Leben noch zu keinem Menschen gewesen.

»Herr Rukowski«, solange er Direktor war, hatte er noch nie zu einem Arbeiter ›Herr‹ gesagt. Aber jetzt. »Also, Herr Rukowski, Sie sehen, wir sind in großer Verlegenheit. Es handelt sich um eine

eilige Heereslieferung. Und die Maschine will nicht. Wissen Sie nicht vielleicht Bescheid? Mir zuliebe werden Sie es ja nicht tun, aber tun Sie es dem Vaterlande zuliebe, wenn Sie können.«
Rukowski hatte seine Mütze aufbehalten und seine Hände in den Hosentaschen vergraben. Er rührte sich nicht und sah nur ganz ironisch zu, wie sich die Ingenieure abrackerten. Dann sagte er trocken: »Jawohl, Herr Direktor, jetzt kommen Sie uns mit dem Vaterland. Vorher habt ihr das ganz vergessen gehabt, daß wir dasselbe Vaterland haben wie ihr. Wenn ihr uns braucht, dann wißt ihr uns schon zu finden. Sonst können wir zusehen, wo wir bleiben.«
Der Direktor sagte kein Wort darauf. Er stand da, als wäre er der Arbeiter und Rukowski der Direktor. Denn Rukowski hatte noch immer die Mütze auf dem Kopfe und die Hände in den Hosentaschen.
Nun kam der Direktor ganz dicht zu ihm heran und sagte in einer so verbindlichen Form, als spräche er mit den Herren des Aufsichtsrates: »Bitte, lieber Rukowski, sehen Sie doch mal nach, vielleicht finden Sie den Haken.«
Rukowski langte in seine innere Brusttasche nach einer Zigarrentüte und steckte sich eine Zigarre in den Mund. Dann sagte er: »Ach bittschön, Herr Direktor, können Sie mir nicht etwas Feuer geben?«
»Aber gewiß doch«, versetzte der Direktor eilfertig und hielt ihm das brennende Zündholz hin.
»So«, sagte dann Rukowski, »nun lassen Sie mich mal alle allein mit der Maschine.«
Auf einen Wink entfernten sich die Ingenieure. Als aber der Direktor in der Tür stehenbleiben wollte, ging Rukowski hin und sagte: »Nö, nö, nischt zu machen. Abgucken gibt's nicht. So dumm war ich nur einmal und nicht wieder.« Dann schob er den Direktor zur Tür hinaus und drehte den Schlüssel um.
Nach drei Stunden schickte er zu dem Direktor.
Die Maschine ging.

»Das haben Sie ja gut gemacht, Rukowski, woran lag es denn?«
»Ach«, sagte Rukowski, »an einer Kleinigkeit. Es war nicht der Rede wert. Und hier ist meine Rechnung.«
Der Direktor las auf einem Notizblatte mit Bleistift geschrieben:

Eine Fräsmaschine wieder in Gang gebracht, 3 Stunden Arbeit, die Stunde 1,20 M	=	3,60 M
Weil ich gewußt habe, wie es gemacht wird und woran es gelegen hat	=	3 000,— M
Summa		3 003,60 M

»Eine etwas eigenartige Rechnung ist es ja«, sagte der Direktor lachend, »aber selbstverständlich wird sie Ihnen bezahlt.«
Unterdessen ließ Rukowski die Maschine laufen und einige Stücke in spielerischer Weise bearbeiten, bis ihn der Direktor unterbrach: »Hören Sie, Rukowski, wir haben da eine schwierige Arbeit vor. Wollen Sie sich die nicht einmal ansehen?«
»Ansehen kann ich sie mir ja mal, wenn sonst nichts dabei ist.«
Sie gingen beide in das Privatkontor des Direktors. Der Direktor ließ im Hotel, wo der Marineingenieur wohnte, anrufen, und bald kam der Ingenieur. Er zeigte Rukowski die Zeichnungen und fragte ihn, ob es möglich sei, daß diese Stücke auf der großen Fräsmaschine in der gewünschten Form bearbeitet werden könnten. Rukowski überlegte, und dann sagte er, er wolle den Versuch machen, in drei Stunden könne er bestimmten Bescheid geben.
Nach Ablauf dieser Zeit, die er mit ›seiner‹ Maschine wieder allein verbrachte, kam er mit dem bearbeiteten Stück und zeigte es den beiden Herren. Der Ingenieur verglich und maß und berechnete und sagte dann zu dem Direktor: »Es ist besser, als wir es nötig haben. Wenn Sie imstande sind, alle Stücke mit der gleichen Genauigkeit zu liefern, sind wir einig.«
»Bitte, Herr Direktor«, unterbrach jetzt Rukowski das Gespräch, »hier ist meine Rechnung.«

»Schon wieder eine?«
»Anders tu' ich es nicht mehr.«
Der Direktor las:
Für ein Stück Arbeit, das außer mir kein Mensch
fertigkriegen kann . . . . 5 000,— M.
»Das ist mir aber zu bunt«, sagte jetzt der Direktor ernst, »Sie glauben doch nicht etwa, daß ich Ihnen das bezahle?«
»Nein, das glaube ich auch nicht, daß Sie mir das bezahlen, gutwillig nicht. Aber Sie werden es zahlen müssen, wenn Sie ein zweites Stück von dieser Arbeit bekommen wollen.«
Der Direktor ließ ihm die erste Rechnung auszahlen, die zweite strich er ihm jedoch.
Aber am nächsten Tage gegen Mittag schickte der Direktor einen Boten zu ihm mit den fünftausend Mark für ›ein zweites Stück so wie das gestrige‹.
Dann kam Rukowski wieder endgültig zu seiner Maschine. Aber das Verhältnis hatte sich nun geändert.
Jetzt war *er* der Herr und die Maschine sein Knecht.

Die Geschichte vom unbegrabenen Leichnam

Es war furchtbar traurig.
Aber trotzdem ließ sich die Tatsache nicht bestreiten, daß der Bauer Joseph Hinteracker aus Hennenholz einen erfrorenen Mann aufgelesen, in seinen Wagen gepackt und mit ins Dorf gebracht hatte. Als man näher hinsah, war der Mann schon lange tot. Außerdem war er ein Handwerksbursche und ein recht armseliger Landstreicher. Man lud ihn vor dem Spritzenhause ab und legte ihn hier, ohne viel Umstände zu machen und wie es ihm gebührte, auf den festgestampften nackten Lehmboden.
Am selben Abend noch besichtigte der Ortspfarrer und der Gemeindevorsteher das Häuflein Leblosigkeit, und als man die Papiere untersuchte, stellte sich sonderbarerweise heraus, daß man einen Protestanten erwischt hatte, der zudem noch irgendwo in einem kleinen gottverlassenen Nest der Provinz Sachsen geboren war, dort aber infolge jahrzehntelanger Abwesenheit alle Rechte verloren hatte.
Der Gemeindevorsteher war zweifellos ein frommer Christ. Warum auch nicht? Darum würde er niemals wissentlich auch nur das kleinste Unrecht begehen. Und der Ortspfarrer war ein viel zu lieber alter Herr, als daß er es einen Protestanten noch nach dem Tode hätte büßen lassen, weil er nicht rechtzeitig eingesehen habe, daß er eigentlich auf dem falschen Wege zu dem allein wahren Heile sei, den mit Ernst und großem Eifer zu suchen seines Lebens wichtigste Aufgabe gewesen wäre.
Aber im ganzen Dorf lag auch nicht ein Lutherischer auf dem Friedhof. Und nun zwischen alle die gutkatholischen Männlein und Weiblein einen Protestanten zu legen hätte sicherlich bösen Unfrieden in der Gemeinde gegeben und auch so ausgesehen, als gebe es keinen Unterschied zwischen Religion und Religion. Außerdem wäre es ein schwerer Verstoß gegen die Friedhofsordnung

gewesen, und weil der Friedhof der katholischen Gemeinde gehörte, so konnte die natürlich damit machen, was sie wollte, und wen sie dort nicht haben wollte, den brauchte sie nicht aufzunehmen.
Und der Herr Pfarrer überlegte.
Es überlegte aber auch der Ortsvorsteher. Nur aus anderen Gründen.
»Joseph Hinteracker«, sagte er zu dem Bauern, der unschlüssig dabeistand, »hättet Ihr ihn doch liegen lassen, wo er lag.«
Er besann sich aber schnell, als er des Pfarrers gedachte, und sagte: »Natürlich meine ich das nicht so im Ernst; denn man kann doch keinen Christenmenschen am Straßenrand vermodern lassen, das wäre ja eine Sünde und eine Schande obendrein.«
»Ja, ja«, sagte Hinteracker darauf. Und dem Vorsteher fiel etwas anderes ein: »Aber vielleicht gehört uns der Mann gar nicht, vielleicht gehört er nach Schmickelsdorf. Wo habt Ihr ihn denn gefunden?«
»Ja, er lag halt auf der Landstraße, an einen Baum gelehnt.«
»Wo denn? Ich meine, an welcher Stelle?«
»Na, so ungefähr zehn Schritte von den Weidenbüschen vorbei, die am Keutenbach stehen.«
»Das ist freilich dumm«, meinte darauf der Gemeindevorsteher. »Hättet Ihr ihn fünfzehn Schritte weiter oben aufgelesen, dann gehörte er den Schmickelsdorfern. Ja, das ist dumm. Der dämliche Kerl hätte sich doch wahrhaftig weiter oben hinlegen können. Uns kostet das wieder einen schönen Brocken Geld, wo wir so nichts in der Gemeindekasse haben und wir zu der Seuchenkonferenz auch zwei Mann auf Gemeindekosten hinschicken sollen. Da werden halt die Spesen recht, recht knapp werden, Hinteracker, das kann ich Euch schon heute sagen. Und dann die Schererei mit der Regierung, so was von Schreiberei. Zu guter Letzt sagen sie dann noch in aller Welt, wir hätten den Menschen erfrieren und verhungern lassen. In alle Zeitungen kommt's, daß so etwas bei unserem Dorf passiert ist, wo die reichen Bauern so dick beieinandersitzen

wie die Ameisen auf dem Streuselkuchen. Ja, Ihr seid schuld, Hinteracker, Ihr ganz allein, wenn die Zeitungsschreiber da herumschmieren, ›Hennenholz‹ müßte eigentlich heißen: ›Geizenholz‹, denn da läßt man arme Mitmenschen auf der Landstraße verhungern. Ihr sitzt aber auf eurem fetten Hof, und da draußen in der Winterskälte stirbt so ein armer Schlucker am Hunger.«
»Ja, wieso bin ich denn schuld daran?« schrie Hinteracker erbost. »Was kümmert mich denn Euer Toter? Wir haben doch in der Gemeinderatssitzung beschlossen, daß jeder Durchreisende 80 Pfennige bekommen soll. Habt Ihr ihm die 80 Pfennige gegeben? – Nein, na also, dann laßt mir meine Ruh'.«
»Er ist doch gar nicht hiergewesen. Soll ich ihm vielleicht auch noch das Geld auf die Straße hinausbringen und entgegentragen? Dann sucht Euch nur einen anderen Gemeindevorsteher, da mache ich nicht mehr mit. Na, Ihr werdet ja sehen, was Ihr uns in die Suppe gebrockt habt.«
»Aber wieso denn ich und immer wieder nur ich?« brüllte Hinteracker in höchster Wut.
»Wer hat Euch denn geheißen, ihn mitzubringen?«
»Ihr seid mir ja ein schöner Christ«, erwiderte Hinteracker nun bissig.
»Ach was, Christ hin, Christ her, aber hättet Ihr ihn weiter oben gefunden, ›gefunden‹ meine ich, dann hätten ihn die Schmickersdorfer gehabt, und da hätte er auch besser hingepaßt, denn die sind alle protestantisch.«
»Aber er hat doch auf unserer Gemarkung gelegen.«
»Ach Hinteracker, nehmt es mir nicht übel, aber Ihr seid ein Esel. Auf unserer Gemarkung findet man einfach keinen toten Landstreicher, so klug könntet Ihr denn doch sein, alt genug seid Ihr doch dazu.«
»Aber so gefährlich ist das doch auch nicht. Man kann ihn ja immer noch auf der Schmickelsdorfer Gemarkung finden, wenn es denn durchaus sein müßte.«
Darauf sagte der Pfarrer, es sei kein gutes Beispiel, was sie hier mit

ihrem Gezänk geben würden, und er sei es müde, ein derartiges Streiten, das absolut nicht von einem christlichen Geiste zeuge, noch länger mitanzuhören, und er wolle jetzt zum Schusterfranz gehen, der schon lange krank sei und dem er mancherlei Tröstung sagen möchte.
Und als der Pfarrer hinaus war, lud der Gemeindevorsteher mit dem Hinteracker den Toten wieder auf den Wagen, sie deckten ihn mit Stroh zu, und als es dunkel wurde, fuhren sie mit ihm ab und brachten ihn entsprechend unter.
Eine Stunde später kreuzten mehrere Schmickelsdorfer, die mit ihrem Wagen vom Markte heimkehrten, die Hennenholzer Landstraße, und ein Hund, der nebenherlief, verbellte den toten Handwerksburschen. Weil er nun auf ihrer Gemarkung lag, wovon sie sich eingehend überzeugten, nahmen sie ihn mit und brachten ihn zu ihrem Ortsvorsteher. Der lag schon im Bett. Sie trommelten ihn heraus, und als er dem Toten mit einer Lampe ins Gesicht geleuchtet und sich überzeugt hatte, daß er ein armer Teufel sei, hieß er die Leute in die Stube kommen. Draußen war es bitter kalt. Infolge dieser Tatsache waren sie hoch erfreut, als der Vorsteher ihnen sagte, daß seine Frau ihnen allen einen steifen Grog brauen würde.
Dann saßen sie um den Tisch herum und tranken. Dabei hielt ihnen der Gastgeber, nachdem sie über das Wetter und die großen Nachteile der Stallfütterung genügend gesprochen hatten, eine Rede, aus der hervorging, daß Schmickelsdorf eine kleine, blutarme protestantische Insel im katholischen Meer sei, was auch der Wahrheit entsprach, daß ferner in der Gemeindekasse so gut wie nichts sei und daß es endlich kein sehr gutes Licht auf das protestantische Dorf werfe, wenn in ihrer Gemarkung ein protestantischer Mensch, wenn er auch nur ein Landstreicher sei, auf der Straße in allernächster Nähe des Dorfes elendiglich erfriere und verhungere. Von den Scherereien und Schreibereien mit den Behörden wolle er gar nicht reden. Aber in dem katholischen Hennenholz sitzen die dicken, fetten Bauern und haben so viel

Geld in der Gemeindekasse, daß sie jetzt sogar ihre Straße pflastern lassen wollen und zwei Abgeordnete auf die Seuchenkonferenz schicken können. Und die Gemeinde, wo man den Toten gefunden hat, muß für den Sarg und für alles andere aufkommen. Die Hennenholzer können ihn ja eingesargt herüberbringen, ein Plätzchen auf dem hiesigen Gemeindefriedhof wolle man ihm dann schon gegen eine ermäßigte Gebühr gern geben. Das wäre nun alles so und auch sonst noch wunderschön, wenn eben der Mann auf der Hennenholzer Gemarkung gefunden worden wäre. Da er aber nicht auf der Hennenholzer . . . und so weiter. Und schließlich dauerte es nicht allzu lange, da war der Tote wieder unterwegs und lag sehr bald ungefähr an derselben Stelle, wo er seinen Geist aufgegeben hatte.
Hier lag er nun bis zum nächsten Morgen.
Um diese Zeit fand ihn Peter Buschhauser, ein Bauer aus Hennenholz, der mit Jungvieh nach Hause fuhr. Er hob den Toten auf, lud ihn beim Gemeindevorsteher wieder ab und machte ein großes Gerede um den grausigen Fund, so daß jedes Kind in Hennenholz von der Sache hörte und der Gemeindevorsteher keine Möglichkeit mehr sah, die Angelegenheit zu verheimlichen. Als er dann noch hörte, wo man ihn gefunden hatte, merkte er, daß die Schmickelsdorfer zumindest ebenso schlau waren wie er.
Er ließ nun den Toten abladen und zum zweiten Male ins Spritzenhaus legen.
Der arme Kerl lag nun hier den ganzen Tag und die darauffolgende Nacht, ohne daß jemand seiner gedachte. Als er aber durch Nichtdarandenken ebensowenig verschwinden wollte wie durch ein Wiederlebendigwerden und Vonselbstfortlaufen, schickte der Gemeindevorsteher nach Schmickelsdorf hinüber und ließ sagen, es sei hierorts ein Protestant gefunden worden, und man möge ihn gegen Inempfangnahme der Transportkosten und Beerdigungsgebühren abholen. Und als der Tote gerade in einer sehr engen und ungehobelten Kiste eingesargt wurde, kam der Schmickelsdorfer Ortsvorsteher mit einem Fuhrwerk, um sich den Protestan-

ten zu holen. Der Hennenholzer Gemeindevorsteher wollte ihm nun die Papiere des Verstorbenen aushändigen. Aber als er sie vergeblich suchte, fiel dem Schmickelsdorfer ein, daß er sie dem Toten aus der Tasche genommen habe und infolge des reichlichen Grogtrinkens dann vergessen hatte, sie ihm wieder einzustecken. Jetzt lagen sie bei ihm daheim zwischen allerlei anderen Papieren. Als nun der Hennenholzer keine Legitimationen fand, sagte der Schmickelsdorfer: »Ja, Ihr meintet doch, er sei ein Protestant, woher wißt Ihr denn das, wenn Ihr keine Papiere für ihn habt?« Der Hennenholzer konnte doch nun nicht eingestehen, daß er die Papiere bereits vorgestern gesehen habe. Dabei wäre doch an den Tag gekommen, daß er den Toten auf höchst unchristliche Art habe abschieben wollen. Und dem Schmickelsdorfer kam in diesem Augenblick auch der richtige Gedanke, wie es komme, daß der Hennenholzer wußte, der Tote sei Protestant, und wie es des ferneren komme, daß man den Toten auf der Schmickelsdorfer Gemarkung gefunden habe statt, wie es dem Wege viel mehr entsprach, auf der Hennenholzer. Aber er hütete sich aus wohlweislichen Gründen, hierüber ein Wort verlauten zu lassen, und tat ganz unbefangen. Nach vielem Hin- und Herreden sagt er dann endlich: »Also, mein Lieber, ehe Ihr mir nicht nachweist, daß er ein Protestant ist, kommt er nicht auf unseren Friedhof. Bei Euch ist er gefunden worden, bei Euch muß er auch unter die Erde. Wir wollen nichts damit zu tun haben. Wenn Ihr ihn als Protestanten rechtmäßig ausweist, dürft Ihr ihn rüberschicken, sonst nicht. Am Ende ist er ein Jude oder ein Türke, und so etwas wollen wir doch nicht auf unserem Gottesacker liegen haben. Gehabt Euch wohl!« Nachdem der Hennenholzer Gemeindevorsteher lange genug und allein darüber nachgedacht hatte, was wohl in dieser Sache nun zu tun sei, ging er zum Pfarrer und bat ihn, er möchte doch den armen Toten auf den Friedhof lassen. Der aber sagte: »Wie komme ich denn dazu? Ich habe mich mit meinen eigenen Augen überzeugt, daß der Mann ein Protestant ist. Wie soll ich denn das vor meinem Gewissen verantworten, ihn auf einem gutkatholischen Friedhof zu beerdigen? Noch dazu, wo ein protestantischer in erreichbarer Nähe liegt. Ja, wenn ich nie etwas davon gesehen hätte, daß er ein Protestant ist, dann vielleicht, dann könnte ich mich vor mir selbst und vor meinem Gotte damit entschuldigen, ich habe es eben nicht besser gewußt, und man kann einen Menschen, wer es auch immer sein möge, nicht im Straßengraben vermodern lassen als willkommene Atzung für Raben und Krähen. Es geht einfach nicht. Es ist immerhin möglich, daß es rauskommt und daß man mir einen Strick daraus dreht. Das gäbe einen heillosen Spektakel. Nein, nein, zu solcher Sünde gebe ich mich und mein Amt nicht her.«

»Aber, Herr Pfarrer, ich bitt' Sie, was soll ich denn machen? Ich muß doch den Mann unter die Erde bringen.«

»Ja, da kann ich Euch leider nicht helfen. Da hättet Ihr früher daran denken sollen. Könnt Ihr Euch denn die Papiere nicht verschaffen?«

»Wenn ich doch nur wüßte, wo sie sind. Aber wenn ich jetzt erst herumfrage, dann kommt die ganze Geschichte heraus, und dann ist es schon völlig vorbei. Das gäbe einen schönen Prozeß. Also daran ist überhaupt nicht zu denken.«

Und nun setzte sich der Gemeindevorsteher hin und schrieb an den Landrat, was mit dem toten Handwerksburschen, der ohne Legitimation sei, geschehen solle. Bei jedem Wort kam ihm das schreckliche Bewußtsein, daß alles, was er schrieb, amtlich war und sich eine Lüge neben die andere reihte.

Der Tote lag unterdessen ruhig und vergnügt in seinem Holzkästchen im Spritzenhause und hatte kein Fünkchen Mitleid mit denen, die sich seinetwegen soviel Sorgen und Kümmernisse machen mußten.

Nach drei Wochen kam vom Landratsamt der Bescheid, man solle den Toten photographieren, damit vielleicht später noch die Persönlichkeit festgestellt werden könne. Vor allen Dingen aber solle man, wenn dies nicht schon geschehen sein sollte, den Mann sofort beerdigen, und zwar auf dem Gemeindefriedhof.

Aber mit dem Beerdigen wurde nichts. Der Pfarrer weigerte sich entschieden, den Toten auf den Friedhof zu lassen. Und der Gemeindevorsteher kam in große Not. Er hatte kein Mittel, den Pfarrer zu zwingen. Denn sobald er mit der amtlichen Aufforderung des Landrates kommen wollte, erklärte der Pfarrer, daß er eher dem Landratsamte den wahren Sachverhalt mitteilen würde, als daß er zugebe, den Protestanten auf dem katholischen Friedhof zu beerdigen.

Was blieb dem geplagten Gemeindevorsteher nun übrig? Schließlich kam er auf die Idee, den Toten im Spritzenhaus stehenzulassen. Vielleicht hoffte er im stillen, daß das Haus eines Tages verbrenne oder daß endlich der Teufel den Leichnam hole. Aber die Behörden ließen nicht locker. Es wurden nähere Auskünfte verlangt über die Kleidung des Toten, über die Fundstelle, über den etwaigen Inhalt der Taschen und anderes mehr. Dann wieder wurde angefragt, ob der Tote beerdigt sei, an welchem Tage und welches die genaue Nummer der Grabstelle sei. Der Ortsvorsteher kam in eine immer größer werdende peinliche Verlegenheit. Er hätte am liebsten abgedankt. Aber auch das ging nicht so einfach. Denn sein Nachfolger hätte die Verantwortung nicht übernommen. Deshalb tat er das einzige, was man immer in solchen und ähnlichen Dingen tut, er beantwortete die Fragen des Landratsamtes, soweit sie die Beerdigung betrafen, überhaupt nicht. Da immer ungefähr ein Vierteljahr darüber verging, ehe die nächste dringende Anfrage seitens des Landratsamtes eintraf und inzwischen der Landrat auch selbst gewechselt hatte, so hoffte der Ortsvorsteher, das Landratsamt mit der Beantwortung der Fragen so lange hinzuhalten, bis ihn der Tod endlich von diesem Leichnam, der Tag und Nacht in allen Winkeln und Windungen seines Gehirns herumspukte und ihm jede Lebensfreude nahm, befreien würde.

Wer den kirchlichen und den weltlichen Bürokratismus kennt, wird sagen, daß gar keine Ursache vorlag, daran zu zweifeln, daß die Angelegenheit in dieser Weise sehr gut und zu aller Zufriedenheit erledigt werden konnte. Man kennt Beispiele aus der Geschichte, wo viel verzwicktere Fragen in dieser Form ihre Lösung fanden.

Hier jedoch kam es anders; denn bei Ausbruch des Krieges wurde eine Kompanie des in der nächsten Garnison liegenden Ersatzbataillons in Hennenholz untergebracht. Weil nun die Räumlichkeiten in den Bürgerunterkünften nicht ausreichten, so wurde das Spritzenhaus als Kompaniekammer und Wachstube in Gebrauch genommen. Beim Ausräumen fand sich unter anderem jahrtausendealten Gerümpel auch eine längliche verstaubte Kiste, über deren Zweck und Inhalt niemand von den Dorfleuten Auskunft geben konnte.

Man holte sich den Ortsvorsteher herbei.

»Was ist denn da drin?« fragte der Hauptmann.

Der Ortsvorsteher wand sich erst eine Weile um sich selbst und sagte dann endlich: »Ein Handwerksbursche.«

»Was ist drin?« fragte der Hauptmann mit Betonung.

»Eine Leiche, ein toter Handwerksbursche.«

»Ja, was macht denn der da drin?«

Und die ganze Qual und Seelenangst, die der geplagte Ortsvorsteher in all den vielen Jahren um den Leichnam durchgemacht hatte, packte ihn jetzt mit solcher Gewalt, daß ihm mit einem Male alles egal war und er mit Galgenhumor antwortete: »Was er da drin macht? Er wartet halt auf den Jüngsten Tag, Herr Hauptmann.«

»Warum tut er denn das nicht, wie jeder anständige Mensch, auf einem ordentlichen Friedhof?«

»Weil er ein Protestant ist und ihn der Pfarrer nicht auf unseren katholischen Friedhof lassen will, und einen anderen Friedhof haben wir nicht.«

»Unteroffizier Glassmann«, sagte darauf der Hauptmann, »öffnen Sie die Kiste!«

Was hundertsiebenunddreißig Pfund Akten in unendlich langen Jahren nicht zuwege gebracht hatten, nämlich einen toten Menschen ordnungsgemäß unter die Erde zu schaffen, das hatten inzwischen die Würmer, die Mäuse, die Natur und die liebe Zeit

getan. Und sie hatten es unbekümmert um die kleinlichen Streitereien der Menschen getan und mit einer so großen Sorgfalt und mit einem solchen Pflichteifer, daß man in der Kiste nur noch ein Häuflein zermürbter, schmutziggrauer Knochen, eine Leibriemenschnalle und drei verkrümelte Hosenknöpfe aus Blei fand. Angesichts dieser spärlichen Überreste konnte der Ortsvorsteher nicht begreifen, wie es möglich war, daß er deshalb von schweren Gefängnisstrafen, die ihn diesseits, und greulichen Höllenstrafen, die ihn jenseits erwarteten, jemals hatte träumen können.
Und dann gab der Hauptmann den Befehl: »Unteroffizier Glassmann, in einer halben Stunde melden Sie mir, daß der Mann auf dem hiesigen Friedhof beerdigt ist.«
Aber kaum war der Unteroffizier fort, da kam der Pfarrer und sagte: »Herr Hauptmann werden verzeihen, aber ich kann es unter keinen Umständen dulden, daß ein Protestant auf unserem Friedhof beerdigt wird.«
Worauf der Hauptmann zur Antwort gab: »Mein lieber Herr Pfarrer, ich will durchaus nicht in Ihre Rechte eingreifen oder irgendwie den religiösen Frieden stören, wie Sie anzunehmen scheinen. Ich könnte mich darauf berufen, daß ich seit gestern die höchste Kommandogewalt hier am Orte ausübe und nur meinen militärischen Vorgesetzten Rechenschaft schuldig bin. Es würde mir sehr leid tun, wenn ich mit größerem Nachdruck handeln müßte. Aber ich denke, wir betrachten die ganze Angelegenheit von einem höheren Standpunkte aus. Ob der armselige Kerl da protestantisch oder katholisch gewesen ist, diesen kleinen Unterschied hat er mit seinem Herrgott längst ins reine gebracht. Sie dürfen schon glauben, der hält sich mit solchen Dingen gewiß nicht so lange und so umständlich auf wie wir hier unten. Er hätte wohl auch gar nicht soviel Zeit dazu. Aber, mein lieber Pfarrer, Sie scheinen das Wichtigste zu vergessen: wir stehen jetzt im Kriege, im schwersten, den Deutschland jemals auszufechten hatte. Und gegenüber dieser alles andere in den Hintergrund stellenden Tatsache ist es doch wirklich recht gleichgültig, ob jemand Protestant oder Katholik

ist. Jetzt ist die Hauptsache, daß er Deutscher ist. Und Deutscher ist der arme Kerl da; das steht ohne Zweifel fest, und deshalb ist es sein unveräußerliches Recht, daß er auch in deutscher Erde ruhen darf. Und deutsch ist die Erde auf einem katholischen Friedhof ebensogut wie auf einem protestantischen. Oder meinen Sie nicht?«

»Ja – aber –«

»Ich habe auch nicht ohne Absicht diesen Ihnen etwas hart erscheinenden Weg gewählt. Denn wenn es geschehen sollte, daß ein Mann meiner Kompanie hier am Ort stirbt, und es ist zufällig ein Protestant, weil wir bis heute noch keine protestantischen und keine katholischen Regimenter haben und hoffentlich auch niemals bekommen, dann möchte ich nicht einen ähnlichen Streitfall mit Ihnen haben. Und obgleich ich selbst katholisch bin, dann aber müßte ich zu Ihnen unangenehm werden, und das wollen wir doch vermeiden. Denn eines lassen Sie sich gesagt sein, solange der Krieg dauert, ist mir der Kamerad näher als der Katholik. Nach dem Kriege können Sie ja meinetwegen wieder tun, was Sie wollen, und wenn es Ihnen Spaß macht, auch den armen Kerl da wieder ausgraben lassen. Das können Sie halten, wie Sie wollen. Na, und für heute hoffe ich, daß Sie nun noch nachträglich Ihre Genehmigung zu dem von mir angeordneten Begräbnis geben werden.«

Da kam der Unteroffizier zurück und meldete: »Befehl ausgeführt, drei Meter unter der Erde.«

Damit war die Sache abgetan und erledigt. Auch für den Ortsvorsteher. Und deshalb gehört er zu den wenigen Leuten, die im Ausbruch des Weltkrieges einen gewissen Trost gefunden haben.

Wohingegen

Komödie in einem Akt. Spieldauer 125 Sekunden. Ort der Handlung: Die Gasse einer Stadt in irgendeinem Lande der Kriegführenden. Personen: Eine wirkliche Mutter am Fenster. Ein Vorübergehender. Noch ein Vorübergehender. Ein unsichtbares Gewimmel von Tönen.

Das unsichtbare Gewimmel von Tönen: Ans Vaterland, ans teure, schließ dich an! Zeichne Kriegsanleihe! Das halte fest mit deinem ganzen Herzen! Zeichne Kriegsanleihe! Hier sind die starken Wurzeln deiner Kraft! Zeichne Kriegsanleihe! Dort in der fremden Welt stehst du allein! Zeichne Kriegsanleihe! Ein schwankes Rohr, das jeder Sturm zerknickt.

Die wirkliche Mutter am Fenster: O Vaterland! Mein teures Vaterland! Mein teures, teures Vaterland! Du bist mir wahrhaft teuer geworden. Acht Söhne hatte ich. Mein Stolz und meine Freude. Ich hab' sie mit Weh und Schmerz zur Welt gebracht und mit viel Sorg und Mühe aufgezogen, damit sie leben. Oh, teures Vaterland! Acht Söhne hatte ich. Ich *hatte* sie. Nun hat sie das Vaterland. Für immer. Oh, mein teures Vaterland! Oh, mein teures, teures . . . *(sie redet immer weiter, ohne Unterbrechung, immer weiter und immer das gleiche)*

Der eine Vorübergehende: Eine Irrsinnige.

Der andere Vorübergehende: Darum wird sie die Wahrheit sprechen. Darum darf sie die Wahrheit sprechen.

Der eine: Sie fällt einem auf die Nerven.

Der andere: Es fällt einem auf die Nerven.

Der eine: Das sollte verboten werden. So etwas.

Der andere: Das ist verboten. So etwas. Fünf Jahre Zuchthaus. In Frankreich.

Der eine: Aber so etwas darf straffrei bleiben. Das ist eine Beleidigung der Andersdenkenden. Straffrei. Nur weil irrsinnig. Angeblich.

Der andere: Angeblich. Das haben Sie sehr gut gesagt.

Der eine: Nun, dieses unglaubliche Verkehrshindernis wird ja bald beseitigt sein. Sie kommt morgen ins Irrenhaus.

Der andere: Morgen? Warum nicht heute?

Der eine: Heute? Sie scheinen ein Hochverräter zu sein. Heute ist doch Feiertag. Da findet man niemand, der sie fortbringt.

Der andere: Feiertag? Daß ich nicht wüßte.

Der eine (drohenden Blickes und rollenden Auges): Feiertag, mein Herr, sage ich. Feiertag und hoher Festtag. Großer Sieg. Hundertzwanzigtausend Gefangene, sechshundert Geschütze.

Der andere Vorübergehende: Und wieviel tote Männer haben wir? Wieviel tote Söhne haben wir? Wieviel weinende Mütter und trauernde Witwen haben wir.

Der eine Vorübergehende gibt keine Antwort. Er erhebt seinen Knüttel und schlägt den anderen Vorübergehenden tot. Er weiß, nun kann ihm nichts geschehen.

Vor Schreck über den Anblick dieses Totschlags wird die wirkliche Mutter am Fenster wieder vernünftig und schreit gellend durch die Gasse: Heil dir, mein teures Vaterland! Heil dir, teures Vaterland! Acht Söhne hatte ich. Nun hat sie das Vaterland. Für immer. Heil dir, mein teures Vaterland! Heil dir, teures Vaterland!

Das unsichtbare Gewimmel von Tönen: Eine wackere Frau. Zeichne Kriegsanleihe! Eine äußerst wackere Frau. Zeichne Kriegsanleihe. Hut ab vor dieser wackeren Frau. Zeichne Kriegsanleihe! Auf solche Frauen darf das Vaterland stolz sein. Und mit vollem Recht. Zeichne Kriegsanleihe!

Die Klosterfrau

Die Kreisstadt Ley an der Nahe liegt sehr lieblich inmitten der schönsten Landschaft, die man sich nur denken kann. Aber auf die Dauer beginnen selbst die schwärzesten Wälder und die grünsten Wiesen langweilig zu werden. Besonders wenn es Winterabend ist. Und wenn gebildete Menschen und solche, die vorgeben, dazuzugehören, nichts Besseres vorhaben, so setzen sie sich zusammen und trinken Bier. Ein Glas nach dem andern. Zwischendurch trinkt man in dieser Gegend dann hin und wieder einen Schoppen Pfälzer. Der Vorteil dieser Abwechslung besteht darin, daß man nicht so lange zu tun hat, bis man den beabsichtigten Zweck erreicht. Bevor aber die ersten Boten des ersehnten Zustandes sich ankündigen, muß man versuchen, die Zeit auf eine möglichst wenig geistreiche Art und Weise herumzubringen. Das ist zweifellos das Schwierigste an der ganzen Sache und insofern das Bedauerlichste, weil es strenggenommen doch eine Entweihung des eigentlichen Zweckes ist.

Und so saßen wir denn beisammen: der Postmeister, der Tierarzt (der Menschendoktor war verheiratet), der Apotheker (war allerdings auch verheiratet, kam aber doch, weil er schon erwachsene Kinder hatte), der Amtsrichter, der Referendar (wechselte alle Augenblicke, und ehe man sich den Namen merken konnte, kam schon wieder ein neuer) und ein pensionierter Oberst, der in Ley eine Villa besaß. Jeden Abend wurde ein anderes Thema behandelt. Das heißt, man muß das nicht so wörtlich nehmen. Es war allerdings jedesmal ein anderes Thema, aber wenn man genau hinsah, war es derselbe Gegenstand, den man gestern schon ausführlich behandelt hatte, nur mit anderen Worten und in einer anderen Reihenfolge.

Aber eines Abends erschien der Menschendoktor in unserem Kreise. Man wurde des neuen Gastes sofort gewahr, denn ein

neues Thema, das man bisher noch nie erwähnt hatte, kam zur Erörterung.
Der Amtsrichter empfing nämlich den Doktor mit den Worten: »Na, Doktor, haben Sie auch den Hausschlüssel mit?«
Einen Augenblick wollte der Arzt wütend werden, aber er besann sich rasch eines Besseren und sagte: »Meine Frau ist verreist, und da fürchte ich mich allein zu Hause.«
»Also deshalb kommen Sie?«
Da mischte sich der Oberst ins Gespräch: »Ach, was Sie sagen! Sie fürchten sich? Vor was denn?«
»Vor Gespenstern«, sagte der Arzt ganz ernsthaft.
Durch das Gelächter ließ er sich nicht aus der Fassung bringen, sondern wiederholte mit demselben feierlichen Ernst das Gesagte.
»Ein Arzt, der an Gespenster glaubt, ist mir auch noch nicht vorgekommen«, lachte jetzt der Amtsrichter.
»Das Lachen würde Ihnen vergehen, wenn Sie die Ursache meiner Gespensterfurcht kennten. Glauben Sie mir, ich möchte selbst nicht daran glauben, aber es geht leider nicht. Und weil es mich auf Schritt und Tritt verfolgt, gehe ich abends niemals allein aus. Deshalb werden Sie mich auch nie in Ihrem gemütlichen Kreise finden, in den ich meine Frau doch nicht gut mitbringen kann. Sie freilich denken, ich sei ein Pantoffelheld.«
»Denken wir auch«, bestätigte der Apotheker.
»Aber da denken Sie ganz falsch«, versicherte der Arzt. »Lediglich die Angst vor Gespenstern ist es, die mich hindert, abends allein auszugehen.«
»Sie müssen doch aber häufig des Nachts beruflich hinaus«, meinte nun der Postmeister.
»Das ist auch etwas anderes, da muß es halt sein. Aber was ich trotzdem dabei durchzumachen habe, das möchte ich meinem Todfeinde nicht gönnen.«
»Na, wissen Sie, Doktor, seien wir doch ehrlich, Gespenster gibt es doch einfach nicht. Sie als Arzt, als Naturwissenschaftler sozusagen, können jeden Gegenbeweis führen.«

Der Amtsrichter war nun auch ein wenig ernst geworden.
»Gewiß«, bestätigte der Arzt, »es gibt keine Gespenster, das weiß ich, aber gesehen habe ich eins. Nein, nein, Sie brauchen nicht so ungläubig dreinzuschauen. Nervös bin ich auch nicht, und bezecht war ich damals ebensowenig, wie ich es jetzt bin. Ich war damals noch auf der Universität, und als die Ferien heranrückten, suchte ich mir ein kleines Landstädtchen aus, wo ich in aller Ruhe studieren, fischen und baden konnte und das außerdem den Vorzug hatte, ein billiges Leben zu ermöglichen. Weil man aber in Groß-Zilchow auf Fremde nicht eingerichtet ist, ich aber das Wohnen im Hotel vermeiden wollte, war es schwer, ein Privatzimmer zu bekommen. Die wenigen möblierten Zimmer, die es gibt, sind immer in festen Händen, und wenn ein Lehrer oder ein Beamter der städtischen Verwaltung versetzt wurde, so war sein Zimmer schon von seinem Nachfolger mit Beschlag belegt.
Da machte mich der Hotelwirt, wo ich die ersten beide Tage gewohnt hatte, auf das Kloster aufmerksam. Das Kloster war ein aus dem Mittelalter stammendes Gebäude, das von einem Mönchsorden erbaut, eine Zeitlang von diesem Männerorden, dann von einem Frauenorden bewohnt wurde, jetzt aber den profanen Zwecken des Getreidehändlers Lemberger diente. Herr Lemberger benutzte das untere Stockwerk als Speicher, während er das erste Stockwerk in seiner romantischen Ursprünglichkeit gelassen hatte, mit dem einzigen Unterschied, daß er einzelne der alten Mönchszellen ausmöblierte und sie teils an sein kaufmännisches Personal abgab, teils als Fremdenzimmer benutzte, wenn seine Söhne sich zur Ferienzeit Studienfreunde einluden.
Das ging eine Weile sehr gut. Aber eines Tags erklärte ein Buchhalter, er könne es dort nicht mehr aushalten, denn da trieben zur Nachtzeit die Mönche und Nonnen ein schreckliches Wesen. Als hätte es nur dieser Anregung bedurft, so sagten jetzt sämtliche jungen Leute, die darin wohnten, etwas Ähnliches. Sie hätten oft, wenn es abends spät geworden sei, sich nie heimgetraut, sondern lieber bei irgendeinem Bekannten Unterkunft gesucht, als daß sie

in das Kloster zu später Abendstunde gegangen wären. Manche der jungen Leute hätten auch nur deshalb ihre Entlassung bei Lemberger genommen, nur um nicht in diesem Hause wohnen zu müssen. Aber den wahren Grund hätte nie jemand gesagt, weil sie fürchteten, ausgelacht zu werden.
Ich glaubte natürlich nicht an den Humbug, denn wozu war ich denn Medizinstudierender? Es war sogar ein Reiz eigener Art, in einem solchen romantischen Hause wohnen zu können. Das Kloster war im frühgotischen Stil erbaut und sah wundervoll aus. Die weiten Hallen, die breiten Treppen und geräumigen Gänge wirkten geradezu beruhigend. Hier bekam man eine Lust, ja eine förmliche Wut, zu arbeiten.
Ich ging also zu Herrn Lemberger.
›Sehr gern vermiete ich Ihnen das Zimmer, Herr Studiosus‹, sagte er zu mir, ›Sie sollen es spottbillig haben. Sie frühstücken mit uns und brauchen nur dem Mädchen, das Ihnen die Bedienung macht, ein gutes Trinkgeld zu geben. Ich denke, damit können Sie einverstanden sein. Aber ob Sie es dort lange aushalten, ist eine andere Frage.‹
›Wieso?‹
›Ja, da gehen zur Nachtzeit die Mönche und Nonnen um.‹
›Was geht um?‹
›Na, die alten Nonnen.‹
›Nee, wirklich? Das muß sehr hübsch sein. Sie, Herr Lemberger, das Zimmer nehme ich. Bestimmt. So ein Nönnchen muß ich kennenlernen. Das kommt einem nicht alle Tage zugelaufen.‹
›Trauen Sie sich nur nicht zuviel zu, junger Freund.‹
›Aber was denken Sie denn von mir, ich bin doch Mediziner. Sie sollen mal sehen, wie ich mit den Geistern und Gespenstern umspringen werde. Die graule ich Ihnen alle raus.‹
›Wenn Ihnen das glückt, gebe ich ein hochfeines Sektfrühstück.‹
›Abgemacht, Herr Lemberger, schon gewonnen.‹
›Gut, abgemacht. Wenn Sie wollen, können Sie gleich heute noch einziehen. Ich lasse sofort das Zimmer in Ordnung bringen.‹

Am selben Abend zog ich ins Kloster.

Obgleich ich mir vorgenommen hatte, heute mal um neun nach Hause zu gehen, so wurde es doch zwölf. Die Tatsache, daß ich den Mut besaß, ins Kloster ziehen zu wollen, wurde in dem kleinen Städtchen sofort bekannt. Der Tisch im ›Goldenen Ring‹, an dem ich an diesem Abend saß, war belagert von einer Menge Herren, die mich kennenlernen wollten. Das Ende vom Liede war, daß zum Schluß die gruseligsten Gespenstergeschichten erzählt wurden, die man sich nur vorstellen kann und die noch dadurch echter wirkten, daß immer ein Großvater oder eine Großmutter des Erzählers sie selbst erlebt hat.

In dieser angegruselten Stimmung kam ich nun nach Hause.

Ich würde mich gar nicht gewundert haben, wenn ich auf der Treppe oder in der weiten Halle im Erdgeschoß einen Mönch oder etwas Ähnliches angetroffen hätte. Vielmehr habe ich mich darüber gewundert, daß mir an diesem ersten Abend nicht das geringste begegnete. An diesem Abend, der wie kein anderer geeignet gewesen wäre, jede Geistererscheinung zu erklären.

Eine volle Woche wohnte ich nun schon da, ohne daß ich etwas erlebt hätte. Die Sache schien an Interesse wesentlich zu verlieren. Der Ruhm, den ich mir anfangs als furchtloser Held erworben hatte, schrumpfte in den Kreisen der Bevölkerung sichtlich zusammen. Herr Lemberger hatte mich an dem Tage – es war ein Sonntag – zum Mittagessen eingeladen und mir hierbei die erfreuliche Mitteilung gemacht, daß er mich als Gewinner betrachte und morgen das zugesagte Sektfrühstück vom Stapel lassen wolle.

Nachmittags war ich stundenlang über die Wiesen und Felder gelaufen. Dann ging ich heim und zog mir neue Stiefel an. Hierauf aß ich in einer Gartenwirtschaft zu Abend.

Als ich nach Hause kam, schlug es gerade vom Kirchturm elf Uhr. Ich stieg langsam und ein wenig müde die Treppe hinauf. Ich dachte eben an eine Stelle zum Fischen, die mir ein Herr an unserm Abendtisch angepriesen hatte, da überlief mich plötzlich das unheimliche Gefühl, daß mir jemand auf der Treppe folge. Ich drehte mich um, aber in der Dunkelheit vermochte ich nichts zu erkennen. Ich blieb stehen und hörte ein leises, schweres Atmen, als ob jemand auf steilem Weg eine Last zu tragen habe. Als ich nun weitergehe – es waren nur noch einige Stufen –, höre ich wieder das schwerfällige Hinaufschleifen des unsichtbaren Gastes. Oben an der letzten Stufe machte ich halt. Ich hörte noch einmal das asthmatische Schnaufen. Dann war es still.

Ich ging in mein Zimmer, machte Licht und leuchtete auf den Gang hinaus. Dann ging ich mit der Lampe bis zur Treppe. Natürlich fand ich nichts. Endlich kam ich zu der Überzeugung, daß meine abgespannten Nerven mir etwas vorgegaukelt hatten.

Das Sektfrühstück am nächsten Tage bat ich aufzuschieben. Herr Lemberger fragte verwundert, was los sei. Ich entschuldigte mich damit, daß ich verkatert sei, worauf er sagte, es liefe uns ja nicht fort, er mache mir den Gewinst nicht streitig, und es würde sich schon noch eine Gelegenheit finden, das Sektfrühstück umzubringen.

Am nächsten Abend ging ich um zehn Uhr ins Haus. Ich wollte es mir ja nicht eingestehen, aber wahr ist's doch, daß ich ein wenig nervös sein mochte und dies die Ursache war, früher in mein Zimmer zu gehen, als ich es sonst vielleicht getan hätte.

Ich hatte kaum die ersten drei Stufen der Treppe hinter mir, als ich auch schon wieder das schlürfende Nachschleppen eines Jemand hinter mir hörte. Mit meiner ganzen Willenskraft versuchte ich mir einzureden, daß dieses eigentümliche Geräusch von den alten wurmstichigen Treppenstufen herrühre, als ich mich auch schon davon überzeugte, daß ja die Treppen gar nicht aus Holz, sondern aus rotem Sandstein hergestellt waren und ihre tief ausgebuchteten Flächen ein ehrwürdiges Alter verrieten. Blitzschnell wollte ich nach einer neuen Erklärung suchen, aber es gelang mir nicht. Und obgleich mir schien, als wolle die Treppe gar kein Ende nehmen, war ich doch mit einemmal oben, ohne mir so recht bewußt geworden zu sein, wie ich eigentlich die letzten Stufen genommen hatte. Oben angelangt, glaubte ich natürlich, der unheimliche

Spuk habe nun, so wie gestern auch, sein Ende. Aber diesmal kamen die schleppenden Schritte den ganzen langen Gang hinter mir her und verloren sich erst, als ich meine Tür öffnete.
Selbstverständlich wollte ich jetzt, als ich mich in meinem Zimmer geborgen fühlte, die Sache wieder auf einen natürlichen Umstand zurückführen. Ich kam zu der Auslegung, daß die Schritte nur ein Widerhall, schlimmstenfalls ein Nachhall meiner eignen Tritte sein müßten. Aber diese Erklärung wurde am nächsten Abend über den Haufen geworfen. Ich hörte die Schritte hinter mir auf der Treppe, dann hinter mir auf dem Gange und hielt sie, meiner gestrigen Erklärung folgend, für den Nachhall der meinen. Als ich jedoch meine Tür offen habe und wieder schließen will, habe ich das entsetzliche Gefühl, daß sich jemand mit mir zugleich ins Zimmer hineindrängen will. Ich ziehe die Tür rasch hinter mir zu und drehe den Schlüssel von innen herum. Einen Augenblick stehe ich lauschend in dem dunklen Raum und will gerade Licht anzünden, als mir der Atem stockt. Ich bin keine furchtsame Natur, aber hätte ich mich im Spiegel sehen können, so hätte ich mich selbst für ein Gespenst gehalten, wie es fürchterlicher draußen auf dem Gange auch nicht sein konnte. Denn ich hörte ganz deutlich, wie dieses Etwas draußen eine Weile wartete, dann tief aufstöhnte, endlich müde und schwerfällig den langen Gang zurückkehrte und die Treppe hinunterstieg.
An diesem Abend schlief ich zum erstenmal in meinem Leben hinter verschlossener Tür.
Ich hätte nun eigentlich ausziehen sollen. Aber ich fürchtete den Spott, und den um so mehr, weil ich doch Arzt war. Ich blieb also wohnen. An Leib und Leben würde es mir ja nicht gehen, dachte ich. Ich hatte auch noch nie gehört, daß Gespenster – vorläufig glaubte ich natürlich immer noch nicht daran – einem lebenden Menschen ein körperliches Leid zugefügt hätten. Es konnte also nur über die Nerven hergehen. Und denen gegenüber fühlte ich mich gewappnet. Das ist ja auch leicht, wenn man schon etwas Bestimmtes, selbst wenn es das Grauenhafteste ist, erwartet. Der

gefährlichste Angriff auf die Nerven ist stets das Plötzliche, das Unerwartete. Und ich erwartete das Schlimmste, was nur irgend möglich sein konnte.

Den nächsten Abend folgt mir dieses Etwas wieder bis zur Tür. Ich zwänge mich rasch in das Zimmer, schließe die Tür, höre wieder das Aufstöhnen. In demselben Augenblick aber, wo ich höre, das Etwas entfernt sich, öffne ich rasch wieder die Tür und leuchte mit einer elektrischen Taschenlampe den Gang hinunter. Nichts zu sehen. Ich rufe laut: ›Ist jemand da?‹ Totenstille. Ich gehe bis zur Treppe und leuchte auch dort hinunter. Auch nichts zu sehen. Ich frage wieder. Keine Antwort. Ich gehe in mein Zimmer zurück, lausche einen Augenblick hinter der Tür und höre deutlich eine Frauenstimme klagen: ›Ja, es ist jemand hier.‹ Ich reiße trotz meiner begreiflichen Aufregung die Tür auf, leuchte rasch und sehe natürlich wieder nichts. Frage auch wieder. Keine Antwort. Ich schließe die Tür und höre nun die Tritte langsam und müde zur Treppe gehen. Also bin ich auf dem Flur an dem Jemand vorübergegangen, ohne es zu sehen. Denn es muß dagestanden haben, mitten auf dem Flur.

Ich glaube nicht, daß ein nicht sichtbares Etwas mir eine deutliche Antwort geben kann. Gut, ich will also annehmen, die angebliche Antwort des unsichtbaren Wesens war nur der in mir nachklingende Widerhall meiner eignen ähnlichen Worte.

Am nächsten Abend natürlich dasselbe. Aber vielleicht schloß ich etwas weniger sorglos die Tür als an den vorhergehenden Abenden. Jedenfalls in dem Augenblick, wo ich meine Tür geschlossen habe, überkommt mich das Gefühl, eben ist das Etwas neben mir ins Zimmer geschlüpft und befindet sich mit mir in demselben Raum. Hätte ich mich dem Grauen hingegeben, das von mir Besitz ergreifen wollte, wäre ich gewiß wahnsinnig geworden. Denn ehe ich den langen Gang und dann die Treppe hinuntergelaufen und zuletzt noch das Haustorschloß geöffnet hätte, wäre ich längst zusammengebrochen. Das Beste in solch grauenhaften Augenblicken ist immer, kühl bleiben und das heraufkriechende Angst-

gefühl mit aller Gewalt bezwingen. Es ist viel leichter, als es scheint; der Versuch allein schon gibt ungeheure Kraft und lenkt die Gedanken ab. Wenn das Grauen dann zum zweitenmal wiederkommen will, ist es kaum noch ein Viertel so gefährlich.
Ich raffe mich zusammen und denke, fortlaufen hat keinen Zweck und vergrößert nur die Furcht. Zuerst also einmal Licht gemacht. Die Lampe brannte, und ich sah nichts. Ich leuchtete in alle Winkel, unter den Tisch, unters Bett, in den Schrank. Nichts zu sehen. Trotzdem wird das Gefühl, daß ich nicht allein im Zimmer sei, fortgesetzt stärker. Um mich zu zerstreuen, nehme ich ein Buch und beginne zu lesen. Eine Weile gelang es mir auch, meine Gedanken abzulenken. Plötzlich aber empfinde ich einen ganz leisen Hauch neben meinem Gesicht. Ich wende mich um und sehe ein flatterndes Schimmern hinter mir, das Gestalt anzunehmen sich bemüht. Ich springe auf und sehe nun, während meine Lampe mir tief verdunkelt erscheint, eine Frau im Mönchskleide mit geöffneten, lang herabhängenden, wunderschönen roten Haaren von goldleuchtender Farbe. Im ersten Augenblick denke ich, jetzt mußt du doch eigentlich furchtbar erschrecken, schreien, davonlaufen oder vor Grauen zusammenbrechen. Seltsamerweise aber hatte ich nicht die geringste Furcht. Das mochte wohl nicht zum wenigsten daher rühren, daß die Nonne nicht wie eine Nebelfigur erschien, sondern wie eine lebendwarme natürliche menschliche Gestalt, an der man, wäre sie einem auf der Straße begegnet, vorübergegangen wäre, ohne daß sie einem auch nur im geringsten hätte auffallen müssen. Ich konnte ja nun mit der Hand nach ihr greifen, um mich zu überzeugen, ob die Frau lebend sei und vielleicht durch eine verborgene Tür in mein Zimmer Eingang gefunden hätte. Als ich aber einen Schritt auf sie zu machte, trat sie zurück, um meiner Berührung auszuweichen. Daraufhin unterließ ich es, mich ihr noch einmal zu nähern. So konnte ich immer noch glauben, daß es ein lebendiger Mensch sein könne und ich keine Ursache habe, mich vor ihm zu fürchten. Aber, wie gesagt, es kam mir nicht der kleinste Gedanke von Furcht. Ich hätte mich

mit ihr ganz gut unterhalten, ja sie zum Tee einladen können, ohne Grauen zu empfinden. Was mir auffiel, waren ihre tieftraurigen Augen, in denen aber so viel heiße Sinnlichkeit lauerte, wie ich sie noch nie bei einem Weibe gefunden hatte. Sie hatte in ihrem Gesicht und in ihrer Gestalt, die völlig jugendfrisch waren und keine geisterhafte Abgezehrtheit zeigten, etwas, das mich in einem weniger unheimlichen Moment bis zur sinnlosen Raserei hätte betören müssen.

Wir sahen uns eine lange Weile an, in der ich jeden einzelnen Zug ihres Gesichtes studieren und mir unauslöschlich einprägen konnte. Im selben Moment aber, wo ich sie anreden will, löst sie sich zu jenem flatternden Schimmern auf, in dem ich sie zuerst gesehen hatte.

Meine Lampe brannte wieder hell, ich stand mitten in meinem Zimmer, konnte also unmöglich geträumt haben und fühlte, wie mir nun der Schweiß in Strömen ausbrach.

Trotzdem schlief ich, sobald ich mich zu Bett gelegt hatte, rasch ein und schlief ruhig durch bis zum Morgen.

Am nächsten Abend komme ich heim, höre weder auf der Treppe noch auf dem Gange ein Geräusch, schließe die Tür und zünde die Lampe an. Ich denke darüber nach, was wohl heute kommen würde. Da höre ich ein Geräusch in meinem Zimmer, als ob sich jemand entkleidet und dann zu Bett legt.

Ich drehe mich um, und auf meinem Bett liegt — die Nonne im Nachtkleide. Ihren Kopf eingebettet in die roten Fluten ihres Haares, die Augen leidenschaftlich verlangend mir zugewandt. Ich sehe deutlich den tiefen Eindruck ihres Körpers in meinem Bett. Sie hebt die Arme, breitet sie aus, und im selben Augenblick ist das Bett leer. Aber es ist glatt wie stets.

Und doch habe ich die verbauschten Kissen des Bettes gesehen, während sie darin ruhte.

Ich habe während der ganzen letzten Tage kein Wort zu irgend jemand von dem erzählt, was ich erlebt hatte. Ich gestehe gern, daß ich mich, sobald es dunkel wurde, fürchtete, ins Haus zu gehen, und mehr als einmal habe ich überlegt, ob es nicht doch besser sei, dort wegzuziehen. Aber zuletzt überwog doch immer mehr das lebhafte Interesse dafür, was wohl noch kommen könne. Ich war direkt neugierig geworden, wie das noch enden wird. Dann hatte ich auch die leise Hoffnung, daß es mir gelingen könne, eine natürliche Erklärung für das Vorkommnis zu finden. Diese aber zu finden ist um so leichter, je weniger man sich von der Furcht beeinflussen läßt. Furcht räumt dem unheimlichen Geschehnis immer eine Macht ein, die schwer zu überwinden ist.

Den nächsten Abend kam ich wieder einmal etwas sehr spät nach Hause. Es mochte kurz vor zwölf sein, als ich die Haustür aufschloß. Das ging immer sehr langsam, weil das Schloß infolge seiner uralten Konstruktion sich nur sehr schwerfällig öffnen ließ. Ich hatte die Tür wieder abgeschlossen und wollte gerade zur Treppe gehen, als mich ein Etwas die Blicke weiter nach rechts in die große Halle, durch die ich gehen mußte, zu richten zwang. Es war drinnen blendend heller Mondschein, und durch die hohen Spitzbogenfenster fielen die milchweißen Strahlen lang in die Halle und erfüllten sie mit einem blaßgrünen Licht. In der Halle standen dicke steinerne Säulen, auf denen die Decke mit ihren hochgewölbten gotischen Spitzbogen ruhte. Und mein Blick fiel auf eine jener Säulen, und an einem eingemauerten Ringe hing die Nonne in demselben Nachtgewande, das sie gestern anhatte, als sie auf meinem Bette lag. Ich erkannte das Nachtgewand sofort wieder, weil es mit einer so eigentümlich verblaßten gelben und altmodischen Stickerei besetzt war, die sich auffallend von der weißen Farbe des Frauenkörpers abhob. Die Füße waren mit leichten Schuhen von giftgrüner Farbe und mittelalterlichem Schnitt bekleidet. Das Haar, das heute noch grellroter erschien als gestern, hing offen um den gesenkten Kopf. Die Augen waren geschlossen. Was aber seltsam erschien, war: das Gesicht der Frau, das gestern lebendfrisch aussah, war heute das einer Toten. Als ich das Weib da an der Säule hängen sah, wollte ich weglaufen. Dabei fiel mir aber ein, daß ja das Schloß so schwer aufzuschließen ist. Und ehe ich es geöffnet haben würde, hätte mich die Angst aufgefressen. Ich hielt also aus. Zuerst dachte ich natürlich, das Mondlicht hätte sich in den Fenstern so merkwürdig gebrochen, daß der Lichtschein das Bild auf der Säule hervorgebracht habe. Und ich glaubte nun mit einemmal für alles schon eine ausreichende Erklärung zu haben. Ich knipste meine Taschenlampe an. Da deren Licht viel heller als das des Mondes wirkt, hätte nun das unheimliche Bild eigentlich verschwinden müssen, wenn es eben von der Brechung der Mondlichtstrahlen hergerührt hätte. Aber das Bild verschwand nicht, sondern erschien jetzt in dem starken Licht der Lampe viel stärker. Ich ging ein wenig näher und sah jetzt, daß auf den Backen der Frau dicke nasse Tränen funkelten und auch sonst noch unzählige Spuren geflossener Tränen sich abzeichneten.

So seltsam wie gestern verschwand auch heute das Weib.

Ich ging jetzt zu der Säule, leuchtete sie eingehend ab und fand natürlich nichts als nur den eingemauerten Ring. Es war übrigens die einzige Säule, die einen Ring besaß, dessen Zweck ich mir nicht erklären konnte.

Ich weiß nicht, wo ich den Mut hernahm. Aber ich ging trotzdem in mein Zimmer, wo mir heute weder auf der Treppe noch auf dem Gange noch in meinem Zimmer selbst auch nur das geringste begegnete, obgleich ich fest darauf gerechnet hatte.

Am nächsten Tage hörte ich von einem Bürger der Stadt, daß eine Chronik des Klosters vorhanden sei, die im städtischen Archiv aufbewahrt würde. Man gab mir die Chronik zwar nicht mit nach Hause, gestattete mir jedoch, daß ich sie im Rathause lesen durfte. Hier fand ich auch eine Stelle, die in weitschweifiger und schwerverständlicher Rede besagte, daß eine junge Klosterfrau, die gegen ihren Willen Nonne werden sollte, in der letzten Nacht ihres Noviziats, das zwei Jahre gewährt hatte, sich aus Widerwillen gegen das Klosterleben an dem Ringe in der zweiten Säule rechts vom Eingang erhängt habe. Am nächsten Tage habe auch ein junger Patriziersohn der Stadt, dem sie in Liebe zugetan gewesen sein soll, durch Gift, das er freiwillig genommen, geendet. Die Novize sei sehr schön gewesen, das Schönste an ihr aber war ihr reiches rotblondes Haar.

Bis hierher, meine Herren, ist es eine ganz alltägliche Spukgeschichte. Etwas Besonderes ist kaum zu verzeichnen.

Das Seltsamste sollte ich noch erleben. Und das hatte mit Spuk eigentlich gar nichts zu tun und war doch viel grauenvoller als alles Vorhergegangene.

Ich hatte verschiedene Leute, die vor mir in dem Kloster gewohnt hatten, kennengelernt und fragte sie darüber aus, was sie dort erlebt und gesehen hätten. Die ich fragte, konnten mir auch alle Auskunft über das geben, was sie schon von ihren Vorgängern gehört hatten, so daß ich also sehr viele Auskünfte sammeln konnte. Sonderbar war nun folgendes. Alle, die hier gewohnt hatten, wußten nur davon zu berichten, daß sie Tritte hinter sich herschleichen hörten und immer das Gefühl besaßen, es begleite sie jemand die Treppe hinauf. Gesehen hatte niemand etwas.

Trotzdem zog ich aber aus und mietete mich wieder im Hotel ein.

Wenige Tage darauf gehe ich im Walde spazieren. An einer hübschen Stelle lege ich mich nieder und blättre in einem Buche, das ich mir mitgebracht habe. Ich komme aber nicht zum Lesen, sondern beobachte die kleinen Käferchen, die sich im Moose tummeln. Da habe ich das Gefühl, als würde ich fortgesetzt angesehen. Ich schaue auf und sehe – meine Klosterfrau. Sie steht etwa zehn Schritte von mir, den Hut in der Hand, in einem leichten, gutgearbeiteten Sommerkleid und sieht mich fortgesetzt an.

Natürlich denke ich sofort, das ist meine Erscheinung aus dem Kloster, die noch in meinem Gedächtnis nachzittert. Denn ein Zweifel ist absolut ausgeschlossen. Ich hatte die Züge der Frau zu genau in der Erinnerung, als daß ich mich hätte täuschen können. Dazu war auch das Gesicht viel zu selten und eigenartig. Es war eines jener Gesichter, wie man sie nur einmal sieht, um sie nie wieder zu vergessen, und wie sie einem auch nie wieder vorkommen. Und das rotleuchtende Haar, das eine so seltsame, unver-

gleichliche Farbe zeigte, konnte nur meiner Klosterfrau gehören. Niemand sonst.
Aber plötzlich, während ich die Frau noch verwundert anstarre, senkt sie die Augen und wird bis in den Nacken hinein dunkelrot. Ich sehe ihr an, daß sie weglaufen möchte, aber es hält sie etwas zurück. Irgend etwas.
Langsam hebt sie nun ihre Augen und sagt mit einem schelmischen Ton in der Stimme: ›Guten Tag!‹
Ich bin darüber, daß sie spricht, so erstaunt, daß ich gar nicht daran denke, den Gruß zu erwidern. Dann kommt sie aber näher zu mir heran, reicht mir die Hand und sagt nochmals: ›Guten Tag!‹
Und indem ich noch immer zögere, ergreift sie burschikos meine Hand, schüttelt sie kräftig und sagt: ›Na, wollen Sie mir nicht guten Tag sagen? Warum nicht? Wir kennen uns doch.‹
Ich fühle den warmen, festen Druck ihrer Hand, sehe, wie die Röte ihrer Verlegenheit der ursprünglichen Farbe wieder Platz macht, sehe aber auch die tiefen, schwermütigen Augen meiner Klosterfrau mit der leidenschaftlichen heißen Glut darin.
Aber das ist doch hier ein ganz lebendiger Mensch, genau so lebendig wie ich. Und da erwidere ich den Händedruck und sage: ›Guten Tag, mein Fräulein!‹
›Na, endlich‹, erwidert sie, ›das hat aber verteufelt lange gedauert, wo wir uns doch so gut kennen.‹
›Wir kennen uns? Woher, wenn ich fragen darf, mein Fräulein?‹
›Ja, woher? Das kann ich jetzt, wo Sie mich danach fragen, wirklich nicht sagen. Ich dachte, Sie wüßten es. Es ist mir so, als ob wir uns kennen, schon fast zwei Wochen kennen. Aber na, wenn Sie sagen, Sie kennen mich nicht, dann wird's wohl seine Richtigkeit damit haben, daß ich mich täusche. Ich kann mir den Irrtum aber wahrhaftig nicht erklären. Vielleicht habe ich es auch nur geträumt. Man träumt manchmal so allerhand dummes Zeug, nicht wahr?‹
Und weil sie mir gefällt, sage ich: ›Aber wir können trotzdem gute Freunde bleiben. Wollen wir?‹

›Gern will ich.‹ Heiter und unbefangen gibt sie mir diese Antwort. Sie war die Tochter einer gutsituierten Tuchmacherfamilie, die seit Jahrhunderten in dem kleinen Städtchen wohnte. Der Vater war schon lange tot, die Mutter vor drei Jahren gestorben. Sie bewohnte mit einer alten Tante und einer alten Magd ein entzükkend gelegenes Haus, das sie mit einem ansehnlichen Vermögen geerbt hatte. Ich besuchte sie dann bald. In ihrem Wohnzimmer fiel mir ein lebensgroßes Bild von ihr auf. Weil mich aber die Tracht, die sie auf dem Bilde anhatte, wunderte, erfuhr ich, daß dies gar nicht ihr Bild sei, sondern das Bild einer ihrer Ahnen, die schon viele hundert Jahre tot sein müsse, denn das Bild sei sehr alt und vor einigen Jahren aufgefrischt worden, deshalb sehe es so neu aus. Daneben hing ein Männerbildnis, scheinbar ebenso alt. Das Gesicht fiel mir durch die eigenartige stark eckige Form des Kinns auf.

Wir gingen dann oft spazieren, und fast jeden Abend war ich in dem Hause zu Gast. Ehe ich die Stadt verließ, willigte sie ein, meine Frau zu werden. Sie war außer sich vor Glück. Ich beeilte mich mit meinem Examen. Ein Jahr später heiratete ich sie. Wir führten die glücklichste Ehe.

Ihre Tante starb bald nach unsrer Heirat. Wir verkauften das Haus. Ich wollte es in unserm Besitz behalten, denn nötig hatten wir das Geld nicht. Sie aber drängte zu dem Verkauf mit einem Eifer, der mir unerklärlich schien in seiner Beharrlichkeit. Alle möglichen Gründe führte sie an, um den Verkauf zu rechtfertigen. Endlich sagte ich ja, denn es war doch schließlich ihr Eigentum. Ich habe später immer gedacht, wäre das Haus nicht verkauft worden, hätte alles Folgende vermieden werden können. Vielleicht. Aber dann hätte sich eine andre Ursache gefunden, um den Schicksalslauf zu beschleunigen. Das ist wohl als ziemlich sicher anzunehmen.

Einundeinhalbes Jahr waren wir verheiratet, da bat mich meine Frau, ich möchte einen Teil unsrer Erholungsreise dazu verwenden, ihren Heimatort aufzusuchen. Sie wollte die Stätten ihrer

Kindheit wiedersehen und die Gräber ihrer Eltern schmücken. Vielleicht war auch noch etwas Eitelkeit dabei im Spiel, insofern, als sie ihren ehemaligen Kameradinnen zeigen wollte, wie glücklich sie war.
Wir reisten in das kleine Städtchen und zogen ins Hotel.
Am nächsten Morgen aber bat mich meine Frau, sie könne es in dem Hotel nicht aushalten, sie müsse woanders hinziehen. Wir bedauerten nun beide, daß ihr Haus uns nicht mehr gehörte. Sie hätte es gern wieder bezogen. Aber es war bewohnt. Im Scherz schlug ich vor: ›Wir können ja ins Kloster ziehen, Herr Lemberger wird uns gewiß ganz gern aufnehmen.‹
Ich erschrak, als meine Frau sagte: ›An das Kloster und nur an das Kloster habe ich gerade gedacht, als ich das Gefühl bekam, ich könnte es hier im Hotel nicht mehr aushalten. Ich möchte zu gern, für mein Leben gern in dem Kloster wohnen. Das war schon immer als Kind mein einziger und heißester Wunsch. Es ist mir, als ob ich da zu Hause wäre. Hast du nicht übrigens als Junggeselle eine kurze Zeit darin gewohnt?‹
›Ja‹, bestätigte ich.
›Ich sehe so gern die Orte, wo du gewesen bist, ehe ich dich kannte. Es ist mir dann immer, als wirst du mir verwandter und vertrauter, wenn ich sehe, was dich früher umgab, wo du von deinem Wesen etwas zurückgelassen hast.‹
Es half nichts, daß ich ihr erzählte, es sei im Kloster nicht geheuer. Sie meinte, sie fürchte sich nicht. Und im Kloster fürchte sie sich schon lange nicht, und ich sei ja auch da, und es sei so wundervoll ruhig darin, kein Mensch störe uns, man könne da so weltabgeschieden leben wie auf einer einsamen Insel.
Wir zogen ins Kloster.
Herr Lemberger richtete uns zwei Zimmer ein: das, was ich früher bewohnt hatte, und ein danebenliegendes.
Herr Lemberger begleitete uns bis zur Tür. Hier sprach ich mit ihm noch einige gleichgültige Worte. Währenddem war meine Frau schon vorausgegangen. Als ich nun nachging, sah ich in

jedem Treppenwinkel nach ihr, weil ich glaubte, sie hätte sich versteckt, denn sie kannte ja die Zimmer nicht. Niemals konnte sie auf den Gedanken kommen, daß die Zimmer, in denen wir wohnen würden, die beiden letzten auf dem Gange seien. Ich war deshalb aufs höchste erstaunt, als ich sie in meinem früheren Zimmer fand, wo sie mich mit den Worten empfing: ›Das hier war dein Zimmer.‹

›Woher weißt du das?‹

›Es ist mir, als wäre ich hier schon einmal gewesen, aber das muß schon sehr, sehr lange her sein. Da, an der Stelle, wo jetzt der moderne Schrank steht, da muß in der Wand eine Nische sein, in der früher der Betschemel gestanden hat. Sieh doch bitte einmal nach!‹

›Du wirst dich irren, meine Liebe. Der Schrank steht sicher schon länger an seinem Platze, als du Jahre zählst.‹

›Bitte, tu mir den Gefallen, sieh nach. Oben in der Nischenwölbung wirst du auch einen dicken Haken finden, an dem früher das Kruzifix hing.‹

›Wann war das ‚früher'? Das mußt du doch wissen?‹

›Das kann ich wirklich nicht sagen, aber es ist sehr lange her.‹

›Gut‹, sagte ich, ›ich will den Schrank wegrücken, und du wirst sehen, daß du dich entschieden geirrt hast.‹

Der Schrank war leer und ließ sich infolgedessen leicht von der Wand wegschieben.

Ich fand die Nische und auch den Haken.

Am selben Tage noch fragte ich Herrn Lemberger, ob meine Frau vielleicht früher schon einmal hier in dem Kloster gewesen wäre. Er meinte, das sei wohl so gut wie ausgeschlossen, aber immerhin nicht unmöglich, daß seine Töchter, obgleich sie viel älter als meine Frau waren, sie einmal mitgenommen hätten, um ihr das Innere des Klosters zu zeigen. Die Möbel darin, besonders der Schrank aber, seien seit dreißig Jahren nie von ihrem Platz gerückt worden, die stammten noch von seinem Vater her.

Meine Frau kannte das Kloster durch und durch, wußte den

Zweck jedes Raumes zu bezeichnen, wobei ich sie nicht hinderte, sich alles so romantisch wie möglich auszumalen. Ich vermochte auch nicht festzustellen, was daran geschichtlich echt sein könne und was nicht.

Wir gingen Abend für Abend aus. Machten Spaziergänge oder besuchten Bekannte meiner Frau.

Wir wohnten etwa vierzehn Tage dort, als ich den Vorschlag machte, nunmehr fortzureisen oder doch wenigstens wieder ins Hotel zu ziehen. Offen gestanden, es behagte mir in dem unheimlichen Gebäude nicht mehr, wenn ich auch nicht gerade irgend etwas Besonderes erlebt hatte. Ich hatte die Vorgänge von früher völlig vergessen und kam immer mehr zu der Überzeugung, daß alles, was ich damals gesehen hatte, nur darauf zurückzuführen sei, daß meine Nerven infolge der Totenstille des Hauses und des Gedankens, der einzige Bewohner zu sein, überreizt waren. Aber meine Frau wollte von einem Weiterreisen nichts wissen, ebensowenig von einem Verlassen des Klosters. Sie sagte, sie könne nicht fort, sonst bekäme sie Sehnsucht nach diesem Hause, sie müsse des Hauses erst noch überdrüssig werden; es fange schon an, ihr langweilig genug zu werden, es dauere gewiß nicht mehr lange, dann habe sie es satt für immer, und die Sehnsucht ihrer Kindheit sei gestillt.

So blieben wir denn wohnen.

Einige Tage später wollen wir zusammen ausgehen, da bittet mich meine Frau jedoch dringend, allein zu gehen, sie wolle sich mit Lesen beschäftigen. Ich kam sehr früh heim. Aber es war doch schon finster. Unser Zimmer war dunkel. Ich glaubte, sie habe sich für einen Augenblick entfernt. Ich zünde Licht an. Ich drehe mich um, und auf dem Bett liegt – die unheimliche Nonne von damals. Ich erkenne sie sofort wieder. Sie hat jenes Nachtgewand am Leibe, das mit der seltsamen, ausgebleichten, gelben, altmodischen Stickerei. Unten vor dem Bett stehen die giftgrünen Schuhe, die ich auch kenne. Mein erster Gedanke ist: Wo steckt denn meine Frau? Aber die Nonne breitet verlangend die Arme aus und schaut mich mit ihren schwermütigen und doch so sinnlich-heißen Augen an. Ich sehe die roten Fluten des Haares und die verbauschten Kissen des Bettes. Ich will mich zur Tür wenden, um nach meiner Frau zu rufen. Da sagt die Nonne: ›Lieber, komm doch her und küsse mich. Bist du mir böse, daß ich mich schon zu Bett gelegt habe?‹

Ich werde blaß, ich fühle es, mein Herz stockt – es ist meine Frau. Ich setze mich nun zu ihr auf den Bettrand. Ich bin nervös, rede ich mir ein, ich muß etwas dagegen tun. Dann aber sehe ich das sonderbare Nachtkleid. Meine Frau errät meinen fragenden Blick.

›Gelt, du wunderst dich über mein altmodisches Ruhekleid. Die Stickerei ist schon sehr alt. Ich habe sie an den Batiststoff angenäht, der ist neu, das kannst du dir doch denken. Aber du liebst doch antike Gegenstände, da habe ich dir eine kleine Freude machen wollen. So etwas von wunderbarer Stickerei siehst du auf der ganzen Welt nicht mehr, das kannst du glauben.‹

›Und die grünen Schuhe?‹

›Die sind auch noch von meiner Urgroßmutter oder noch von weiter her.‹

›Die hast du aber noch nie getragen?‹

›Nein, ich weiß auch nicht, wie ich dazu gekommen bin, das alte Zeug mit hierherzuschleppen. Aber, weißt du, eines Tags fand ich in irgendeiner Truhe, die noch von meinen Eltern stammt, die alten Sachen. Die sind eigentlich die Hauptursache, daß ich an unser Kloster dachte und mir der Gedanke kam, daß ich hier einmal mit dir wohnen möchte. Denke doch, gerade hier, wo früher nur Nonnen hausten und nie ein Mann eine Frau geküßt haben mag. Ist das nicht furchtbar drollig, so etwas auszudenken? Ich glaube auch, die alten Stücke haben ihr eignes Leben bewahrt. Ich bin vorhin schon ein wenig eingeschlafen, und denke dir nur, ich träumte, ich solle morgen Nonne werden, das Ordenskleid läge schon bereit. Ich wollte aber nicht Nonne werden, weil ich dich doch heiraten wollte und dich so furchtbar liebhabe. Da bin ich

dann nachts aufgesprungen, weil du draußen an der Mauer pfiffst und mich befreien und entführen wolltest. Aber als ich unten an die Tür kam, da war sie zu, und ich bin ganz verzweifelt geworden und habe dann nur noch an der Säule gestanden und bitterlich geweint, daß ich nun Nonne werden müsse und du draußen vergeblich pfeifst.‹
›Und zuletzt?‹
›Da habe ich ein kleines Bild von dir in der Hand gehabt und es fortwährend an meine Lippen gedrückt, und darüber bin ich aufgewacht, und da standest du im Zimmer, und ich freute mich, daß alles nur ein böser Traum war.‹
Ich beruhigte sie, und bald dachten wir nicht mehr daran.
Drei Tage später, es können auch vier gewesen sein, erhalte ich gegen sieben Uhr abends ein dringendes Telegramm, ich müßte den Urlaub sofort unterbrechen und morgen mit dem ersten Zuge heimkehren, da der zweite Arzt des Krankenhauses, wo ich tätig war, sich eine schwere Blutvergiftung zugezogen hätte und ein Ersatz für ihn nicht so schnell gestellt werden könne. Ich gehe sofort zur Bahn, kaufe Karten, bestelle einen Wagen und erledige sonst noch einige Kleinigkeiten. Meine Frau besorgt unterdes alles sonstige und geht noch vor mir nach Hause, um die Koffer zu packen. Als ich heimkomme, ist sie bereits fertig mit allem. Wir gehen noch einmal hinunter zu der Familie Lemberger, um die letzten Abendstunden mit ihnen zu verbringen. Meine Frau wurde bald müde, wir verabschiedeten uns und gingen in unser Zimmer.
Ich hatte viel geraucht, und mein Kopf war etwas benommen. Deshalb sagte ich meiner Frau, ich würde noch ein wenig auf die Straße gehen, um frische Luft zu atmen.
Die kühle Nachtluft tat mir wirklich gut. Ich wurde aufgeräumt, summte und pfiff für mich hin. Da fiel mir der Traum meiner Frau ein. Ich machte mir einen Scherz, ging an die hintere Mauer des Klosters und pfiff Rufsignale wie ein verliebter Gymnasiast. Meine Frau erschien am Fenster, schob den Vorhang beiseite,

nickte mir zu, steckte die Hand durchs Gitter, winkte und rief halblaut herunter: ›Ich kann nicht kommen, die Tür ist zu.‹ Sie war schon im Nachtgewand und schien sich eben hinlegen zu wollen. Ich freute mich, daß sie auf meinen kleinen Scherz so rasch eingegangen war, und dachte ihr einige verliebte Neckereien zu sagen, wenn ich wieder oben sei.

Endlich ging ich ins Haus.

In heiterster Laune öffnete ich die Tür. Ich schloß bedächtig wieder ab.

Während ich nun zur Treppe gehe, schaue ich in die Halle. Ich mußte unwillkürlich an jenen Abend denken, wo ich die Nonne an der Säule hängend fand. Der Mond schien wie damals, nur vielleicht nicht ganz so blendend hell, weil der Himmel teilweise bewölkt war. Und wirklich, was ich beinah schon gehofft hatte, trat ein. Die Nonne hing an dem Ringe, der in die Säule gemauert war. Genau wie damals. Die grünen Schuhe schleiften etwas an der Erde. Die gelbliche Stickerei des Nachthemdes hob sich scharf von der weißen Haut des Körpers ab, die Augen waren geschlossen, die Hände zusammengekrampft, und das rote Haar leuchtete wie kaltes Feuer.

Ich ging rasch daran vorüber, die Treppe hinauf in unser Zimmer. Die Lampe brennt. Bei meinem Eintritt bewegt sich infolge des Lufthauches der Fenstervorhang, denn der Fensterflügel war nur angelehnt geblieben. Ich wende mich zum Bett. Es ist leer. Allem Anschein nach hat meine Frau bereits darin gelegen und ist noch einmal aufgestanden. Ich leuchte den Gang hinaus und rufe ihren Namen. Nichts zu sehen und nichts zu hören. Ich renne mit der brennenden Lampe die Treppe hinunter, leuchte im Hausflur umher und sehe noch die Nonne an der Säule hängen. Ich will daran vorüber, um nach der kleinen Hinterpforte zu laufen. Die ist verschlossen. Dann rase ich zurück, komme an der Säule vorüber und streife einen festen menschlichen Körper – den meiner Frau! – – Stundenlang habe ich Wiederbelebungsversuche gemacht. Vergebens.

Sie mußte kurz vorher viel geweint haben, denn auf ihren Backen lagen die feuchten Tränenfurchen, eine neben der andern.
Worüber mochte sie geweint haben?
Die unsinnigsten Vermutungen wurden laut. Der Staatsanwalt nahm sich sogar der Sache an. Es war das Gerücht aufgetaucht, ein verschmähter Liebhaber von früher habe ein Verbrechen an ihr begangen und sie erdrosselt. Andre erzählten, sie habe vor Heimweh Selbstmord begangen, weil sie nicht wieder aus ihrer Geburtsstadt fortwollte.
Rätselvoll war, daß sich ihre ineinandergeballten Hände kaum wollten öffnen lassen. Als es mir aber doch gelang, fand ich in der einen Hand ein kleines Porzellanbildchen mit meinem Bildnis. Infolge einer Laune des Zeichners oder einer Ungeschicklichkeit beim Brennen hatte mein Kinn auf dem Bilde eine eigenartige eckige Form erhalten, die mir bekannt vorkam. Ich sann nach, wo ich das merkwürdige Kinn schon gesehen haben möge. Und da fiel es mir ein: es war das Kinn des Mannes, dessen altes Bild im Wohnzimmer ihres Elternhauses neben dem ihrer Urahne gehangen hatte. Seitdem fürchte ich mich.
Dies ist auch die Ursache, daß ich schon vier Monate später wieder heiratete, meine jetzige Frau. Ein längeres Alleinsein hätte ich nicht ertragen. Sie werden nun auch verstehen, warum ich nie an Ihren abendlichen Zusammenkünften teilnehme. Ich will meine Frau nicht allein lassen, nicht eine Minute länger, als es mein Beruf erfordert.
Erklärungen möchten Sie gern haben, wo doch gar keine Erklärung möglich ist? Wie man es sich auch zurechtlegen mag, es werden immer nur Vermutungen sein, denen man nicht den geringsten Wert beimessen darf, ohne sich ins bodenlose zu verlieren. Und nun, meine Herren, es ist ein Viertel vor zwölf, ich muß zur Bahn. Meine Frau kommt mit dem letzten Zuge, und ich möchte sie abholen. Ich danke Ihnen, daß ich die Abendstunden bis jetzt in Ihrer Gesellschaft verbringen durfte, daheim hätte ich nicht bleiben können. Guten Abend!« –

Khundar

Der man Khundar stand nicht in der welt.
Und das wußte er nicht.
Er erinnerte sich nicht, ob es je eine zeit gegeben haben mochte, in der seine gedanken sich mit jenen kreuzten, die zwischen den satten und den hungrigen hin- und herjagen im behenden lauf.
Auch dachte er nicht nach über seinen tag.
Träumte er wirklich, so konnte dies so gut sein wahres leben sein, wie jenes dasein es war, das von der sonne stärker beleuchtet schien und eigentlich traum war.
Blüten waren ringsum und blumen überall.
Weiße marmorpaläste in weiter ferne.
Goldene kuppeln und hohe schlanke türmchen mit grünen spitzen.
Durch den einzigen unermeßlichen garten lodernder pracht schritt Khundar der man mit langem, raschen, flüchtigen eilen.
Da blieb er stehen.
Und in einem tiefgoldbraunen blumenkelche sah er eine frau.
Sie saß auf einem hohen zierlichen tron.
Trug ein gewand von grünem gestrahle. Und miriaden funkelnder und glitzernder diamanten, in denen die sonne sich spielte in tausenden sprühenden lichtern, waren gestreut über das grüne wogende gewand.
Und es saß die frau auf hohem, zierlichen trone. Glitt mit weißen, zarten, lieblich geäderten händen durch ihr reiches haar. Das haar wehte, wenn der blumenkelch leise läutete im weich ziehenden winde, der meeres-odem trug.
Und Khundar beugte sich nieder und sah die frau.
Und sie schauerte unter dem zehrenden blick; hüllte sich dicht und fest in ihr wogendes haar und sank zusammen zu einem früchte-verheißenden köstlich geformten gewimmel von krönchen und szeptern verschollener könige.

Und Khundar sprach: Warum läufst du mir nach, strahlen-umkleidete und glitzernde frau?
Und er hörte ein feines stimmchen rufen: Führe mich nicht aus meinem blütenhain, nicht aus meinem blumengarten in ein kühles dürftiges land; und siehe! Ich will dein leben krönen mit allezeit offenen augen für die dinge der welt und für die wahrheit der lebendigen und ich will dir geben einen letzten tag, der dir verheißung ist!
Und Khundar rief: Wer war es? Sprich weiter und laß mich hören deine süße stimme, und ich will fortan nichts denken mehr als nur dich, strahlen-umkleidete frau!
Da wandte Khundar sich um und ward traurig.
Frostig und naß ging der wind.
Und als Khundar die augen erhob, siehe: da stand er in einer schmutzigen gasse. Und es war viel volks um ihn.
Und das volk lachte und es höhnte ihn.
Die kinder zerrten an seinem rokke, blökten und schrien.
Die frauen hatten säuglinge auf ihren armen und grinsten ihn an und herzten ihre kinder und sagten zu ihnen: Mein liebes kind, daß du nicht werdest gleich diesem da, denn er ist ein lump und stiehlt die tage der welt und arbeitet nicht und hat niemals einen roten pfennig und kein brot zu essen. Und die frauen küßten ihre kleinen kinder und wiegten sie und schützten sie vor den blikken des verlorenen.
Männer standen an den mauern gelehnt. Lässig. Zogen die stirne hoch und machten den mund breit und dick, also daß sie fratzen bekamen. Und sie schmatzten mit den lippen, blickten sich einander an, deuteten auf Khundar und sagten: Hm! Hm!
Es wurde weh in Khundar. Ihm war, daß in seinem herzen etwas zerspränge und daß langsam blut aus seinem herzen tröpfele in seine glühende seele.
Und seine seele brannte.
Ein trüber tag lag über der gasse.
Und ihn fror.

Und da rannte er davon wie ein gehetzter mensch.
Und die kinder schrien hinter ihm her: Lumpenhund! Lumpenhund! Wer kauft uns ab den lumpenhund!?

Die glokken läuteten in tiefen vollen tönen. Rollender dumpfer trommelwirbel füllte die gassen.
Man trug den könig zu grabe.
Die leute standen auf den straßen und sahen gleichgültig drein. Einige von den alten weibern weinten. Kinder lachten und balgten sich, und die mütter riefen ihnen zu: Seid ruhig, ihr kleinen lämmer, der könig ist tot. Tot! wiederholte ein knabe. Was ist tot? Sage mir, mutter, was ist tot? Und dann rief er gellend den kindern zu: Kommt, kommt her, laßt uns ›tot‹ spielen!
Da sagten die mütter mit raschen stimmen: Wollt ihr wohl ruhig sein, ihr kleinen schreihälse, da kommt der könig!
Viele knieten nieder und beugten ihre häupter zur erde.
Voran ritten zwölf herolde mit langen trompeten, die sie aufgesetzt hatten auf ihre knie. Jedesmal nach hundert schritten hoben sie mit einem ruck die trompeten an ihre lippen und bliesen eine kurze schmetternde fanfare. Dann setzten sie die trompeten wieder ab und stellten sie mit einem festen ruck wieder auf ihre knie.
Hinter den herolden kamen zu fuß die trommler. Die trommelten einen ungebrochenen gleichmäßigen wirbel.
Hinter den trommlern waren vier reiter, die hatten zu beiden seiten des pferdes runde kupferne pauken, und die gaben dumpfe klänge, die traurig dazwischen wumpten.
Dann kamen die pagen in schwarzen, eng geschnürten seidenen gewändern. Sie trugen vor sich her dunkelrote sammet-kissen.
Und der eine trug auf seinem kissen die krone. Die war nur ein einziger reif aus gold, und sie hatte am vorderen rande einen großen blauen prächtigen stein. Und die leute auf der gasse, an denen man die krone vorübertrug, sagten leise vor sich: Die schwere krone gab er dahin, als dem volke hungerte, und er sprach: Einen menschen zu retten ist mehr getan, denn gold und würden zu haben.

Da kam ein anderer page, der trug auf seinem kissen das szepter. Und es war aus eschenholz. Und geschnitzt hatte es ein köhler. Und zu dem hatte der könig also gesprochen: Du bist ein mensch, köhler, und ich bin ein mensch, gut wie du und schlecht wie du, wie sollte ich das zeichen des richters in händen tragen, da doch kein mensch auf erden kann richter sein über einen andern menschen. Wie dürfte ich mir zuerkennen die gewalt, richtbeil und hängestrick und käfige für menschen recht sprechen zu lassen. So ihr habt einen streit um eure aekker, so will ich messen und abwägen und meinen spruch sagen. Aber die ein amt haben hier zu lande, die sind stärker als ich, und sie tun nicht also, denn sie sind voll habgier.
Und es kam ein anderer page, der trug auf seinem sammet-kissen ein wunderbares kristallenes kästchen. Darinnen waren die königs-kleinodien. Die sahen wehmütig und verlassen drein. Wehmütiger aber noch und trauriger sahen aus die winzig kleinen goldenen schuhe, die der könig als kind getragen hatte.
Und ein fünfter page trug auf seinem kissen ein großes buch mit silbernen beschlägen und verschlossen mit schmalen riegeln. Das buch folgte dem toten könig und sollte mit ihm verbrannt werden; denn in ihm hatte er jeden tag seines lebens niedergeschrieben alles, was er gedacht, was er getan und was er gesehen hatte. Und kein mensch sollte wissen, was der könig in einsamen stunden geschrieben. Und das buch wurde nun mit ihm zu grabe gebracht. So hatten die räte befohlen, aber auch der könig. Beide jedoch aus anderen gründen.
Ein sechster trug das grobe lein-tuch, aus dem der könig in jedem jahr die saat selbst warf für ein stück erde, die ihm sein kornbrot gab.
Ein siebenter trug das schwert des königs. Und das schwert war zur hälfte aus der scheide gezogen, auf daß jeder aus dem volke sehen mochte: es war verrostet.
Ein achter führte an einem schlichten lederzügel das reitpferd des königs.

Es sprengte ungeduldig mit den hufen.
Ein neunter führte an einer leine den struppigen lieblingshund des königs. Und im ganzen zuge war keiner, der traurig gewesen wäre wie dieser häßliche hund.
Dann folgte der könig.
Acht männer trugen den glatten, schlichten sarg und zweimal acht männer gingen nebenher.
Der sarg hatte kein dach; und also lag der leichnam des königs offen jedermann zur schau.
Hinter ihm kamen die marschälle, die räte und herren. Alle in grauen gewändern, mit hohen grünen hüten und weißen lätzen. Sie sahen ehrbar drein und dachten ein jeder etwas anderes, keiner an den toten könig, wohl aber die meisten an den kommenden.
Zu beiden seiten des zuges und in einer gruppe am schluß marschierte die garde in ihren dunkelblauen und schwarzverschnürten gewändern und mit hoch-geschulterten wehren. Sie gingen in gleichem festen schritt und sahen nicht rechts und nicht links. Wenn ein fürwitziger junge sich zu ihnen herandrängte und sie am rockzipfel haschte oder ihr kurzes seitenwehr packte, dann sagten sie mit brummender, unterdrückter stimme: Gehst du gleich fort, du teufelsjunge, die nase schneide ich dir ab, du naseweises bürschlein. Da kreischten die jungen auf und flüchteten.
Und ganz hinten ging Khundar. Ganz allein, als allerletzter. Mit den traurigsten augen und mit tief herabhängenden klagenden schultern. Er hörte es wispern aus allen türen und torwegen und winkeln: Seht, ei seht, da geht der man Khundar, seht nur, seht, der geht auch mit dem toten könig zu grabe. Seht ihr es wohl? Und er hörte es antworten: Wir sehen es, ja!
Die straße ging steil hinan. Das grobsteinige pflaster der stadtgassen war hier zu ende. Man vernahm den knirschenden sand unter den gleichmäßigen schritten. Und dazwischen hindurch klang von dem städtchen, das ferner und ferner zurückblieb, das getragene läuten der glokken. Es verschwand leise und leiser in den trommeln, pauken und fanfaren.

Hoch auf dem berge lag eine kleine kirche. In deren gemäuer wurde die urne verwahrt, die des königs asche barg.
Auf dem grünen platze vor der kirche war aus köstlich duftendem holze ein haufen errichtet.
Man hob den könig sanft wie einen schlafenden auf den mächtigen hügel aus holz. Des königs graues haar flatterte im winde.
Da begann der zottige häßliche hund fürchterlich zu bellen und zu heulen. Er riß sich los von der leine, sprang zwischen das gebälk des haufens, und man sah ihn nicht mehr.
Der page, der ihn geführt, wollte ihm nach.
Aber einer von den marschällen sah es und rief befehlend: Page!
Da kam der page zurück, und man ließ den hund, weil sonst niemand sich fand, der getan hätte wie dieser hund und dennoch ein jeder im volke sagte, er habe den könig geliebt.
Da hörte man die toten-gesänge und die lang-gezogenen klagerufe in gelernten reimen. Sie schallten über das land und verloren sich in den fernen tönen der glokken.
Khundar stand zurück.

Als der holzhügel zum ersten male aufflammte, der könig sich zum ersten male bewegte, das haar versengte und die luft erfüllte wurde von den köstlichen düften der lodernden hölzer, da sah Khundar einen alten man zur seite des weges sitzen.
Und Khundar ging zu ihm und sagte: Freund, was ist das für ein begräbnis! Und der alte sagte: Ihr habt recht, freund, was für ein begräbnis ist das!
Und Khundar sah zu seiner großen freude: der alte hatte wundersame, tiefe, glanzvolle augen. Die taten ihm unsäglich wohl, und er liebte den man und sagte zu ihm: Das ist eines königs begräbnis! Oh, das ist eines königs tod! Ist es nicht also, als wären lauter kaufleute versammelt, die ein geschäft zu ende brächten, pünktlich und ehrlich und mit rein-verdienst? Und niemand weint. Und ich bin ein fremdling hier, und es geht mir nahe.

Hat der könig auch nicht einen einzigen freund verdient, der um ihn weine?
Da sagte der alte: Immer hat ein könig einen freund verdient, aber hat je ein könig einen freund gehabt? Hat jemals ein freund um einen könig geweint? Wenn nicht der pferdeknecht, weil er ihm eine gute münze gab und der den tod beklagt, weil er nun seines weges ziehen muß. Da sagte Khundar: Nicht einen freund, nicht einen freund im leben! Und dennoch ein könig! Auch ich habe keinen freund. Bin ganz allein.
Da sagte der alte: So bist du ein könig, trägst du auch nicht königliche gewänder und wohnst du auch nicht in königlichen wohnungen.
Da sagte Khundar: Aber ich trage königliche gewänder, und ich wohne in königlichen wohnungen. Keinen freund! Keinen freund gehabt! Sei dessen fröhlich, oh mensch!
Da sagte der alte: König ist mensch! Mensch ist könig! Wohl, mensch, magst du dessen fröhlich sein, so du das erkennst.
Aber hat er keinen sohn, der ihm folgt? fragte Khundar.
Und hätte er einen, würde der nicht lachen, weil sein vater starb und er der erbe ist! Der hund weinet um den menschen, nicht der sohn und nicht der freund und nicht das weib.
Und Khundar sagte: Wer ist nun könig im lande?
Da sagte der alte: Ein mägdlein, ein jüngferlein, die tochter des königs. Kennnt ihr sie nicht, freund?
Da sagte Khundar ruhig: Wohl kenne ich sie, sie ist die strahlenumkleidete frau. Ist es nicht also?
Da sagte der alte: Sie ist es, und dennoch seid ihr ein fremdling.
Da wurde Khundar still bei sich und sagte: Nein, sie kann nicht mit zu grabe gehen, sie hat wehe füße.
Da sagte der alte: Ja, ihre füße bluten.Ein jeder mensch, der suchet, dem bluten die füße vom vielen gehen.
Da sagte Khundar: Bluten ihre füße, so sollte ich weinen vor unendlichem weh, und dennoch möchte ich frohlokken vor seligkeit. Oh, alter, ich weiß nicht wie mir ist.

Da sagte der alte: Ihre füße sind wund und weh und sie bluten, aber bluteten sie auch nicht, so könnte sie dennoch nicht mit zu grabe gehen, denn eben in dieser stunde gebiert die junge königin ein kindlein.
Das kann nicht sein, sagte Khundar verwundert. Wie könnte das sein? Hat doch die junge königin noch nicht geliebt?
Da sagte der alte: Und dennoch ist es so. Sie gebiert ein kind. Denn so haben es die räte und die herren anbefohlen; sie sagen, das müsse so sein, das wohl des volkes fordere den befehl.
Da sagte Khundar: Die königin gebiert ein kindlein. Wie kann das nur sein! Wie nur kann das sein!
Da sagte der alte: Ja, fremdling, es mag euch wehe sein ums herz, das zu hören, oh ich weiß. Aber weher noch als dein herz ist zu dieser stunde das herz der königin. Denn solches wißt ihr nicht: sie schneidet sich das kindlein selbst aus ihrem herzen heraus.
Aus dem herzen? Aus dem eigenen herzen? sagte Khundar mit staunen. Aus dem eigenen herzen. Oh, welchen schmerz sie erduldet!
Oh, welchen schmerz der mensch erduldet, der erkennet, daß er ein mensch ist unter solchen, die nicht menschen sind! sagte der alte mit ruhiger stimme.
Aber was nun? fragte Khundar.
Da sagte der alte: Sorge nicht, freund, bist du denn nicht auch ihr herz? Du bist es doch selbst. Du, Khundar, du und die strahlenumkleidete frau. Sei du selber! Du bist ihr herz!
Da war unendliche freude in Khundar!
Und er sah auf, und er sah in die glanzvollen augen des alten, die ihm wohltaten. Und er verwunderte sich sehr: Es waren keine augen, es waren unermeßlich tiefe höhlen, die so weit und tief hineingingen, als müßten sie gewiß reichen bis über alle meere hinaus. Und tiefe, schwere finsternis, die lag in den dunklen höhlen. Und die finsternis war wuchtig und voll und gesättigt von Ewigkeit, daß sie einen herrlichen glanz ihm entgegen strahlte, wunderbaren schwarzen sternen gleich.

Khundar hob seine augen, und siehe: der holzhügel flammte zum himmel, und der könig bäumte sich, hob sich hoch auf in den flammen, wandte sich zur seite und fiel zusammen.
Und als dies geschehen war, blickte sich Khundar um, und siehe: es war kein mensch da, die große seltsame versammlung war zerstoben.
Er wollte den alten fragen. Aber auch den alten fand er nicht mehr.
Und so weit sein auge auch immer reichte, er sah niemand gehen oder kommen.
Ein großer uralter stein lag ihm zur seite. Der alte hatte auf ihm gesessen.
Und Khundar ließ sich nieder auf den stein, sah hinunter in das weite land und sah in der ferne eine liebliche stadt leuchten in der untergehenden sonne.
Die sonne lohte in sprühenden flammen. Graue dämmer-schwaden zogen über die nebel-zitternden fluren, und dunkelblau scheinende lange reihen hoher pappeln schnitten durch die ebene.
Noch immer klangen die glokken leise herauf aus der stadt.
Und Khundar sagte: Nun will ich schlafen gehen. Mein haus ist nicht weit, und mein ruhelager ist gerüstet für die nacht.
Und er legte sich neben dem steine zum schlafe nieder.
Und er redete im traum und sprach also: O wie lang ist der tag, und der mensch eilet, und er holet ihn doch nimmermehr ein!

Eine schmiede stand an der landstraße weit vor dem dorfe.
Gegenüber am waldessaume, im tiefen grase lag der man Khundar, hatte die arme unter dem kopfe verschränkt, die knie angezogen, lugte mit seligen augen hinein in den lachenden blauen himmel und blinzelte zuweilen hinüber zu der weit geöffneten schmiede, wo der schmied und seine gehilfen am feuer keuchten und gegen das widerspenstige eisen wüteten. Das eisen wurde bös und wurde rot vor zorn, weil es bleiben wollte, was es war, und nicht werden mochte, wozu der schmied es zwingen wollte. Und alle die vielen weiß-glänzenden sternlein, die es in sich aufgesam-

melt hatte seit vielen tausend jahren, die schleuderte es jetzt um sich und prützte sie den schmiedeleuten knisternd auf die nackte brust und in die augen, so daß die schmiede-burschen schrien: Verfluchter dreck, wart, ich will dir schon helfen!, und sie hieben darum immer wütender auf das eisen ein.
Und wenn Khundar eine gute weile hinüber geblinzelt hatte auf die schwitzenden, dampfenden, berußten und sich abrakkernden wütenden kerle und er darauf wieder seine augen hinauf hob in den himmel, der in seiner satten klarheit jauchzte, so wurde er erst so recht über alle empfindungen hinaus der reinen blaugewölbten hohen allumfassenden weite von herzen froh.
Meine welt! Meine welt! Und ich bin ihr sohn und ihr mensch und ihr könig! jubelte es in seiner seele.
Und als er so froh war und ihm alles ringsumher heilig schien, als wandle gott über die erde, siehe: da kam eine frau geritten.
Ein falk saß auf ihrer schulter, nicht gekettet.
Vor der schmiede hielt sie.
Aber niemand kam heraus, ihr dienst zu tun.
Da sprang Khundar herbei und sagte: Edle frau, nehmt freundlichst meine hilfe an. Wollt ihr?
Und die frau sprach: Dank euch, edler herr, ich nehme freudig eure hilfreiche starke hand!
Und sie stützte sich vertrauend auf seinen arm. Und sie sah nicht, daß seine schuhe zerrissen waren und sein rock ein wildes gestrüpp war von morschen fetzen.
Da kam der schmied herbei, wischte die heißen hände an seinen aermeln ab, zog die rußige lederkappe und sagte: Zu euren diensten!
Ihr kommt spät, meister schmied! Spät! sagte sie, Doch arbeit entschuldigt immer und alles, so meine ich, damit ich euch nicht kränke. Seht mein pferd, es hat ein eisen verloren, und sein huf ist empfindlich wie die hand eines kleinen mädchens! Schlag ihm ein neues eisen auf, meister schmied!
Da sagte der schmied: Zu euren diensten! Aber wo ist euer knecht?

Da sagte die frau: Meine knechte haben mich verloren, so scheint es. Aber ihr meint wegen des lohnes. Hier nehmt diesen stein!
Und sie nahm von einem güldenen kettlein, das sie um den hals trug, einen funkelnden prächtigen smaragd.
Der schmied betrachtete den stein und sagte: Ein schöner stein, fürwahr ein schöner stein! Einen so schönen stein habe ich mein lebtag nicht gesehen. Fürwahr ein schöner stein.
Da sagte die frau: Ihr sollt den stein haben, wenn ihr mein pferd beschlagt.
Da sagte der schmied: Nein, das kostet vier pfennige gute reichsmünze, vier pfennige, nicht mehr und nicht weniger, also ist zunftsatz und so ist es immer.
Da sagte die frau: Aber der stein ist tausend goldgulden wert.
Da sagte der schmied: Das ist er wohl, ihr sagt es ja, und also wird es wahr sein. Aber ich kann ihn nicht essen, ich kann ihn nicht trinken, und ich kann meinem weibe noch nicht einmal ein haubenband dafür kaufen, denn der krämer würde ihn nicht nehmen.
Da sagte die frau: Nun denn, meister schmied, so freut euch daran, des feiertags oder wann ihr sonst wollt.
Da sagte der schmied: Dazu habe ich keine zeit, ich muß immer arbeiten. Und wenn der stein nun aus glas wäre? Wie dann?
Da sagte die frau: Und selbst wenn er aus glas wäre, ist er nicht schön? Seht ihr nicht, wie tausend sonnen darin funkeln?!
Da sagte der schmied: Die sehe ich besser in meinem schmiedefeuer, und da weiß ich, was es ist. Habt ihr keine vier pfennige, dann gott befohlen, ich muß an meine arbeit.
Und als er dies gesagt hatte, wandte er sich und ging an seinen amboß, wo er gleich darauf zu sehen war, wie er mit seinen burschen in wuchtigem doppelschlag einen schweren reifen schmiedete.
Da sagte die frau: Was tun wir nun?
Ei! sagte Khundar. Ich will eurem schönen tier ein eisen machen so fein und gut, daß es weich gehen soll wie auf jungem weichen rasen.

Und er riß einen großen fetzen aus seiner jakke und band den lumpen fest und geschickt um des pferdes huf.
Lächelnd sah die frau ihm zu.
Als er nun fertig war, sagte er: Ist der huf dieses herrlichen tieres aus Arabien nicht hundert und tausend mal mehr wert als meine alte jakke! Und könnte meiner jakke eine größere ehre widerfahren als die, den fuß dieses edlen pferdes zu schützen?!
Ist dies eure einzige jakke? fragte die frau.
Wäre sie es nicht, oh wie viele sorgen hätte ich dann! Glücklich, sie ist meine einzige. Was ich hier bei mir habe und was ich hier an meinem leibe trage, ist mein ganzes vermögen, und wo ich mit meinen beiden füßen stehe, ist mein land und mein königreich. Gott lob! Hat je ein könig mehr besessen?!
Sie lächelte still und sagte nichts.
Und er hob sie aufs pferd, nahm es am zügel und führte es sorglich die straße.
Da kam der schmied aus der tür und rief: Geht's in die ferne mit juchhe, du lumpengesell? Du herrgottstagedieb! Du sonnenverluderer! Du weiberverhexer! Du teufelsvetter! Juchhe und juchhaha mit sing und sang und gloria, du hungerstrickdreher!
Da fragte die frau: Wen meint der schmied?
Mich! sagte Khundar unbekümmert. Wen anders wohl als mich.
Dessen wurde die frau recht von herzen froh, daß er nicht sagte, ich weiß es nicht.

Als sie nun unterwegs waren, da sagte die frau: Du bist der sänger Khundar, bist du nicht?
Und da sagte er: Ja, ich bin der sänger Khundar, das bin ich wohl. Und ihr seid die königin, seid ihr nicht?
Da sagte die frau: Ja, ich bin es. Und fügte hinzu: Aber Khundar, mein freund, sieh mich doch nur an! Kennst du mich denn nicht?
Ei, freilich kenne ich euch! Ihr seid die strahlen-umkleidete frau mit dem blutenden herzen und den wehen füßen. Ihr seid es.
Und er beugte sich nieder auf ihren fuß.

Da sagte sie: Habt ihr kein liedlein für mich, Khundar?
Und er antwortete: Für euch alle meine lieder. Ich will gleich nachsehen in meinem schrein:

Es kamen vögel geflogen
Vom fernen meeresstrand.

Es kamen reiter gezogen
Durch das weite land.

Es kam ein mägdlein gegangen
Vom hohen Berge herab,

Ihr liebster war gefangen,
Man schaufelte ihm das grab.

Drei rote rosen blühen,
Drei hyazinthen darauf:

Mein herze muß verglühen,
Mein liebster wacht nimmer auf.

Wandre ich her, wandre ich hin,
Was liegt mir, liebchen, da wohl im sinn?

Ich denk' an dein goldbraunes seidenes haar
Vergangen ist manch langes jahr,

Oh liebchen, ich find' dich wohl nimmermehr
Mein herze ist tot, meine seele so leer.

Da wurde die frau sehr still.
Und als sie wieder eine weile gegangen waren, sagte Khundar: Seht, königin, da drüben eure stadt!

Und die stadt lag in der ferne im sonnenuntergang und loderte in einem flammenmeer.
Und da sagte die frau: Ich bin dir zweimal dank schuldig, Khundar. Nimm hier den herrlichen saphir aus Indien und das güldene halskettlein! Nicht zum lohne, Khundar, denn wer auf der weiten erde vermöchte es wohl, dir zu lohnen, mein freund. Nicht zum lohne, aber nimm beides aus meiner hand als ehre des sängers und des lieblings schöner frauen. Willst du?
Und Khundar nahm den prächtigen stein aus Indien, ließ ihn glänzen in der roten sonne, nahm das güldene kettlein, hielt es hoch in der hand vor sich, ließ es kosend durch die finger gleiten, legte es an die wange; dann hielt er es wieder hoch vor sich, ließ seine augen darüber hin streicheln und gab es dann der frau zurück mit beglücktem antlitz.
Sagte: Nun habe ich meine ehrung dahin immerdar, königin strahlen-umkleidete! Mehr könnte es mir nun niemals werden.
Da sagte die frau: Ich vermeine zu wissen, was du sagst, Khundar, mein freund!
Nahm das güldene kettlein und den herrlichen saphir aus Indien und warf beides im weiten bogen hinab in den fluß.
Sagte: Kein mensch wieder soll es in den händen haben oder mit den augen sehen, was dich beglückt hat, Khundar!
Da sagte Khundar: Dank euch, edle frau, nun ist es ewig mein!
Und als sie wieder eine weile gegangen waren, da sagte die frau: Höre Khundar, ich habe ein kleines, liebliches jagdschlößchen im walde; es ist gelegen wunderschön an einem see. Ich gebe es dir und gebe dir dazu fünf goldgulden jeden mond. Nimm es von mir, Khundar.
Khundar antwortete nicht.
Und als sie wieder eine weile gegangen waren, da sagte er: Seid ihr erzürnt, edle frau, wenn ich nein sage? Seid es, ich bitte euch, nicht, und ich will von ganzem herzen viel lieber nein sagen.
Sage wie du nur immer willst, Khundar. Aber du würdest mir eine große freude machen, mir einen wunsch zu sagen.

Da sagte Khundar: Nun denn, wenn es euch zur freude ist: laßt mich aus einem kristallbecher goldenen wein trinken und laßt mich brot essen aus einer schale von purem golde und laßt mich aus einer schüssel, von einem meister geschnitten aus einem einzigen opal, früchte nehmen und laßt mich ruhen eine stunde auf dem schönsten teppich aus dem morgenlande.
Da sagte die frau: Es sei, und meine freude ist groß.
Und als sie solches sagte, da leuchteten ihre augen wie zwei leitsterne einem wanderer in tiefer dunkler nacht.
Und sie sagte: Siehe, da kommen meine knechte!
Und als die knechte näher kamen, sagte sie zu ihnen: Dieser edle hohe herr hat mich geführt, als ihr nicht zur stelle ward, dieser edle hohe herr wird mich nun auch führen in meine burg, wo ihr zur stelle seid. Fort! Voraus! Und richtet meine ankunft!
Und die knechte stoben eilends davon.

Als die frau nun in die burg gekommen war, da sagte sie: Man führe diesen edlen und erlauchten herrn in mein wohngemach, man lasse im burggarten zur nacht die geigen spielen und die flöten und die schalmeien. Man bringe den schönsten und klarsten kristallbecher mit grünlichem schimmer und eine güldene kanne fünfhundertjährigen weines. Und man bringe eine güldene schale mit brot und süßen mandeln. Und man bringe eine seltene schale, von einem meister geschnitten aus einem einzigen opal, und man bringe sie gefüllt mit den erlesensten früchten aus den ländern des aegyptischen meeres. Und man bringe herbei jene große schüssel, getrieben aus den silbernen wehrschildern des königs Heimdyl, man bringe sie gefüllt mit wohlriechendem gewässer, damit man es mag gießen über die hände. Und endlich trage man herbei den teppich des königs von Assyr. Wenn alles dies geschehen ist, von jenem heiligen augenblikke an, will ich von niemand mehr gestört sein! Es sei befehl!
Und aus allen gemächern, aus allen gängen, hallen und höfen erscholl der sich in die weite ferne verlierende ruf: Befehl!

Und die königin sagte mit freundlicher stimme: Geh, mein freund, ein bad ist dir gerüstet aus köstlichem wein, daß dein körper sich freue und daß deine glieder jauchzen. Geh, und man wird dich wieder zu mir führen in einer stunde!
Und sie reichte ihm die hand!
Und Khundar beugte sich hernieder und küßte die zartgeäderte weiße hand.
Und als er wiederkam, siehe: da standen die mohren da mit den schalen, kannen und bechern.
Und die frau rief die mohren herbei, goß selbst den duftenden wein in den kristallenen becher und reichte mit freudiger gebärde ihm den funkelnden pokal. Und sie reichte ihm selbst die schalen mit brot und mandeln und süßen früchten.
Und die frau ging in das andere gemach, und als Khundar aufsah, waren die mohren verschlungen von dem dunklen nichts.
Und Khundar kam in das andere gemach. Und da lag der teppich des königs von Assyr gebreitet.
Und da sagte die frau: Dem teppich, den ein edler könig knüpfte und den er zu schenken gedachte seiner allerliebsten frau, dem wird in dieser stunde die höchste ehre. Ruhe darauf, herr Khundar, und singe mich mit deinen süßesten liedern in den traum!
Und als Khundar die augen erhob, siehe: da lag die frau auf ihrem prächtigen pfühl für die nacht gerüstet.
Da sang der man Khundar die süßesten und schönsten lieder seines lebens. Und unten im nächtlichen garten spielten die geigen und flöten und schalmeien.
Und das gemach wurde weit und dehnte sich hinein bis in den sternen-übersäten himmelsdom.
Und leiser und leiser sang Khundar.
Und ferner und verhallender klangen die geigen und flöten und schalmeien; und traulicher und heimlicher wurde das gemach.
Und als Khundar die augen erhob, siehe: da schlief die königin.
Und sie hatte ihr antlitz ihm zugeneigt im schlafe und sie lächelte herrn Khundar im traum entgegen.

Da betrachtete sie Khundar lange, faltete seine hände in ehrfurcht. Zog dann seine schuhe aus, weil der boden, auf dem er stand, ihm heilig ward.
Und er schlich still hinaus in die nacht und fort über die berge und täler, über grüne wiesen und durch dunkle wälder.
Und er trug eine krone auf seinem haupte.

Und am morgen darauf kamen scharen von worten zu dem marschall gerannt und zu dem ceremonien-meister. Und der marschall ließ den leibmedicus rufen, war sehr freundlich zu ihm und glatt und schmiegsam wie oel und wandelte mit ihm durch den garten. Sprach mit ihm über das wetter und über die jagd und über den stand der saaten und über die kammerfrauen, und sagte so zwischendurch: Ja, mein lieber leibmedicus, was ich doch fragen wollte und was ich doch sagen wollte, wissen sie übrigens, daß einer der herren vorfahren ihrer majestät dem wahn verfallen war?
Und der leibmedicus sagte: Nein, das wußte ich nicht.
Nicht? erwiderte der marschall recht erstaunt und riß die augen weit auf: Sie wußten das nicht? Hm! Hm! Das ist sonderbar. Und ja, ich habe es ihnen jedenfalls gesagt, ich meine für den fall. Verstehen sie mich denn auch recht, herr leibmedicus?
Und der leibmedicus gab zur antwort: Ich verstehe euer gnaden ganz vortrefflich.

Die königin ritt mit ihren herren und vielen knechten durch das blühende land.
Und als sie kamen an eine stätte, die da heißt Wegsam, da hielt die frau ihr pferd und rief: Will einer von den erlauchten herren wohl so gütig sein und mir seine hand reichen!
Da sprang einer der herren von seinem roß, lief eilends zu der königin und hob sie vom pferde.
Und einer von den knechten lief herbei und ergriff die zügel des tieres.
Da sagte die frau: Ihr erlauchten herren und ihr vieledlen reiter

und ihr wakkeren knechte, harret hier meiner bis ich zurückkehre. Mich dünket, ich habe zu gehen; ein weg ruft mich.
Und sie ging zu einer weiten wiese.
Und einer von den herren trat hervor kühnlich und sagte in stolzer höflichkeit: Soll einer der edlen herren euch begleiten, königin? Denn ihr gehet wohl weit.
Da sagte die frau: Wohl gehe ich weit, dies mag gewißlich sein. Aber keiner von den herren soll mir folgen oder meinen weg auch nur von ferne schauen.
Da sagte der edle herr: Doch einer von den knechten mag wohl mit euch gehen, um euch zu tragen, wenn ihr an ein wasser kommt oder wenn eure füße müde sind.
Da sagte die frau: Nein, auch keiner von den knechten soll meinen weg schauen, denn ich gehe den weg des menschen und will für mich sein und allein, ich bin des geräusches wohl zuweilen recht müde. Glaubt es mir, edler herr, und laßt mich.
Da trat der herr zurück mit traurigem herzen.
Und die frau ging ihren weg.
Und die herren alle traten zusammen und begannen zu lachen, und sie scherzten und erzählten von jagden und von schönen frauen.
Und also banden die knechte die tiere fest und holten die hunde herbei, und sie lagerten sich am wege und sie begannen zu würfeln und laute worte zu reden.
Und es hatte niemand acht auf die königin.
Und die königin ging über die weite blumen-wiese, und sie wurde kleiner und kleiner. Und die blumen wurden größer und überragten sie und nahmen ihren weg in hundert farben auf.
Und die herren sagten: Nun können wir sie nicht mehr sehen, liebe, kleine, wunderschöne königin!

Und die frau ging vor sich hin, bis daß sie kam an einen see.
Und als sie an dem wasser stand und mit der spitze ihres schuhes eine zierliche welle berührte, da wurde ihr herze reich und voll.

Und sie erhob ihre augen, und siehe: am ufer gegenüber saß ein mensch.
Und sie ging zu ihm und sagte: Herr Khundar, wen suchet ihr?
Die tiefe, edle frau. Ich suche die tiefe.
Da sagte die frau: Und meinet ihr, herr Khundar, sie zu finden im see?
Da sagte Khundar: Das meine ich nicht.
Da sagte die frau: Nun wohl, wo vermeinet ihr denn, daß ihr die tiefe findet?
Da sagte Khundar: Oh, ich weiß es nicht. Aber ich suche sie.
Da sagte die frau: Und wenn ihr sie gefunden habt, die tiefe, was möchte dann sein?
Da sagte Khundar: Dann bin ich tot, und mein herze hat die ruhe gefunden und die sehnsucht meiner seele ist gestillt.
Und die frau stand bei ihm und strich mit ihrer hand über sein haar.
Aber Khundar blickte in das gewässer.
Da sagte die frau: Siehe, mein freund, deine lieder sind im volke. Man singt deine gesänge bei der hochzeit und beim tode der leute; die kinder singen sie bei ihren reigen und bei ihren spielen; die männer singen sie, wenn sie fröhlich sind beim weine; die frauen singen sie, wenn sie ihre kindlein in den schlaf wiegen; die knaben singen sie im wald und auf der weiten flur, wenn sie das herz ihres mägdleins gewinnen wollen; die mädchen singen sie, wenn sie blumenkränze flechten und über die auen ziehen des abends; die märchenerzähler singen deine märlein auf den märkten und erhalten viel klingende münze vom volke, das ihnen lauscht; du aber, mein freund, hast kein dach über deinem haupte und hast keine stätte, wo du deinen leib schützen könntest vor den unbilden des wetters, du hast keine stätte, wo du dein haupt hinlegen könntest in ruhe und sonder furcht.
Da sagte Khundar: Wo ich liege, ist meine stätte, und wo ich stehe, ist mein haus, und wo ich wandere, da ist mein heimatland.
Da sagte die frau: Und du gehest daher in gewändern wie der

allerärmste meines volkes und hast nicht brot und keinen pfennig, dir ein krüglein weins zu kaufen.
Da wandte sich Khundar zur seite, brach eine anemone, die unter einem baume wuchs, erhob sich auf seine knie, hielt die blume hoch und sagte: Seht, edle frau, hat doch diese liebliche anemone keinen pfennig und ist doch prächtiger gekleidet denn alle könige der erde. Sie will nichts sein, als daß sie lebe und blühe und erfreue den, der sich ihrer erfreuen will. Ist ihr herrliches kleid nicht ihre seele? Und also ist mein kleid meine seele. Legt gott mir eine jakke auf meinen weg, nun wohl, so nehme ich sie. Tut diese anemone anders?
Da sagte die frau: Nun denn, warum singt ihr eure schönsten lieder und fragt niemals, wer sie hört und wer sie weiter trägt?
Da sagte Khundar: Siehst du die amsel dort, edle frau?
Da sagte die frau: Wohl, ich sehe sie.
Da sagte Khundar: Und hörst du sie singen?
Da sagte die frau: Ich höre sie singen.
Da sagte Khundar: Nun wohl, edle frau, fragt die amsel, warum sie singt und sich nicht schiert darum, ob du es hören willst ob nicht, ob du ihr nahrung reichst ob nicht. Die amsel mag euch antwort geben für mich.
Da sagte die frau: Herr Khundar, ihr solltet könig sein unter den menschen und eine krone tragen.
Da sagte Khundar: Wie könnte ich sein, was ich bin, und wie möchte ich tragen, was ich trage. Nennet mir den mächtigen könig der erde, der mir eine krone zu geben vermöchte. Vermeinet ihr einen solchen könig zu finden?
Da sagte die frau: Einen solchen könig finde ich wohl nicht.
Da sagte Khundar:

Herze, mein herze, wie blutest du!
Seele, meine seele, wie suchest du?

Allgott, ziehst du in meine dürstende seele ein,
Laß mich in dir verloren sein!

Weite ferne, weh-ruhige tiefe,
Deucht mich doch, daß immer sie riefe!

Ewig hungernde menschen-seele!
Ewig hungernde menschen-seele!

Eine perle fiel auf Khundars haupt. Und sie rollte hernieder auf seine hand.
Und Khundar sagte still: Ein flakkernder diamant, geworden aus dem blutstropfen eines vollen menschen-herzen.
Und er sprang auf, fing die strahlende sonne ein, barg sie in der perle und rief: Sagen die kaufleute nicht, in der schatzkammer des königs Sugolhari sei die schönste und seltenste perle der welt?
Da sagte die frau: So sagen die fremden kaufleute.
Und Khundar rief: Die kaufleute sind lügner und schacherer.
Und die Frau sah ihn an und lächelte mit froher miene und sagte nach einer weile: Herr Khundar, wollt ihr mich ein stück des weges begleiten, ich möchte euch dank schuldig werden!
Und als sie gekommen waren, wo der wald zu ende war, da sagte die frau: Dort stehen meine leute, eben dort, wo der himmel sich zur erde nieder neiget, und dennoch weiß ich keinen von ihnen, der es vermöchte, mich hinauf zu tragen, sei es in die luftige höhe oder sei es in die süße vergessenheit oder sei es zur wahrheit oder sei es zu tiefer reinheit der seele.
Und sie reichte herrn Khundar die hand.
Und als sie ging, blieb Khundar still an einen baum gelehnt und verfolgte ihren weg, bis sie in den farben der blumen untertauchte und er sie nur in seinem herzen noch sah.

Und die königin kam zu ihren mannen und sagte: Dank euch, erlauchte herren und edle reiter und wakkere knechte, daß ihr meiner hier gewartet habt. Laßt uns nun heimwärts ziehen, denn es will abend werden und es wird kalt.
Und einer von den herren, es war der erlauchte herr Sabkhete, der sagte: Es schien mir, als ich in die ferne sah, um zu wissen, ob ihr wohl bald kämet, edle frau, daß ein elender strolch und mörderischer wicht über eurem wege stand. Wir wollten euch zu hilfe eilen, aber ihr hattet befehl gegeben, nicht auf euren weg zu sehen. Sahet ihr den jammerwicht denn nicht? Oder hat er euch ein leids getan?
Da sagte die königin: Ein elender strolch sagt ihr! Nein, ich sah keinen solchen man und bin einem solchen wohl auch nicht begegnet. Aber im walde, am see der lieblichen anemone, da begegnete ich einem könige. Er saß am rande des gewässers und suchte.
Da sagte der edle reiter, es war der herr Wotebirge: Trug er eine krone? Denn trug er keine krone, so war er wohl kein könig.
Da sagte die frau: Er trug gewißlich keine krone auf seinem haupte. Jedoch seine krone lag vor ihm im gewässer.
Da sagte der erlauchte herr, es war der herr Teske von Barhin: Und so vermeine ich, edle frau, er suchte diese krone.
Da sagte die frau: Nein, das tat er nicht.
Da sagte der edle reiter, es war der herr Molegark: Er suchte seine krone nicht? Aber er fand sie doch, denn sie lag ja vor ihm im gewässer. Und er nahm sie endlich dennoch und setzte sie auf sein haupt?
Da sagte die frau: Nein, das tat er nicht. Er nahm sie nicht und setzte sie nicht auf sein haupt. Aber von allen herrlichen kronen, die ich je gesehen, und von allen herrlichen kronen, von denen je mir einer von euch, ihr herren, sprach, war es die wundersamste und herrlichste und prächtigste krone, die es auf erden gibt.
Da sagte einer von den herren: Und ihr sagt, edle frau, er nahm sie nicht?
Da sagte die frau: Nein, er nahm sie nicht. Und er tat wohl recht

daran, denn sie war sein gewiß nicht wert. Und also liegt sie noch im see der lieblichen anemone, und wer sie findet, dem gehöre sie. Aber es gehe niemand hin, sie zu suchen, es sei denn, er wolle mir viel wehes tun.

Und die frau wurde still, und die herren und knechte blieben zurück.

Und einer von den herren sagte: Sahet ihr, als sie kam die liebe frau, sie hatte geweint.

Und es ging durch alle lande die mär: Im see der lieblichen anemone liegt eine königskrone, und sie ist die herrlichste und wundersamste krone von allen, die man je auf erden sah.

Aber niemand ging hin, die krone zu suchen.

Und als dennoch ein kühner bursch kam aus fremdem land und sich aufmachte, die krone zu suchen, da fand er den weg nicht zum see.

Nachdenkend saß auf einem felsen, inmitten des waldes, die frau. Sie hatte den kopf in die hände gestützt und das lange haar hing ihr zu beiden seiten.

Endlos und ohne grenze standen die schlanken säulen des domes vor ihren augen.

Und die frau sagte: Menschen kommen und menschen gehen; sie drehen sich und sie wenden sich, und alle wollen zum sonnenlicht; und jeder meint, er sei eine grenze und hinter ihm und nach ihm sei das ende. Doch siehe da: auch dort noch wachsen bäume und stämme, und junge und alte, und sie trollen sich und sie drehen sich und sind doch ein jeder immer nur mitten darinnen; sichtbar nur dem nächsten, ahnend dem weiteren, unsichtbar und vergessen dem fernen. Sie alle scheinen eine grenze, sie alle sind keine grenze; keiner ist anfang, keiner ist ende.

Und sie erschrak bei sich und sagte: Wer wohl gab mir diesen spruch, wer wohl senkte diesen gedanken in meine seele, diesen spruch zu sagen und in meinem geiste zu verstehen!

Und ein heißer atem ging durch ihr herz.

Da flog ein käferchen auf ihre hand, und die frau sagte: Wohin, mein käferchen, fliegst du? Eilst du wohl zu deiner hochzeit, fliegst du wohl zu deinem bräutchen? Dann grüß mir schön dein kleines frauchen und seid fröhlich in euren dingen!
Und der käfer erhob seine flügel und flog davon.
Da sagte die frau: Ach, meine seele fliegt über meere und länder, und die glieder meines leibes sind so schwer!
Und unten am fuße des felsen quellte ein bach, floß klar und eilend dahin.
Und die frau sah ihr bild im bache, lächelte ihm zu, und sie gedachte die sprühenden wellen des baches zu küssen.
Da fiel ihr krönlein hinunter, kollerte und strauchelte und kugelte über das gestein und über das gestrüpp, blieb hängen, riß sich wieder los und turtelte sich vergnüglich taumelnd immer weiter hinab.
Da lachte die frau und rief hinunter: Krönlein, mein krönlein, eilst du mir von dannen? Drücktest du mein haupt zu schwer? Wohl hab dank, du mein kluges und liebes krönlein du! Und dennoch, sie fangen mich ein, und dennoch, ich stehe mitten darinnen und sie bürden mir auf. Bin ein stäubchen im wind und nicht königin unter den menschen. Und also muß ich dir wohl rufen: Krönlein, komm doch herauf! Komm doch herauf zu mir!
Da kam ein man durch den wald gegangen.
Und an dem klange seines schrittes vernahm die frau, wer es sei.
Und sie hörte seine stimme, und die rief: Habt bedacht, ich bringe das krönlein!
Und diese stimme tat der frau unsäglich wohl.
Aber sie wußte nicht, wie ihr war. Doch es deuchte sie, daß diese stimme von ihr nähme alle unruhe ihres herzens und als trage sie dafür eine welt voll sonne in ihre seele.
Sie blickte hinunter, und siehe: der man klomm und kletterte und sprang, über felsspalten und über brechendes geröll; sie sah ihn hängen in der freien luft, nur gehalten von schmächtigen bäumchen.

Und sie bangte seiner nicht und sie hatte nur einen gedanken in ihrem herzen: es kann ihm nichts geschehen und ich habe ihn lieb. Und ihre augen leuchteten für ihn und gaben ihm kraft und sicherheit.
Aber vor ihm her rollte und tollte das krönlein. Saß mukke-mäuschenstill auf einem felsen-vorsprung, hing eine liebe weile in den mageren aesten einer steinfichte, und kam der man wohl mählig näher, so lachte es vergnüglich und hüpfte lustig von dannen.
Doch der man war guter dinge, er hatte viel zeit und er ließ kein gift in sein gemüt träufeln.
Er lachte laut und rief: Warte, mein krönchen, warte nur, einmal erwische ich dich wohl doch! Meinst du es nicht? Oder wähnst du gar, es sei harte arbeit, dich zu holen? Meinest wohl, du wärest mir stärker? Und nun etwa für die strahlen-umkleidete frau! Ist es doch eitel lust und freude! Und meine blutenden hände, sind sie nicht der süßeste lohn? Warte, mein krönchen, warte nur zu!
Und als das krönlein solches hörte, das lachen vernahm und die frohe zuversichtliche rede es erreichte und endlich noch sah, daß seine drolligen sprünge und seine krausen launen niemand wehe tun wollten, blieb es hängen an einem rittersporn und ließ sich greifen, vergnüglich zappelnd.
Und der man sagte: Na, mein krönchen, wie wäre denn das? Nun? Du wolltest doch also meinen, es sei besser bei ihr und schöner und köstlicher. Wolltest du nicht?
Und er rief hinauf schmetternd und mit hellem frohlokken in der stimme: Das krönlein, edle frau, will wieder heim; es kommt zu euch und bringt mich mit! Seid ihr es zufrieden?
Und sie rief jauchzend hinunter: Ich bin es wohl zufrieden!
Und er küßte das goldene krönlein im versteck, sagte: Bring diesen gruß zu ihr und lege ihn ihr auf das haar!
Und er barg das krönlein an seinem lodernden herzen.
Und er kam zu der frau, und sie wusch ihm das blut von den händen und von den füßen, trocknete sein blutendes gesicht und strich mit sanften händen über sein verklebtes haar, sagte: Lege

dein haupt in meinen schoß, Khundar mein freund, und wir wollen denken, alles sei, was wir wünschen und was wir hoffen und wohin unsere sehnsucht eilt! Willst du, mein freund? Und wir wollen rauschende feste begehen, wie keiner auf erden sie jemals gesehen und niemand auf erden sie jemals gedacht.
Und ihr kleid, grünseiden gewirkt mit langen fäden aus gold und flimmernd in tausend und tausend sternlein und diamanten, hing tief herunter über die füße. Und niemand sah ihre goldenen schuhe, mit feinen seiden gestickt und mit perlen und mit blitzenden steinen. Aber ihr schlanker leib in pracht und strahlender herrlichkeit war rein und wahrhaft und trotzig-beseelend wie die sterne des himmels in stählerner winternacht.
Und der rock des mannes Khundar, von dem man erzählte, daß er ein sänger sei, war zerstückter und zerfetzter und zerlumpter als je zuvor.
Und die frau sagte: Siehe, mein freund, wenn kröten mit satten mäulern zukommen auf mich mit ihrem gift; wenn ratten, geschwänzt wie böse weiber, mein lager umschwirren und mich heraus zerren wollen aus meiner königsburg, hinaus in die eisige nacht kahler wände; wenn die würmer, geringelt wie priesterfinger, heran kriechen und unsagbaren ekel und stinkende pest verbreiten und mich und meinen atem überdekken wollen mit allen lügen und häßlichkeiten dieser törichten welt, dann denke ich immer nur an dich, Kundar mein freund; und siehe: dann wird es jederzeit helle um mich und froh, und lachende sonnen stehen über mir, ich höre den gesang der vögel im walde, vernehme das rauschen und wispern der gräser, das singen der quellen tönt an mein ohr und ich fühle den duft und die farben der blumen, und es werden die giftigen kröten zu paradiesvögeln, die ratten zu traulichen rehen und die dräuenden kahlen wände zu weißem marmor, behängt mit teppichen aus dem morgenlande.
Und Khundar war stille.
Aber nach einer weile sagte er: Schnittest du dir nicht unter blutigen tränen ein kindlein aus deinem herzen?

Und die frau sagte: Ich tat es, mein freund, ja! Konnte ich anders tun, gefangen unter knabbernden und wühlenden mäusen, deren augen das licht schmerzen bereitet? Mußte ich es nicht, ferne dem menschen? Willst du es sehen mein blutendes herze, Khundar mein freund? Dir will ich es zeigen, dir allein mein blutendes herze, das keiner sah und von dem keiner hörte. Dir will ich es zeigen, mein freund, auf daß du weißt, wie weh das krönlein ist und sein mägdlein.
Aber Khundar schüttelte das haupt und sagte: Ich sah es dein blutendes herze; ein alter weiser mit augen tief und unvergänglich wie die nacht der ewigkeit streckte mir seine gütige hand entgegen, und auf seiner hand lag dein blutendes zukkendes herze. Und es badete in tränen, in heißen tränen, die überflossen aus der gehöhlten hand des weisen. Oh ich vermeine, er war der geist deiner väter, das allererste samenkorn, aus dem du sprossest. Aber meine gedanken wandern durch ferne welten, gehen vergangene ewigkeiten und gehen kommende ewigkeiten, und ich stehe mitten darinnen. Oh seele, meine seele, wie suchest du? Suchest du die zweite seele, vollkommen zu sein in all und ewigkeit? Schreie nicht! Erlösung werde dir! Oeffne herze und seele!
Da sagte die frau: Hörest du, mein freund, was für ein wundersames lied die quelle singt? Von ewigkeit her! Von ewigkeit her! Schreie nicht, seele, meine dürstende seele!
Da sagte Khundar: Ich will dich tragen, daß deine wunden füße frohlokken sollen, als gingen sie über tau und über zartes moos. Und er hob sie auf und trug sie von dannen.

Und sie kamen an ein liebliches schloß. Das war aus weißem marmor gebaut und die dächer waren aus gold und die zinnen aus reinem silber und die butzen-scheiben der fenster waren rubine, topase, turmaline, spinellen, chrysolithe, türkise und amethyste. Die schwellen waren aus ebenholz mit mattem silber ausgelegt, die türen aus holz vom Libanon und ihre beschläge aus gewittertem kupfer. Und die lampen, die vor dem schlosse standen, trugen

als leuchten große diamanten und aquamarine, gefaßt in weißes platin. Und hinter dem schlosse war ein see. Der hatte ganz helles und klares wasser, man konnte sehen bis auf den tiefsten grund, wo die meerfräulein spielen.
Und die frau sagte: Siehst du dieses schloß, Khundar?
Und er antwortete: Ich sehe es!
Da sagte die frau: Du siehst es, also wirst du es immer finden, mein freund Khundar. Niemand weiß dieses schloß. Niemand findet dieses schloß. Es liegt weit verschollen in der tiefe des unbekannten fernen waldes. Khundar mein freund, ich will deiner warten, hier an der tür dieser burg; ich will deiner warten, wenn der nächste mond beginnt. Wirst du kommen, Khundar mein freund?
Und er antwortete: Ich werde kommen!
Und da sagte die frau: Komm! Denn siehe: mein herze dürstet nach einer nacht, wo ich meine seele aufgehoben fühle in die erhabene ruhe und ewige schönheit des unerreichbaren, nach einer nacht, wo meine seele heilig wird im verlieren und aufgetan wird ein leuchten, in dem sich widerspiegelt das all, in dem unser geist und unser wille ein körnchen ist von gottes samen. Du weißt, was ich sage? Warum legte uns die gottheit so viele furcht in die seele? Furcht vor dem lauten geschrei, furcht vor der entheiligung, furcht vor der entblößung, furcht vor den rosenschleiern unseres angesichtes. Löse mir diese frage, mein freund! Ich bin dein und werde es sein in aller ewigkeit. Darum!
Und er hob sie auf vom brunnenrand und trug sie viele stunden weit, bis daß sie kamen an die letzten bäume des waldes, die auch die ersten waren. Und in der ferne vor ihnen lag die stadt, wohlgenährt und sauber gerüstet und satt in seinen bürgern.
Und hoch über der stadt ragte die königsburg.
Und als Khundar die frau hernieder gesetzt hatte in das grüne gras und weiches moos herbei geholt hatte zu einer ruhelehne, ging er von dannen.
Und die frau sah, wie er in der ferne sich löste im nebel und endlich empor gehoben ward, daß er ihren blikken entschwand.

Da nahm die frau ein kleines silbernes horn, das sie an einem güldenen kettlein um die hüfte trug, und blies hinein.
Das gab einen hellen, rufenden ton.
Und alsobald kamen die knechte eilends herbei.
Und der marschall sagte: Wart ihr allein in diesem furchtbaren walde, hohe frau?
Da sagte sie: Ich war nicht allein!
Des verwunderten sich alle sehr.
Und die königin rief: Bringt mein pferd, auf daß wir gehen!

In einer überaus zierlich gerundeten linie stand der mond am himmel. Ein feiner, dünner, zart hingehauchter, glänzender bogen. In der dunklen nacht sah er aus wie ein schwebender, geträumter kronreif, der da harret, daß jemand unter ihn trete, damit er sich ihm auf das haupt senke, auf daß alle menschen rufen: Sehet, ein könig ist uns geboren! Wir wollen gehen, ihn auf den schild heben und in unsere stadt tragen und verkünden lassen allerorten und allerwegen: Alles leid der welt ist von uns genommen, kniet nieder und küsset die erde, die euch geboren hat und die euch nahrung gibt, denn der mensch ist erschienen und will unter uns sein!

Und Khundar schritt unter den hohen, schlanken säulen, unter den zum himmelszelt ragenden bäumen in die tiefe des waldes.
Und sein schritt klang durch die finsternis der nacht wie heroldsfanfaren in weiter ferne. Die nymphen leuchteten seinen weg, daß er nicht falle und sich nicht verirre. Und kam er über eine waldwiese, so zogen nebelfrauen reigen spielend neben ihm her und auf hügeln und an hängen tanzten die elfen.
Für ihn war leises singen in der luft und liebliches glokkenläuten.
Und Khundar dachte des wundersamen schlosses.
Und siehe: da stand es vor seinen augen, umstrahlt wie von tausend sonnen, und die laternen warfen einen langen blitzenden schein auf seinen weg, führten ihn herbei und zogen dann mit wehenden schwingen ihre funkelnden speere zu sich hinein, daß

der wald wieder lag in tiefer finsternis und die elfen springend heimwärts trabten.
Und an die tür aus dem holze vom Libanon gelehnt stand die frau.
Und Khundar sah nichts sonst als ihre leuchtenden augen, die ihn umfaßten und einhüllten in eine beglükkende seligkeit.
Und Khundar sank vor ihr nieder aufs knie, beugte sein haupt auf ihre hand.
Sie aber küßte ihn zag auf das haar, hob ihn auf und führte ihn hinein.
Und die tür ging hinter ihnen zu und rief mit dumpfem ton: Zu!
Und Khundar geleitete die frau zu ihrem gemach.
Da nahm die frau einen hammer und schlug an eine glokke, die groß und wuchtig im saale hing.
Und die glokke gab einen tiefen, vollen klang und rief:

Schlafenzeit ist vorbei!
Herbei! Herbei! Herbei!
Schlafenzeit ist um!
Bum! Bum! Bum!

Und als der ruf der glokke verklungen war, siehe: da begann es zu wispern und zu flüstern, zu raunen und zu kraunen, zu laufen und zu schnaufen aus allen türen und toren, über alle stiegen und treppen, durch alle gänge und säle und hallen und bogen, in allen schränken und truhen, in allen schreinen und kästen, auf pfühlen und stühlen, in küche und keller, auf boden und speicher, auf dielen und dekken, in nischen und ekken, in kaminen und rauchfängen, und links und rechts und vorn und hinten und oben und unten trippelte es und trappelte es, schob es und wob es, kicherte es und rücherte es. Und ein rüstiges leben im schlosse begann. Es klang und sang und jubilierte und tirilierte.
Und siehe: die krüge, so auf den simsen standen, wurden wimmelnde und sich tummelnde kammerdiener mit wappengeschmückten kleidern und mit dikken silbernen knöpfen; und die

hokker, so in den ekken und winkeln standen, wurden zierliche kammerfrauen, leicht geschürzt in bunten gewändern, und sie schwätzten und tuschelten und fingen an, in den truhen und schränken zu räumen; und die zierlichen kelche, so auf den kaminen standen und mit blumen gefüllt waren, die wurden allerliebste, niedliche kleine kammermädchen, die munter von ihren plätzen heruntersprangen, einen wohlgelernten knicks machten vor der frau und allesamt sagten: Was geruhen, hoheit, gütigst zu befehlen! Und die schlanken, hochaufgeschossenen leuchter aus zinn und porzellan wurden pagen, die mit einem gewaltigen satze mitten im saale standen, eine tiefe verbeugung vor der frau taten, rot wurden und verschüchtert sagten: Hoheit, zu befehl! Und die vormals aus silber waren, die hatten silberne verschnürungen, die aus porzellan gewesen waren, rote, weiße, grüne und blaue wämser, und die aus zinn gewachsen waren, hatten lederne koller und lange lederne stiefel, und sie trugen falknerringe und sagten kühnlich: Edle frau, wann reiten edle frau zur reiherbeize!

Und die frau sagte: Wir wollen ein bad nehmen, auf daß auch kein hauch von dem geschrei der welt auf unserem körper ruhe. Nichts von alle dem, was um uns war in frostigen tagen, soll sich hineinstehlen in unsere träume, hineindrängen in unsere gedanken und uns mit wehen schmerzen erfüllen!

Und die bäder waren prächtige blumengärten, und inmitten lag tief eingesenkt ein kleiner teich, umfaßt mit schneeweißem marmor. Und rings herum standen löwen aus purem golde, und aus ihren roten mäulern floß in dikken strahlen wohlriechendes gewässer.

Und allüberall war goldene helle, und niemand vermochte zu sagen, von wannen sie kam.

Und da liefen mohren herbei, und sie salbten die weißen körper der badenden mit wunderbaren salben, die wohlige kühle gaben und jedwede müdigkeit hinfort nahmen.

Und geigen und flöten spielten und von irgend welcher ferne her klangen süße kinderchöre.

Und dann gingen sie zum mahle.
Und so waren drei tage. Und es war jagd, musik und tanz. Und jeder tag brachte neue freuden ohne zahl.
Aber dies waren die schönsten von allen: die strahlen-umkleidete frau lag auf hochgeschichteten matten und weichen teppichen und sagte: Khundar mein freund, sprich und ich höre. Sprich mir von weisheit und wahrheit und von liebe! Sprich mir vom himmel, von den sternen, von alten zeiten und von liebe! Singe deine köstlichen lieder und singe von liebe und ich höre! Sage mir deine herrlichsten märlein von menschen, von tieren, von blumen, von allen dingen und von liebe! Und ich höre! Singe mir von der sonne, vom strahlenden licht und vom vielgestalten leben und von liebe! Und ich höre! Und sollte ich lachen und sollte ich weinen und sollte ich träumen, so laß es dich nimmermehr kümmern; denn siehe: ich lache für dich, ich weine für dich, ich träume für dich, ich sterbe für dich!
Und Khundar tat also!
Und sie wurden nimmer müde.
Und also war es nach dreien tagen des abends. Wohl in später nacht.
Die frau ruhte und hörte ihm zu. Und sie lachte und weinte und träumte, und ihre seele wogte auf und nieder in heißer freude. Und sie sah ihn an und sagte: Umarme mich, Khundar mein freund! Erfülle mein herze und meine seele mit du, daß ich aufhöre zu sein ich. In herrlichkeit und in süßer tiefer köstlichkeit und ich will mich dein empfehlen ganz mit reiner wahrhaftiger freude, will dein ganz ergeben sein und geduldig. Und ich will keine bitternis tragen in meinem herzen und ich will dir danken bis in die letzte stunde der verrinnenden ewigkeit. Und ich will deinen mund küssen, der zum ersten male frau mich nannte, will deine augen küssen, in denen ich mich selber wieder fand, will deine wangen streicheln; und deine hände und deinen kopf will ich an meine brust drükken, damit du sollst fühlen und hören mein herze, und auf daß du wissen mögest, wem das pochen meines herzens gilt!

Und da er nichts sagte, wandte sie sich ihm zu.
Und er stand vor ihr. Und seine augen waren hinweg gerichtet von allem, was ihn mit der erde verband, eingedenk der erlösung des menschen, die aus dem herzen geboren wird und fern ist dem getümmel der welt.
Und da sie ihn also sah, rief sie mit jauchzender stimme: Bin ich doch die glücklichste der frauen, Khundar mein freund, nun ich dich kenne und nun ich dich weiß! Es ist erfüllt. Alles! Komme zu mir, nimm mich in deine arme und küsse mich; denn von nun an bin ich frei. So nimm mich und trage mich zu den höhen und tiefen. Mein suchen ist gestillt, meine füße bluten nicht mehr seit dreien tagen. Komme zu mir, mein liebster freund!
Und sie breitete ihre arme aus, ihn zu umfangen.
Und er trat näher, und sie schlang ihre arme um seinen hals und zog seinen kopf nahe zu sich heran, und sie drückte seine lippen auf ihren mund.
Und als sie seine erwiderung heiß fühlte, sagte sie leise: Du mein liebster freund!
Und sie beugte ihren kopf um ein wenig zurück, um seine augen zu suchen. Da öffnete er seinen blick, und siehe: die frau war tot!
Und er sank vor ihr nieder auf die knie und betete.

Und er sprach also:

Du schläfst, strahlen-umkleidete Frau!
Wohl deinem geheiligten schlafe!
Siehe: ich sang dich in den schlaf,
Und nun gleitest du
Auf den wogenden brükken des ewigen traumes
Hinüber in die felder der licht-beschwingten!
Und du kehrest wieder in einer atemwelle
Oder im hauche einer farben-jubelnden blume
Oder in dem flakkern eines lichtes
Oder in den klagenden tönen des windes

Oder in einem verlorenen flüsterstimmchen
Heraus gesprungen aus der brandung des meeres
Oder in dem eilenden plätschern des baches
Oder in dem flügelschlag eines kleinen vogels
Oder in dem funkelnden strahl eines sternes
Oder in dem ersten lächeln eines neugeborenen kindes
Oder in dem ersten lied eines liebenden
Oder in den reichen gedanken eines weisen mannes.
Und siehe: wie wohl, daß du schläfst, vieledle frau,
Die ich geliebt!
Ist doch die höchste erfüllung nur dann,
Wenn der lange schlaf ihr vorweg nimmt
Die schalen und modernden reste
Eines köstlichen mahles.
Denn siehe: mit moder, mit welken rosen
Und mit zweimal gedeuteten blikken
Den morgen überleben, strahlen-umkleidete frau:
Das ist der fluch der welt, der uns bedrückt.
Das ist der fluch, der da lastet
Auf dem letzten klang einer glücklichen stunde,
Das ist der fluch, der gelagert ist
Auf der springenden blüten-knospe!
Selig bist du, edelste der frauen,
Daß du den morgen und moder nicht sahst
Und nicht erwachtest mit groß-fragenden augen
Unter zusammengestürzten tempeln
Und neben geborstenen bildern und zerbrochenen säulen von göttern!
Selig bist du, strahlen-umkleidete frau,
Daß ein großer all-erbarmer
Dich in die ewige erfüllung versenkte
Mit sanftem hinüber-gleiten nach jener ferne!
Denn wisse: die größte und seligste der freuden
Sie jauchzet am höchsten eine einzige sekunde

Vor dem glokken-schlage,
Der dir erfüllung verspricht!
Drum abermals selig bist du, holdselige frau,
Denn dein reich und deine grenzen
Sind nun begründet und eisern gefügt
Immerdar!
Selig bist du, strahlen-umkleidete frau,
In deiner Vollendung
Hoffnung-verheißende!

Und da Khundar solches gesagt hatte, küßte er ihre augen.
Und die augen erloschen und fielen zu.
Und ein großer zartblauer schmetterling flog mit kühlem schwingen über sie und berührte ihr angesicht und ließ einen leisen feinen blauen schimmer darauf zurück.
Und Khundar legte ihre hände übereinander und sagte: Auf daß deine liebliche schwester, du rechte, sich nicht ewig bange nach dir, du linke!
Und alsobald hob er auf die edle frau, badete sie mit köstlichem weine und salbte sie mit indischer narde und andern lieblichen salben, daß ihr leib nicht zerfiele in staub und geröll. Und er wikkelte sie in seidene schleier und in tücher vom Ganges und legte ihren leichnam in einen bronzenen schrein, tief in eine last roter rosen gebettet.
Und er trug ihn hinunter in den wald und vergrub ihn unter eine eiche, baute hohe steine um den bronzenen schrein, daß die tiere nicht kämen.
Und deckte erde darüber.
Aber er legte keinen stein auf die erde und sagte: Auf daß dein brüstlein nicht erdrückt werde und dein herze nicht stöhne!
Und als er alles solches getan, alsobald blühten auf ihrem grabe rote rosen und weiße lilien und farben-verschwendende hyazinthen.
Aber die schar stand herum mit lodernden fakkeln und schwieg.

Jedoch lieblich-wehmütige knabenchöre sangen vom altane.
Und Khundar ging hinein.
Und er nahm ein bad und sagte: Daß kein hauch ihres blikkes mit mir hinausgehe in die welt, wo die satten grasen mit lauten und häßlichen sinnen.
Und er berührte seine prächtigen ritterkleider, die ihm geworden waren, als er zum ersten male aus dem bade stieg. Und da er sie berührte und sagte: Auf daß niemand sie sehe, worauf ihr auge geruht und ihre hand gelegen, siehe: da waren es seine ehemaligen kleider, zerfetzt und zerstückt und zerlumpt. Und des war er froh von ganzem herzen.
Und er ging zu der glokke, so im saale hing.
Und ihr ton hallte.
Und die glokke rief: Wachezeit, frohezeit, lebezeit, hohezeit,
Ist um! Um! Um!
Schlafenzeit! Schlafenzeit! Schlafenzeit!
Bum! Bum! Bum!
Und da der ruf verklungen war, siehe: da standen auf simsen und kaminen krüge und leuchter, und in den ekken und winkeln und nischen standen sammetne hokker von hohem alter.
Und er ging hinaus.
Und die tür fiel hinter ihm ins schloß und rief: Zu!
Und er zog den schlüssel aus der tür, ging hin, hob einen schilfhalm aus dem klaren see, hing den kleinen goldenen schlüssel an die wurzel des halmes und versenkte ihn.
Und der halm wehte im winde und nickte ihm zu: Wohlverwahrt! Wohlverwahrt!
Und Khundar erhob seine augen und siehe: Da ging die sonne auf.
Und das schloß war verschwunden, und ein tiefer teich mit tausend tausend kleiner runder grüner blättchen lag mitten im tiefen walde.
Und Khundar schritt durch den wald. Und da er kam an die letzten bäume, die auch die ersten sind, siehe! da kam ihm viel volks entgegen.

Die suchten unter steinen und bäumen, in blumenkelchen und grashalmen, im moos und unter umgepflügten erdschollen.
Und er fragte: Wen suchet ihr?
Und sie antworteten: Wir suchen unsere kleine liebliche königin!
Und er fragte: Warum?
Und sie schlossen einen ring um ihn, sahen ihn an, deuteten auf ihn und schüttelten die köpfe.
Und sie sprachen abermals, bitterlich klagend: Wir suchen unsere junge, kleine, liebliche königin seit zehn tagen!
Und sie weinten sehr.
Aber nach ferneren zehn tagen da ward das gerücht verbreitet: Ein wilder bär hat sie im walde zerrissen!
Und abermals nach zehn tagen erhob sich ein ander gerücht: Sie ruht im tiefen schlafe in einem berg!
Und wieder nach zehn tagen da sagte das volk: Sie liegt im tiefen see!
Und da wurde verkündet durch das ganze land: Die junge königin ist tot: sie ist verschieden in den wehen!
Und durch das ganze land klangen die glokken, und die fahnen wurden herunter genommen und schwarze wimpel wehten.
Aber das volk glaubte nicht und wurde voll heiliger sehnsucht.
Und sagte: Erlösung! Erlösung! Erlösung! Wir warten deiner!
Und der marschall hatte den leibmedicus unter dem arm, schleppte ihn durch alle gassen und sagte ohne unterlaß: Na, habe ich es nicht immer gesagt! Nun haben wir es, aber niemand hat auf mich gehört!
Und als abermals ein mond vorüber war, glaubte das volk nie mehr. Und es ward voller zweifel und fragen und qual. Und es verstreute sich über die ganze erde, um seine junge königin zu suchen.
Und es zogen aus männer, weiber und kinder.
Und die greise, die siechen, die kranken und die kreißenden frauen und alle, so beschwerlich waren für den weg, töteten die barmherzigen leute, derweil sie im tiefen schlafe lagen, und vergruben sie.

Und wohin sie kamen alle, da fragten sie: Habt ihr unsere junge königin nicht gesehen?
Und so taten sie allerorten und zu jedem wandersman.
Aber man spottete ihrer und lachte ihrer.
Und so zogen sie unstet von dannen.
Und das blühende land wurde wüst und leer, und sein odem machte jeden zu stein, so in seine nähe kam.
Und Khundar stand von ferne und sah die stadt abermals im licht der verscheidenden sonne.
Aber die stadt, ehemals so wohl genährt und so sauber gerüstet und bewohnt von satten und geruhigen leuten, schrumpfte zusammen und war endlich wie ein feld mit steinen.
Und oben über der stadt ragte die königsburg. Und ihre fenster und zinnen funkelten und glühten rot.
Und Khundar dachte der königsburg und aller gemächer, worinnen sie gelebt.
Und er erhob seine stimme und sprach: Heilig ist die schwelle, über die dein fuß geschritten! Heilig ist der vorhang, den deine hand berührt! Heilig ist das kissen, auf dem dein haupt geruht!
Und die burg zerbrökkelte und brach.
Und er sagte: Steine werden es wieder sein, von denen sie genommen ward. Aber steine werden reden, wo die herzen der menschen bluten! Erlösung wird kommen den menschen durch tränen und viel weh und viel herzeleid! Erlösung wird kommen durch fragen und suchen und wandern! Auf denn, laßt uns gehen in die irre, allwo allein die wahrheit ist, die weisheit, die erlösung und das leben.
Und da er also gesprochen, ging er von dannen in ein fernes land noch am selbigen abend.

B. Traven im Diogenes Verlag

Werkausgabe in Einzelbänden
Einzig berechtigte deutsche Ausgabe,
vollständig neu herausgegeben von Edgar Päßler
in Zusammenarbeit mit der Büchergilde Gutenberg,
Frankfurt am Main

Das Totenschiff
Roman. detebe 21098

Die Baumwollpflücker
Roman. detebe 21099

Die Brücke im Dschungel
Roman. detebe 21100

Der Schatz der Sierra Madre
Roman. detebe 21101

Die Weiße Rose
Roman. detebe 21102

Aslan Norval
Roman. detebe 21103

Regierung
Roman. detebe 21104

Die Carreta
Roman. detebe 21105

Der Marsch ins Reich der Caoba
Roman. detebe 21106

Trozas
Roman. detebe 21107

Die Rebellion der Gehenkten
Roman. detebe 21108

Ein General kommt aus dem Dschungel
Roman. detebe 21109

Die Geschichte vom unbegrabenen Leichnam
Erzählungen. detebe 21110

Ungeladene Gäste
Erzählungen. detebe 21111

Der Banditendoktor
Erzählungen. detebe 21112